मनोज भक्त

मनोज भक्त का जन्म 19 अगस्त, 1964 को झारखंड के पालगंज, गिरिडीह में हुआ। उनकी प्रारम्भिक शिक्षा गिरिडीह और हज़ारीबाग़ से हुई। गिरिडीह कॉलेज, राँची विश्वविद्यालय से विज्ञान में स्नातक किया। 1988 से 1990 तक पत्रकारिता की। लेखन में भी सक्रिय रहे। विभिन्न पत्र-पत्रिकाओं में उनकी कहानियाँ और कविताएँ प्रकाशित हुई हैं। रेडियो से उनके नाटकों का प्रसारण भी हुआ है। 1990 से अब तक झारखंड के विभिन्न ज़िलों में बतौर पूर्णकालिक राजनीतिक कार्यकर्ता सक्रिय हैं।

ई-मेल : mbhaktaml@gmail.com

मनोज भक्त

शालडुंगरी का घायल सपना

राजकमल पेपरबैक्स

राजकमल पेपरबैक्स में
पहला संस्करण : 2023

राजकमल पेपरबैक्स : उत्कृष्ट साहित्य के जनसुलभ संस्करण

राजकमल प्रकाशन प्रा. लि.
1-बी, नेताजी सुभाष मार्ग, दरियागंज
नई दिल्ली-110 002

शाखाएँ : अशोक राजपथ, साइंस कॉलेज के सामने, पटना-800 006
पहली मंजिल, दरबारी बिल्डिंग, महात्मा गांधी मार्ग, प्रयागराज-211 001

वेबसाइट : www.rajkamalprakashan.com
ई-मेल : info@rajkamalprakashan.com

विकास कंप्यूटर एंड प्रिंटर्स
ट्रॉनिका सिटी-201 102
द्वारा मुद्रित

मूल्य : ₹299

SHALDUNGARI KA GHAYAL SAPNA
Novel by Manoj Bhakt

ISBN : 978-81-19028-73-3

जल-जंगल-ज़मीन की रक्षा के लिए

जूझती-सिरजती महिलाओं को

शालडुंगरी
का
घायल
सपना

सरकारी कारवाँ

पायलट कार का सायरन बन्द था। इसे एहतियातन बन्द रखा गया था। पायलट कार के पीछे बम निरोधक दस्ता था। इसके पीछे लोकल थाने की पाँच गाड़ियाँ थीं। फिर ज़िला पुलिस निरीक्षक, फिर डीआईजी, फिर आईजी और फिर डीजीपी की एसयूवी गाड़ियाँ थीं। इनके पीछे मुख्यमंत्री, मुख्यमंत्री के पीछे अर्था के प्रतिनिधि-मंडल, फिर मंत्रियों, स्थानीय सांसद और विधायकों की गाड़ियाँ थीं। मुख्य सचिव, डीसी, स्थानीय अधिकारी की गाड़ियाँ, अर्द्धसैनिक बल और मिलिटरी रेस्क्यू के तीन वैन, एम्बुलेंस और इसके पीछे स्थानीय नेता, मोटरसाइकिलों पर सवार झंडा लिये कार्यकर्ता और अन्त में भाड़े की गाड़ियों में बैठे समर्थकों का जत्था अपनी-अपनी हैसियत के अनुसार क्रमवार चल रहे थे। पूरे सप्ताह इलाक़े की रेकी की गई थी। आसपास के इलाक़ों से बड़ी संख्या में गिरफ़्तारियाँ की गई थीं।

साँप की तरह रेंगता लगभग एक किलोमीटर लम्बा यह कारवाँ दारुहातु की ओर बढ़ रहा था। पत्रकारों की एक बड़ी फ़ौज साथ-साथ चल रही थी। उनके साथ ट्रांसमीटर लगे दो बड़े वैन थे। भोंपुओं को भी बन्द कर दिया गया था। कार्यकर्ताओं के लिए निर्देश था कि रास्ते में नारेबाज़ी न करें।

'दैनिक शिखा' के शेखर के मन में एक आइडिया कौंधा। उसका मन कुलबुलाने लगा, "यहाँ सीएम का एक बाइट अच्छा रहेगा।"

'दैनिक ऑब्ज़र्वर' के मुख्य संवाददाता राजीव कुमार ने शेखर को कोहनी मारी, "साले, तू अजय श्रीवास्तव की नौकरी लेगा क्या?"

दूसरे पत्रकारों ने ठहाके लगाए। शेखर ने उन्हें चुप रहने का इशारा किया, "सर, यहाँ एक बाइट हो जाता तो बेहतर होता। जगह को देखिए, सर!"

"अरे शेखर जी, बड़ा झमेला है। चलिए, देखते हैं। प्रशासन के प्रोटोकाल तो आप समझते हैं।"

भागवत राय ने बाहर की ओर झाँका। सड़क के ठीक बग़ल में फैली हुई बड़ी टाँड़ है। यह चट्टानों के बेतरतीब टीलों पर जाकर ख़त्म हो गई है। टाँड़ के बीचोबीच पत्थरों के बड़े-बड़े पाट खड़े हैं। एक जगह लगभग एक दर्जन पाट एक सीध में हैं। टीलों के पार सेरेंगबुरु है। सेरेंगबुरु पहाड़ के साथ ही जंगल शुरू हो गया है। जंगल और पहाड़ की ओट से कुछ गाँव सड़क की ओर झाँक रहे हैं।

शेखर का आइडिया बुरा नहीं था। भागवत राय ने निजी सचिव की ओर देखा, "अलकारानी को कहो। पाँच मिनट के लिए यहाँ रुकें।"

"सर, सीएस!" निजी सचिव शशि शर्मा ने फ़ोन भागवत राय के हाथ में थमा दिया।

"सुनिए, पत्रकार ज़िद कर रहे हैं। पाँच मिनट के लिए...नहीं, डीजीपी को कहिए कि यह लोकेशन महत्त्वपूर्ण है। हाँ, पायलट कार को वायरलेस कर दें।"

क़ाफ़िला सड़क के बीचोबीच रुक गया। मुख्यमंत्री नीचे उतरे। अंगरक्षकों और पुलिस-प्रशासनिक अधिकारियों ने उन्हें सुरक्षा-घेरे में ले लिया।

डीजीपी रमाकान्त तिवारी मुख्यमंत्री के इस फ़ैसले से ख़ुश नहीं थे, "सर, हम यहाँ रिस्क नहीं ले सकते। यहाँ से हमें तुरन्त चल देना चाहिए। फ़ोर्स दारुहातु में है।"

तिवारी को अनहोनी की आशंका थी। नक्सलियों का डर था। कर्तव्यपरायणता दिखानी थी। वे चापलूस थे। उन्हें भैया जी की सिफ़ारिश पर सेवा विस्तार मिला था। उनके पीछे डीजीपी पद के लिए चार अधिकारी ज़ोर लगाए हुए थे।

सक्सेना ने आज छुट्टी ले रखी थी। उसकी भी पैरवी ऊँची थी। वह केन्द्रीय गृहमंत्री के रिश्ते में आता था। रास्ते से हटाने के लिए वर्दी घोटाले में उसने तिवारी को भी घसीट लिया था। मामला कोर्ट में था।

तिवारी पर मुख्यमंत्री के एहसान थे। मुख्यमंत्री को तिवारी हमेशा सावधान करते—सक्सेना की विरोधियों से अच्छी पटती है। गोइलकेरा में जूतेबाज़ी की साज़िश में सक्सेना भी शामिल हो सकता है। अपना शक तिवारी कई दफ़े भागवत राय के सामने ज़ाहिर कर चुके थे।

अर्द्धसैनिक बलों ने चारों ओर से घेरा बना लिया। कुत्ते हवा सूँघते हुए माजरे को समझने की कोशिश करने लगे। गाय-बैल रँभाने लगे। भीड़-भड़क्का देखकर आदिवासी चरवाहे दूर से नज़दीक आ गए। जवानों ने उन्हें भगाने के लिए हो-हल्ला किया, "औऔ-हौ...भागो, भागो..."

स्थानीय विधायक ने कार्यकर्ताओं से अपनी जगह पर ही रुके रहने की अपील की। उनके लिए सुरक्षा घेरा पार करना उनकी अपनी सेहत के लिए ठीक नहीं था। अर्द्धसैनिक बलों के जवान इस बहाने कहीं कार्यकर्ताओं पर ही न टूट पड़ें! पत्रकारों की टोली मुख्यमंत्री की ओर दौड़ पड़ी।

"आइए, आइए, हमारे तिवारी जी को समझाइए। ये सिक्यूरिटी को लेकर परेशान हैं। अरे भाई, ये हैं अफ़सर। लेकिन हम इन्हीं गाँव-क़स्बों के लिए तो राजनीति कर रहे हैं।"

मज़ाक़ से तिवारी ख़ुश हुए। पत्रकारों ने मज़ाक़ को बॉक्स के लिए नोट कर लिया। कैमरों को सेट किया जाने लगा। फ़ोटोग्राफ़रों ने मुख्यमंत्री के पीछे खड़े गार्डों को थोड़ा दूर सरक कर खड़ा होने का इशारा किया। दृश्य-पट में वीरान टाँड़, दूर नदी का भास, जंगल से झाँकते गाँव और असमंजस में उकडूँ खड़ा सेरेंगबुरु का नज़ारा कैमरों में बन्द होने लगा।

शेखर ने शफ़ीक़ को चरवाहों की ओर इशारा करते हुए कहा, "ज़ूम कर इन्हें भी मुख्यमंत्री की सीध में ले लो।" फिर वह मुख्यमंत्री की ओर घूमा, "आज सुदूर एक गाँव में राज्य का मुखिया चौपाल लगा रहा है। क्या यह चौपाल अर्था के साथ एमओयू के लिए है? क्या इसके ज़रिये आप विपक्ष के आरोपों का जवाब दे रहे हैं?"

"नहीं, मैं किसी के आरोपों का जवाब देने यहाँ नहीं आया हूँ। विपक्ष है। आरोप लगाना उसका काम है। गाँव-जंगल के लोगों से मैं आशीर्वाद लेने पहुँचा हूँ। विकास में उनकी सीधी भागीदारी पर मैं विश्वास करता हूँ। यह भागीदारी निर्णय लेने के स्तर पर भी हो। बदलाव का सपना लेकर गाँव पहुँचा हूँ। ये बंजर देखिए। इन एक फ़सली खेतों को देखिए। ये कब तक ऐसे रहेंगे? राज्य विकास का रास्ता जोह रहा है। अर्था ने मदद के लिए हाथ बढ़ाया है।"

भागवत राय के सिर के बाल पतले थे। उनके ललाट से एक मोटी रेखा उतर कर दायें भौंह तक चल गई थी। वे बालों को क़ायदे से ड्रेस करते। सामने के थोड़े-से बाल ललाट पर झूलते रहते थे। इस जंगली इलाक़े में जुलाई की धूप-छाँह चल रही थी। मुख्यमंत्री के ललाट पर इकलौती लट लहरा रही थी। कैमरों के फ्रेम में मुख्यमंत्री की विराट क़द-काठी के पीछे टाँड़ और उसमें चर रहे जानवर धुँधले नज़र आ रहे थे।

"अर्था के पीपीपी प्रोजेक्ट से यह उजाड़ मॉडल टाउनशिप में बदल जाएगा। हम इस इलाक़े को स्मार्ट टेक्नो-कॉरिडोर में बदलने जा रहे हैं। कल्पना कीजिए।"

सिक्स-लेन की मुख्य सड़क! शहर से जगह-जगह फूटती हुई डबल लेन की अप्रोच गलियाँ! मॉल, फूड प्लाज़ा, होटल, मल्टीप्लेक्स, ऊँचे-ऊँचे रिहाइशी कॉम्प्लेक्स के जाल और बिना धुआँ वाले बड़े-बड़े इंडस्ट्रियल फार्म! निरन्तर चलती एसयूवी गाड़ियाँ। टूरिस्ट बसें। सड़कों को विभाजित करती फ्लेम वाइन, तरह-तरह के रंगों को बिखेरते कनेर, चीरा-मीरा, डगरा, एमराल्ड ग्रीन, बकैन, कटे-छँटे पुटूस, घंटी फूल, कटहल चम्पा, केवड़ा और सड़कों के किनारे सीधे अशोक, पाइन, शाल, आम, जामुन, वट, पीपल, शीशम की रंग-बिरंगी हरियाली! मुहावरेदार पर्यावरण का जीता-जागता उदाहरण! देशी-विदेशी तमाम तरह के पेड़-पौधे और झाड़ियाँ विकास के अनुशासन में तनी हुई—स्वागत!

भागवत राय के साथ प्रधान जी के रिश्ते निजी स्तर पर भी थे। प्रधान जी का गहरा असर भागवत राय पर था। भागवत राय के बोलने या हाथ फैलाने का तरीक़ा भी प्रधान जी की शैली से मिलता-जुलता था। आवाज़ ऊँची करने से भागवत राय की आवाज़ फट जाती थी और गला महीन बाजे की तरह बजने लगता। वे सतर्कता से बोलते। उनका भाषण कमज़ोर नहीं होता। वे अपने भाषणों में तालियों के लिए जगह बनाते। यहाँ वे भाषण नहीं दे रहे थे।

शेखर ने कैमरामैन को क्लोज-अप का इशारा किया, "मुख्यमंत्री जी, क्या आप प्रधानमंत्री स्मार्ट सिटी प्रोजेक्ट के बारे में बात कर रहे हैं? इसमें राज्य के दो शहर पहले से ही घोषित हैं।"

"नहीं, मैं भागवत सरकार के इस ख़ास प्रोजेक्ट के बारे में बता रहा हूँ। जानते हैं, इस योजना के लिए हमने कितनी राशि का आबंटन किया है? अनुमान लगाइए! एक सौ पचीस किलोमीटर लम्बा स्मार्ट टेक्नो-कॉरिडोर! इसके साथ-साथ हेल्थ, एजुकेशन, टूरिज़्म सेवाओं को भी जोड़ लीजिए। मैं जब अमेरिका जा रहा था, विरोधियों ने मेरा मज़ाक़ उड़ाया।...और आप लोगों ने भी! आप जानते हो..."

इम्तियाज अली और नीता दास ने अपने अख़बारों में भागवत राय के दौरे पर सीरीज लिखी थी। भागवत मुस्कराए।

फिर ठठाकर हँस पड़े, "चलो, ठीक है। मैं किसी का मज़ाक़ नहीं उड़ाता। पिछली बैठक में मुख्यमंत्रियों को प्रधान जी ने ख़ुद कहा था—'भागवत के डेवलपमेंट को आप लोग देखिए...'"

डीजीपी ने भागवत राय के कान में कहा, "सर!"

भागवत राय ने सिर हिलाया, "बस, दो मिनट में ख़त्म करता हूँ।"

पत्रकार प्रोजेक्ट की लागत राशि जानने को उत्सुक थे। इसलिए नहीं कि वे

इसके ज़रिये परियोजना के आकार और इसकी ज़रूरतों की रिपोर्ट बेहतर ढंग से कर सकते हैं। तथ्यात्मक ख़बरों के लिए बड़ी राशियों का ज़िक्र ज़रूरी है। बड़ी राशियाँ विकास की मानक थीं, फिर चाहे वे जहाँ और जैसे भी ख़र्च हों।

"सर, एक मिनट सर! अर्था को ही इस प्रोजेक्ट के लिए..."

"देखिए, मैं भी पॉलिटिक्स करता हूँ। हर बात में पॉलिटिक्स मत घुसाइए। अभी पूरी बात तो जान लीजिए। मैं कह रहा था कि..."

"प्रोजेक्ट की राशि..." अजय श्रीवास्तव फुसफुसाया।

मुख्यमंत्री राशि की घोषणा अभी नहीं करना चाहते थे। एमओयू के बाद यह ठीक रहेगा। टेक्सास से कोस की वह सड़क! विकास यदि समझना हो तो अमेरिका जाओ। विकास का मतलब यह नहीं कि गली-नाली बनाने में बजट की राशि ख़र्च कर दो! नीता दास अपने नोटबुक के साथ 'ख़बरदार' चैनल के कैमरामैन को ठेलती सामने आ रही थी। भागवत राय ने गर्दन तानकर सीधे कैमरों की ओर देखा, "प्रदेश के कायाकल्प के आप गवाह बनने जा रहे हैं।"

"मुख्यमंत्री जी, यह इलाक़ा पिछले साल चाँदमनि की मौत के बाद चर्चित हुआ। आप वाक़िफ़ हैं कि वह भुखमरी की शिकार हुई।"

मुख्यमंत्री ने नीता दास के सवाल को नज़रअन्दाज़ कर अपनी बात जारी रखी, "यह परियोजना बेमिसाल पीपीपी पहल है और..."

"उसके पास राशन कार्ड नहीं था।"

लेंसों पर शटर गिर गए। कैमरों को हटा लिया गया। चरवाहे ढोर-डंगरों को समेटकर अपने गाँव की ओर जाने लगे। झाड़ियों की ओर लघुशंका के लिए लोगों के आने-जाने का ताँता लग गया था। पुलिस के जवान एके फोर्टी सेवन, एके वन जीरो थ्री, एसएसजी सिक्सटी नाइन, एसएलआर, इंसास, कोल्ट आदि को अलग-अलग दिशाओं में ताने खड़े थे।

"मेरे यहाँ आने का मकसद ख़ास है। गाँव के चौपाल में किसी मुख्यमंत्री को आपने देखा है? मैं केवल इस राज्य की बात नहीं कर रहा हूँ।"

"यहाँ आने के बाद क्या आपको चाँदमनि के परिवार से नहीं मिलना चाहिए?" नीता दास ने मुख्यमंत्री को उकसाया, "कार्तिक प्रसाद ने आपकी सरकार पर संवेदनहीनता का आरोप लगाया है!"

"आप उसका नाम लेती हैं! विकास के हर कार्यक्रम का विरोध ही कार्तिक प्रसाद की राजनीति है।" भागवत राय कार्तिक प्रसाद के नाम से झल्ला उठे, "उनके जैसे विधायक केवल लोगों को भड़काकर सरकार की टाँगें खींचने में लगे रहते हैं।"

"लेकिन चाँदमनि का मामला सबसे पहले उन्होंने ही उठाया था..."

"क्या और बातें ज़रूरी नहीं हैं?"

बातचीत में तनाव पैदा हो गया। तिवारी ने नीता दास के सामने हाथ जोड़ते हुए कहा, "मैडम, मैडम, हम लोग गाँव पहुँचकर बात करते हैं, न। जिस काम के लिए आए हैं, इसे पूरा कर लें। सर कहीं जा नहीं रहे हैं।"

नीता दास ने नोटबुक में नोट करते हुए कहा, "सर, रोज़गार योजना में बड़े पैमाने पर..."

"ह-ह-ह...!" भागवत राय ने ठहाका लगाया, "नीता जी, मैं आपके एक-एक सवाल का जवाब चौपाल में दूँगा।"

"लेकिन भागवत राय जी, आपने इस घोटाले पर भी अभी तक..."

प्रेस सचिव अजय श्रीवास्तव पसीना-पसीना था। एक बज चुका था। जुलाई की गर्मी और उमस से रास्ते में खड़े कैडर परेशान हैं और यहाँ नीता दास ने बखेड़ा शुरू कर दिया है। इसे न लिखना आता है, न बोलना। कल तक पत्रकारों के बीच यह एक मज़ाक़ थी। आज पत्रकारिता की सरोकार बन बैठी है।

वे नीता दास के बग़ल में खड़े हो गए, "नीता जी, मेरी बात सुनिए, नीता जी। ...तिवारी जी, मुझे बात करने दीजिए।...नीता जी, मैं मुख्यमंत्री जी से आपका एक्सक्लूसिव करवाता हूँ। रास्ते में क्या बात करनी है! मैं कह रहा हूँ न, मुख्यमंत्री जी ख़ुद आपके बारे में अक्सर बातें करते हैं।"

"आपके सीएम बातें टालने में माहिर हैं। किसान गोलीकांड के समय भी ऐसा ही हुआ था। पिछले साल की बात आपको याद है?"

"अरे, छोड़िए नीता जी! हम-आप पत्रकार हैं। पूछना हमारा काम है। जवाब वो दें, ना दें। इसमें ग़ुस्से की क्या बात है? मैं उनसे कहूँगा। चलिए, आपकी गाड़ी के लोग बैठ रहे हैं। ह-ह-ह, चलिए!"

इम्तियाज़ अली ने चुटकी ली, "नीता जी, सवाल ऐसे पूछिए, जैसे शेखर भइया पूछते हैं!"

तिवारी ने मुख्यमंत्री को गाड़ी में बिठाया, "सर, आप तो जानते हैं, सब साले प्लान किये रहते हैं। मुंडा जी के यहाँ नीता दास की अच्छी बैठकी चलती है। सक्सेना भी हाज़िरी बजाता है।"

तिवारी ने आइजी को इशारा किया। जवान वैन में बैठ गए।

एक कार्यकर्ता ने नारा लगाने की कोशिश की, "जय सिरी..."

लोगों ने झट से उसे मना किया, "यहाँ नहीं, बे। आदिवासी बेल्ट है।"

"सचमुच, ये दिमाग़ से पैदल हैं।" नारा लगाने वाले की ओर शेखर ने इशारा किया। उसे अफसोस था कि 'दैनिक शिखा' के लिए एक बढ़िया इंटरव्यू चौपट हो गया, "अच्छा-ख़ासा चल रहा था। विनी मंडेला बीच में कूद पड़ी।"

पहले सब चुप रहे, फिर ज़ोरदार ठहाका हुआ। गंदे चुटकुलों एवं अफ़सरों और नेताओं के निजी चक्करों के मामले में वह चलता-फिरता इनसाइक्लोपीडिया था। कई बार उसे बीच प्रेस-सम्मेलनों में माफ़ी माँगनी पड़ी है। अच्छी बात यह थी कि वह झट से माफ़ी माँग लेता।

"विनी मंडेला के पास तीन-चार सवाल हैं। इन्हीं तीन-चार सवालों के बूते उसने पत्रकारिता में बीस साल काट लिये हैं।"

"काट लिये नहीं, कूट लिये कहो।"

"बेट्टा, वो बात नहीं है। 'जनतेवर' में इसके दो-चार लेख चन्द्रिका बाबू ने छाप दिए हैं। इसके तेवर विद्या बालन वाले हो गए हैं।"

राजीव कुमार ने सटीक टिप्पणी की, "मैडम को पता नहीं कि बंगाल, त्रिपुरा के बाद केरल में भी लाल झंडा डूब रहा है।"

"जो कहो, सब साले हड़कते इससे ही हैं। अजय श्रीवास्तव ने, पता नहीं, विनी मंडेला को क्या समझाया!"

"देखो, अभी भागवत राय घंटा ही बजा रहा है और उधर से कार्तिक प्रसाद का बयान आ चुका है कि चौपाल के नाम पर सीएम नौटंकी बन्द करें। हद आदमी है!" शेखर एक बार ही-ही कर ज़ोर से हँसा, "ज़मीन घोटाले पर 'दैनिक ऑब्ज़र्वर' की एक स्टोरी थी। इसमें कार्तिक प्रसाद ने भागवत राय को यूँ घेरा था कि उसके सवालों के समय सदन में भागवत राय फिर कभी उपस्थित ही नहीं रहा। पिछले डेढ़ साल में कुल एक सौ बयालीस सवालों में इकतालीस सवाल अकेले कार्तिक प्रसाद का है। किसी भी सवाल के समय भागवत राय सदन में नहीं रहा।"

शेखर ने टोका, "अरे कार्तिक प्रसाद को अभी छोड़ो। अभी बड़ी न्यूज़ तो ये भी बन सकती है कि भागवत राय ने सामाजिक कल्याण मंत्री विक्रम मुंडा को आमंत्रित नहीं किया। ज़रा लगाओ तो मुंडा का नम्बर। मैं बात करता हूँ।"

इम्तियाज़ ने पूछा, "कहाँ का मॉडल समझा रहा था सीएम?"

स्थानीय चैनल के एक पत्रकार ने टोका, "बेटा, अभी इस चौपाल का लफड़ा समझ लो, फिर डलास और टेक्सास की स्टोरी तलाशना।"

एमओयू

दारुहातु गाँव में मेले का माहौल था। परित्यक्त उत्क्रमित मध्य विद्यालय के सामने बड़ा मैदान है। स्कूल के पीछे ऊँची-नीची चट्टाने हैं। उनके बीच की सँकरी पगडंडी गाँव के मुख्य रास्ते से मिल जाती है। सामने गाँव शुरू होने से पहले दस-पन्द्रह शाल, केंदु, शीशम आदि के पेड़ हैं। हातु-बोंगा के लिए यहाँ मुर्गों की बलि दी जाती है। इन पेड़ों के बीच चालीस फीट बाय बीस फीट का स्टेज मैदान से मुख़ातिब था। स्टेज के बाईं ओर प्रेस की गैलरी थी और गैलरी के पीछे इलेक्ट्रॉनिक मीडिया के लिए मचान था। स्कूल के पीछे ट्रैक्टर पर शोर-रहित जेनरेटर चल रहा था।

गाँव के चारों ओर कड़ा पहरा था। अर्द्धसैनिक बलों के जवान गाँव की हर गली में तैनात थे। वे स्कूल की छत पर, चट्टानों के ऊपर और टीले पर अटेंशन की मुद्रा में थे। सेकंड-इन-कमांड के नेतृत्व में पेट्रोलिंग के लिए दो टुकड़ियाँ निकली हुई थीं।

अर्था के प्रतिनिधिमंडल के साथ सचिव स्तर की वार्ता शुरू हो गई थी। टेन्ट वालों ने बाक़ायदा एक छोटा-सा कॉन्फ्रेंस हॉल खड़ा कर दिया था। प्रस्तावित परियोजना में शामिल तीनों ज़िलों के उपायुक्त भी आमंत्रित थे। पीएमओ से ऑब्ज़र्वर के बतौर एक सचिव स्तर का पदाधिकारी था। कुल तेईस थे और दोनों ओर के नोट्स लेनेवाले और अन्य सहायकों को मिला दिया जाए तो उनतीस लोग कैनवस के बने उस छोटे-से एयरकंडीशंड हॉल में बैठे थे।

इन्तज़ाम बढ़िया था। दो अटैच्ड वाशरूम थे। चार छोटे-छोटे रिटायरिंग रूम थे। एलइडी की रोशनी थी। लाल कालीन और केसरिया सिलिंग को क़ैद करती कैनवस की दीवारों पर झक सफ़ेद चादरें तनी थीं। पहले अलकारानी को दारुहातु चौपाल की योजना अटपटी लगी थी। अर्था जैसे कॉरपोरेट लीडर के साथ चौपाल में वार्ता की योजना का कोई सिर-पैर नहीं दिख रहा था। वह प्रशासनिक मामलों में भागवत राय पर हमेशा सन्देह करती थीं।

चौपाल इस क़दर चमत्कारिक हो सकता है, उसे अन्दाज़ा नहीं था। नेताओं की शिक्षा-दीक्षा पर जितने भी सवाल उठा लो या मज़ाक़ बना लो, उनकी बुद्धि अधिकारियों की समझ को कई दफा पीछे छोड़ देती है, अलकारानी इस बात को क़बूल कर रही थीं। जहाँ प्रशासनिक तर्क फँस जाते हैं, नेताजी कोई न कोई रास्ता निकाल ही लेते हैं।

“मैडम चीफ़ सेक्रेटरी, सेंट्रल ऑब्ज़र्वर गर्ग, सेक्रेटरीज़, मिस्टर जयन्त पटेल, डिप्टी डायरेक्टर, अर्था; उनके साथ आए प्रतिनिधिमंडल के सदस्यो और मेरे सहकर्मी मित्रो! इस परियोजना का सबसे बड़ा हिस्सा...” द्स्तावेज़ को लेकर नितिन मिंज का असमंजस कायम था। उसने आपस में बातें करते हुए अर्था के प्रतिनिधियों को देखा, अलकारानी की ओर देखा और फिर वह पेपर पढ़ने लगा, “इस ज़िले में प्रस्तावित प्रोजेक्ट के लिए लगभग पचहत्तर हज़ार हेक्टेयर ज़मीन अधिग्रहण करना है। शेष रकबा अन्य ज़िलों में है। लक्षित भू-भाग में पचास पंचायतों के दो सौ इक्यावन गाँव आते हैं, जो चार विधानसभाओं में बँटे हैं। इसमें लगभग बीस हज़ार हेक्टेयर कृषिभूमि है। शेष या तो वन क्षेत्र है या सामुदायिक है। लक्षित भूमि का अच्छा-ख़ासा हिस्सा खूँटकट्टी है।”

“मैडम, फ़ोटोग्राफ़र कुछ स्टिल फ़ोटो लेना चाहते हैं?” राज्य जनसम्पर्क पदाधिकारी ने अलकारानी के कान में कहा।

अलकारानी ने घड़ी देखी, “साढ़े पाँच बजे बोल दीजिए। एक घंटा बाद।... यस मिंज, कंटिन्यू!”

“इसके अन्दर इकसठ देशाउलि हैं। दो बड़ी नदियाँ गुज़रती हैं और छोटे-बड़े सात जलप्रपात हैं। भूगर्भविदों के अनुसार यह यूरेनियम, सोना और ताँबे का समृद्ध भंडार है।”

अर्था के डिप्टी डायरेक्टर होने के बावजूद जयन्त पटेल बग़ैर गोपालन की सहमति के बड़े फ़ैसले नहीं ले सकते। गोपालन मुख्यमंत्री भागवत राय से काफ़ी प्रभावित था। ज़िला उपायुक्त की रिपोर्ट उसे बहुत ही सकारात्मक लग रही थी। उसने पटेल को फुसफुसाकर कहा, “सर, मुझे नहीं लगता कि इससे बढ़िया और कोई जगह हमें मिल सकती है।”

पटेल ने सिर हिलाया, “बात केवल सीएम की नहीं है, स्वयं प्रधान जी का इस प्रोजेक्ट पर फोकस है।”

अलकारानी ने रिपोर्ट पहले भी देखी थी। पर्यावरण, भू-सामाजिक बनावट और वन्य जीव-जन्तुओं के हिस्से को थोड़ा संक्षिप्त करने की ज़रूरत थी। इसका अनावश्यक विस्तार निवेशकों में सन्देह पैदा करता। फ़्लोरा एन फ़ौना को विकास के ख़िलाफ़ टोटके की तरह उपयोग करने का चलन बढ़ रहा है। मिंज ने जवाब नहीं दिया था। उसके चेहरे पर असहमति थी।

कुछ नये अधिकारियों में इस तरह की प्रवृत्तियाँ होती हैं। नेताओं को यह समझने में देर हो जाती है। इस चूक से इन नये अधिकारियों को महत्त्वपूर्ण ज़िलों

की ज़िम्मेवारी मिल जाती है और वे उन नेताओं की मिट्टी पलीद कर देते हैं। भागवत राय ने अपने पसन्दीदा ज़िलों में जोड़-तोड़ वाले अफ़सरों को ही रखा था। कैपिटल डिस्ट्रिक्ट के लिए मिंज जैसे लड़के को चुनना अलकारानी की समझ से बाहर था। हो सकता है, मिंज के आदिवासी बैकग्राउंड का इस्तेमाल सीएम के दिमाग़ में रहा हो!

"मैडम, सेरेंगबुरु से सटे इस क्षेत्र में हाथियों का लगभग सत्तर किलोमीटर लम्बा कॉरिडोर है। यह अन्य जंगलों से इस क्षेत्र को जोड़ता है। हाथी दूसरे जंगलों में जल्दी पहुँचने के लिए सोसोपिड़ि की बंजर टाँड़ों का इस्तेमाल करते हैं। हाथियों के लिए यह अत्यन्त संवेदनशील इलाक़ा है। यह जंगल तेंदुआ, चीता, भालू, हिरण ख़ासकर माउसडीयर, शाही, बज्रकीट, बड़ी गिलहरी, अजगर आदि से आबाद है। वन विभाग की रिपोर्टों के अनुसार तेंदुआ और चीते यहाँ विलुप्त हो चुके हैं।"

तनाव के बावजूद मैडम मुस्कराईं। मिंज ने हिदायत के बाद भी रिपोर्ट में रत्ती भर सुधार नहीं किया था।

मिंज ने एसडीओ की रिपोर्ट को अस्वीकृत कर इसे ख़ुद ही ड्राफ़्ट किया था। उसने इलाक़े का गहरा अध्ययन किया था। दूरस्थ इलाक़ों का दौरा किया था। अपनी रिपोर्ट से वह सन्तुष्ट था, "किन्तु ग्रामीणों का कहना है कि उनकी संख्या कम हो गइ है। लेकिन अभी भी जंगलों में कभी-कभार वे दिख जाते हैं। साथ ही, कई तरह के दुर्लभ पक्षी जैसे हारिल, सफ़ेद गरदनवाले काले बगुले, काला तीतर, छोटे बाज़ आदि इस जंगल में हैं। यहाँ यह उल्लेख ज़रूरी है कि बढ़ते मानवीय हस्तक्षेप..."

अलकारानी ने मुस्कराते हुए टोका, "मिंज, वी आर रनिंग शॉर्ट ऑफ़ टाइम। आपने अपनी रिपोर्ट सबमिट कर दी है। हाँ, तो चौधरी जी, आप अपने ज़िले की रिपोर्ट रख दो!"

बीडी चौधरी समेत दूसरे उपायुक्तों ने सकारात्मक रिपोर्टें रखीं। उनकी रिपोर्टों के अनुसार गाँव के लोग इस एमओयू की प्रतीक्षा कर रहे हैं और भूमि-मालिकों ने ख़ुशी-ख़ुशी ज़मीन के लिए हामी भर दी है। ज़मीन का बड़ा हिस्सा सरकारी है और इसकी राशि राजकोष को समृद्ध करेगी। इन ज़िलों के अंचलाधिकारियों ने प्रस्तावित भूमि-क्षेत्रों को चिन्हित कर लिया हैं और उम्मीद की जा रही है कि सरकार की ओर से हरी झंडी मिलने के बाद डेढ़ सालों में अधिग्रहण पूरा हो जाएगा।

गोपालन ने मुद्दे पर सीधे बात शुरू की, "मैडम, हमारे प्रोजेक्ट में इन्वेस्टमेंट कोई समस्या नहीं है। दो बातें मैं साफ़ कर दूँ। हेडक्वार्टर के लिए आपने बन्द

एंसिलरिज के इलाक़े का प्रस्ताव दिया है। आपका यह प्रस्ताव हमें मंज़ूर नहीं है। हमें इसके लिए प्राइम लोकेशन चाहिए। अन्यथा, किसी पड़ोसी राज्य में हेडक्वार्टर ले जाने पर हम विचार कर सकते हैं।"

अलकारानी ने टोका, "मिस्टर गोपालन, आप देख रहे हो कि हमारी पूरी मशीनरी आपके काम में लगी हुई है। हेडक्वार्टर के लिए हम आपको बढ़िया जगह देंगे। हम पार्टनर हैं।"

"मैं अपनी शर्तों को स्पष्ट करना चाहता हूँ, मैडम। दूसरी बात, लैंड क्लीयरेंस के बावजूद इसकी कोई गारंटी नहीं है कि अधिगृहीत ज़मीन हमारी मिल्कियत हो जाएगी। आपका भूमि क़ानून बहुत पेचीदा है। यह कैसे होगा?"

सरकार बैठी रहे और सारा झमेला कम्पनी के ज़िम्मे हो! गोपालन इस पचड़े में अर्था को नहीं फँसा सकता था। बात साफ़-साफ़ कर लेना ठीक था, "आप सब जानते हैं, यह मेगा-प्रोजेक्ट कई प्रोजेक्ट्स का सम टोटल है। आपने नियमागिरी, चिलका, थूथूकुड्डी या सेलेम टू चेन्नई एट लेन में देखा है, किस-किस तरह की मुसीबतें खड़ी की जाती हैं। सिंगुर-मिदनापुर देख लीजिए। 'हो जाएगा' के रवैये पर हमें भरोसा नहीं है..."

फ़ोटोग्राफ़रों की टीम हॉल के अन्दर आई। यह अच्छा सीन था। कॉरपोरेट प्रतिनिधियों को सम्बोधित करती अलकारानी ने उनकी ओर हाथ उठा रखा था और बात ख़त्म होने के बावजूद राव ने अपना हाथ टेबल पर नहीं रखा था।

"देखिए..." अलकारानी साठ के नज़दीक थीं। आवाज़ में रोब अब भी बरकरार था। उम्र के साथ थोड़ी-बहुत चर्बी देह पर ज़रूर जम गई थी, फिर भी, वह मोटी नहीं थीं। चेहरा चौड़ा था और कंधों तक झूलते बालों में वह थोड़ी-बहुत जीनत अमान की याद दिलाती थीं। उनके चश्मे का फ्रेम बड़ा और काला था। चश्मा उनके काले-भूरे बालों के साथ मेल खाता था।

उन पर वित्तीय अनियमितताओं के कई पुराने मामले चल रहे थे। सब कुछ के बावज़ूद सीएम के साथ उनके सम्बन्ध ठीक-ठाक थे और इस बिना पर उन्हें उम्मीद थी कि वे अपने कार्यकाल को दो साल और खींच सकती हैं।

"देखिए, हम पर आप भरोसा कर सकते हैं। यदि क़ानूनी जटिलताएँ रास्ते में आती हैं, तो हमारे पास क़ानून विशेषज्ञ हैं। सदन के ज़रिये हम क़ानूनों में सुधार कर सकते हैं। हमारे लिए राज्य-हित सर्वोपरि है।" अलकारानी ने खेल सचिव प्रशान्त राय से मशविरा किया, "मेरे ख़याल से एमओयू के रास्ते में अब और कोई मुद्दा नहीं है।"

"मैडम, वी नो, हमारी कम्पनी का सरोकार केवल मुनाफ़ा नहीं है। पर्यावरण संरक्षण, जल-संवर्धन, प्रदूषणरहित विकास—इनके लिए हमारी कम्पनी विश्व में जानी जाती है। हमारे पास बेहतरीन पारिस्थितिकी विशेषज्ञ हैं। हम आदिवासियों के लिए कम्यूनिटी डेवलपमेंट प्रोग्राम चलाते हैं।" पटेल सौदे के पक्ष में था। जहाँ तक ज़मीन अधिग्रहण की बात थी, अब यह बात किसी से छिपी नहीं थी कि कम्पनी हितों से बाहर सरकार नहीं जा सकती है, "आप भरोसा कर सकती हैं कि हम इस पूरे इलाक़े को जैव-सन्तुलन के आदर्श क्षेत्र में बदल देंगे।"

"पर्यावरण के मामले में किसी तरह का समझौता सरकार नहीं कर सकती है।" अलकारानी तेज़ थीं। उन्हें मालूम था कि यह निरी काग़ज़ी बात है, फिर भी इसका ज़िक्र किये बग़ैर बात ख़त्म करना बड़ी भूल होगी, "यह हमारे समझौते का महत्त्वपूर्ण हिस्सा है।"

"यस मैडम! हम यहाँ बड़ी सेंकच्युरी बनाएँगे। हमारे इंजीनियरों ने यहाँ की नदियों का सर्वे किया है। उनका कहना है कि ये अंडर युटिलाइज़्ड हैं। स्वर्णरिखा को भी, जिस पर आपने दशकों पहले डैम बना रखे हैं, और ज़्यादा उपयोगी बनाया जा सकता है। वी एग्रीड। वी आर रेडी। हमें उम्मीद है कि सीएम के साथ हमारी मुलाक़ात और भी फलप्रद होगी!...लेकिन हेडक्वार्टर के लिए प्राइम लोकेशन पर ज़मीन हमारी शर्त बनी रहेगी।"

"महीने-दो महीने में हम इसे हल करते हैं।" अलकारानी का दिल धड़क रहा था। यह बड़ी कामयाबी थी। उन्होंने अपने को संयत रखा। कार्यान्वयन की कठिनाइयों का उन्हें अनुमान था। भूमि-अधिग्रहण में राजनीतिक अड़ंगेबाज़ी का उन्हें ख़ासा अनुभव था।

मुख्यमंत्री के साथ स्थानीय विधायक जयराम सिंह मुंडा, गठबन्धन दल के अध्यक्ष धानेश्वर महतो, उन्हीं के दल के जल संसाधन मंत्री जितेन्द्र महतो और स्थानीय सांसद मुनिलाल मुंडा बैठे थे। उद्योग मंत्री प्रद्युम्न सिंह और शहरी विकास मंत्री मुरारी चौधरी ने सात बजे तक के लिए इजाज़त ले ली थी और वे दोनों भैरवी मन्दिर दर्शन के लिए निकल गए थे।

धानेश्वर महतो नाराज़ थे, "भागवत दा, आपने ख़बर भी नहीं दी? जितेन्द्र बाबू नहीं बोलते तो मैं मिलने से भी रह गया था।"

"अरे नहीं, क्या बात कर रहे हो? मैंने शशिया को फ़ोन करने को कहा था। अरे शशिया...तुम्हारे बिना तो यहाँ मैं एक हाथ का हो जाऊँगा, बाबू?"

"बड़ा प्रोजेक्ट है, सुना। लेकिन विकास-उकास यहाँ के लोग समझते कहाँ

हैं? मेरे क्षेत्र को ही देखिए, भागवत दा! इतना विकास कहीं और हुआ होगा क्या? लेकिन हमें मिला क्या—ठेप्पो!"

"थोड़ा आराम करो, बाबू! अपने को तो यहाँ पल भर भी चैन नहीं है। तुम्हारा रुतबा मैंने मंत्री से कम नहीं होने दिया है। जो काम भेजते हो, करवा देता हूँ। सिलपटिया-कुसमाहातु रोड ठीक से बनवा रहे हो, न? बड़ी स्कीम है। सेक्रेटरी से मैंने कह दिया था, धानेसर का काम है। इसमें कहीं अगर-मगर नहीं होना चाहिए।"

"कभी जाँच के बहाने भी आइए, भागवत दा। गुल्लू तिवारी जी के साथ ही कभी आ जाइए। किसी चीज़ की कोई दिक़्क़त नहीं होगी।"

धानेश्वर महतो अपने चक्कर में थे। भागवत राय की चिन्ता चौपाल को लेकर थी। फिर भी, वे धानेश्वर महतो से यूँ बातें कर रहे थे, मानो वे उनका ही इन्तज़ार कर रहे थे! उनसे पिंड छुड़ाना भी आसान नहीं था।

अलकारानी जिस समय सड़क एवं परिवहन सचिव थीं, धानेश्वर सड़क-परिवहन मंत्री थे। उन्होंने हाथ जोड़कर धानेश्वर का अभिवादन किया, "सर, आजकल आपने सेक्रेटेरिएट आना छोड़ दिया है?"

"अभी सड़क ही अपना सेक्रेटेरिएट है मैडम, हा-हा-हा..."

"मैडम, वो एनएसी जलापूर्ति वाली फ़ाइल अभी तक क्लियर नहीं हुई है?"

"कौन-सी फ़ाइल?" भागवत राय ने अलकारानी से पूछा।

"सर, वो डैम से वाटर सप्लाई का कोटेशन है। तेरह करोड़ का है। चीफ़ इंजीनियर ने कहा कि ओवर एस्टीमेट है।"

"अरे, देख लीजिए। काम लटकाइए मत। कल भेज दीजिए।"

"जी, सर!" अलकारानी चुप हो गईं। अर्था की फ़ाइल भागवत राय के सामने रख दी।

"कोई समस्या है?" भागवत राय ने निजी सचिव शशि शर्मा से कहा, "मिंज को बुलाओ।"

लोग एक-एक कर वहाँ से निकल गए।

"सर, वे हेडक्वार्टर के लिए प्राइम लोकेशन चाहते हैं और अड़े हुए हैं।"

"सर, बबन बाबू का स्टील सिटी से फ़ोन है," शशि शर्मा ने मुख्यमंत्री के हाथ में मोबाइल दिया। मिंज की रिपोर्ट के पीले हिस्सों को भागवत राय ग़ौर से देख रहे थे।

"बोलो बबन!" बबन मुख्यमंत्री का ख़ास आदमी था और वे उसे राज्य अध्यक्ष गंगा बाबू की काट में आगे बढ़ा रहे थे, "तुमने तो कहा था कि मॉब

लिंचिंग का केस ख़त्म हो गया है। और अब अपहरण का? किसके अपहरण का? अभी रखो मोबाइल!"

"तिवारी जी से कहो कि स्टील सिटी के आसपास कोई मामला हुआ है। ठीक से देखें।" मुख्यमंत्री ने मोबाइल शशि को लौटा दिया। अब वे अलकारानी की ओर मुड़े, "वे लोग मानेंगे नहीं। देखिए। राजधानी, स्टील सिटी या टाटा में कहीं ज़मीन खोजकर निकालिए। मिंज को मैं सँभालता हूँ।"

शशि शर्मा परेशान-सा घुसा, "सर, गंगा जी का फ़ोन है।"

"...कार्तिक प्रसाद वहाँ कैसे पहुँच गया? एरेस्टिंग नहीं हुई है, न? मुझे पता है...मैंने डीजीपी को कह दिया है। अभी लोगों को शान्त रहने को कहिए। विधानसभा का सत्र शुरू होनेवाला है। मैनेज कीजिए। ठीक-ठीक..." भागवत राय ने मोबाइल टेबल पर रख दिया, "अलकारानी जी, डीसी चौधरी को लेवाडीह में बलप्रयोग से मना कीजिए। सेंसेटिव मामला है। लोग नहीं मानते हैं तो उन्हें सड़क जाम करने दीजिए।"

"सर!"

निजी सचिव के पास दूसरा फ़ोन आता है। सीएम ने सवालिया निगाह से देखा, "अब यह किसका आया?"

"बबन बाबू का।"

"उसे कहो कि अभी फ़ोन नहीं करेगा और न ही पब्लिक के सामने आएगा। मैं कोई बखेड़ा नहीं चाहता।" भागवत राय अलकारानी की ओर मुड़े, "हाँ, मैडम, और कैसी रही बातचीत? हेडक्वार्टर का मामला अरजेंट है।"

"सब कुछ अच्छा रहा लेकिन मिंज की रिपोर्ट से वे कुछ परेशान थे। उसने..."

"अरे, मिंज को पता ही नहीं है कि इनवेस्टमेंट के लिए कितना नाक रगड़ना पड़ता है! ये प्रशासक के बजाय एनजीओ टाइप की फ़ाइल तैयार करते हैं।"

"चिन्ता की बात नहीं है, सर! मैंने सँभाल लिया है। पटेल समझदार है।"

"भूमि-अधिग्रहण के लिए सम्बन्धित ज़िलों का एक सेल बना लीजिए। प्रधान जी का बहुत प्रेशर है।"

"सर, खूँटकट्टी और कम्यूनिटी लैंड को लेकर उलझनें हैं। अर्था के अधिकारी इससे अनजान नहीं हैं। लैंड-रेवेन्यू का हालदार बता रहा था कि एक पूरा फॉरेस्ट ही लिटिगेटेड है। पब्लिक पिटिशन पर हाई कोर्ट में सुनवाई चल रही है। खूँटकट्टी है...।"

"लैंड बिल को इस सेशन में ले आना होगा। कैबिनेट के एजेंडे में डाल दीजिए—इसी सप्ताह। सिन्हा जी से बात कर लीजिए।"

"सर!" शशि शर्मा आकर खड़ा हो गया।

"चौपाल के बाद तुरन्त ही हम निकल चलेंगे। लेवाडीह में स्थितियाँ बिगड़ सकती हैं। होम सेक्रेटरी को कहो, नज़र रखे। तिवारी जी कहाँ हैं?"

"सर।" अलकारानी ने हस्ताक्षर के लिए दस्तावेज़ सामने किया।

अलकारानी की पहली पोस्टिंग प्रशिक्षु अनुमंडलाधिकारी के बतौर टाटा में हुई थी। उस समय भागवत राय युवा थे। भागवत राय ने राजनीति में कदम भी नहीं रखा था। उस वक़्त ही उन्होंने अलकारानी को पहली बार देखा था। पता नहीं, अलकारानी को यह घटना याद भी होगी या नहीं!

शालडुंगरी मैदान में चल रहे अन्तरज़िला गर्ल्स हॉकी मैच की मुख्य अतिथि अलकारानी थीं। छरहरी, चश्मेवाली, जैसे पर्दे की कोई चमकती हीरोइन! भागवत राय के मन में वह छवि आज भी विराजमान है। उस मैच को वह भूल नहीं सकते। मैच के अन्त में बड़ा हंगामा हो गया था।

गुल्लू तिवारी और भागवत राय अपने मित्रों के साथ पेड़ की तरफ़ गोलपोस्ट के क़रीब बैठे थे। गुल्लू तिवारी हुड़दंग की योजना बनाकर आया था। भागवत राय का दिल आशंकाओं से धक्-धक् कर रहा था। गुल्लू तिवारी उन काली-कलूटी लड़कियों के अन्दर डर पैदा करना चाहता था।

मैदान के किनारे बुढ़िया की ज़मीन पर गुल्लू तिवारी झोंपड़ी बनाने की कोशिश कर रहा था। बुढ़िया, उसका बेटा और हॉस्टल की लड़कियाँ इसका विरोध करती थीं और कई बार उन्होंने गुल्लू तिवारी को खदेड़ा था। भागवत राय के पिता ने भी उस ज़मीन के एक हिस्से का काग़ज़ तैयार करवा लिया था। लड़कियों के ख़िलाफ़ गुल्लू तिवारी तरह-तरह के हथकंडा अपना रहा था। मैच में हंगामा करना उन्हीं में से एक था।

कॉर्नर को गोल में बदलने के लिए लड़कियाँ गुत्थमगुत्था हो रही थीं। वे बॉल के साथ गोलपोस्ट की ओर दौड़ती हुई आ रही थीं। अचानक गुल्लू तिवारी उठकर भागा और एक लड़की को दबोच लिया। हॉस्टल वार्डन ने लड़कियों को ललकारा और लड़कियाँ गुल्लू तिवारी पर टूट पड़ीं। उसके साथ आए लड़कों ने लड़कियों को डराने की कोशिश की, लेकिन वे आदिवासी हॉस्टल के लड़कों के हाथों में पड़ गए। दाँव उलटा पड़ गया था।

मैच रद्द हो गया। लड़कियों के अन्दर ग़ुस्सा और फूट पड़ा। भागवत राय की हिम्मत नहीं हो रही थी कि वह गुल्लू को बचाने उठें। अलकारानी ने गुल्लू तिवारी को लड़कियों से छुड़ाया। गुल्लू तिवारी का चेहरा और पैर सूज गए थे। भागवत की ओर देखकर गुल्लू मुस्कराया। योजना कामयाब रही। गुल्लू को ले जाने भागवत राय एसडीओ के नज़दीक पहुँचे। अलकारानी की ग़ुस्से से लाल आँखों को चश्मा रोक नहीं पा रहा था। वे गुल्लू को लेकर वहाँ से खिसक गए थे।

अलकारानी आज उनकी सरकार की मुख्य सचिव थीं।

कार्यकर्ता

धमाकेदार डीजे चल रहा था—

इस्कूल के टेम पे, आना गोरी डेम पे...

घोषणा की जा रही थी, "भाइयो-बहनो, बिकास पुरुस माननीय मुख्यमंत्री भागवत राय यहाँ चौपाल लगाएँगे। वे प्रधानमंत्री आवास, रासन कार्ड, कृसि-लोन, आँगनबाड़ी सेविका के निजुक्ति-पत्र बाँटेंगे। मुख्यमंत्री यहाँ बिजली, सड़क, नौकरी की घोसना करेंगे। आइए, आइए, आइए!"

गोरिया, तू चइल आना, तेरे लिए दिल है दीवाना। इस्कूल के टेम पे...

"भाइयो-बहनो, राज्य के बिकास पुरुस..."

शाम की शीतल हवा ने दोपहर से डटे कार्यकर्ताओं को थोड़ी राहत दी। वे लंच पैकेटों की ऊर्जा से लबालब थे। बड़े नेता और उनके साथ रहनेवाले भैयागण मुख्यमंत्री को यहाँ तक पहुँचाकर वापस हाइवे अथॉरिटी के डाकबँगले पर चले गए थे। इन नेताओं को गाली-गलौज देने के बाद वहाँ मौजूद कार्यकर्ता समय काटने का कुछ और ज़रिया ढूँढ़ने लगे।

कुर्सियाँ क़तारों से निकलकर धीरे-धीरे गणेश भैया के चारों ओर सजने लगीं। गणेश भैया अपने लिए पान लेकर चलते थे। लड़कों के लिए तिरंगा पुड़िया थी। खैनी की थापें पड़ने लगीं। सिगरेट का धुआँ उड़ने लगा। गणेश भैया उनकी ज़रूरतों को समझते थे।

मिनी बसों में ठाठ से बैठकर चोरपट्टी के कार्यकर्ता आए थे। कार्यकर्ता उनके लिए महत्त्वपूर्ण पद था। गणेश भैया ने कार्यकर्ता होने के महत्त्व को खोल-खोलकर उन्हें बताया था। चोरपट्टी के लड़कों की वजह से आज भी राजधानी के नेताओं में गणेश भैया ही बीस पड़ते थे। इन्हीं लड़कों के बल पर गणेश भैया ठेका लेने से लेकर वार्ड पार्षद की सीट जीतने में कामयाब हुए और अब एमएलए चुनाव में उनके खड़े होने की चर्चा शुरू हो चुकी थी। वे हमेशा ही चोरपट्टी के लड़कों को लेकर दिल्ली के नेताओं के स्वागत में आगे रहते।

विक्रम सिंह मुंडा से गोइलकेरा कांड का बदला भागवत राय ने इन्हीं कार्यकर्ताओं के बल पर लिया था। हालाँकि गोइलकेरा में हुई जूतेबाज़ी को अब याद करने का कोई मतलब नहीं रह गया था। तिवारी उन्हें ख़्वाहमख़्वाह याद दिलाता रहता था। चोरपट्टी के लड़कों ने टाउन हॉल में हंगामा मचा दिया था। गणेश भैया सामने नहीं थे। लेकिन उन्होंने कार्यकर्ताओं को समझा दिया था। विक्रम सिंह मुंडा को मंच छोड़कर भागना पड़ा था। इसमें मुंडा का कुर्ता फट गया। इसके बाद गणेश भैया की पहुँच सीधे मुख्यमंत्री तक हो गई थी।

तालेसर ने सिर घुमाकर इधर-उधर का जायजा लिया, "भइया, यहाँ प्रोग्राम किस चीज़ को लेकर है? हम लोग सोचे थे कि भाषण होगा और लौट जाएँगे। यहाँ आकर लोग अपने-अपने तम्बू में घुस गए हैं।"

पान चुभलाते वक़्त गणेश भैया की भंगिमा गम्भीर लगती, "अभी देखते जाओ, यह आदमी क्या करता है! लम्बा बाँस ठेल दिया है सबके पिछवाड़े में। मुंडा-गुंडा सब जाएँगे बूट लादने।"

"बीस खोपड़ा तो हइए है। शहर में ही देखो, सब्ज़ी मार्केट हटाकर मॉल के लिए ज़मीन एलॉट कर रहा है। कमीशन ही साला करोड़ों का बना लेगा।" एक ने समर्थन किया।

गणेश भैया नाराज़ हुए, "क्या हमेशा कमीशन-पर्सेंटेज की बात करते हो? छोटे लोगों वाली बात! अपने लिए कर रहा है क्या? देख लेना, वह जो काम करने जा रहा है—देश ही नहीं, दुनिया में स्टेट का नाम हो जाएगा।"

बन्द पड़े ऑटो एन्सिलरिज के पीछे की बस्ती है—चोरपट्टी। ऐसा कब हुआ था, यह ठीक-ठीक किसी को याद नहीं था। लेकिन अधिक दिन नहीं हुए थे, गणेश भैया ने बस्ती का नाम चोरपट्टी से बदलकर बजरंग नगर करवाया था। गणेश भैया ने

अपने भाषण में कहा था कि आज एक बड़ा काम भागवत सरकार ने कर दिखाया है। चोरपट्टी का नाम बस्ती के ऊपर कलंक जैसा लगता था। सत्तर सालों से यह नाम चलता रहा, किसी ने इस पर ध्यान नहीं दिया।

इस उपलब्धि से ज़्यादा फ़र्क़ नहीं पड़ा। लोग इसे चोरपट्टी ही कहते रहे। बजरंग नगर के बोर्ड पर ज़ंग लगने लगा। बाद में महिलाओं ने गोबर पाथकर इसे ढक दिया। चोरपट्टी की दिनचर्या घड़ी की टिक-टिक-सी थी। कारख़ानों के राख और कचरों से चुन-बिछकर ज़िन्दगी यहाँ खड़ी होती थी। कभी-कभार ही होता कि पाँच-दस किलो का कोई बड़ा स्क्रेप या पुर्ज़ा हाथ लग जाता। चमत्कार की उम्मीदों पर ज़िन्दगी चलती रहती। यह उम्मीद कभी-कभी उन्माद में भी बदल जाती थी।

गणेश भैया का चेहरा गोल और भरा हुआ था। गोरे थे। केसरिया कुर्ता और सफ़ेद पाजामा उन पर बहुत फबता था। पान चबाने का उनका अपना स्टाइल था। चोरपट्टी के लड़कों के लिए वे आदर्श थे। गणेश भैया लड़कों की उकताहट समझ रहे थे। उन्होंने बोलने के लिए मुँह को गोल कर पान की पीक की धार बनाई और दूर तक फेंकी। गणेश भैया के पास यह अद्‍भुत कला थी—पीक को लम्बे समय तक एक महीन धारा में छोड़ना।

श्यामलाल ने बहुत कोशिश की। लेकिन पीक फैलकर छिटकों में बदल जाती। श्यामलाल गणेश भैया का मुँहलगा था। गणेश भैया के कुछ कहने के पहले ही बोल पड़ा, "क्या गणेश भैया, किस फेर में पड़े हो! जब से ये सीएम बना है, इसके गाँड़ के पीछे-पीछे घूम रहे हो। कभी स्टेशन चलो तो कभी हवाई अड्डा चलो। कभी फुटबॉल ग्राउंड चलो तो कभी हॉकी ग्राउंड चलो! कभी मुंडा का मुर्दाबाद करो, तो कभी सोरेन का मुर्दाबाद करो..."

"समलला, तुम साला चोरपट्टी से कभी बाहर निकलो तब तो! भागवत राय ने पूरे देश को चैलेंज दे दिया है कि उनके नेतृत्व में राज्य सबसे आगे रहेगा। पता है, साला, गऊ रक्षा के खाते में चालीस ठो को यहाँ ऊपर भेज दिया गया है। इसके बाद ही किसी दूसरे राज्य का नम्बर है। अभी देखना, मिसनरियों का भी क्या हाल होगा। कुछ समझते भी हो?"

एक आदिवासी अधेड़ शराब पीकर लाउडस्पीकर के इर्द-गिर्द चक्कर मार रहा था, "ऐ हाप्पे, चोप्प। एकदम चोप्प!"

श्यामलाल के अन्दर शराब की ललक तेज़ हो गई। गणेश ने मनाही में सिर हिलाया, "प्रोग्राम हो जाने दो। जाते समय सूरजा लाइन होटल में रुकेंगे। साला, कोई प्रोग्राम के पहले पीएगा तो माँ क़सम..."

उस अधेड़ के पास भीड़ जमने लगी। लाउडस्पीकर वाले ने लाउडस्पीकर बन्द कर दिया। लाउडस्पीकर वाले को पता था कि दारुहातु के लोग भारी बदमाश हैं। वे किसी बात को एक बार पकड़ लेते हैं तो बस पकड़ लेते हैं।

पिया हुआ आदमी नाचने लगा :

धिन-धिन धुरांग-धुरांग, धिन-धिन...
तुइयु कुलिइअ बिर के
बोरो कनआरू रेअरू हो हगा
बिर कुलिइअ कुड़िद के
सेंगेल ओकोए जुनडीकदा

(सियार पूछा जंगल से
डरते क्यों हो भाई
जंगल पूछा चील से
किसने आग लगाई
धिन-धिन-धिन धुरांग-धुरांग...)

क़स्बे के लड़कों को अच्छा मनोरंजन मिल गया। उसके गाने के साथ किसी मसखरे ने मुँह से ही ताल दिया—

धुनुक-धुड़म, धुनुक-धुड़म...।

भीड़ देखकर पिए हुए आदमी का जोश बढ़ गया। उसने गाली-गलौज शुरू कर दी, "कौन साला, पुलिस मँगाया है रे? गाँव के लड़कों को पकड़ रहा है! यहाँ दारुहातु में क्या लूटने आया है?"

भीड़-भाड़ और फिर शराब पिए हुए आदिवासी की गाली-गलौज की ओर छोटा बाबू का ध्यान गया। उन्होंने भीड़ हटाने की कोशिश की, "हटो, हटो। इसको छोड़ दो। पी लिया है। ऐ, घर जाओ।"

उसने छोटा बाबू के रिवॉल्वर को दिखाकर कहा, "बन्दूक दिखाता है? सेरेंगबुरु दिखता छोटा है, मगर बड़ा-बड़ा खोह है इसमें।"

वह छोटा बाबू के सामने ही नाचने लगा—

धिन-धिन-धिन धुरांग-धुरांग।

भीड़ घटने के बजाय और बढ़ गई। हँसी-ठट्ठा भी बढ़ गया।

छोटा बाबू पसीने से तर-ब-तर हो गए। सब लफड़ा उन्हीं की ड्यूटी में क्यों शुरू होता है?

वरीय ज़िला पुलिस अधीक्षक ने चिल्लाकर कहा, "व्हाट द हेल इज गोइंग ऑन?"

"सर, पीकर बखेड़ा कर रहा है। कह रहा है कि तुम लोग गोली चलाने आए हो।"

"अरेस्ट हिम...उसे कस्टडी में लो।"

पंचायत का डीलर गेंदो साहू दौड़कर आया, "सर, छोड़ दीजिए। सोमा है। पिए हुए है। ख़ुद शान्त हो जाएगा।"

"फायरिंग-वायरिंग की बात क्यों कर रहा है?"

"सर, पीकर जोकरई कर रहा है।"

ज़िला पुलिस अधीक्षक (ग्रामीण) ने दूसरे अधिकारी के कान में कहा, "केस डाउटफुल लग रहा है।"

वरीय ज़िला पुलिस अधीक्षक ने दारोगा को इशारा किया, "सकलदीप, उसको कस्टडी में लो!"

सकलदीप सिंह ने थाने के छोटा बाबू को अनिच्छा से कहा, "जाओ, इसे कैंप में बैठा दो।"

"क्या है यहाँ? तमाशा लगा है? भागो यहाँ से! कुर्सी लगी है, वहाँ नहीं बैठ सकते?"

एक सिपाही ने एक लड़के के पिछवाड़े में दो-चार डंडे जमाए, "साहब बोल रहे हैं, समझ में नहीं आ रहा है? सीएम का प्रोग्राम सुनने आए हो कि इस दारू-पिए का नाच देखने आए हो?"

भीड़ वहाँ से फट गई। चोरपट्टी के लड़के फिर गणेश भैया के पास आकर बैठ गए। श्यामलाल के चेहरे पर उकताहट थी, "गाँव का नाम भी है दारुहातु—ही-ही-ही दारुहातु! इस गाँव में इतनी बड़ी मीटिंग का झमेला ठीक नहीं है। ख़र्चा है, सो अलग।"

"ख़र्चा को लेकर तुम्हारी क्यों फट रही है? अबे साला, भागवत राय ने दूर की चली है। एक तीर से अन्दर-बाहर सब विरोधी साफ़!"

गौरव के क्षण

आयोजन में लगभग तीन करोड़ का ख़र्च आ रहा था। बात ख़र्च की नहीं थी। ख़र्च तो होता ही रहता है, सब जानते हैं। इन अफ़सरों ने ऐसे-ऐसे आयोजनों के बिल भी पास करवाए हैं जो कभी हुए ही नहीं। भागवत राय का ज़ोर कार्यक्रम के राजनीतिक प्रभाव पर था। पत्रकारों के मूड से लग रहा था कि यह बड़ा राजनीतिक धमाका साबित होगा। नीता दास कुछ अटपटी लिख-पढ़ भी दे तो सम्पादक बैलेंस कर लेगा। इम्तियाज़ बच-बचाकर लिखनेवाला है।

भागवत राय ने सोच लिया था, मुंडा की बोलती बन्द करनी होगी। इस कार्यक्रम के बाद उसकी बन्दरकूद बन्द हो जाएगी। कुकुरमुत्ते की तरह मौजूद आदिवासी संगठनों की क्या प्रतिक्रिया होगी—यह चिन्ता की बात थी।

शशि ने चहकते हुए कहा, "सर, प्रधान जी ने आपके चौपाल के बारे में ख़ुद ट्वीट किया है!"

"क्या!"

भागवत राय अवाक् रह गए। उन्होंने शशि के मोबाइल को हाथ में लिया—प्रधान जी के ट्वीटर हैंडल पर उनका चिर-परिचित रोबदार मुस्कराता चेहरा! चेहरा जो देश के आत्मविश्वास और अच्छे दिनों का प्रतीक बन चुका था। देश करवट बदल चुका था। युवा गौ माता के लिए सड़कों पर उतर रहे थे। राष्ट्र-शक्ति की उद्घोषणा हो चुकी थी। चारों ओर राष्ट्रभक्ति का बयार बह रही थी। साहेब के चेहरे पर संकल्प था और आँखों में लक्ष्य।

"आज जब आप अपने घरों में चैन से हैं, हमारा मुख्यमंत्री आदिवासियों के दुख-दर्द को साझा करने और विकास की मशाल जलाने दूर गाँव में रात बिता रहा है। यह हमारी निष्ठा का प्रमाण है और निष्ठा ही हमारी शक्ति है।" इन वाक्यों के नीचे भागवत राय की उस तसवीर को अपलोड किया गया था जिसमें उनके चेहरे के बैकग्राउंड में सेरेंगबुरु और जंगल थे और चरवाहे अपने जानवरों को हाँक रहे थे।

बधाइयों का ताँता शुरू हो गया। अलकारानी ने 'ग्रेट' कहकर कांग्रेट्यूलेट किया। डीजीपी को उनके लड़के ने ख़बर भेज दी थी। उन्होंने कहा, "सर को बधाई हो! कमाल का प्रोग्राम आपने सेट किया है, सर!"

राज्य अध्यक्ष गंगा बाबू ने भी कॉल किया। "भागवत बाबू, कहने के लिए शब्द नहीं हैं। बधाई! लेवाडीह का टेंशन मत लीजिए। जाम अभी भी है। दिक़्क़त ये है कि अपहृत लड़की के परिवार में अब कोई बचा ही नहीं है। उसका भाई मॉब

लिंचिंग में पहले ही मारा जा चुका है। बबन बाबू उस केस में बरी हो चुके हैं। लड़की का बाप भी लापता है। बात किससे की जाए? प्रशासन कार्तिक प्रसाद को मनाने में लगा है। चलिए, ये सब तो लगा ही रहता है। आपको बहुत-बहुत बधाई, भागवत बाबू! हम लोगों का मान आपने बढ़ाया है।"

"अरे अध्यक्ष जी, हें हें हें...हम सब के लिए यह गर्व की बात है। इस सरकार के पीछे आप लोग खड़े नहीं होते तो यह सब हो पाता?"

शशि ख़ुश था, "मुंडा जी ने भी ट्वीट किया है। बधाई दी है और सफलता की कामना की है।"

वहाँ मौजूद सभी लोग हँस पड़े। भागवत राय हँसे नहीं, मुस्कराए, "उन्हें धन्यवाद दे दो।"

वे उस छोटे-से टेन्ट-रूम में टहलने लगे। इसे कहते हैं नेतृत्व! देखो, प्रधान जी ने वहाँ से चीज़ों को भाँप लिया। उन्हें पता था कि भागवत राय ही है जो राज्य के विकास को पटरी पर ला सकता है।

तिवारी भी खड़े हो गए और ख़ुशी उनकी मूँछों के नीचे से फड़क-फड़ककर बाहर आ रही थी, "सर, उन लोगों ने चलाकर देख लिया। आपके तीन साल का शासन उनके पन्द्रह साल पर भारी पड़ेगा।"

"सर, हमें फास्ट करना होगा। चीज़ें जब लटक जाती हैं तो जटिलताएँ बढ़ जाती हैं। अर्था प्रोजेक्ट को लेकर मैं अधिकारियों की एक मीटिंग इस सप्ताह ही कर लेती हूँ।"

शशि शर्मा ने धीरे से मोबाइल भागवत राय की ओर बढ़ाया, "मैडम का फ़ोन है।"

"मैडम?"

"घर से।"

भागवत राय के चेहरे पर कुछ क्षण के लिए तनाव उभरा। फिर वे सामान्य हो गए, "जा रही है, इसमें पूछने की क्या बात है?"

भागवत राय अपने पिता का बहुत आदर करते थे लेकिन इस अनचाही शादी के लिए उन्होंने अपने पिता को कभी माफ़ नहीं किया। काश, वे जीवित होते तो बेटे की ऊँचाई देख पाते। आत्मगौरव के इस मौक़े पर भागवत राय अपने पिता के प्रति कोई दुर्भाव नहीं रखना चाहते थे।

उनके पिता आदिवासी गर्ल्स हॉस्टल के लफड़े के बाद उनसे ख़ुश नहीं थे। वे यह मानने को तैयार नहीं थे कि यह सब केवल ज़मीन पर दावा जताने के लिए किया गया था। उनके पिता का मानना था कि इन हथकंडों से ज़मीन पर क़ब्ज़ा मिलने के बजाय जेल की कोठरी मिलेगी।

उस दिन उनके पिता दुखन राय और बृजनन्दन शर्मा सुबह-सुबह धूप में सरसों का तेल लगा रहे थे। यह कोऑपरेटिव कॉलोनी का एलआईजी फ़्लैट था। बाहर की तरफ़ दो कमरों को कच्ची मिट्टी के गारे से जोड़कर खड़ा किया गया था। फ़्लैट के मुख्य द्वार की बाईं ओर गायों को बाँधने के लिए एक शेड था और दाईं ओर एस्बेस्टस की छावनी वाला कमरा था। गुहाल के बग़ल के कमरे में दुखन राय जी की बैठकी चलती थी और बाहर के मेहमान भी इसमें ही ठहरते थे।

सन् चौरासी के अप्रैल के शुरुआती दिन होंगे। सुबह की धूप इतनी कड़ी नहीं थी। दुखन राय धारीदार अंडरवियर में थे। गाय को सानी देकर वे नहाने की तैयारी कर रहे थे। शर्मा जी गमछा पहने हुए थे और वे दोनों तेल लगा रहे थे। दुखन इन्दिरा की तारीफ़ कर रहे थे, "यह अपने बाप से भी तेज़ निकली। पाकिस्तान को ऐसा सबक सिखाया है कि अब फिर कभी काँख नहीं पा रहा है। राकेश शर्मा को अन्तरिक्ष भेजकर आकाश पर भी क़ब्ज़ा कर रही है!"

"ठीक है। बस, एक चीज़ ग़लत कर रही है। वह है—रूस की पूँछ पकड़ना। देखो, अब खालिस्तान के मामले को कैसे सँभालती है!"

"शहर के लइकन सुगबुगा रहे हैं। अलग राज्य के मामले से कॉलोनी के लोग थोड़े घबराए हुए हैं।"

"इसलिए भैया जी ने तुरन्त लगने को कहा है।" बृजनन्दन शर्मा का स्वर धीमा था, "नक्सली हैं इसके पीछे। वे आदिवासियों और यहाँ के लोकल लोगों को बहका रहे हैं।"

दुखन जी ने नाक से ज़्यादा तेल सुड़क लिया था। उनकी आँखों से आँसू गिर रहे थे।

शर्मा जी ने कहा, "सब साफ़ कर देगा। कड़ुआ तेल में यही ख़ास बात है।"

भागवत राय अपने जूते पर पॉलिस मार रहे थे। भागवत राय को साफ़-साफ़ याद है। उनके पिता और शर्मा जी को यज्ञ समिति की तैयारी में शहर का दौरा करना था। अचानक उनके पिता ने उन्हें बुलाया, "मैं बाहर जा रहा हूँ। तुम आज कहीं नहीं जाओगे। घर पर ही रहना। गाय को समय पर सानी देना है। गाभिन है।"

"ज़मीन के चक्कर में मुझे आज निकलना पड़ेगा।"

"ये रोज़-रोज़ का चक्कर क्या है? हॉस्टल के पासवाले ज़मीन को क्लीयर करना था, यह तुमसे हो नहीं पाया। तिवारी ने कैसे ले लिया है वहाँ?"

"बुढ़िया दौड़ पड़ती है। आसपास के आदिवासी दौड़ पड़ते हैं। बुढ़िया हॉस्टल की लड़कियों को बुला लेती है। तिवारी की झोंपड़ी भी कहाँ तैयार हो पाई है?"

"बुढ़िया? फिर भी, गुल्लू तिवारी ने पीपर गाछ के दक्खिन ज़मीन की नाप-जोख तो करवा ली है न?"

"दुखन, हड़बड़ी मत करो।" बृजनन्दन शर्मा की नाभि उभरी हुई थी। भागवत को याद है। वे नाभि में तेल लगाकर उसे समूचे पेट पर धीरे-धीरे फैलाते, "मैं गुल्लू को इसमें लगाता हूँ। बबुआ भागवत, गुल्लू को साथ रखो।"

गुल्लू तिवारी गुंडा नहीं था, गुंडा टाइप था। व्याख्याता भी डरते थे। आदिवासी लड़कों और लड़कियों से गुल्लू तिवारी का टकराव बढ़ रहा था। कुछ दिन पहले उसने दो-तीन आदिवासी लड़कों को गर्ल्स हॉस्टल के गेट पर पीटा था। बदले में उन लड़कों ने गुल्लू तिवारी को चाय की गुमटी से घसीटकर निकाला और कूट-कूट कर मारा था। गुल्लू तिवारी तमाम मारपीट को बिना शिकायत झेल लेता था। उसने भागवत राय से कभी शिकायत नहीं की कि भागवत राय ने उसे बचाने की कोशिश क्यों नहीं की।

भागवत राय ने गर्व से शर्मा जी को कहा, "गुल्लू को कहने की ज़रूरत नहीं है। वह मेरा साथ दे रहा है लेकिन ख़ुद भी तो लगना पड़ेगा। रोज़-रोज़ गाभिन गाय के पास बैठा रहूँगा तो..."

"गऊ हमारी माता है। ऐसे मत बोला करो, बबुआ भागवत!" बृजनन्दन शर्मा हँस पड़े, "आराम से दुखन, आराम से। ज़मीन कहीं भागी नहीं जा रही है।"

"सारी ज़मीन निकल रही है, शर्मा जी। आदिवासी घर अब वहाँ बचे कहाँ हैं? बुढ़िया भर है। जब तक मैदान में लड़कियाँ खेल रही हैं, ज़मीन पर क़ब्ज़ा मुश्किल है। इसके बावजूद लोग रसीद तो कटवा ही रहे हैं।"

"रजिस्टर टू का पेज हटवाना होगा।" शर्मा जी ने अँगूठे और मध्यमा से जनेऊ को दबाकर घुमा-घुमाकर निचोड़ने लगे ताकि उसमें लगा तेल बाहर निकल आए। तेल के साथ जमा मैल भी बाहर निकल रहा था, "तभी काग़ज़ पक्का हो पाएगा।"

"नकुल सिंह ने बग़ल में झोंपड़ी दी थी। देखे नहीं, क्या हुआ? लड़कियों ने झोंपड़ी गिरा दी। आदिवासी हॉस्टल के लड़के भी आ जाते हैं।" इस विश्वास के साथ भागवत राय पहली बार अपने पिता से बात कर रहे थे, "आपको क्या लगता है कि मैं दिन-रात वहाँ जाकर फंटूसी करता हूँ?"

"इस तरह बात मत करो। गुल्लुवा को मैं जानता हूँ। दुखन जी, तुम्हारे भले के लिए ही कह रहे हैं। आधा घंटा सानी-पानी देने में क्या दिक़्क़त है? गऊ माता आशीर्वाद ही देगी।"

"जब तक जिन्दा हूँ, सानी-पानी मैं कर लूँगा लेकिन जान लो, ज़मीन पर क़ब्ज़ा नहीं कर पाए तो पछतावा के अलावा कुछ हाथ नहीं लगेगा।"

माहौल तनातनी का हो गया था। शर्मा जी ने बीच-बचाव किया, "अरे बेटा, इस तरह बात नहीं की जाती है। बेमतलब के चक्कर में समय मत बर्बाद करो।"

"आप सोचते हैं कि नकली हुकुमनामा भर से ज़मीन-क़ब्ज़ा हो जाएगा?" पिता की नासमझी पर भागवत राय झुँझला उठे थे, "हॉस्टल की लड़कियों को जब तक सबक नहीं मिलेगा, ज़मीन पर आप कभी क़ब्ज़ा नहीं कर पाएँगे। हम और गुल्लू वहाँ अड्डेबाज़ी के लिए नहीं बैठे रहते हैं। ठीक है, आज मैं सीआई से मिल लेता हूँ।"

"छोड़ो दुखन, इसे जाने दो!" शर्मा जी ने अपने तलवे पर तेल की मालिश शुरू की, "लड़का तेज़ है। लेकिन तुम्हारे बारे में इसको ठीक से पता नहीं है। अपने बाप को नहीं जानते तुम! चौंसठ वाला तुम्हें याद नहीं है लेकिन उन्यासी वाला तो याद है? दोनों का हीरो था ये हीरो! पगड़ी बाँधकर अब भी यह निकल जाए तो इसको देखकर लोगों की खड़े-खड़े मूत निकल जाएगी।"

उसके पिता शर्मा जी की प्रशंसा सुनकर ख़ुश थे। मगर उनकी रुखाई नहीं गई थी, "नौकरी-चाकरी नहीं करनी है, मत करो। अब वापस गाँव हम लौटनेवाले नहीं हैं। बित्ता-दो बित्ता ज़मीन तो चाहिए बाल-बच्चों के लिए।"

उस शाम ही गुल्लू और गर्ल्स हॉस्टल की लड़कियों के बीच मारपीट की बड़ी घटना घट गई। भागवत भी उसमें मौजूद थे। उनके पिता को पता चला लेकिन उन्होंने भागवत राय के साथ कोई डाँट-फटकार नहीं की। सुबह शर्मा जी के सामने रोने लगे, "बबुआ को बचा लीजिए। कहीं गुल्लू अपने साथ इसे भी जेल में सड़ाकर बर्बाद न कर दे!"

"चुप करो, दुखन! भागवत केवल तुम्हारा बेटा नहीं है, हमारा भी बेटा है। एफ़आईआर में किसी का नाम नहीं है—न गुल्लू का और न ही भागवत का। अज्ञात पर एफ़आईआर किया गया है।" शर्मा जी ने प्यार से भागवत के पिता को झिड़की दी थी, "इसकी जल्दी शादी करा दो!"

भागवत राय अतीत से लौटे। यह अतीत में बहने का समय नहीं था। सफलता के क्षणों में भावुक होना असामान्य नहीं है। कौन जानता था कि एमओयू जैसे विवादित मुद्‌दे को चौपाल के माध्यम से वे इतना लोकप्रिय बना देंगे? अर्था परियोजना उनकी कुर्सी के लिए लौंग-टर्म गारंटी साबित होगी। इस परियोजना के रास्ते में भूमि क़ानून की धारा 71-ए है। इसका काट निकालना ज़रूरी है।

निजी सचिव ने सूचना दी, "करमा भगत भी आ रहे हैं।"

खेल मंत्री करमा भगत खेल सचिव प्रशान्त राय से परेशान थे। करमा भगत की कोई बात प्रशान्त राय सुनता ही नहीं था। खेलों की योजना और संसाधन को अपनी मुट्‌ठी में समेटकर रखता था। कभी-कभी भागवत राय को ऐसे मंत्रियों पर क्रोध भी आता था कि एक छोटे-से मंत्रालय भी ये नहीं सँभाल पाते हैं! सचिव की शिकायत लेकर हर जगह दौड़ते फिरते हैं। करमा भगत बीएल गुप्ता को सचिव बनाना चाहते थे। उन्हें अफ़सरों की समझ नहीं है। अफ़सरों की हिस्ट्री देखनी चाहिए। बीएल गुप्ता की किसी से पटी नहीं है। विद्युत में था तो टाटा-बिड़ला को नोटिस भेजना शुरू कर दिया था। कार्मिक में आया तो मुंडा जी की खटिया खड़ी कर दी थी।

"बाहर सब ठीक है?" भागवत राय ने सिर हिलाया, "खेल अखड़ा की कोई फ़ाइल आई हुई है?"

"खेल अखड़ा की कोई फ़ाइल नहीं है। गुमला हॉकी टूर्नामेंट का प्रारूप, उद्‌घाटन और प्राक्कलन है। सामाजिक कल्याण से आदिम जनजाति वाली फ़ाइल भी आई है।"

"खेल अखड़ा वाली फ़ाइल प्रशान्त से मँगा लेना।"

"बंगाल की नाच टीम आ गई है, तैयार हो रही है। आधे घंटे में चौपाल शुरू हो जाएगा।"

फ़रारी

आयोजन स्थल पर भीड़ लग गई थी। स्टेज के ठीक सामने चौपाल के लिए दरी बिछी थी। यह चौपाल का प्रतीक थी। इसके इर्द-गिर्द कुर्सियों की क़तारों को एक बार फिर ठीक-ठाक किया गया। ज़िले के तमाम पारा-शिक्षकों, जल सहियाओं, आँगनबाड़ी सेविकाओं, स्कूल के रसोइयों, पंचायत-सेवकों, रोज़गार-सेवकों और

दूसरे कर्मचारियों को वहाँ बुला लिया गया था। प्रखंड के अधिकारियों ने इन्हें चौपाल में विभिन्न भूमिकाओं लिए तैयार किया था। ग्रामीणों की संख्या भी अच्छी थी। आदिवासियों का एक हिस्सा पारम्परिक वेशभूषा में था। क्रम तैयार था। एजेंडा तैयार था। सवाल तैयार थे। जवाब तैयार थे।

सोसोपिड़ि के लोगों के लिए बैठने की व्यवस्था अलग थी। वे लोग दारुहातु वालों से सात हाथ दूर बैठे थे। अफ़सरों ने बीच की ख़ाली जगह देखी। उन्होंने इसे भरने का निर्देश दिया। दारुहातु का एक बूढ़ा उठ खड़ा हुआ, "ये लोग सोसोपिड़ि के बड़े लोग हैं। पहले सोसोपिड़ि और दारुहातु एक ही गाँव था। गाँव के बीच में हेंसादा नदी थी। बहुत पहले इनके पुरखों ने एक बार पेड़ और चट्टान डालकर नदी के बहाव को रोक दिया। हेंसादा नदी सात दिन अलग-अलग रूप में गाँव आई और कहा कि नदी का रास्ता छोड़ दो। लेकिन ये लोग नहीं माने। आठवें दिन हेंसादा नदी हाथी पर आई और सोसोपिड़ि के चारों ओर सात कोस के जंगल को हेंसादा नदी ने टाँड़ में बदल दिया। ये लोग अभी भी हमसे बड़े हैं। हमारे लोग हैं लेकिन हमारे बीच सात हाथ की दूरी है।"

सोसोपिड़ि के एक बूढ़े ने उसकी बात काटी, "नहीं-नहीं, ये हमारे छोटे भाई हैं, सही बात है। मगर बात दूसरी है। नदी ने हमारे लोगों को सपना दिया था कि 'वहाँ मेरी बहनें पुंडिटिकरी और सोसोपिड़ि बिना पानी की तड़प रही हैं। तुम लोग वहाँ पानी पहुँचाओ।' सात दिन नदी अलग-अलग रूप में आई। आठवें दिन हम लोगों को वहाँ ले जाने के लिए हेंसादा नदी ने हाथियों को भेजा और हम लोगों के पुरखे यहाँ से उठकर सोसोपिड़ि में बस गए। सोसोपिड़ि के चारों ओर टाँड़ ही टाँड़ है। लेकिन कोई भी नया काम हम दोनों गाँव एक-दूसरे की सलाह के बग़ैर नहीं करते हैं।"

अफ़सरों ने इन बूढ़ों की नादानी का भरपूर मज़ा लिया। मन खोलकर हँसे। उन्होंने फिर कोशिश की कि दोनों गाँवों के लोग एक साथ बैठें। इसके विरोध में दोनों गाँव के लोग उठ खड़े हुए। नतीजतन हेंसादा नदी की शापित सात हाथ की दूरी बनी रही।

बाईं ओर की गैलरी पत्रकारों के लिए थी। स्थानीय टीवी चैनलवालों ने मचान पर अपने कैमरों को स्टैंड पर कस लिया था। कुछ लाइव शुरू कर चुके थे। राष्ट्रीय चैनलवालों ने अपनी कुर्सियाँ खिसकाकर स्टेज के नज़दीक कर ली थीं। अख़बार वाले गप्पें हाँक रहे थे। राजीव कुमार ने शशि शर्मा को ज़ोर से हाँक दिया। शशि उनके क़रीब आए। शफ़ीक़ ने उनके कंधे पर हाथ रखा, "ये देखो, यहाँ का असली हीरो। इस बाराती के दूल्हा तो शशि बाबू ही हैं।"

चोरपट्टी के लड़कों ने अचानक नारेबाज़ी शुरू कर दी, "जय सिरी-ई-ई..."

"हिन्दुस्तान में रहना है तो, वन्दे मातरम्..."

शफ़ीक़ ने उधर देखा, "अबे, का चीज़ का हल्ला शुरू कर दिया है इन लोगों ने? कुछ हुआ क्या?"

नीता दास चौपाल में बैठे लोगों से बातचीत कर लौट रही थी और अपने लिए गैलरी में कुर्सी तलाश रही थी, "एक और मॉब लिंचिंग हुई है। इन गदहों को अभी पता चला है।"

राजीव कुमार ने आपत्ति की, "कम-से-कम हमें तो अदब से बात करनी चाहिए। इन्हें आप गदहा नहीं कह सकती हैं। ये पोलिटिकल पार्टी के..."

नीता दास ने पलटकर कहा, "राजीव जी, इनकी खिंचाई को आप अपने ऊपर क्यों ले लेते हैं? आपके प्रधान ने सार्वजनिक बयान दिया है कि उन्हें कोई गदहा कहता है तो..."

"अरे, ये कोई खिंचाई है! वामपंथियों की यह आदत ही उन्हें ले डूबी है।"

"अब ये वामपंथी कहाँ से घुस गए बीच में! बात मेरे और आपके बीच हो रही है। आप मुझसे बात करो। आपका ये सीएम सार्वजनिक मंचों से 'रे, बे' करता है, उसे सिखाइए।"

शशि ने हस्तक्षेप किया, "राजनीतिक कार्यक्रमों में इतना उत्पात चलता ही है। इसमें नई बात क्या है?"

शेखर राजनीतिक पचड़ों से ख़ुद को दूर रखता। वह अधिकारियों के बारे में जमकर लिखता—ज़िला स्तर के अधिकारियों के ख़िलाफ़। योजनाओं के घपलों को भी उजागर करता। राजनीतिक टिप्पणियाँ भी सन्तुलित रहतीं। वह पत्रकारिता के इस मुकाम पर आ गया था जहाँ सरकारों और मंत्रियों के साथ उसके रिश्ते बहुत ही सहज थे। उसका सम्बन्ध अपने सम्पादक शुक्ला के साथ ख़राब नहीं था। प्रतिद्वंद्वी अख़बार 'दैनिक ऑब्ज़र्वर' के सम्पादक खगेन्द्र प्रभात के साथ भी उसके रिश्ते मधुर थे।

भागवत राय यहाँ कोई शेखियाँ बघारने नहीं आए हैं। एक कठिन और अपरिहार्य कार्य उन्होंने हाथों में लिया है। चौपालों को कॉरपोरेट का औज़ार बनाना आसान नहीं है। इस चौपाल के पीछे दिल्ली की ताक़त थी। एमओयू के साथ अरबों-खरबों की बाढ़ आ रही थी।

सवाल पत्रकारिता का नहीं था। सवाल पक्ष चुनने का था। शेखर को पता था कि उसे किधर खड़ा होना चाहिए। शेखर ने बहस में दख़ल दिया, "अरे, आप

लोग यहाँ चौपाल के कवरेज के लिए आए हैं या वामपंथ-दक्षिणपंथ पर बहस के लिए? शशि बाबू, अर्था के साथ वार्ता का पेपर हमें दे दीजिए। हमारे पास भी करने को कुछ होगा।"

"लकड़ा जी तैयार कर रहे हैं।"

"अरे, लकड़ा जी क्या देंगे, आपको भी पता है! आप फ़ाइल की कॉपी ही फ़ारवर्ड कर देते।"

"फ़ाइल अभी सर के पास है।"

"सर के पास है, इसलिए तो आपको कह रहे हैं। क्या हम लोगों को अलकारानी से माँगना पड़ेगा?"

"ठीक-ठीक, मैं दे देता हूँ। सर को देख लेने दीजिए। मैडम भी वहीं बैठी हैं। मिंज की रिपोर्ट है, कहिए तो फ़ॉरवर्ड कर दूँ।"

"मिंज की रिपोर्ट? उनकी रिपोर्ट लेकर क्या करेंगे हम? ज़िले का भूगोल नापना है क्या?"

"मुझे भेज दीजिए।" इम्तियाज़ ने ख़ुशामद की, "मैं ज़िले का एक्सक्लूसिव करूँगा। अच्छा, सुना है, यहाँ कोई आदिवासी अभी कस्टडी से भाग गया है?"

"कस्टडी से भाग गया है?" शशि को मालूम नहीं था। वह उधर वार्ता और लेवाडीह के मामले में फँसा हुआ था, "पता करता हूँ। किसने कहा है?"

"यही राज़ की बात है, शशि बाबू! डीजीपी तिवारी से पूछिए।"

"आप लोगों ने लंच ले लिया है? मैं कॉफ़ी भिजवाता हूँ।"

देखते ही यह गाँव शशि शर्मा को मनहूस लगा था। उन्होंने सोचा कि कोई मामूली बात होगी। पुलिसवाले होते ही हैं बेदिमाग़। प्रोग्राम में गिरफ़्तारी करने और टेंशन बढ़ाने की ज़रूरत क्या थी? फिर शशि शर्मा को ख़याल आया कि स्थानीय सांसद द्वारा भागवत राय को माला पहनाने के कार्यक्रम को भी कार्यसूची में डालना है।

"ठीक-ठीक, सर से अभी बात कर लेते हैं। ज़रा रिपोर्टर लोगों के यहाँ कॉफ़ी भिजवा दीजिएगा।" शशि शर्मा ने बैज लगाए एक अधिकारी को पकड़ा।

"मैं ख़ुद लेकर आता हूँ। मुझे पहचाने, शशि बाबू? भाभी कैसी हैं? आते हैं अगले हफ़्ते।"

बाहर डीजीपी तिवारी, कमांडेंट प्रशान्त पात्रा, सीनियर एसपी, रूरल एसपी, आइजी और दूसरे तमाम अधिकारी बैठे हुए थे। पुलिसकर्मी सावधान की मुद्रा में खड़े होकर बातें कर रहे थे। शशि शर्मा तेज़ी से तिवारी की ओर लपका।

तिवारी के सामने थानेदार गिड़गिड़ाया, "सर, मैं ख़ुद अरेस्टिंग के पक्ष में नहीं था।"

सीनियर एसपी ने उसे डाँट पिलाई, "क्या मतलब है तुम्हारा? तुम उसे खुला छोड़ देना चाहते थे?"

थानेदार परेशान था। डीजीपी ने पूछा, "वह भागा कैसे? ड्यूटी पर उस समय कौन-कौन थे?"

छोटा बाबू ने जवाब दिया, "हुज़ूर, हम लोगों ने उसे हाजत में बन्द कर दिया था। वह आते ही फ़र्श पर लेट गया और खर्राटा मारने लगा, फिर..."

शशि को देखकर तिवारी आगे आए, "और कितना लेट है, शशि बाबू?"

"सब रेडी है। उसका पता चला?"

"आप लोग इसका टेंशन मत लीजिए। पिए हुए है। इधर-उधर कहीं लुढ़क गया होगा। जवान सर्च कर रहे हैं। डिफ़ेंस के चार सर्किल हैं। गाँव के बाहर है एक। दूसरा यहाँ से हाफ किलोमीटर तक है। तीसरा इस प्रोग्राम लोकेशन के इर्द-गिर्द है। सोसोपिड़ि से दारुहातु रास्ते में मोटरसाइकिल दस्ता है। सेकंड-इन-कमांड लगातार पेट्रोलिंग में है। सर को फ़रारी के बारे में पता चल गया क्या?"

"मैंने नहीं बताया है। रिपोर्टर लोग बात कर रहे थे।"

"छोटी-मोटी बात है। सर को टेंशन में डालने की ज़रूरत नहीं है।" डीजीपी छोटा बाबू की ओर मुड़े, "फिर क्या हुआ?"

"हुज़ूर, वो खर्राटा मार रहा था। इधर नास्ते का पैकेट आ गया। जवान लोग इसमें लग गए थे। नास्ता करने के बाद एक जवान पानी लेने रसोई के अन्दर गया। वो गरम पानी ही पीता है। कच्चा पानी से उसका गला ख़राब हो जाता है। वह बोतल से पानी गिलास में ढालकर, बिना गिलास का..."

थानेदार सकलदीप सिंह ने खखारकर हस्तक्षेप किया। छोटा बाबू हड़बड़ा कर बोले, "हुज़ूर, उसने देखा कि हाजत का कमरा खुला है। आकर तुरन्त हम लोगों को उसने ख़बर दी। अब उसे यहाँ खोजना आसान नहीं है। स्कूल के पीछे ढेर सारे चट्टान हैं। कहाँ बिला गया!"

डीजीपी तिवारी का माथा पसीने से तर था। वह सिर खुजला रहा था। उसने कैप से चेहरे पर हवा करना शुरू किया, "मीणा और थानेदार, तुम दोनों स्टेज के आसपास एक बार फिर चेक कर लो। स्टेज के नीचे भी चेक कर लो। प्रोग्राम अब शुरू होनेवाला है।"

शक्ति महतो के दल को स्वागत-नृत्य पेश करना था। शक्ति महतो मानभूम में चर्चित थे। हाल के कुछ वर्षों से उनके मुंडा दल की चर्चा मानभूम के बाहर भी होने लगी थी। मूलतः यह छऊ टीम थी। लेकिन इस टीम के रास-रंग वाले नृत्यों ने अलग आकर्षण बना लिया था।

शिक्षकों की ओर से प्रस्ताव था कि प्रखंड कन्या विद्यालय की छात्राएँ स्वागत करेंगी। प्रस्तावित बिरसा मुंडा उच्च विद्यालय के इतिहास शिक्षक केदार प्रमाणिक को यह ज़िम्मेवारी दी गई। वे रसिक थे। ख़ुद गीत लिखते थे और गाते भी थे। मुख्यमंत्री का कार्यक्रम था। काफ़ी सोच-विचार हुआ। तय किया गया कि शक्ति महतो की टीम ही स्वागत-नृत्य के लिए ठीक है।

मुख्यमंत्री के मंच पर आगमन के साथ ही शहनाई, बाँसुरी, नगाड़ा, माँदल और झाँझ से पूरा गाँव गूँजने लगा। मंच के दोनों छोर से सोलह-सोलह महिलाओं का दल नृत्य करता हुआ मंच की ओर सरक रहा था। उनके बग़ल में माँदल और नगाड़ा लिये पुरुष कलाकार थिरक रहे थे। महिला नृत्यदल में प्रत्येक नृत्यांगनाओं के सिर पर छोटी कलशी थी और वे सिर को स्थिर कर चार तिरछे क़दम आगे बढ़तीं, फिर वहीं से वक्र बनाते हुए पीछे लौटतीं। उनकी गति सर्पीली थी।

मुंडा-नृत्यों में सिर पर कलशी का प्रयोग नया नहीं है। बंगाल के उस्ताद इसका लगातार इस्तेमाल करते रहे हैं। मुंडा-नृत्यों में अन्य आदिवासी-नृत्यों की तरह ही सामूहिक शिकार करने की सतर्कता, अचानक हमलावर होने की गति और कभी खंडित नहीं होने वाली अनुशासित एकलयता होती है। नृत्य सबको बाँध रहा था। शिकार-नृत्य और प्रेम-नृत्य के बीच महीन फ़र्क़ होता है। प्रेम-नृत्यों में महिला दलों और पुरुष दलों का आगे बढ़ना और पीछे हटना रागमय होता है। यह नृत्य मुख्यमंत्री और उनके फ़ौज-फाटों के लिए था। इसमें महज़ प्रदर्शन था, कोई राग-रंग नहीं।

दाईं तरफ़ नेतृत्व कर रही महिला के हाथ में पीतल की थाली थी और बाईं तरफ़ की नेतृत्व करनेवाली महिला के हाथ में पानी भरा काँसे का लोटा। दल घेरा बनाकर नाचता रहा और दोनों महिलाएँ मिलकर मुख्यमंत्री के पाँवों को धीरे-धीरे पखारने लगीं। यह विभोर कर देनेवाला दृश्य था। भागवत राय परम्पराओं के प्रति अगाध श्रद्धा रखते थे। उनके ऊपर आम के पत्तों से जल छिड़का गया। वे हाथ जोड़े खड़े रहे। माथे पर अरवा चावल और रोली का टीका लगाया गया।

अब नृत्य तेज़ गति से शुरू हो गया। मादल और नगाड़े की आवाज़ से उपस्थित भीड़ मंत्र-मुग्ध थी। सिर से कलशी उतारकर नृत्य-दल की महिलाएँ तरह-तरह की नृत्य-संयोजनाओं के साथ नर्तन कर रही थीं। भीड़ के अन्दर संगीत की बोन-बतास बहने लगी। दर्शक चारों ओर खड़े हो गए। वाहवाही के शोर के साथ पीछे से झगड़े की आवाज़ भी सुनाई पड़ने लगी। पीछे वालों को कुछ दिख नहीं रहा था। वे हंगामा कर रहे थे।

तिवारी, मीणा, मुकुल कुमार, सेंट्रल फोर्स के कमांडेंट पात्रा और थानेदार सकलदीप सिंह नई रणनीति बनाने में लगे थे। फ़रार सोमा का अभी तक पता नहीं चला था। सकलदीप सिंह ने कहा, "स्टेज के पीछे या नीचे वह कहीं दिखाई नहीं पड़ा है। अपने घर भी नहीं पहुँचा है। इस भीड़ में उसे खोजना मुश्किल है।"

पात्रा ने व्यंग्य कसा, "तुम्हें लगता है कि तुम्हारी इस रिपोर्ट से हमारा टास्क ख़त्म हो गया?"

सकलदीप सिंह थोड़ा और तनकर सीधा हुआ, "सर, डीलर और चौकीदार, दोनों का कहना है कि उससे किसी तरह का ख़तरा नहीं है। नक्सलियों के साथ कोई सीक्रेट रिलेशन के बारे में वे कन्फ़र्म नहीं हैं।"

"देखो, साले क्या कर रहे हैं। सँभालो उन्हें!" तिवारी के सिर का पसीना भौंह से टपकना शुरू हो गया था, "प्रोग्राम को शॉर्ट करना पड़ेगा। हम कोई ख़तरा मोल नहीं ले सकते।"

"मुझे लगता है, बन्दा उनका ख़ुफ़िया भी हो सकता है।" पात्रा को याद था कि सारंडा में उन्हें किस तरह चकमा देकर एक लड़का निकल गया था और वापसी के वक़्त रास्ते में बारूदी सुरंगें बिछी थीं, "हमें भीड़ की एक बार फिर छानबीन कर लेनी चाहिए। किसी भी तरह का झोला, बैग, गठरी या बॉडी में एब्नॉर्मल कुछ मिले तो फ़ौरन दबोच लो।"

सीनियर एसपी ने सहमति जताई, "ख़याल रखो, चेकिंग से प्रोग्राम में बाधा न हो। मिनिमम डिस्टर्बेंस। डीजीपी सर, मेरा भी ख़याल है, जितनी देर हम यहाँ रुकते हैं, उतना ही ज़्यादा हम ख़तरा मोल लेंगे। यहाँ नक्सली हिंसा की हिस्ट्री है।"

स्थानीय सांसद ने मुख्यमंत्री के गले में हार डालते हुए स्वागत किया। उन्होंने शुरू किया, "इसु रसिकन जगर...सौभाग्य की बात है कि मुख्यमंत्री जी ने हमारे क्षेत्र को चुना है। माननीय मुख्यमंत्री श्री भागवत राय आदिवासियों के सच्चे हितैषी हैं, बोलते तो सभी हैं। भागवत बाबू कर दिखानेवाले हैं। उन्होंने सही मायने में आदिवासियों को ज़मीन का हक़ दिलाया है। यदि ज़मीन हमारी है तो इसे बेचने

का अधिकार भी हमें मिलना चाहिए। मुख्यमंत्री जी ने हमारे विकास के सारे रास्ते खोल दिये हैं..."

ज़मीन बिक्री वाली बात यहाँ करने की कोई ज़रूरत नहीं थी। आदिवासियों के पास कुछ तो है नहीं। जंगल-ज़मीन ही है। इस संवेदनशील मसले को सपाट तरीक़े से पेश नहीं करना चाहिए था। स्थानीय सांसद ने मुख्यमंत्री की उकताहट भाँप ली। उन्होंने अपने भाषण का अन्त किया, "मुख्यमंत्री जी, केवल दारुहातु पंचायत की ही नहीं, पूरे लोकसभा क्षेत्र की जनता को आप पर भरोसा है।"

वक्ताओं का भाषण चल रहा था। करमा भगत और धानेश्वर महतो भी वक्ताओं की सूची में थे। शुरुआत में योजना थी कि मंच से तीन लोग ही सम्बोधित करें : पहला ग्राम प्रधान, दूसरा स्थानीय विधायक और तीसरा ख़ुद मुख्यमंत्री। किन्तु, हालात के हिसाब से वक्ताओं की फ़ेहरिस्त लम्बी होती गई। भागवत राय को लग रहा था कि शेष वक्ता पन्द्रह मिनट में अपनी बात ख़त्म कर लें। मीडिया वाले भी वक्ताओं की क़तार देखकर बेचैन हो रहे थे।

चौपाल में बैठे लोगों की तलाशी शुरू हो गई। किसी से खड़ा होने को कहा जा रहा था तो किसी से बैठने को। किसी के झोले को बन्दूक के नेजे से कोंचा जा रहा था तो किसी की पोटली को नेजे से ऊपर उठाया जा रहा था। शहर से आए चोरपट्टी के लड़कों की कुर्सियों के नीचे झाँककर देखा जा रहा था। तालियाँ बज रही थीं। तनाव भी बढ़ रहा था। तिवारी मंच पर ही बैठा था। मुख्यमंत्री जी के चेहरे पर झलक रही नाख़ुशी उसने पढ़ ली। भागवत राय की कुर्सी के पीछे वह खड़ा हो गया, "सर!"

"ये क्या शुरू करवा दिया आपने? इससे आप क्या मैसेज देना चाहते हैं? पूरा प्रोग्राम चौपट हो रहा है।"

"सर, एक गम्भीर समस्या पैदा हो गई है।"

"गम्भीर?"

"सर, प्रोग्राम से एक घंटे पहले हमने एक सन्दिग्ध आदमी को पकड़ा था।"

"आपने बताया नहीं?"

"उस समय सीरियस नहीं लग रहा था।"

"थानेदार को बुलाइए।"

"सर, कमांडेंट पात्रा मान नहीं रहा है। उसने कहा है कि हम बीच में टाँग न अड़ाएँ।"

"आप नज़र रखिए, लेकिन मीटिंग के अन्दर तलाशी तुरन्त बन्द करवाइए।"

थानेदार सकलदीप सिंह ने मंच पर ही मुख्यमंत्री को सलामी दी, "हुज़ूर!"

धानेश्वर महतो का भाषण शुरू हो गया था, "आज समूचे राज्य में उम्मीद की किरण कहीं से आ रही है तो वह हमारे विकास पुरुष..."

"क्या है जी?" जितनी बार धानेश्वर ज़ोर से 'विकास पुरुष माननीय भागवत राय' बोलते, भागवत राय का ध्यान उधर ही चला जाता। उन्होंने थानेदार को डाँटा, "कौन है जिसको तुमने अरेस्ट किया था?"

"हुज़ूर, पियक्कड़ है। उस समय ही हम गिरफ़्तारी से मना कर रहे थे।"

तिवारी ने फटकारा, "सर जो पूछ रहे हैं, उसका जवाब दो। नक्सली था क्या?"

"तिवारी जी, आप फ़ौरन तलाशी बन्द करवाएँ।"

"सर!"

भागवत राय की कड़ी नज़र धानेश्वर महतो पर गई। असर हुआ। उन्होंने नारा लगवा कर अपना वक्तव्य समाप्त किया, "बोलो विकास पुरुष भागवत राय ज़िन्दाबाद!"

"ज़िन्दाबाद-ज़िन्दाबाद!"

चोरपट्टी के लड़के नारा लगाने में भारी पड़ते थे। भीड़ की तलाशी बन्द होने से माहौल चहल-पहल का हो गया। गिरफ़्तार आदिवासी के हाजत से भागने की बात फैल गई थी। आशंका होने लगी कि उसके नक्सली साथी ही उसे लेकर भाग गए हैं। सारी बातें घूम-फिरकर पुलिस के पास पहुँच रही थीं। मामला और गम्भीर हो जाता। पत्रकारों में भी इस पर बहस छिड़ी हुई थी। एक हिस्सा पात्रा और मुकुल कुमार के बयान को लेकर न्यूज़ स्टोरी तैयार कर रहा था तो दूसरा ग्रामीणों की टिप्पणियों को सच मानकर 'फ़रार' वाले क़िस्से की खींचतान कर रहा था।

होम सेक्रेटरी का कॉल आया, "सर, लेवाडीह में लाठी चार्ज करना पड़ा है। प्रदर्शनकारी सड़क पर हैं। स्टील प्लांट की कोई लेडी कोच है। वह बबन दुबे के ख़िलाफ़ एफ़आईआर दर्ज कराने पर अड़ी हुई है। कार्तिक प्रसाद की वजह से निपटना मुश्किल हो रहा है।"

तिवारी को भी एसपी ने फ़ोन कर दिया था। वह भी मुख्यमंत्री के पीछे आकर खड़े हो गए थे, "सर, लेवाडीह थाने में सड़क जाम करनेवालों पर लाठियाँ चलाई गई हैं। नहीं-नहीं, सर, कोई कैजुअलटी नहीं है। अपहृत लड़की स्टील प्लांट की हॉकी प्लेयर है।"

एक और कॉल आ गया। मुख्यमंत्री को कभी-कभी रिंग टोन से बहुत चिढ़ हो जाती। उनके मुँह से निकल गया, "सब सालों को एक साथ ही ज़रूरत पड़ जाती है।"

शशि शर्मा ने भागवत राय के कान में कहा, "सर, होममिनिस्टर हैं!"

भागवत राय ने झट फ़ोन पकड़ा, "नहीं-नहीं, फायरिंग नहीं, लाठी चार्ज हुआ है। नहीं, मॉब लिंचिंग का मामला नहीं है। अपहरण का है।...जी, दलित है।...जी, विद्या नाम है।...जी, हमारे आदमी पर आरोप है।...जी, एफ़आईआर करवा देता हूँ..."

तिवारी ने उनके कान में कहा, "आप जानते ही हैं, कैसे-कैसे गधे हैं इस डिपार्टमेंट में! अभी एफ़आईआर करने को कह देता हूँ। बाद में मैनेज कर लिया जाएगा।...जी, नहीं-नहीं...जी, हाँ-हाँ!"

धानेश्वर महतो के बाद उद्योग मंत्री प्रद्युम्न सिंह ने माइक पर ज़ोर से फूँक मारी, "फूउउ-फूऊऊऊ...सौभाग्य है कि मैं इस पावन धरती पर हूँ जहाँ साक्षात राम की बानरी सेना रहती है। हम लोग माँ के दरबार में माथा टेककर आए हैं। प्रधान जी और मुख्यमंत्री की इस परियोजना से सबका भाग्य पलटने वाला है। ज़मीन देनेवाले को भी फ़ायदा है और ज़मीन लेनेवाले को भी।"

इस बीच शशि शर्मा ने मुख्यमंत्री के कानों में कहा, "सर, पारा लोग दो मिनट के लिए मिलना चाहते हैं।"

"उनको सेक्रेटेरियट में बुला लो।" भागवत राय ने ख़ुद को झल्लाने से रोका, "अपने दिमाग़ का भी कभी-कभार इस्तेमाल करो। लोकल फ़ोन अभी रिसीव नहीं करना!"

"जी-जी, जी-जी..."

प्रद्युम्न सिंह ने भागवत राय की ओर इशारा करते हुए कहा, "भागवत बाबू रामचन्दर जी हैं और रामचन्दर जी ने अपनी बानरी सेना को ढूँढ़ निकाला है। अब कोई भी हमारे रामचन्दर..."

करमा उराँव ने माइक पकड़कर उपस्थित लोगों से पूछा, "आप लोगों में से कौन-कौन लोग खिलाड़ी हैं? हाथ ऊपर कीजिए। उठाइए, उठाइए हाथ।"

भागवत राय बुदबुदाए, "इसने बड़ा लम्बा पैंतरा लिया है। ज़्यादा टाइम लेगा। हद है!"

चोरपट्टी के लड़कों को सभा-सम्मेलनों में कार्यकर्ताओं के कर्तव्यों की महीन जानकारी थी। उन लोगों ने हाथ खड़ा कर दिया।

"ठीक है, हाथ डाउन कर लीजिए। हमारे यहाँ एक से एक प्लेयर हैं। दौड़ने में, तीरंदाज़ी में और हॉकी में तो हैं ही। लेकिन उनके बूट के पैसों से शॉपिंग कीजिएगा तो वे फ़ील्ड में कितना दौड़ेंगे? इन लोगों का फ़ार्मूला है," करमा भगत ने यहाँ अपने हाथ-पैर निकालकर दिखाया, "न दौड़ेंगे, न दौड़ने देंगे, टँगरिये मार देंगे।"

करमा भगत तय करके आए थे कि भाषण देने का मौक़ा मिला तो हमेशा की तरह इधर-उधर नहीं भटकेंगे, सीधे सरकार के बारे में ही बात करेंगे। वे जान रहे थे कि वे भटक रहे हैं लेकिन वे लाचार थे। सामने बैठे लोग तालियाँ बजा रहे थे। करमा भगत बार-बार मुख्यमंत्री की ओर देखते और अपना भाषण जारी रखते, "हम हर पंचायत में स्टेडियम बनाएँगे। हम चाहते हैं कि इस प्रदेश का नाम खेल में, हॉकी या दौड़ाकी, फुटबॉल या क्रिकेट नहीं, क्रिकेट में तो है ही, हर खेल में हम एक नम्बर पर रहें। लेकिन हमारे विभाग में यह बात बहुत लोगों को हजम ही नहीं हो रही है। उनकी मंशा है कि..."

हॉकी की बात पर भागवत राय का ध्यान करमा भगत के भाषण पर गया। क्या ऊटपटाँग इसने शुरू कर दिया है! अवसर भी नहीं समझ पाता है यह आदमी। लेवाडीह में लाठी चार्ज, यहाँ हाजत से फ़रार आदिवासी और ये यहाँ मंच पर हॉकी खेल रहे हैं! भागवत राय को लगा कि उठें और सीधे हाथ से माइक छीन लें।

चौपाल को सुव्यवस्थित रखने के लिए ग्रामीणों के वक्तव्य के कार्यक्रम को हटा दिया गया। पारा-शिक्षकों से मिलना एजेंडे से हटा दिया गया। अब ग्राम प्रधान बोलेगा। फिर वे बोलेंगे और एमओयू की फ़ाइलें एक-दूसरे को सौंपी जाएँगी, बस! वे यहाँ से फ़ौरन निकल जाएँगे। उन्होंने मिंज को इशारा किया, "भगत का भाषण बन्द कराओ। लम्बे-लम्बे भाषणों के लिए समय नहीं है।"

नीता दास ने ग्रामीणों की मदद से फ़रार सोमा के बारे में पूरी जानकारी इकट्ठी की—मिडिल स्कूल पास, मध्यम दर्जे का पियक्कड़, हँसोड़, जानवरों की आवाज़ का नकलची। पैंट-शर्ट और चश्मा लगाने के बाद बाबू जैसा लगता था। उम्र चालीस से ऊपर, पचास से कम। उसके घर में उसकी भगिनी गिरिबाला रहती है। उसकी बहन और भाटू के मलेरिया से मर जाने के बाद से वह उसके यहाँ ही रह रही है। कभी-कभी जुलूस में जाता था। मधु या छउआ-तोता उतारने में उसके जैसा गाँव में कोई नहीं था।

"बात कुछ जम नहीं रही है।" शेखर ने मंच से हड़बड़ी में उतर रहे डीजीपी तिवारी पर टिप्पणी की, "देखो, बाबा शकरकंद पकड़कर..."

अचानक पत्रकार खड़े हो गए। कैमरे मूव करने लगे। तैनात जवान सावधान हो गए। मंच पर बैठे सारे अतिथि कुर्सियाँ छोड़कर उतरने लगे। माहौल बिलकुल बदल गया। राजीव कुमार चहका, "देखो, इसको कहा जाता है लीडरशिप! मिनटों में पूरी तसवीर पलट दी।"

मुख्यमंत्री स्टेज से नीचे उतरकर ग्रामीणों के बीच पहुँच गए। उनके अंगरक्षक अभी भी कवर करने के लिए पोज़िशन बना रहे थे कि मुख्यमंत्री की आवाज़ सुनाई पड़ी, "हम यहाँ भाषण देने नहीं आए हैं। हम यहाँ चौपाल में शामिल होने आए हैं। हमारी सरकार गाँव प्रधान से सलाह और निर्देश लेने आई है। मैं सरकार की ओर से कुछ भेंट आपके लिए लाया हूँ।"

मिंज के पास लिस्ट थी। पहले प्रधानमंत्री आवास योजना के लाभार्थियों को बुलाया गया। मुख्यमंत्री ने तीन महिलाओं के हाथ में चेक दिया। शेष बीडीओ को थमा दिया।

भागवत राय दरी पर ग्रामीणों के बीच पालथी मारकर बैट गए। लोगों का हालचाल लेने लगे।

बाहामनि बुढ़िया सुकु हड़ाम की औरत थी। वह अपनी पोती के कंधे पर हाथ रखकर खड़ी हुई। वह लम्बी थी लेकिन सीधी तनी हुई। दाँत बड़े-बड़े। मटमैली साड़ी उसकी छातियों को ढकती कंधे पर झूल रही थी। उसके बाल पूरी तरह सफ़ेद नहीं हुए थे, बीच-बीच में उनमें काली लटें बिखरी हुई थीं। वह बोलती तो उसके लाल मसूढ़े भी साफ़ दिखने लगते, "हड़ाम तिसिंञ गपा सेन काए।...बूढ़ा आज नहीं आया है। मैं अपनी पोती सोबरनमती के साथ आई हूँ। इसकी अजिया के नाम पर इसको हम लोग सोबरन कहते हैं।"

बाहामनि बुढ़िया जवान लड़की की तरह अपने बालों को पीछे ले गई, "मैं और सुकु हड़ाम उस समय जवान थे। हम टीसन में काम करने शालडुंगरी गए थे। वहाँ एक औरत से हमारी दोस्ती हो गई थी। हम लोग उसके घर आते-जाते थे। एक दिन उसकी बस्ती में बहुत पेट्रोमैक्स जला। हम लोग भी थे। ख़ूब नाच-गान चला। फिर क्या हुआ, मैं भूल रही हूँ...कुछ दिन बाद वहाँ पुलिस आई। बहुत हल्ला हुआ। लड़ाई हुई। फिर शालडुंगरी बस्ती ख़ाली होती गई। लेकिन उस औरत ने ज़िद कर दी कि हातुबोंगा को अकेला छोड़कर वह नहीं जाएगी। एक दिन..."

बुढ़िया की मुंडारी स्पष्ट थी। धाराप्रवाह। सदरी में वह धीमी हो जाती। मुंडारी बाहर से आए लोगों के पल्ले नहीं पड़ रही थी। बुढ़िया की बात पर अफ़सर बिना समझे ठट्ठा मारकर हँस रहे थे।

उसके साथ खड़ी बच्ची ने विरोध जताया, "इसमें हँसने वाली क्या बात है? दादी झूठ नहीं बोलती है।"

बुढ़िया पर अफ़सरों के ठहाकों का कोई असर नहीं पड़ा। वह अपने गाँव और सोसोपिड़ि के लोगों के लिए कह रही थी, "वह औरत अपने कोएंछा में पत्थर लेकर पेड़ पर चढ़ गई। ऐसे चढ़ गई, जैसे जंगल की बिल्ली चढ़ती है। सुकु हड़ाम अचरज

से देख रहा था। और, उस औरत के कोएंछा से पत्थर झरने लगा, जैसे पका हुआ जामुन गिरता है। साहब और पुलिस थरथर काँपने लगे। फिर वे वहाँ से सरपट..."

"भालो गो, भालो। आपकी जवानी की बात हम लोग बाद में सुनेंगे। अभी चौपाल को एक बड़ी बात तय करनी है।" शालडुंगरी की बात सुनते ही भागवत समझ गए कि यह कोई झमेला फैलाएगी।

बाहामनि बैठ गई। उसकी पोती के चेहरे से क्षोभ टपक रहा था। क्रोध से उसकी नाक फड़क रही थी। वह अपनी दादी के साथ बैठ गई।

भागवत राय के सामने एक पुराना दृश्य नाचने लगा। भागवत राय बार-बार कोशिश करते कि यह कभी उनके मन में आए ही नहीं लेकिन यह रेंगती हुई आ जाती। उन्हें सपने में पायल की रुनझुन-रुनझुन सुनाई पड़ती। वे डर जाते। उन्हें पता चल जाता कि यह जेमा की बच्ची है। फिर उन्हें डर से नींद नहीं आती। कई साल बीत गए मगर यह डर कभी पुराना नहीं पड़ा। छह-सात साल की बच्ची की बिलौरी आँखें उन्हें घूरती रहती थीं, घूरती रहती थीं। 'आयो-आयो' की चीख़ें उन्हें सुनाई पड़तीं।

"ये बाबू लोग हैं," भागवत झटके से उस बच्ची की डरावनी याद से निकले। उन्होंने स्टेज पर बैठे अर्था के प्रतिनिधिमंडल की ओर इशारा किया, "ये लोग बड़ी दूर से आए हैं। ये लोग यहाँ के बेरोज़गार लड़कों को काम देना चाहते हैं। ये लोग चाहते हैं कि यहाँ भी बड़े-बड़े हॉस्पिटल हों, बिजली हो। यहाँ अब कोई मलेरिया से नहीं मरे। यहाँ के लोगों के मकान भी पक्के हों। उनके पास भी गाड़ियाँ हों।"

प्रतिनिधिमंडल के सदस्य हाथ जोड़े हुए मंच पर खड़े हो गए। उनके सामने ढाई सौ केवी जेनसेट की रोशनी में डूबा गाँव था। मिट्टी के खपरैल घर थे। इस आयोजन में शामिल नौजवान थे। कुपोषण के शिकार किशोर, वयस्क और बूढ़े थे। एनीमिया से पीड़ित महिलाएँ थीं। शिक्षक और छात्रों की एक भीड़ थी जो न जाने किस भविष्य की उम्मीद से लबालब थी! ग्राम प्रधान को साथ लेकर भागवत राय मंच पर आ गए।

"आप लोगों को चाहिए कि नहीं?" भागवत ने हाथ से अर्द्ध वृत्त बनाया, जैसे वहाँ के एक-एक लोग से पूछ रहे हों, "ये जो टाँड़ हैं, सूखे खेत हैं, ये जो जंगल हैं, हमारी सरकार चाहती है कि इनमें विकास की फ़सलें लहलहा उठें। करना चाहिए कि नहीं?"

ग्रामीणों की चुप्पी को तोड़ती चोरपट्टी के लड़कों की आवाज़ गूँजी, "करना चाहिए। करना चाहिए।"

एक अधेड़ उम्र के लखिंदर ने उठकर बोलना चाहा। उठते वक़्त वह थोड़ा लड़खड़ाया। वह पिया हुआ नहीं था। सभी लोग जानते थे कि जंगली सूअर ने एक बार उसके पैर पर वार कर दिया था और हड्डी तक में दाँत गड़ा दिये थे। इसलिए उसकी चाल में थोड़ी लड़खड़ाहट रहती है। उसे नशे में धुत्त समझकर बोलने नहीं दिया गया।

मुख्यमंत्री के हाथों में माइक था। उन्होंने अलकारानी के हाथ से हरे रंग की फ़ाइल ले ली, "ये आपकी फ़ाइल है। इसमें इस गाँव का नक़्शा है। जंगल का नक़्शा है। पहाड़ का क्या नाम है? सेरेंगबुरु का नक़्शा है और..."

"ले-ले-ले-ले-ले..."

कहीं से कुलकुली की आवाज़ आई। वहाँ उपस्थित बच्चे हँसने लगे। मुख्यमंत्री ने इधर-उधर देखा और उन्होंने अपनी बात आगे बढ़ाई, "आदिवासी बहुत ठगे गए हैं। आदिवासी नेताओं ने उन्हें बहुत ठगा है। मैं आपका छोटा भाई हूँ। मेरा बाप मज़दूर था। मैं आपके..."

"हुर्ररर्र!" इस बार यह आवाज़ ज़्यादा लोगों ने सुनी और भागवत राय को भी आवाज़ साफ़ सुनाई दी। उन्हें लगा, जैसे किसी ने उनके सिर के पीछे से आवाज़ दी हो! अंगरक्षक अपना सिर घुमा-घुमाकर चारों ओर देखने लगे।

आदिवासी महिलाएँ हँसने लगीं। भागवत राय को अपने कार्यक्रमों में हुड़दंग की आशंका लगी रहती थी। बाहामनि बुढ़िया फिर उठकर बोलना चाह रही थी। भागवत राय की नज़र नीता दास पर पड़ी। वह बाहामनि की पोती के साथ बैठकर नोट्स ले रही थी।

भागवत राय ने बाहामनि को बैठे रहने का इशारा किया। उन्होंने हरी फ़ाइल अलकारानी के हाथों में थमा दी और हाथ जोड़े खड़े अर्था के प्रतिनिधिमंडल का अभिवादन किया, "मुझसे लोग पूछ रहे थे कि सीएम साहब, चौपाल से क्या होगा? आदिवासियों के पास जाकर क्या होगा? मैं आज यहाँ से जवाब देना चाहता हूँ। देश के प्रधान भी आपके चौपाल की चर्चा कर रहे हैं।"

पारम्परिक वेशभूषा में आए आदिवासी और ग्राम प्रधान ने आगन्तुकों का सम्मान किया। मुख्यमंत्री को हरी पगड़ी पहनाई गई। प्रतिनिधिमंडल के सदस्यों को काले पत्थरों से बने हाथी भेंट किये गए। मुख्यमंत्री ने सबसे हाथ मिलाया—हँसते-मुस्कराते हुए। वे आशंकित भी थे कि कहीं कोई बाधा न हो। हाजत से फ़रारी की रिपोर्ट उन्हें याद आई।

पात्रा तिवारी से सहमत था। फ़रार आदिवासी का नक्सलियों से कोई वास्ता नहीं भी हो सकता है। इसका मतलब यह नहीं था कि चौकसी में ढील दे दी जाए।

उन्होंने स्टेज के पीछे छह जवानों को और भेज दिया, "छह साल पहले यहाँ एक मंत्री की हत्या हुई थी। एकदम हाइवे पर। जिसने हत्या कराई, वह पिछली बार विधायक बना और संयोग देखिए, मंत्री भी बन गया।"

"गौरीशंकर हत्याकांड के बारे में बोल रहे हैं क्या?"

"हाँ। पता चला कि तीन करोड़ की सड़क डकैती का मामला भी इससे जुड़ा हुआ था!"

"इसे छोड़ दीजिए तो छह साल से यहाँ एक भी नक्सली हिंसा की घटना नहीं घटी है, बताइए! थोड़ी दूर में, अन्दर, एक पुलिस पिकेट है। डेढ़ साल पहले बलात्कार और हत्या का दोहरा मामला आया था। लोगों ने पिकेट को जला दिया था। उसके बाद सब नॉर्मल है।" तिवारी ने आहिस्ते से पूछा, "अच्छा, ये पात्रा और महापात्रा उड़ीसा में एक ही कास्ट है क्या?"

"देखो, सर!" पात्रा के चेहरे पर कठोरता बनी रही। उसकी मूँछें मोटी थीं। चेहरा साँवला। "हमने कई अफ़सरों और नेताओं को इसी नॉर्मल के चक्कर में मरते देखा है। अभी आप यहाँ अपना तमाशा लगाए हुए हो, रात में यदि उस पुलिया के पास ये केन बम डाल दें तो? फिर कोई अफ़सर डेढ़ साल बाद बोलेगा कि यहाँ सब नॉर्मल है।"

वर्दी घोटाले की सुनवाई धीमी चल रही थी और दो मुख्य गवाह मुकर चुके थे। एक गवाह भारी बदमाश था। वर्दी सप्लायर ने कहा था कि वह उसका हिसाब बैठा देगा। तिवारी अभी मरना नहीं चाह रहे थे लेकिन वह अपने डर को सतर्कता से दबाए हुए थे, "पात्रा, अफ़सरों की ज़िन्दगी ही ऐसी होती है। मैंने सीएम से साफ़-साफ़ कहा था कि यह जगह सेफ़ नहीं है। पर क्या करोगे! तुम जानते हो कि कैसे-कैसे बैल इस धन्धे में घास की जगह मैदान को ही चरे जा रहे हैं।"

प्रतिनिधिमंडल के सदस्यों के कंधों पर चौपाल की ओर से हरा गमछा रखा जा रहा था। मुख्यमंत्री के अंगरक्षक अपने चारों ओर लगातार देख रहे थे। नीता दास बच्ची के साथ बैठकर लिखे जा रही थी। शफ़ीक़ कैमरे को ठीक भागवत राय के चहरे पर ले जाकर फ़ोटो खींच रहा था। तिवारी ने पत्रकारों की ओर हाथ से इशारा किया, "इनमें से कई हैं जो उनसे बात करते हैं। इन्हें सब पता रहता है कि कहाँ बम रखा हुआ है और कहाँ आज हमला होने वाला है। ये पुलिस को बताएँगे नहीं। छत्तीसगढ़ में इनके साथ ठीक कर रही है पुलिस!"

ग्राम प्रधान और मुख्यमंत्री एक साथ खड़े थे। अलकारानी के हाथ में हरी फ़ाइल थी और गोपालन पीली फ़ाइल पकड़े हुए था। कुछ लाइव कर रहे कैमरे

वालों को छोड़कर सारे पत्रकार यहाँ जमा थे। मुख्यमंत्री ने ग्राम प्रधान के कंधे पर हाथ रखा, "राज्य की सरकार और गाँव की सरकार आज एक साथ इस करार की घोषणा कर रही हैं। अर्था के साथ मिलकर हम विकास का नया मॉडल स्थापित करेंगे और..."

ऐसी आवाज़ें आने लगीं मानो पेड़ पर कोई दौड़ रहा हो! कोई चिल्लाया, "ऊपर पेड़ पर एक को दौड़ते मैंने देखा है।"

एक बॉडीगार्ड ने फ़ौरन मुख्यमंत्री को दबोचकर नीचे बिठा दिया। पात्रा मंच के बग़ल से देख रहा था। उसे समझने में देर नहीं लगी, "वे यहाँ पहुँच गए हैं।"

पात्रा ने तिवारी को कोहनी मारी, "सबको नीचे बैठ जाने को कहो!" फिर निर्देश दिया, "सबको पोज़िशन लेने को कह दो। स्कूल के छत पर जो फोर्स है, अलर्ट कर दो। उधर से फ़ायरिंग होने पर ही फ़ायरिंग करने को कहना। पहले कोई फ़ायरिंग नहीं करेगा। हमें उनकी पोज़िशन देख लेनी होगी। सुनो..."

मुकुल कुमार ने मेगा फ़ोन हाथ में ले लिया, "जो भी यहाँ प्रोग्राम में आए हैं, ज़मीन पर बैठ जाएँ या लेट जाएँ—फ़ौरन! फ़ौरन ज़मीन पर बैठ जाएँ या लेट जाएँ। आप लोग जो इस प्रोग्राम पर हमला करने आए हो, आप कुछ भी ऐसा करोगे तो आपको भारी नुक़सान उठाना पड़ेगा। आपको जो भी बात करनी हो, कल सरकार की ओर से हम यहाँ एक ग्रुप भेजेंगे..."

खलबली मच गई। मौक़े को सभी समझ रहे थे। तिवारी को अफ़सोस हो रहा था।

बच्चों की किलकारी या रुलाई भी आतंक पैदा करने लगी। कोई सोने के लिए गोद चाह रहा था तो कोई अन्य लोगों की तरह बैठने की बार-बार कोशिश में गिरे जा रहा था। उन्हें देखकर दूसरे बच्चे हँसने लगते।

तिवारी को गाँव के लोगों के व्यवहार पर अब शक हो रहा था, "लगता है, नक्सली पेड़ों पर पोज़िशन लिये हुए हैं। आवाज़ ऊपर से ही आई थी। उन्हें दौड़ते हुए लोगों ने देखा है। हम सारे लोग उनके सीधे निशाने में हैं। देखो गाँववालों को, वे ज़रा भी नहीं डर रहे हैं! साले सब जानते थे।"

फिर आवाज़ हुई, जैसे पेड़ से कोई कूद रहा हो!

पुलिस और अर्द्धसैनिक बलों की राइफलों की संगीनें अब ऊपर पेड़ की ओर थीं।

छोटा बाबू के कान में अब भी गूँज रहा था—

धिन धिन धिन धुरांग धुरांग!

"बड़ा बाबू!" छोटा बाबू सकलदीप सिंह के कान में फुसफुसा रहे थे, "सर, उसकी आवाज़ सुन रहे हैं आप?"

"चुप रहिए। कल हमीं लोग सबसे पहले लाइन हाज़िर होंगे।"

एक जंगली गाँव की जंगली रात! मौत ही इन्हें खींचकर ले आई है—बात चक्कर काट रही थी। नक्सलियों द्वारा की गई हत्याओं से वे वाक़िफ़ थे। गला रेतकर हत्या। हाथ-पाँव काटकर हत्या। सामने से गोली मारकर हत्या। तीर मारकर हत्या। सीधे गरदन उड़ाकर हत्या। दूसरों के डर से मिलकर अपना डर और बड़ा हो रहा था।

शहर से आए एक लड़के ने चिल्लाते हुए भागने की कोशिश की। अर्द्धसैनिक जवानों ने कुंदों से मारकर उसे नीचे गिरा दिया। वह चिल्लाया और फिर बेहोश हो गया।

"ये सोबरन है—सोबरनमति। मेरी पोती है। इसका बाप मलेरिया से मर गया। यह बहुत ग़ुस्सा है। इसकी दादी को आपने बोलने नहीं दिया।" बाहामनि और सोबरन, दोनों एक साथ खड़ी हुईं। बाहामनि ने सोबरन के कंधे पर अपना हाथ रखा।

भागवत राय ने सिर उठाकर देखा। उन्होंने बैठने का इशारा किया। बाहामनि बैठी नहीं, बोलती रही। ख़ौफ़ था। सन्नाटा था। सुनने में किसी को कोई दिक़्क़त नहीं थी। कौन जाने, अब कौन-सी नई मुसीबत इस बुढ़िया की वजह से ताक में बैठी हो! भागवत राय ने माथा उठाकर अर्था के पटेल को विश कर सान्त्वना दी।

अंगरक्षकों ने भागवत राय को बताया कि जवान हाइवे छोड़कर कच्ची सड़क पकड़ चुके हैं। आध-पौन घंटे में वे यहाँ पहुँच जाएँगे। भागवत राय ने नीता दास को इशारा किया कि बुढ़िया को बैठने को कहे। ऊपर पेड़ की डालियाँ खड़खड़ाईं और पक्षियों का एक झुंड उस पेड़ से उड़ा। भागवत राय ने फिर अपना सिर नीचे गाड़ लिया।

सेकंड-इन-कमांड ने तिवारी को समझाया, "सर, हमने घर-घर तलाशी ली थी। कहीं कुछ नहीं था। इधर तीन दिनों से मैं ख़ुद एलआरपी में रहता हूँ। अभी मैं..."

"इस बात को यहीं छोड़ो। अभी हमें सबसे पहले वीआईपीज़ को यहाँ से निकालना है। स्कूल के लेफ़्ट जो सँकरी-सी पगडंडी है, इसे पकड़कर गाँव के रास्ते को पकड़ लो। वहाँ से सोसोपिड़ि की ओर चलो।"

"पेड़ के नीचे से निकलकर स्कूल तक आना ही सबसे रिस्की है।" तिवारी ने पात्रा की ओर देखा।

"हमें यह करना होगा। छत के जवान कवर देंगे। दूसरी बात, यदि उन्होंने पेड़ पर मोर्चा बाँधा है तो अभी तक उन्होंने अटैक क्यों नहीं किया? और पेड़ पर बड़ी

संख्या में वे नहीं हो सकते। वहाँ वे बहुत मोबाइल भी नहीं हो सकते। हम उन्हें अब बेकार कर सकते हैं। मार भी सकते हैं, लेकिन वीआईपीज़ हैं यहाँ। शान्ति से अभी निकल जाना है।"

एक जवान को सेकंड-इन-कमांड ने कहा, "ड्राइवरों से कहो, बिना इंजन स्टार्ट किए और लाइट जलाए वे गड़ी हुई चट्टानों..."

"पत्थरगड़ी?"

"हाँ, पत्थरगड़ी के पास गाड़ियों को रोकें। पहले वीआईपीज़ की गाड़ियाँ निकलेंगी।"

"पता नहीं, साली बुढ़िया क्या बके जा रही है!"

पात्रा ने देखा, बुढ़िया बच्ची के कंधे पर हाथ रखकर बोल रही थी। मुख्यमंत्री की टीम को सरकते देख पात्रा ने जवानों को एलर्ट कर दिया।

बुढ़िया अब पत्थरगड़ी के बारे में बात कर रही थी, "मेरे छोटका आजा ससुर के साथ बीस लोग मारे गए थे। मेरे बड़का आजा ससुर को वे चुटिया तरफ़ ले गए थे। यहाँ पर एक लड़का आता था। पगड़ी बाँधे! बड़का आजा ससुर सुनाते थे। गाँव के जेनी-मरद सब जमा होते थे। उस लड़के ने पूछा था कि आज तक तुम्हारे गाँव में कोई दिकू खेत बनाने आया है, गाय चराने आया है? वो आया है खेत हड़पने, मवेशी ले जाने, अनाज..."

बुढ़िया बोल रही थी और आयोजन स्थल से लोग सरक रहे थे। गाँव वाले उठकर खड़े थे। चोरपट्टी के लड़के सरपट गाड़ी की ओर दौड़ रहे थे। शक्ति महतो की टीम भी निकल गई थी। सभा-स्थल वीरान हो रहा था। जेनरेटर का ऑपरेटर भाग चुका था। सोमा पेड़ के नीचे खर्राटे मार रहा था। चारों ओर झक रोशनी थी।

भागवत राय सोसोपिड़ि पहुँचे। उन्होंने अर्था के प्रतिनिधियों को उनकी गाड़ी तक पहुँचाया, "चिन्ता की कोई बात नहीं है। मैं ख़ुद देखता हूँ मामले को। कॉम्बिंग कर एक-एक नक्सलियों को हटा दिया जाएगा। आप निश्चिन्त रहिए। मैं इस घटना की चर्चा फैलने नहीं दूँगा।"

पटेल ने मुख्यमंत्री से हाथ मिलाया, "यह आपका काम है। ये नक्सल-वक्सल की हमें चिन्ता नहीं है। इसे जल्दी दुरुस्त कर लो। मैं हेडक्वार्टर की ज़मीन के लिए चिन्तित हूँ। आप इसकी गम्भीरता को नहीं समझ रहे हैं। यह जब तक नहीं होता, डील आधा ही समझो। दूसरे स्टेट इसके लिए हाथ फैलाए बैठे हैं।"

पटेल के हाथ में अभी भी हरी फ़ाइल थी और अलकारानी के हाथ में पीली फ़ाइल।

सेक्टर तीन

फ़्लैट के सामने थाने की तीन गाड़ियाँ लगी हुई थीं। दो गाड़ियाँ नगर थाने की थीं और एक गाड़ी लेवाडीह थाने की थी। फ़्लैट के सामने केएन सिंह रुके। यह जेमा कुई का फ़्लैट है। जेमा कुई स्टील प्लांट की गर्ल्स हॉकी टीम की कोच है। केएन सिंह ने समय देखा। घड़ी एचएमटी की थी, पुरानी थी, लेकिन समय सही बताती थी। रात के साढ़े ग्यारह बज रहे थे और आसपास की दूसरी सड़कें भी सूनी हो रही थीं। आख़िरी शिफ़्ट वाले भी प्लांट से जा चुके थे।

सवा ग्यारह बजे वे एमपी सिंह के घर से बहूभात खाकर निकले थे। चौधरी के बर्ताव से अभी भी केएन सिंह का मन भिनभिनाया हुआ था। केएन सिंह की चाल तेज़ थी। पन्द्रह मिनट में वे सेक्टर तीन मोड़ पहुँच चुके थे।

मोड़ का टॉवर-लाइट जल-बुझ रहा था। जेमा कुई के फ़्लैट का दरवाज़ा खुला था। इतनी रात गए मेहरारू कोच के फ़्लैट में पुलिस क्या कर रही है? वे गाड़ी के पास टहल रहे पुलिस जवान के पास पहुँचे, "क्या बात है जी? इतनी रात को?"

पुलिस जवान ने रुखाई से कहा, "अपने काम से मतलब रखो।"

"अपने काम से!" केएन सिंह वहीं खड़े हो गए। तीनों गाड़ियों के ड्राइवर एक जगह खड़े होकर धीरे-धीरे गप्पें मार रहे थे। फ़्लैट के दरवाज़े पर चार पुलिस जवान खड़े थे। कामतानाथ सिंह की आवाज़ ऊँची थी और दूर तक जाती थी। वे दरवाज़े की ओर घूमे, "कोई बात है क्या? बड़ा बाबू कौन हैं? अकेली मेहरारू के फ़्लैट में आप लोग एतना रात को क्यों घुसे हैं?"

"तुम अपना रास्ता नापो। तुम रात में यहाँ क्या कर रहे हो?"

"हम पूछ रहे हैं और आप तुम-ताम कर रहे हैं!"

मोड़ पर एक लड़का दिखाई पड़ा। वह वापस लौटने ही वाला था कि केएन सिंह ने ज़ोर से आवाज़ दी, "ऐ लइका, इधर सुन!"

लड़का हिचक के साथ धीरे-धीरे आया। "कहिए चच्चा! हमको भी लगा था कि केएने चा की आवाज़ है।"

"गौरा जी सो गई हैं क्या?" केएन सिंह फ़्लैट के गेट के सामने खड़े हो गए, "जाओ, उठाओ सबको। यहाँ अधरतिया कॉलोनी में पुलिस घुस गई है। अकेली मेहरारू है। देखता नहीं है क्या?"

लड़का तुरन्त तेज़ी से मोड़ की ओर चला गया। पुलिस का एक जवान अन्दर फ़्लैट में घुस गया।

"कौन है? कौन है? रउवा...केएन बाबू? अरे, बड़ा अरेजंट मामला था। अभी जाईं। कल बतियाते हैं।" अन्दर से छोटा बाबू सड़क पर आए। उन्होंने पास खड़े पुलिस जवान को डाँटा, "आदमी को पहचानते नहीं हो?"

पुलिस जवान ढिठाई के साथ खड़ा रहा।

मोड़ से पहले एक हट्टी-कट्टी महिला निकली, फिर उसके कुछ पीछे दो और महिलाएँ अलसाई चल रही थीं। एक गौरा जी की पतोहू थी और एक तिवारिन थी। उन दोनों के पीछे गौरा देवी के दोनों भतीजे चल रहे थे। महिला बड़बड़ाते हुए बढ़ रही थी, "ई आदमी को रात में भी चैन नहीं है। दिन में दोकान देखिए, घर देखिए और अब अधरतिया में यहाँ का झमेला सँभालिए।"

"चैन से कितना सोइएगा गौरा जी? यहाँ कॉलोनी में पुलिस सेंध लगा रही है!" केएन सिंह केवल गौरा जी को सम्बोधित नहीं कर रहे थे। उनकी आवाज़ इतनी ऊँची थी कि आस-पास के फ़्लैटों के लोग भी सुन सकते थे। "एमपी सिंह के यहाँ पार्टी थी। वहाँ एके चौधरी ने मन किचकिचा दिया था। अब एक नया लफड़ा सामने है। पूछने पर जानते हैं, क्या बोल रहे हैं ये लोग?"

गौरा देवी ने पलटकर पीछे देखा कि तिवारिन के साथ उसकी पतोहू और भतीजे काफ़ी पीछे रह गए थे, "तुम लोग लुसुक-लुसुक क्यों चल रहे हो? कोई बाघ है क्या?"

गौरा देवी इस तरह ही आक्रामक होती थीं। पहले अपने लोगों पर गरम होती थीं, फिर सामने विरोधियों पर हमला बोलती थीं।

"कह रहा है कि अपने काम से मतलब रखो! रास्ता नापो!"

"से? बड़ा करेजा है निरबंसिया लोगों का। एहे ख़ातिर बेचारी अकेली मेहरारू के घर रात में घुस गए हैं?" गौरा देवी की आवाज़ कम तगड़ी नहीं थी। नज़दीक के फ़्लैटों की खिड़कियाँ खुलनी शुरू हो गईं।

"अरे छोड़ो केएन बाबू! बेवकूफ़ है। इसके बात पर मत जाइए।" छोटा बाबू हड़बड़ा गए। उन्होंने पहले ही बड़ा बाबू को कहा था कि रात में मत जाइए, "डीजीपी के ऑफ़िस से थाने को डायरेक्ट मैसेज़ था। हम लोग दोनों तरफ़ से जाते हैं। मैडम, काइंडली आप हल्ला नहीं करें। हम लोग ड्यूटी पर हैं।"

"पहले फ़ोर्स को घर से बाहर कीजिए।" केएन सिंह की आवाज़ ऊँची हो गई। "अन्दर कौन अफ़सर है? उसको बाहर बुलाइए।"

"मेहरारू पुलिस लाए हैं कि नहीं? एको गो नहीं लौक रही है।" गौरा देवी फ़्लैट के फाटक के पास खड़ी होकर चिल्लाईं, "मैडम, मैडम, बाहर आइए।"

"वीडियो मत लो। वीडियो नहीं।" छोटा बाबू एक लड़के की ओर दौड़े जो मोबाइल के कैमरे से वहाँ की वीडियोग्राफ़ी कर रहा था।

छोटा बाबू के दौड़ने के बाद अब तक दूर खड़ा पुलिस जवान उस लड़के की ओर लपका।

केएन सिंह उसे देखकर फिर भड़क गए, "इसको गाड़ी में बैठाइए। बैठाइए इसको।"

"अरे, सन्तोसवा, तुम काहे दौड़कर चला आता है? हम बात कर रहे हैं न!"

"अगे मइया, बिना मेहरारू पुलिस के ये लोग औरत के घर में घुस गए हैं!"

दरवाज़े पर खड़े पुलिस जवान सावधान हो गए। अन्दर से भी चार-पाँच जवान बाहर आ गए, "हल्ला मत कीजिए। बड़ा बाबू बिगड़ रहे हैं।"

"बड़ा बाबू को बाहर भेजो।" केएन सिंह का हाथ तना हुआ था और वे दरवाज़े की ओर इशारा कर रहे थे।

रस्साकसी बढ़ते-बढ़ते लगभग सौ लोग दरवाज़े के सामने जमा हो चुके थे। दूर सड़क पर भी लोग दिखने लगे थे। लोगों का आक्रोश लगातार बढ़ रहा था। कुत्तों का एक झुंड भीड़ पर भौंके जा रहा था। जवाब में घरों में बन्द पालतू कुत्ते भी भौंक रहे थे। कुछ लड़के दौड़ा-दौड़ा कर कुत्तों को भगा रहे थे।

"अब आपसे क्या छिपाना, केएन बाबू! लेवाडीह का मामला है। लड़की हॉकी खेलती है। पन्द्रह दिन से घर नहीं आई है। मैडम ने पहले सड़क जाम कर हंगामा किया। थाने में एफ़आईआर हो चुका है। हम लोग अपना काम कर रहे हैं। इनसे पूछताछ ज़रूरी है।" छोटा बाबू केएन सिंह को आपसी अन्दरूनी बातचीत के लहजे में धीरे-धीरे बता रहा था, "हम लोगों ने मैडम को समझाया था कि लोकल पॉलिटिक्स में मत पड़िए!"

कान में मोबाइल लगाए 'दैनिक ऑब्ज़र्वर' का स्थानीय संवाददाता सौरव पाठक छोटा बाबू और केएन सिंह के बीच घुस गया, "हाँ-हाँ, टकराव की नौबत बन रही है। एक हज़ार के क़रीब लोग हैं। हॉकी कोच जेमा कुई...अरे...महिला हैं सुश्री जेमा कुई, के फ़्लैट के पास भीड़ जमा है। सेक्टर तीन भाई, सेक्टर तीन में! कितना बार बोलूँ, अभी-अभी तो बोले हैं।"

केएन सिंह ने आवाज़ ऊँची की, "एतना रात को पूछताछ करने आए हैं? और, एफ़आईआर करवाने के लिए हंगामा किया तो कौन-सा गुनाह कर दिया है? विधायक कार्तिक बाबू भी थे। सेक्टर तीन में रहते हैं लेकिन हमको सब ख़बर है।"

छोटा बाबू खिसककर फ़्लैट में घुस गया।

"ख़ाली फ़ोन पर बतियाते रहोगे कि इस आदमी से भी कुछ पूछोगे?" सौरव पाठक की मोबाइल पर लम्बी बातचीत से केएन सिंह भड़क गए, "लगाओ एसपी को फ़ोन! पूछो, अकेली मेहरारू के फ़्लैट में बिना लेडीज़ पुलिस के बड़ा बाबू कैसे घुस गए हैं। कोई चोर-डकैत है क्या?"

गौरा देवी का आलस दूर हो चुका था। पतोहू और तिवारिन 'हाँ' में 'हाँ' मिला रही थीं। भीड़ बढ़ रही थी। गौरा देवी ने भीड़ का मूड भाँपा। वह भी आजकल पुलिस से काफ़ी परेशान थीं। उनकी भूँजे की दुकान मोड़ पर थी। इसे हटाने के लिए पुलिस लगातार दबाव बना रही थी। उनके बेटे से छोटा बाबू पाँच सौ रुपये भी ले चुका था। डेढ़ महीने पहले ही उन्होंने केएन सिंह को कहा था। केएन सिंह ने जवाब दिया था कि घर में सोकर चर्बी हो गया है। इसलिए पुलिस आँख दिखा रही है। नेताजी की चर्बी वाली बात काँटे की तरह चुभी थी। एक दिन वह सुबह उठीं और हल्ला करके बहुओं को जगाया और ख़ुद टहलने निकल गईं।

गौरा देवी ने कोच मैडम को पहली बार उस दिन देखा था। उन्होंने सोचा था कि मैडम गोरी-चिट्टी तीखी नाक-नक्श वाली होगी। मैडम पन्द्रह-सोलह साल की एक बच्ची के साथ ट्रैक सूट में बाहर निकली। मैडम के ट्रैक सूट का रंग भूरा हरा था और बच्ची लाल रंग के ट्रैक सूट में थी। मैडम के बाल छोटे थे। बच्ची के सिर लाल फीते की दो चोटियाँ थीं। मैडम काली थी, बच्ची गोरी थी।

हल्के पाँवों दौड़ते सेक्टर तीन चौराहे से मैडम स्टेडियम की ओर बच्ची के साथ मुड़ गई। गौरा देवी कुछ ही देर में हाँफने लगी थीं। मोड़ पर थोड़ी देर सुस्ताने के लिए वह खड़ी हुईं, "ऐ बप्पा!"

केएन सिंह पश्चिम तरफ़ से आते दिखे। वहीं से चिल्लाकर केएन सिंह ने कहा, "मैडमवा जैसा दौड़िए। सब हँफनी बन्द हो जाएगी।"

केएन सिंह और गौरा देवी साथ-साथ टहलते हुए सेक्टर तीन स्टेडियम गए। वहाँ लगभग दो दर्जन लड़कियों के साथ मैडम दौड़ रही थी। वे दोनों मैदान के बाहर गैलरी के आसपास चक्कर काटने लगे। गोल पोस्ट के पास कई हॉकी स्टिक, गेंद और स्कूली बैग एक जगह रखे हुए थे। केएन सिंह को खेल में रुचि नहीं थी, लेकिन प्लांट की ज़्यादातर गतिविधियों से वह वाक़िफ़ रहते थे, "अभी टीम राउरकेला से जीतकर आई है। गुमला में टूर्नामेंट है।"

"हम लोगों के तरफ़ की नहीं लगती है।"

"नहीं। आदिवासी है। होगी राँची-लोहरदगा तरफ़ की।"

जेमा कुई और लड़कियाँ मैदान का चक्कर लगा रही थीं। केएन सिंह और गौरा देवी का एक चक्कर पूरा होते न होते लड़कियों ने तीन चक्कर लगा लिये थे। जेमा कुई ने अचानक अपना हाथ उठाया। उसकी चाल धीमी हो गई थी। गोलपोस्ट के पास रुक गई—स्टॉप!

सभी लड़कियाँ गोल पोस्ट के पास रुक गईं। केएन सिंह और गौरा देवी गैलरी में बैठ गए। लड़कियाँ क़तार में गोल पोस्ट के पास खड़ी थीं। मैडम ज़ोर से चीख़ी, "रेडी!"

लड़कियाँ दौड़ने को तैयार थीं। मैडम ने बिगुल बजाया और लड़कियाँ दौड़ पड़ीं।

वे फर्राटे के साथ दौड़ रही थीं, जैसे लड़कियाँ दौड़ती हैं। मैडम के साथ आई वह गोरी-चिट्टी लड़की आधी दूरी पार करते ही सबसे आगे हो गई थी। दो लड़कियाँ उसके पीछे काफ़ी ज़ोर लगा रही थीं, वह लड़की जैसे हवा में तैर रही हो! जेमा कुई भी उन लड़कियों के साथ दौड़ रही थी। गौरा देवी का मन हुआ कि मैडम से एक गाल बात कर लें। मैडम एक के बाद दूसरा खेल शुरू कर रही थी।

अब फ़्लैट के बाहर भीड़ और बढ़ गई थी। सेक्टर तीन के लोगों के अलावा बग़ल के मार्केट से भी दुकान के बाहर और फुटपाथ पर सोनेवाले चले आए थे। हर पाँच-दो मिनट के बाद एक न एक गाड़ी चौराहे के पास धीमी होती और किनारे खड़ी हो जाती।

छोटा बाबू अन्दर थे। बाहर खड़े पुलिस जवान फ़्लैट के दरवाज़े के पास खड़े हो गए। केएन सिंह को लगा कि यही मौक़ा है। यहाँ नेतृत्व करना उनकी नैतिक ज़िम्मेवारी थी। अन्य राजनीतिक पार्टियों के नेता अपने बड़े नेताओं को ख़बर कर रहे थे और अपनी उपस्थिति दर्ज करा रहे थे। केएन सिंह ने गौरा देवी की ओर देखा, "टेंशन बढ़ रहा है। बुला लीजिए। लमलेटवा को ख़बर कराइए। पूरी कॉलोनी उठकर आ गई है। हमारे लोग कान में तेल डालकर सोए हैं।"

एपी चौधरी गैस से परेशान थे। एमपी सिंह के यहाँ बहूभात में वे भी गए हुए थे। वहाँ भी केएन सिंह अपनी राजनीति की दुकान खोले बैठे थे। जबरिया सेल्फ़ रिटायरमेंट को लेकर वे बहस में उलझ गए थे। क्या प्लांट बिना काम के लोगों को

खिलाएगा? केएन सिंह के पास कोई जवाब नहीं था। बकथेथरी करने लगे कि चार शिफ़्ट जो चल रहा है, उसमें लेबर लोग क्या अंडा पारते हैं?

अर्था अपना प्लांट बैठा रहा है। इससे भी केएन सिंह के माथा में दरद है। इस कहा-सुनी में एपी चौधरी ने चिकन-पुलाव ज़्यादा ले लिया और पेट मथने लगा। दहीबड़ा का दही गैस को शान्त करेगा। इस विचार से एपी चौधरी दहीबड़ा वाले स्टॉल के सामने खड़े थे। वहाँ भी केएन सिंह पीछे-पीछे पहुँच गए। दही-बड़ा के बाद एपी चौधरी के पेट का दर्द और बढ़ गया था। सोनू उन्हें वहाँ से उठाकर स्कूटर पर क्वार्टर ले आया था।

एपी चौधरी सोने की कोशिश कर रहे थे। वे इस नतीजे पर पहुँचे थे कि अब से पार्टी-शार्टी बन्द! बाहर से केएन सिंह और गौरा का काँय-कुचुर कान में पड़ा। उन्होंने खिड़की खोली और देखा कि जमघट लगा हुआ है। एपी चौधरी बाहर निकल आए।

कॉलोनी में पुलिस का आना-जाना बढ़ गया था। अभी हाल में उनके बग़ल में एक लड़के ने आत्महत्या कर ली थी। डी-ब्लॉक के लोग महीने भर पुलिस से हलकान रहे। एक दिन किसी को थाना बुलाए, दूसरे दिन किसी और को। किसी को धमकाए। किसी से पैसों की माँग करे।

अब फिर कौन-सा झमेला सुतला राति शुरू हो गया? आपसी खुसुर-फुसुर से उन्हें पता चला कि मामला कुई मैडम से जुड़ा है। गैस से परेशान चौधरी का पारा और चढ़ गया, "यही लोग कॉलोनी में माहौल ख़राब कर रही है। अकेली रहती है, बताइए! इसके घर में हमेशा लड़कियों का आना-जाना रहता है..."

बातें केएन सिंह के कानों में जा रही थीं। वे अनसुनी करते रहे, "क्या जी, सौरभ, क्या बोल रहा है एसपी? किससे इतना फ़ोन पर तू गिटपिटा रहा है?"

"चचा, एसपी फ़ोन नहीं उठा रहा है। डीएसपी कह रहा है कि ऊपर का मामला है। वही लेवाडीह अपहरण कांड से जुड़ा मामला है। लेवाडीह की जो बच्ची लापता है, वह मैडम के यहाँ अक्सर आकर रुकती थी।...टीम में थी। इसी की छानबीन के लिए पुलिस आई है..."

मोबाइल रिंग होने लगा। सौरभ पाठक ने फिर मोबाइल को कान में लगा लिया, "क्या!...जी, बबन दुबे से कोई पूछताछ नहीं हुई है।...नहीं, मैडम अभी तक बाहर नहीं आई हैं। बड़ा बाबू भी अन्दर हैं।...हाँ, लोग घेरे हुए हैं। यूनियन के नेता श्री केएन सिंह हैं। और भी पार्टियों के नेता हैं।...नहीं, सत्ताधारी पार्टी के कोई नेता नहीं हैं..."

गौरा देवी ने नारा लगाना शुरू किया, "पुलिस जुल्म नहीं चलेगा!"

"नहीं चलेगा, नहीं चलेगा!" तिवारिन और गौरा देवी की पतोहू की ज़ोरदार टेक ने माहौल ही बदल दिया। कॉलोनी के लोग भी नारेबाज़ी में गौरा देवी के साथ हो गए।

"पुलिस जुल्म नहीं चलेगा!"

"नहीं चलेगा, नहीं चलेगा!"

केएन सिंह को लगा कि गौरा देवी जल्दबाज़ी कर रही हैं। अभी नारा लगाने का समय नहीं हुआ था। केएन सिंह के कानों में एपी चौधरी की बातें अब भी जा रही थीं। वे चौधरी से परेशान थे। एमपी सिंह के यहाँ बहूभात में चौधरी ने हद कर दी थी। जिस भी आइटम के लिए केएन सिंह स्टाल पर जाते, चौधरी जगह छेंके हुए मिलते। इधर हल्ला करते रहते हैं कि दही-केला वे नहीं खाते हैं। एस्नोफीलिया बढ़ता है। वहाँ पार्टी में ताबड़तोड़ दही-बड़ा ठोंक रहे थे। केएन सिंह का मन वहीं दिकिया गया था। उन्होंने चुटकी ली थी, "चौधरी जी, यह मैनेजमेंट की मलाई नहीं है। दही खाइएगा तो हँफनी उकट देगा।"

"लो, अब नारेबाज़ी शुरू कर दिया! वही हैं। गौरा जी न, घोड़ा जी! यहाँ अब गोली चलवाएँगी क्या?" एपी चौधरी हाँफने लगे। "आजकल तो कहीं चैन..."

"चौधरी जी, ठूँस-ठूँस कर दही-बड़ा चाँपे हैं। यहाँ क्यों आ गए? अरे, कोई ले जाओ इनको। यहाँ इनकी हँफनी शुरू हो जाएगी।" केएन सिंह से रहा नहीं गया, "सुना किसको रहे हैं। सरकार आपकी है। देखिए, इस किडनैपिंग कांड में भी बबना का नाम है..."

"हर समय मेरी बात को आप काहे लोक लेते हैं?" एपी चौधरी की हँफनी सचमुच शुरू हो गई। देह थरथराने लगी, लेकिन ग़ुस्सा भी ज़ोरों का था, "हेंह, हेंह...आदमी अपनी बात भी नहीं बोलेगा क्या? आप और ई हेंह..."

"पुलिस जुल्म नहीं चलेगा..."

"अरे, रुकिए भाय! इस आदमी की हँफनी शुरू हो गई है। ग़ुस्सा नाक पर है। रुकिए गौरा जी!" नारेबाज़ी और चिल्ल-पों के बीच केएन सिंह ने पुकारा, "अरे लखना, जाओ, जाओ, इनको डेरा पहुँचा दो। आधे घंटे में ठीक हो जाएँगे। जाने दो भाय, जाने दो।"

मोड़ के पास पुलिस की तीन गाड़ियाँ आकर रुकीं। इधर-उधर से आवाज़ें आने लगीं, "डीएसपिया आया है!"

"कौन डीएसपिया!"

"वही अनिरुद्ध शर्मवा!"

"अपने को साला अच्छय कुमार बोलता है!"

"अच्छय कुमार?"

"हाँ, राबड़ी राठौर वाला। सेक्टर तीन के फेर में अभी पड़ा नहीं है।"

"डीएसपिया यहाँ लं...कबाड़ेगा? सेक्टर तीन के लोग इसे अच्छय कुमार से ब्रह्मानन्द बना देंगे।"

"एसपी को आना चाहिए था। बिना एसपी-डीसी के सेक्टर तीन में कभी मामला सलटा है!"

"यहाँ जकरा देखो, वही नेता है। इसकी लोग...सुनेंगे!"

केएन सिंह ने सख़्त हिदायत दी, "ऐसी भाखा काहे निकाल रहे हो जी तुम लोग? टेंशन क्रिएट करने में लगे हो। सब कोई घर-कॉलोनी का आदमी है। महिलाएँ हैं।"

डीएसपी के कानों में भी बातें जा रही थीं। उसका ग़ुस्सा बढ़ रहा था। मन कर रहा था कि ऐसी लाठियाँ चलवाए कि सालों का पिछवाड़ा लाल हो जाए। पर अभी लाठियाँ नहीं चलवा सकता था। प्रेस के लोग चकाचक फ़ोटो ले रहे थे। उसके साथ मजिस्ट्रेट भी था। डीएसपी के हिसाब से वह बहुत डरपोक था। "सालो, भीड़ हटाओ। भीड़ हटाओ। गेट से भीड़ हटाओ। मैं कह रहा हूँ। पुलिस को रोकोगे तुम लोग?"

केएन सिंह भड़के, "ऐ अफ़सर, ज़बान सँभालकर बोलिए। पहले जवाब दीजिए कि बिना महिला पुलिस के फ़्लैट में दारोगा घुसा क्यों?"

"यहाँ नेतागीरी मत झाड़ो। मजमा लगाकर रखा है। साले..."

"साले...!" केएन सिंह गरजे।

"पुलिसिया रुआब पाद रहे हो! तुम क्या करोगे?" गौरा देवी आगे आ गईं। इतना वे समझ गई थीं कि अब ख़ाली बातचीत से मामला सलटने वाला नहीं था, "मेहरारू को पकड़ने के लिए अधरतिया पुलिस आएगी!"

भीड़ में किसी ने कहा, "साला घूस देकर नौकरी लिया होगा। देख नहीं रहा है, ठोले जैसा बात करता है!"

"हल्ला काहे करते हो जी? यहाँ आदमी बात कर रहा है। ई लाट साहब ताव खा रहे हैं, जैसे अभी सबको..."

मजिस्ट्रेट बीच में आ गया, "सर, मैं बात करता हूँ। आप थाना इंचार्ज को बाहर बुलाइए। हाँ, केएन बाबू, बात समझिए, बात ये है कि..."

"बात-वात कुछ नहीं है। आप डीएसपी को माफ़ी माँगने के लिए कहिए। सबको ये जीजा-साला कहते रहेंगे क्या? बड़ा-बड़ा अफ़सर यहाँ...।"

फ़्लैट के अन्दर से पहले पुलिस का एक जत्था निकला। जेमा कुई दारोगा से बहस करती हुई बाहर निकल रही थी। भीड़ का शोरगुल थमने लगा और फिर खुसुर-फुसुर में बदल गया।

"मैडम, आप बताइए, पुलिस क्यों आई है आपके यहाँ?" केएन सिंह मजिस्ट्रेट को छोड़कर जेमा कुई के पास पहुँचे।

जेमा कुई के सामने भीड़ थी। भीड़ से उसे ताक़त मिल रही थी। जेमा कुई ग़ुस्से में थी। वह दारोगा को धकेलकर भीड़ के सामने आ गई, "पुलिस मेरे फ़्लैट की तलाशी ले रही थी। मैं नहीं जानती कि क्यों। ये मुझे धमकियाँ दे रहे हैं। इस मामले को स्पोर्ट्स डिपार्टमेंट यूँ ही नहीं जाने देगा।"

दारोगा ने जेमा कुई को टोका, "देखो मैडम, आप ठीक नहीं कर रही हैं। इसका नतीजा...आपके डिपार्टमेंट ने कहा है कि उसे विद्या के अपहरण की कोई सूचना नहीं है। इसलिए मैं यहाँ..."

"कोई नोटिस दिया था? क्या जी, बिना वारंट के आए हो?" केएन सिंह ने सौरव को सुनाते हुए कहा, "नोट करो, सौरव। हम कहेंगे तो...कार्तिक प्रसाद जी को फ़ोन करें का? एक फ़ोन में आ जाएगा जवान। सड़क जाम में तुम लोगों का नतीजा निकाल दिया था। याद है?"

भीड़ में किसी की आवाज़ आई, "वहाँ लोगों ने डीएसपिया को दौड़ाया था।"

"वहाँ भी डीएसपिया गया था?"

"तुम लोग ओरी-बोरी बात क्यों करते हो जी! मैडम बोल रही हैं। बोलिए मैडम! सर, आप लोग टोकिए नहीं। मैडम को बोलने दीजिए!" केएन सिंह ने चारों ओर नज़र दौड़ाई। लोग आक्रोश में थे। डीएसपी-दारोगा आपस में बात कर रहे थे। मजिस्ट्रेट का हावभाव गिड़गिड़ाने-सा था। केएन सिंह ने जेमा से पूछा, "इन लोगों ने आपको पहले किसी तरह की कोई सूचना दी थी?"

"देखिए, बहुत छोटी-सी बात है। विद्या का मामला एक सौ चौवन और एक सौ पचपन सीआर पीसी का है। अधिक से अधिक यह एक सौ चौहत्तर सीआर पीसी का हो सकता है।" दारोगा ललाट से एक छोर से पसीने को काछते हुए दूसरे छोर पर ले आया। उँगली टेढ़ी कर पसीने को जमा किया और ज़मीन पर पटका, "मैडम के एफ़आईआर ने इसे 360, 361 और 362 का मामला बना दिया है। ज़रा-सा सुधार करना है।"

"तीन दिन पहले मुझे लेवाडीह थाने पर बुलाया गया था।" जेमा कुई की आवाज़ में एक खरास-सी थी। हिन्दी उसकी मातृभाषा नहीं थी। हिन्दी के शब्दों को

उसने साधा था और हिन्दी वाक्यों को 'हो' भाषा के उच्चारण-अनुशासन से गुज़रना पड़ता था। लेकिन वाक्य में कोई अस्पष्टता नहीं थी, "ये एफ़आईआर वापस लेने को कह रहे थे। धमकियाँ दी थीं कि अच्छा नहीं होगा। बबन बाबू का मामला है।"

बहुत साल पहले जेमा कुई का सामना पुलिस से हुआ था। हॉस्टल की लड़कियों के लिए यह एक नया अनुभव था। मानी पैदा नहीं हुई थी। समय अलग था। लड़कियों ने शालडुंगरी मैदान के किनारे गुल्लू तिवारी की झोंपड़ी तोड़ डाली थी। गुल्लू तिवारी और उसके साथियों ने शाम को हॉस्टल पर हमला कर दिया। लड़कियाँ शुरू में घबराईं।

गुल्लू तिवारी ने सरिता भगत को पकड़ लिया था। जेमा सरिता की मदद के लिए उधर दौड़ी। उसके हाथ में हॉकी स्टिक थी। दूसरी लड़कियों के हाथों में भी हॉकी स्टिक या लाठियाँ या चौकी के टूटे पाए या और कुछ थे। गुल्लू तिवारी के साथ आए लड़के बाहर भाग रहे थे। लड़कियाँ उन्हें रगेद रही थीं। गुल्लू तिवारी हॉस्टल के मेन गेट से भाग खड़ा हुआ।

सरिता भगत ने गुल्लू तिवारी के हिप्पी कट बाल वाले दोस्त के पैरों पर स्टिक से वार किया। वह गिर पड़ा। सरिता भगत उसकी छाती पर एक पैर रखकर स्टिक को यूँ उठाए थी मानो बैक पोज़िशन से फुल शॉट लगाने वाली हो! गुल्लू तिवारी का वह साथी रो रहा था। गिड़गिड़ाते हुए कुछ कह रहा था। जेमा कुई ने सरिता भगत को रोक लिया और उसे पीछे खींच लिया। जेमा कुई ने उस लड़के की डरी हुई आँखें देखी थीं।

गुल्लू तिवारी का वह दोस्त उठकर तेज़ी से पीपल के पेड़ की ओर भागा। बूढ़ी इंगा ने कोएंछा बाँध लिया था, जैसे कि अभी वह टहटह जवान हो। वह अपने बेटे के साथ लाठी लेकर गुल्लू तिवारी के गुंडों को रगेद रही थी। उसका बेटा गमछा पहने नंगा बदन दौड़ रहा था।

हॉस्टल की लड़कियाँ बूढ़ी इंगा से बहुत डरती थीं। किसी लड़की ने कहीं सुना था कि बुढ़िया उस पीपल के सबसे ऊपर डाली पर रात में चढ़कर बैठ जाती है। वह पेड़ भय का एक प्रतीक था। पीपल के पेड़ के पास दौड़ते हुए गुल्लू तिवारी के उस दोस्त को इंगा ने एक लाठी मारी और वह लँगड़ाता हुआ भाग गया। जेमा कुई को उसका नाम याद नहीं रहा, लेकिन गुल्लू तिवारी का नाम और चेहरा उसे ख़ूब याद है।

इस घटना की सुबह दो जीप भरकर पुलिस के जवान हॉस्टल आए। वे लड़कियों पर फ़ब्तियाँ कस रहे थे। कुछ गाना गा रहे थे। अश्लील इशारे कर रहे थे। एक अधेड़ दारोगा बार-बार अपने पैंट को तोंद पर टिकाने की कोशिश कर रहा था और जवानों को कह रहा था कि कोई लड़कियों के कमरों में नहीं घुसेगा। उन्हें डाँट रहा था। लेकिन उसकी बातों का जवानों पर कोई असर नहीं हो रहा था। वे हँस रहे थे। उनमें कोई होड़ नहीं था। कोई महिला भी नहीं थी। ख़ाकी-वर्दी वालों के बारे में तरह-तरह के क़िस्से आयो (माँ) और बूढ़ी औरतों से उन लोगों ने सुन रखे थे। लड़कियाँ डरी हुई थीं। दारोगा ने कहा कि सभी लड़कियों को जमा करो।

लड़कियाँ बरामदे में जमा हो गईं। दारोगा के बग़ल में एक ओर काली टोपी लगाए अधेड़ आधा जिस्ता सादा काग़ज़ और एक मोटा-सा क़लम लिये खड़ा था, "कल शाम को जो-जो हुआ था, तुम लोग खोलकर बताओ। किसके साथ उन लोगों ने क्या-क्या किया?"

एक और अधेड़ पुलिस सामने आकर खड़ा हो गया था। उसकी आवाज़ कड़ी थी। जेमा कुई को आज भी उसकी भद्दी आवाज़ याद है। अजीब आवाज़ जैसे शरीर पर कोई कनखजूरा रेंग रहा हो, "सच-सच बताओ, उन लोगों के साथ हॉस्टल में कितने दिनों से तुम लोग मौज-मस्ती कर रही हो?"

साथ आए पुलिस के जवान हो-हो करके हँसने लगे। जेमा के मुँह से निकला, "मौज-मस्ती करने हम लोगों ने कब बुलाया है? इन लोगों ने इंगा की ज़मीन पर झोंपड़ी जबरन खड़ी कर दी थी। हमने उसे तोड़ दिया। इनकी झोंपड़ी रहती तो हमारा खेलना वहाँ दूभर हो जाता।"

"वे लोग हमारे कमरों में घुस गए और एक ने मुझे पकड़ लिया था।" सरिता भगत ने गुल्लू तिवारी और उसके दोस्त का नाम बताया था, "तुम हँस क्यों रहे हो? हमने उन्हें खदेड़ दिया। लिखो! गुल्लू तिवारी का नाम लिखा आपने?"

"नाम मत दो। नाम से मामला और बिगड़ जाएगा। वे लोग भी केस करेंगे। लिख देते हैं, अज्ञात लड़के..."

लड़कियों ने एक-दूसरे से बातचीत की। वे सभी सहमत थीं कि वे गुंडे थे। उनका नाम देना चाहिए। दारोगा ज़ोर-ज़ोर से बोलने लगा था। लड़कियाँ भी अड़ गई थीं। किसी बात पर तनातनी हो गई थी। पुलिस वालों की हँसी बन्द हो गई थी। पता नहीं, नोमिता मैडम कहाँ से अचानक आ गई थीं। उन्होंने पुलिस को दुत्कारा और हॉस्टल के बरामदे से बाहर किया। नोमिता मैडम ने अपने ऑफ़िस में रपट

लिखवाई। दारोगा नोमिता मैडम की हर बात पर कहता, 'हाँ मैडम'। यह जेमा का पुलिस के साथ पहला सामना था।

यह हॉस्टल नहीं, कॉलोनी है। यहाँ न तो नोमिता मैडम थीं और न ही उसकी सहेलियाँ। वहाँ मौजूद कई चेहरों को वह पहचानती थी। भूँजा बेचनेवाली औरत मोड़ की दुकान पर बैठती थी। नेताजी का किसी न किसी मैनेजर से झगड़ा चलता ही रहता था। एक 'ऑब्ज़र्वर' का पत्रकार था। उस दिन उससे राउरकेला टूर्नामेंट पर बात कर रहा था और नीलेश सर के पास हमेशा इसका जाना-आना रहता था।

कई लोग थे जिन्हें वह चेहरे से जानती थी। कभी-कभार अभिवादनों का आदान-प्रदान हुआ करता था। सेक्टर तीन मार्केट के कई ठेले-खोमचे वाले जमा थे। कॉलोनी के कई लड़के थे जो सुबह-सुबह स्टेडियम में जॉगिंग करते थे। जेमा यहाँ भी अकेली नहीं थी।

"मैडम, आप बिलकुल मत डरिए! बताइए, कोई पुराना केस तो नहीं है आप पर?" गौरा देवी जेमा के बग़ल में खड़ी हो गईं, "आपके साथ जो बच्ची रहती थी, उसको नहीं देख रहे हैं?"

"हाँ, उसका नाम विद्या है। मैं उसके घर गई थी। उस गाँव के कुछ लड़कों ने कहा कि विद्या को उसके घर से बबन दुबे और उसके गुंडों ने उठा लिया है।" तिवारिन और गौरा देवी की पतोहू भी जेमा के पास आ गईं। दारोगा और डीएसपी थोड़ी दूर जाकर खड़े हो गए। मोड़ पर खम्भे की लाइट के पास भी सौ से अधिक लोग खड़े थे और लाइट के भकभुक में कभी वे दिखाई पड़ते तो कभी ग़ायब हो जाते।

जेमा कुई लीला देवी के साथ विद्या के घर गई थी। लीला देवी स्पोर्ट्स डिपार्टमेंट की अटेंडेंट हैं। विद्या ने कई बार ज़िद की थी। जेमा भी चाहती थी कि जाकर विद्या के बाप और भाई से मिले। उसकी माँ दो साल पहले एनीमिया से मर चुकी थी। जेमा विद्या के घर नहीं जा पाई।

विद्या ने रो-रोकर कहा था कि उसका भाई गाय की खाल बेचने जा रहा था। उसके भाई का नाम रमन दास था। लेवाडीह बाज़ार के हुड़दंगियों ने उसे पकड़ लिया। बबन दुबे के उकसावे पर उन लोगों ने वंदे मातरम् का नारा लगाकर उसे मार डाला। उसके साथ मस्जिद टोले के तीन लड़के भी थे। वे किसी तरह भाग

निकले थे। एफ़आईआर में बबन दुबे का नाम विद्या ने लिखकर दिया था। बबन दुबे नाम हटावाने के लिए धमकियाँ दे रहा था।

भाई के मारे जाने के एक सप्ताह बाद विद्या आई थी। वह जेमा से लिपट गई थी। विद्या के धड़कनों को जेमा महसूस कर रही थी, ऐसा लग रहा था जैसे मानी दौड़कर उससे लिपट गई हो। लेकिन मानी की तसवीर उसके मेडलों के बीच अलमारी से झाँक रही थी। विद्या को उसने सान्त्वना दी कि पुलिस बबन दुबे को ज़रूर पकड़ेगी। वह डरे नहीं। रोए नहीं। प्रैक्टिस छोड़े नहीं। गुमला टूर्नामेंट की तैयारी करनी थी।

विद्या मैदान में फिर वापस नहीं लौटी। विद्या मिड फ़ील्ड की सबसे तेज़ खिलाड़ी थी। उसकी अनुपस्थिति टीम को कमज़ोर कर रही थी। वह लीला देवी को साथ लेकर विद्या के घर पहुँची। वह उसे साथ ले जाने के लिए आई थी।

विद्या का घर लेवाडीह हरिजन टोले के आख़िरी छोर पर था। टीन का दरवाज़ा था। लोहे के ताले से बन्द था। गली में एक औरत बरतन माँज रही थी। इन्हें देखकर वह अपने घर में घुस गई। उस टोले से कोई बाहर नहीं निकला। दो लड़के जेमा की बाइक के पास खड़े हो गए, "आप हॉकी वाली मास्टरनी हैं न? विद्या आपके बारे में बताती थी। उसका बाप लेवाडीह चौक में जूता-चप्पल का मरम्मत करता है। देखिए, वहाँ कुछ पता चले तो चले।"

लीला फुसफुसाई, "मैडम, यहाँ कुछ ठीक नहीं लग रहा है। यहाँ से चलिए।"

जेमा की नज़र बन्द दरवाज़े पर गई। मिट्टी की ड्योढ़ी पर एक पुरानी साइकिल झुकी हुई थी। साइकिल के कैरियर पर कोयले की कालिख से सने चार-पाँच जूट के बोरे झूल रहे थे। दरवाज़े के बाईं ओर टायर और चप्पलों के टूटे फीते बिखरे हुए थे। जेमा को गहरी निराशा हुई। अब वह विद्या से नहीं मिल पाएगी। शायद कभी नहीं!

उसका मन बहुत साफ़-साफ़ उसे कह देता। इस मामले में वह अपनी माँ की तरह थी। उसकी माँ लोगों के लापता होने पर बता देती थी कि वह आदमी लौटेगा या नहीं। मानी उस दिन स्कूल से नहीं लौटी तो ऐसी ही भयावह आशंका उसे हुई थी। जेमा की नज़र विद्या के घर के दरवाज़े पर लटक रहे लाल फीते पर पड़ी। विद्या की चोटियों में गुँथे फीते का लाल फूल उसके नज़रों के सामने नाच उठा। वह बाइक से उतरी और दरवाज़े तक गई। जेमा ने उस फीते को छुआ।

लेवाडीह चौक पर एक छोटी-सी पान की गुमटी थी। उसके बग़ल में विद्या का बाप जागेसर बैठता था और चप्पल-जूतों की मरम्मत करता था। गुमटी के लड़के ने बताया कि वह कई दिनों से यहाँ नहीं आ रहा है। वे लड़के जो विद्या के घर के सामने मिले थे, वे वहाँ पहुँच गए, "मैडम, यहाँ कोई कुछ नहीं बोलेगा। बारह दिन

पहले बबना विद्या को घर से उठाकर ले गया है। बबना के साथ उसके आदमी थे। विद्या का बाप अधमरा नदी के उस पार पड़ा था।"

"वे अभी कहाँ हैं?"

"पता नहीं, अभी वह कहाँ है। इरफ़ान आपको सब बता देगा। वह माराफारी में है। कल सुबह वह स्टेडियम पहुँच जाएगा। किसी को कहिएगा नहीं। नहीं कहिएगा, मैडम।"

जेमा भीड़ के सामने इन बातों को कैसे रखे! वह कैसे बताए कि दारोगा ने उसे कैसी गंदी-गंदी गालियाँ दी थीं। बड़ी साफ़ धमकी दी थी कि वह थाने से विद्या के मामले को उठा ले।

पुलिस का वाहन भीड़ के पास रुका। पुलिस जवान उससे उतरने लगे।

"आप लोग ही बताइए, बिना महिला-पुलिस के एक अकेली औरत के फ़्लैट में घुसना..." केएन सिंह ने डीएसपी और दारोगा की दिशा में अपना हाथ पीछे की ओर तान लिया।

"ऐ नेताजी, बार-बार क्यों एक ही बात दुहरा रहे हो? कुछ अरजेंट मामला भी होता है कि नहीं? हम लोग भी ड्यूटी से बँधे हैं।" थानेदार ने केएन सिंह की ओर अँगुली उठाई, "अब ज़्यादा हम लोग भी बरदाश्त नहीं करेंगे।"

"सर, तीन दिन पहले आपने मैडम को थाने पर बुलाया था?" सौरव पाठक थानेदार के बाद डीएसपी से मुख़ातिब हुआ, "अपहरण केस के मुख्य अभियुक्त बबन दुबे हैं। उनसे अभी तक कोई पूछताछ क्यों नहीं हुई है?"

"एकदम ठीक सवाल पूछा है, सौरव। अपराधी छुट्टा घूम रहा है और कार्रवाई किस पर हो रही है?"

"देखो, उधर देखो!" थानेदार ने भीड़ की ओर सिपाहियों को इशारा किया।

भीड़ का एक हिस्सा किनारे खड़ी पुलिस की एक टुकड़ी से भिड़ गया।

"देखो!"

"सुनो!"

"चुप रहो!"

"तुम, साला चुप रहो!"

"मादरचोद!"

"गाँड़ मारो सालों का!"

"किडनैपिंग का मामला है और साला हमें चुप करा रहा है।"

केएन सिंह दौड़कर वहाँ पहुँचे, "तुम लोग लाठी चलवाओगे क्या? चुप नहीं रह सकते हो? वहाँ अफ़सरों से बात हो रही है।"

"नहीं चच्चा, हम लोग यहाँ बात कर रहे हैं तो ये मामू लोग..."

"मामू किसको बोला बे!"

"ज़बान मत ख़राब करो, टाइगरवा। बड़ा सेंसेटिव मामला है।"

पुलिस के जवान वापस फ़्लैट की चारदीवारी से लगकर खड़े हो गए।

जेमा कुई ने एक काग़ज़ का पन्ना हाथ से लहराया, "ये है एफ़आईआर। इसे मैंने लिखकर दिया है।"

लेवाडीह थानेदार लपककर जेमा कुई के हाथ से पन्ना झपटने के लिए आगे बढ़ा। भीड़ ने प्रतिवाद किया। थानेदार पीछे हट गया।

"मैडम, पेपर को सीधा पकड़कर रखिए।" एक पत्रकार ने पेपर की तसवीर ली।

"अबे, मुझे भी व्हाट्सअप कर देना।"

"अबे, ग्रुप में पोस्ट कर देते हैं, सबको मिल जाएगा।"

थानेदार डीएसपी के पास पहुँचा, "सर, मामला बिगड़ रहा है। यह प्लांट का नेता है। यहाँ सबको बहका रहा है। वह साली प्लेन पेपर पर सिग्नेचर के लिए तैयार नहीं है।"

"साले, दो लेडीज़ कांस्टेबल हेडक्वार्टर से मँगा लेते तो ये बवाल नहीं होता।"

"सर, कंट्रोल रूम से हमें डाँट दिया गया। डीजीपी ऑफ़िस से सीधा कॉल आ रहा था।"

"ठीक है। फोर्स को अलर्ट कर दो।"

"कुछ बकी है?"

"नहीं सर! इसके कमरे में एक बच्ची का फ़ोटो है। कह रही है कि उसकी बेटी का है। बेटी कहाँ है, इसे नहीं मालूम। हस्बैंड कहाँ है, इसे नहीं मालूम। मामला सन्दिग्ध है।"

पुलिस तैयार थी। कंधों से टँगी राइफलें हाथों में आ चुकी थीं। पॉलीकार्बोनेट और बाँस की लाठियाँ तन गईं। भीड़ को भी अहसास था कि कभी भी कुछ हो सकता है। कई लोग खिसक रहे थे। यह वैसी भीड़ नहीं थी जो बच्चा-चोर या गौ-हत्या के नाम पर निहत्थों पर टूट पड़ती है। उस मायने में यह भीड़ थी भी नहीं। ज़्यादातर लोग कॉलोनी के थे। सिटी-सेंटर या फुटपाथ के लोग थे। पुलिस के ख़िलाफ़ नफ़रत ने इन्हें कुछ समय के लिए गोलबन्द कर दिया था।

"ये मुझे कोरे पेपर पर सिग्नेचर करने को कह रहे हैं। ये कह रहे हैं कि जब विद्या के घरवाले कोई कम्प्लेन नहीं कर रहे हैं तो मैं कौन होती हूँ शिकायत लिखानेवाली? मैंने कहा कि मैं उसकी कोच हूँ।" जेमा बहुत सीधे-सादे तरीक़े से थानेदार से हुई बातचीत भीड़ को सुना रही थी। जितने ज़ोर से वह बोल सकती थी, वह बोल रही थी।

"देखिए भाई, क्या हो रहा है यहाँ! एक बच्ची की किडनैपिंग होती है। किडनैपर को पकड़ने की जगह पुलिस पकड़ किसको रही है?" केएन सिंह का चेहरा तमतमाया हुआ था और उनकी नज़रें लोगों को ठेलठाल कर सामने आने की कोशिश कर रहे चौधरी पर पड़ी। चौधरी को हँफनी में भी चैन नहीं था। ज़रा-सा ठीक लगा, फुदककर आ गए, "चौधरी को आने दो भाई! फिर दो आदमी तैयार हो जाओ। इनकी हँफनी उठेगी। फिर तुरन्त क्वार्टर पहुँचाना पड़ेगा।"

दूर से कुत्ते के रोने की आवाज़ आ रही थी। भीड़ के इर्द-गिर्द जमा कुत्ते एक साथ भौंकने लगे। भौंकते-भौंकते उनमें से कुछ ने रोना शुरू कर दिया। आसपास जमा लड़के हँसने लगे। चौधरी को लड़कों की हँसी ने और चिड़चिड़ा दिया, "हँसो नहीं। ये तुम लोगों को ठीक लग रहा है? पुलिस आई है। कोई बात होगी, तभी न? अभी कुकुर रो रहा है। कल आदमी रोएगा। केएन सिंह जी, कितना नेतागीरी चमकाइएगा? कल सुबह की शिफ़्ट में लोगों को जाना है।"

"ऐ भाय, कोई रोको इन्हें!" केएन सिंह ने चौधरी की ओर इशारा किया और फिर वे जेमा कुई की ओर मुड़े, "हाँ, मैडम, बोलिए! बबना को यहाँ हम लोग सब जानते हैं। ऊ एमएले बनने की हड़बड़ी में है। भागवत राय भी उसकी पीठ ठोंक रहा है। सुनो, सुनो, कौन-कौन यहाँ बबना के जुलूस में जाते हो? सुन रहे हो, बड़का खलताधारी की करतूत! बोलिए मैडम!"

"ये कहने लगे कि केस उसके घर के लोग क्यों नहीं कर रहे हैं? मैंने कहा कि विद्या के बाप को उन लोगों ने मारकर गाँव से भगा दिया है और उसके भाई को डेढ़ महीना पहले ही गौ-रक्षा वालों ने लेवाडीह चौक में मार डाला था। ये...?" जेमा आवेश में थी।

जेमा के बग़ल से माउथ स्पीकर की आवाज़ आने लगी।

"सुनो, सुनो, सुनो! सभी को आगाह किया जाता है कि नगर अनुमंडलाधिकारी के आदेशानुसार इस नाजायज़ मजमे को तुरन्त ख़त्म किया जाए अन्यथा पुलिस इसके ख़िलाफ़ कड़ी कार्रवाई..."

अभी बात भी पूरी नहीं हुई थी कि भगदड़ शुरू हो गई। पुलिस ने हवा में

गोलियाँ चलाईं और पुलिस के जवान भीड़ पर लाठी लेकर दौड़ पड़े। मोटरसाइकिलों के स्टार्ट होने की आवाज़ आने लगी। कुछ मोटरसाइकिलें गिर पड़ीं और उसके चालक पैदल भाग चले। लोग भाग रहे थे और पुलिस उन्हें खदेड़ रही थी। एक तरफ़ से पथराव शुरू हुआ। पुलिस रुक गई और पीछे हटी।

लगभग पचास लोग अब भी उस गोल घेरे में खड़े थे। पुलिस वापस लौटी और उस छोटे-से घेरे पर लाठियाँ बरसने लगीं।

केएन सिंह ने जेमा कुई को पीछे हटने का इशारा किया, "मैडम, इन लोगों को लेकर आप अन्दर जाइए।"

केएन सिंह पर लाठियाँ बरसनी शुरू हो गईं। गौरा देवी एक जवान पर झपटीं तो उन पर भी लाठियाँ चलनी शुरू हो गईं। थानेदार ने लाठी मार रहे जवानों को उकसाया, "साला, नेतागीरी झाड़ रहा है! लादो सबको जीप में! लेडीज़ सबको भी डालो। सालों को लेडीज़ पुलिस चाहिए!"

"ऐ दारोगा, इन लोगों को जाने दो। इन लोगों को खरोंच भी लगी तो..." गौरा देवी पर लाठियाँ गिर रही थीं। उन्होंने बहुओं को डाँटकर कहा, "तुम लोग कॉलोनी में सबको जमा करो। मेहरारू सबको भी। बोलना, नेताजी को पुलिस मार रही है।"

जेमा कुई ने गौरा देवी पर लाठी चला रहे जवान से लाठी छीन ली और दूसरे से भिड़ गई। दो पुलिस जवानों ने उस पर भी लाठियाँ चलानी शुरू कर दीं। पैर में लाठियों की चोट से केएन सिंह ज़मीन पर गिर गए। गौरा देवी चिल्ला पड़ीं, "मैया रे, मुँहझौंसों ने नेताजी को गिरा दिया है!" दौड़ो रे, दौड़ो!"

कोई दौड़ा नहीं। वहाँ पर अब पुलिस का क़ब्ज़ा था। थोड़े-बहुत लोग थे। वे सुरक्षित दूरी पर थे और पुलिस के ख़िलाफ़ गाली-गलौज कर रहे थे। इस बीच एसडीओ आ गए। वह पुलिस अफ़सरों के साथ घटना के बाद की कार्रवाई पर बातचीत में लग गए। उन्होंने इस कार्रवाई के बारे में सोचा नहीं था। इस बात पर सब एकमत थे कि फ़ौरन मुक़दमा तैयार किया जाए। कुछ लोगों ने जानबूझकर मजमा लगाकर पुलिस पर हमला किया है।

केएन सिंह उठने की कोशिश कर रहे थे। बायें हाथ में दर्द था और दाहिने पैर को मोड़ने में दिक़्क़त हो रही थी। वे समझ गए कि हड्डियाँ टूट गई हैं। वे कराह रहे थे, "इसका नतीजा ठीक नहीं होगा, डीएसपी साहब। आह, गौरा जी, आपको कहा था न...अरे बाप रे बाप...!"

अचानक कोई भारी चीज़ केएन सिंह की कमर पर गिरी। उनके चिल्लाने का

जवाब किसी के चिल्लाने के रूप में आया। चौधरी लाठी से बचने के लिए भाग रहे थे। ठोकर खाकर केएन सिंह पर गिर पड़े, "बप्पा हो बप्पा...केएन सिंह? सबको कॉलोनी में मोराए आप।"

केएन सिंह ने दाहिने हाथ से धकेलकर चौधरी को बैठाया, "गिरने के लिए और जगह नहीं मिली आपको?"

छोटा बाबू दौड़ते हुए आए, "चलो, बहुत हुआ। सिर पर भी मारा है क्या? बन्द करो। अब लाठी कोई नहीं चलाएगा।"

डीएसपी ने लाठी चला रहे जवानों को रोका, "सबको गाड़ी में डालो! सबको हिरासत में लो!"

अनुशासनिक कमिटी

जेमा कुई के सामने अनुशासनिक कमिटी के तीन सवाल थे।

क्या विद्या दास की गुमशुदगी की प्राथमिकी दर्ज कराने से पहले उसने खेल विभाग को सूचना दी थी? क्या वह लेवाडीह के सड़क-जाम में मौजूद थी? क्या पूछताछ के लिए आई पुलिस पर हमले में उसकी भूमिका थी?

जेमा कुई स्टील प्लांट में अनुबन्ध पर थी। गर्ल्स टीम की कोच के बतौर उसका काम अच्छा था। उसकी टीम पिछले साल सेमी फ़ाइनल में पहुँच गई थी और लिहाज़ा हॉकी में प्लांट का रुतबा बढ़ा था। उसके तीन सालों के अनुबन्ध को फिर से नवीकृत किया गया। ढाई साल से अधिक उसके अनुबन्ध का समय बचा हुआ है। जो आरोप उस पर थे और जिस तरह का दबाव मैनेजमेंट द्वारा आ रहा था, जेमा कुई के लिए अनुबन्ध बचा पाना मुश्किल था।

प्लांट के सीएसआर—कॉरपोरेट सोशल रिस्पांसिबिलिटी कमिटी ने अनुशासनिक कमिटी का गठन किया था। इसमें तीन अलग-अलग विभागों के अधिकारी थे। सामाजिक कल्याण विभाग की शेफाली मित्रा इस डिसिप्लेनरी कमिटी की अध्यक्ष थीं। शेफाली के अलावा इस कमिटी में खेल विभाग के नीलेश झा 'आज़ाद' और मानव संसाधन और सामाजिक व्यवहार के शाजी जेम्स थे।

कमरे में एसी की ठंडक थी। महात्मा गांधी और जवाहरलाल नेहरू की पुरानी तसवीरें लगी थीं। पहले ब्लास्ट फरनेस का उद्घाटन करती इन्दिरा गांधी की तसवीर

थी, जिसमें इन्दिरा और ब्रेझनेव हाथ मिला रहे हैं। ब्रेझनेव के चेहरे पर एक कठोर मुस्कान और इन्दिरा खिलखिलाती हुई दिख रही थीं।

सरदार पटेल और वर्तमान प्रधानमंत्री की तसवीरें भी लगी थीं। बाईं दीवार पर प्लांट की महत्त्वपूर्ण उपलब्धियों के कुछ नमूने थे। दाईं ओर नवरत्न अवॉर्ड के प्रशस्ति-पत्र की प्रतिकृति टँगी हुई थी। सामने, दीवार पर बड़े फ्रेम में एक झोंपड़ी के बाहर टोकरी बुनती महिलाएँ, स्कूल से निकलते बच्चे, एक मैदान में खेलते युवक और दौड़ने को तैयार एक लड़की के चटक रंगोंवाले म्यूरल थे।

"मैडम सेक्रेटरी, क्या मैं अपनी बात रख सकती हूँ?" जेमा कुई पहले टेबल की ओर झुकी और फिर सीधी हो गई, "विद्या जूनियर गर्ल्स हॉकी की जीनियस खिलाड़ी थी। वह ज़बरदस्त स्ट्राइकर थी। मैडम, उसकी वजह से हमारी प्लांट को बेहतर रैंकिंग मिली है।"

"मिस जेमा कुई, यह हमारे सवालों का जवाब नहीं है। बेहतर रैंकिंग किसी एक प्लेयर की वजह से नहीं मिल सकती है, आप जानती हैं। हमारे स्टील का कोई मुक़ाबला नहीं है। चलो, इसे छोड़ो। आप कमिटी के सवालों का जवाब दें।"

"स्पोर्ट्स रैंकिंग, मैडम। मैडम, मैं अपनी बात रख रही हूँ। प्लीज़, मैडम।" जेमा ने नीलेश झा को सम्बोधित किया, "सर, आप विद्या को जानते हैं। वह मुझसे मिलने आई थी और उसने कहा था कि बबन दुबे ने उसे धमकी दी है। उसके गाँव के लड़कों ने बताया कि दिन-दहाड़े विद्या को उसके घर से दुबे ने कैसे उठवा लिया था।"

नीलेश झा ने अपने चेहरे के तनाव को सामान्य करने की कोशिश की। टेबल पर अपने हाथों को रखा, "देखो जेमा, तुम जानती हो, यह उसके गाँव वालों की ज़िम्मेवारी है। प्रशासन की ज़िम्मेवारी है।"

"सर, मैं यही कहना चाहती हूँ। वहाँ दुबे के ख़िलाफ़ कोई बोलने को तैयार नहीं है।"

"क्या आपने डिपार्टमेंट को इन बातों की सूचना दी थी?" शाजी ने दख़लअन्दाज़ी की, "मैडम मित्रा, हमें कहा गया है कि जेमा कुई डिपार्टमेंट के किसी स्टाफ़ को लेकर विद्या के घर गई थीं?"

"मिस्टर शाजी जेम्स, यह एक दूसरा मामला है।" शेफाली मित्रा नीलेश आज़ाद की ओर मुड़ी, "क्या डिपार्टमेंट मिस जेमा के इस क़दम से वाक़िफ़ था, आज़ाद साहब?"

"नहीं, मैडम। इन्होंने विद्या की लगातार अनुपस्थिति का ज़िक्र किया था।

उससे मिलने के लिए उसके घर जाने की बात इन्होंने की थी। लीला देवी को इनके साथ भेजा गया था।" नीलेश झा ने अपना सिर खुजलाया, "लेकिन ये राजनीतिक नेताओं के साथ सड़क जाम करेंगी, इसकी ख़बर हमें नहीं थी।"

"हाँ, विद्या के अपहरण की पूरी बात मैंने रखी थी। टीम की लड़कियाँ डर रही थीं। याद कीजिए, सर। मुझे कहा गया था कि अब जो करेगी, पुलिस करेगी। मैं पुलिस के पास ही गई थी।"

"लेकिन हमारे बीच कभी यह चर्चा हुई ही नहीं कि आप विद्या के अपहरण का एफ़आईआर करने जा रही हैं।"

"क्या एफ़आईआर को लेकर विभाग में आपने बात की थी?" शेफाली ने मोबाइल के वाइब्रेशन को बन्द किया और आज़ाद की ओर देखा। अब उनके पास एक पुख़्ता सवाल था।

"इनकी बातों से लगता है कि इन्होंने अपने विभाग से बातें की थीं। मैं एफ़आईआर की चर्चा नहीं कर रहा हूँ। लग रहा है, इनका इरादा इस मामले में कुछ छिपाने का नहीं था।" शाजी ने वितर्क किया।

जेमा काली थी। हड़ियल थी। उसकी मज़बूती उसकी बाँहों से दिखती थी। शाजी जानता था कि अधिकांश अनुशासनिक कार्रवाइयों के परिणाम पूर्व नियोजित होते हैं। शाजी को जेमा की पृष्ठभूमि की जानकारी दी गई थी। जेमा यहाँ तक किसी सरपट रास्ते से नहीं पहुँची थी। जंगल-पहाड़ों के साथ वह बढ़ी। भाषा, नस्ल और सभ्यताओं की कई खाइयों को छलाँग कर वह यहाँ तक पहुँची थी।

"शाजी साहब, मामला जटिल है। नतीजे पर पहुँचने से पहले सोचिए। अगर ये कुछ छिपाना नहीं चाहती थीं तो इन्हें साफ़-साफ़ कहना चाहिए था कि ये एफ़आईआर करने जा रही हैं और मुख्य आरोपी श्री बबन दुबे हैं।"

"मैं एफ़आईआर करने नहीं गई थी। मैं दारोगा से बात करने गई थी। दारोगा ने मुझे झूठी कहा। मैं थाने के गेट पर बैठ गई। फिर लोग आए और उन्होंने सड़क जाम कर दिया। विधायक कार्तिक प्रसाद को मैं जानती तक नहीं थी।"

जेमा को कोच की ज़िम्मेवारी से 'छुट्टी' दे दी गई। हरेन्द्र पाल को गर्ल्स टीम के कोच की तात्कालिक ज़िम्मेवारी मिली। लीला देवी ने उसे बताया था कि डिपार्टमेंट उस पर कार्रवाई करने की सोच रहा है। केएन सिंह ने उसे सलाह दी थी कि वह ऑफ़िसरों की गीदड़-भभकी के आगे झुके नहीं। जेमा की ज़िन्दगी एक बार फिर खेल के मैदान से बाहर आ गई थी। उसने नीलेश झा को देखा, "सर, पन्द्रह दिनों से वह लड़की ग़ायब है। उसे घर से उठा लिया जाता है। गाँववाले जानते हैं

लेकिन वे चुप हैं। वे चुप क्यों हैं, हम जानते हैं। हम और आप क्यों चुप हैं सर? वह लड़की कौन है, क्या आप नहीं जानते हैं?"

नीलेश झा चुप रहे। वह सामने ब्रेझनेव के साथ इन्दिरा की तसवीर को देखते रहे। फिर उन्होंने स्टील की आकृतियों को देखा। उन्होंने दौड़ने के लिए तैयार लड़की को देखा। सचमुच, यह ज़बरदस्त म्यूरल था। नीलेश झा 'आज़ाद' की स्पष्ट राय थी कि प्लांट में हॉकी के बजाय दूसरे खेलों को प्राथमिकता दी जाए। इसे वह 'डेड गेम' मानते थे। गर्ल्स टीम को वह बोझ समझते थे। उन्होंने प्रबन्धन को दिये सुझाव में कहा भी था कि हॉकी बन्द किया जाए। इसे उन्होंने दूसरे उपयुक्त प्लांट में शिफ़्ट करने की राय दी थी।

नीलेश झा ने उसके दाईं ओर टँगे ग्राफ़ की ओर इशारा किया, "इसे देखिए मिस जेमा, ये कम्यूनिटी डेवलपमेंट में कुछेक प्लांटों का तुलनात्मक ग्राफ़ है। पिछले पाँच सालों की तुलना। हम इसमें सबसे ऊपर हैं। सामुदायिक विकास और खेलकूद हमारे कॉरपोरेट दर्शन का हिस्सा रहा है। शुरू से। यह इसलिए कि हम सामूहिक अनुशासन को मज़बूत करें। स्टील कर्मियों के सामाजिक चरित्र को..."

"ठीक है, सर। लेकिन हमें जेमा कुई के इस सवाल का उत्तर देना पड़ेगा। उस लड़की के प्रति, वही लड़की जो प्लांट के लिए खेलती थी उसके प्रति हमारी ज़िम्मेवारी क्या है?" शाजी ने शेफाली मित्रा को भी इस बात में शामिल करना चाहा, "क्यों मैडम?"

शाजी प्लांट के एक दर्जन से अधिक जूनियर मैनेजरों में एक थे और प्लांट कर्मियों की ट्रेनिंग टीम का वह हिस्सा थे। प्लांट मज़दूरों की उत्पादकता और सकारात्मक सोच को बढ़ाने के लिए परामर्श और प्रकल्प तैयार करता था। उन्होंने स्ट्रेस मैनेजमेंट में डिप्लोमा किया था। वह स्टील मज़दूरों में बढ़ रहे मानसिक तनाव को कम करने के लिए विशेष कैंपों का आयोजन करते थे।

प्लांट में तनाव की महामारी-सी फैल रही थी। कार्यरत कर्मचारियों की औसत आयु पचास के आसपास थी। घर-परिवार, जाति-बिरादरी की बिखरती आकांक्षाओं से लेकर बेतहाशा छँटनी ने हताशा का माहौल पैदा कर दिया था। उसने मज़दूरों का एक सर्वे किया। अवसादग्रस्त मज़दूरों की संख्या बहुत अधिक नहीं थी। बावजूद, इसे नज़रअन्दाज़ नहीं किया जा सकता है। एक बड़ा हिस्सा बेचैनी और तनाव का शिकार है। उन पर अनुशासनिक या प्रशासनिक कार्रवाइयों का घातक असर दूसरों पर भी होता है।

कमिटी एफ़आईआर के सवाल पर अटकी हुई थी। टीम की कोच अपने

दायरे से बाहर, प्लांट से बाहर, प्लांट की गतिविधियों से बाहर किसी राजनीतिक एक्टिविज़्म में फँसी हुई है—यह साफ़ था। मैनेजमेंट के स्तर पर इसमें संशय की कोई बात नहीं होनी चाहिए। शेफाली ने शाजी जेम्स की ओर देखा। चालीस के आसपास उम्र होगी। शेफाली को उनकी वैवाहिक स्थिति पर उत्सुकता हुई। जेमा के लिए शाजी की सहानुभूति का उन्होंने विश्लेषण किया। इस कमिटी में शाजी जेम्स को शामिल करते हुए कहा गया था कि उन्हें कर्मचारियों के व्यवहार की गहरी जानकारी है और वे प्लांट के सम्भावनामय अफ़सर हैं।

जेमा कुई अड़ी रही। शेफाली ने दूसरी चर्चा छेड़ दी, "मिस जेमा, क्या आप श्री बबन दुबे के बारे में जानती हैं? मेरा मतलब, उनके काम-काज, उनकी पारिवारिक पृष्ठभूमि या उनके वर्तमान के बारे में?"

"कुछ ख़ास नहीं। मैं इस आदमी से कभी मिली नहीं। वह पिछले साल हमारे वार्षिक कार्यक्रम में सांसद महोदय के साथ शायद आया था। फिर भी मुझे इसे पहचानने को लेकर कोई दिक़्क़त नहीं है।" केएन सिंह या इरफ़ान या विद्या द्वारा बबन दुबे के बारे में दी गई जानकारियों को जेमा ने कमिटी में नहीं रखा, "जहाँ तक मुझे याद है...रुकिए, मेरे पास उस दिन के अख़बारों की कटिंग भी है।"

जेमा ने अपने हैंडबेग को टेबल पर रखा और अख़बार की कटिंग शेफाली मित्रा की ओर बढ़ाया, "ठीक, मैडम! आप लोगों को शायद याद हो, कुछ दिनों तक अख़बारों में भी यह ख़बर छाई हुई थी। ये ख़बर है। दूसरे दिन शहर में बन्दी थी। हमारे प्लांट में भी पुलिस सेक्यूरिटी काफ़ी बढ़ा दी गई थी।"

शेफाली मित्रा ने अख़बार के कतरन को अपने हाथों में लेकर देखा। सामने एक मोटा शीर्षक था : *अर्था के साथ राज्य और ग्राम सरकारों ने किया करार, नक्सली हमले की साजिश नाकाम*। नीचे बड़ी-सी तसवीर थी। इसमें मुख्यमंत्री भागवत राय और ग्राम प्रधान एक साथ खड़े दिख रहे हैं। मुख्य सचिव अलकारानी खड़ी हैं। अर्था के प्रतिनिधियों के साथ फ़ाइल आदान-प्रदान कर रही हैं। इसके नीचे एक और मोटे शीर्षक में लिखा था : *मुख्यमंत्री भागवत राय ने दिया लोकतंत्र को नया आयाम*। इसके बग़ल में प्रधानमंत्री की तसवीर के ऊपर एक शीर्षक दौड़ रहा था : *राज्य में विकास की एक नई सुबह*।

कई बॉक्स न्यूज़ थे। 'दैनिक ऑब्ज़र्वर' के प्रधान सम्पादक खगेन्द्र प्रभात की टिप्पणी भी पहले पन्ने पर छपी थी : *विज़न और लगन से बदल सकती है राज्य की तकदीर*। शेफाली मित्रा ने कंधे उचकाए, "इनमें अर्था के साथ गाँव में हुए एमओयू की ख़बरें हैं।"

शाजी ने अख़बार को अपने हाथों में लिया और कतरन के कोने में छपे समाचार पर अपनी अँगुली रखते हुए दिखाया : *अपहरण में सत्ताधारी पार्टी के दबंग नेता पर प्राथमिकी दर्ज,* "मैडम!"

"ठीक है। इस ख़बर के ज़रिये आप क्या कहना चाह रही हैं?"

"ये देखिए!" जेमा कुई ने अख़बार का एक और कतरन शेफाली मित्रा को थमाया।

इसमें एक तरफ़ प्रतिद्वंद्वी स्टील कम्पनी का बड़ा-सा विज्ञापन था। यह कोई नया विज्ञापन नहीं था। वही पुराना : *आप रचते हैं सपनों की एक दुनिया और सपनों को सच करता है हमारा स्टील*। इस विज्ञापन के नीचे दो कॉलम की छोटी-सी ख़बर थी : *मॉब लिंचिंग के शिकार मृतक की बहन ने दर्ज कराई प्राथमिकी, सत्ताधारी दल के उभरते नेता पर हत्या का आरोप*। इस ख़बर के खंडन में बबन दुबे का फ़ोटो सहित बयान छपा था : *विपक्ष की साज़िश*।

जेमा कुई अपने बैग से एक और कतरन निकालने जा रही थी कि नीलेश झा ने उसे रोका, "हम देख रहे हैं कि आप पूरी तैयारी के साथ आई हैं। बबन दुबे एक राजनीतिक नेता हैं। सत्ताधारी दल के नेता हैं। मुमकिन है, विपक्ष उन्हें टारगेट कर रहा हो!"

"मुमकिन है। लेकिन सर, आप अख़बारों पर ग़ौर करें, आप कहीं भी विद्या का नाम नहीं पाएँगे। 'मृतक की बहन', बस, उसके बारे में इतना ही लिखा गया है। वह प्लांट टीम की सम्भावनाशील खिलाड़ी थी। आप मॉब लिंचिंग की रिपोर्ट पढ़ें तो आपको भीड़ के अलावा उस भीड़ का नेतृत्व कर रहे किसी आदमी का नाम नहीं मिलेगा, जबकि यह आदमी भीड़ में था।"

शेफाली मित्रा ने अख़बार के दूसरे टुकड़े को आँखों के नज़दीक लाकर पढ़ा। पुलिस एफ़आईआर करने में आनाकानी कर रही थी। सड़क जाम पर बैठे नेताओं के दबाव में पुलिस ने अपहरण का एफ़आईआर दर्ज किया। बबन दुबे ने आरोप के खंडन में बहुत साफ़ कहा था कि 'वह निर्दोष है। लड़की द्वारा उन पर झूठी प्राथमिकी दर्ज करवाई गई है। इसकी जाँच की जाए।'

"मैडम, यह नेता विद्या पर दबाव डाल रहा था कि अपने भाई के मर्डर केस से उसका नाम हटवाए।" जेमा रुकी और उसने बोतल से दो घूँट पानी पिया, "थाने का बड़ा बाबू विद्या पर लगातार दबाव डाल रहा था कि वह लोगों के नाम नहीं डाले। लेकिन विद्या जो जानती थी या उसने जो देखा था, इस आधार पर उसने गाँव के अपराधी का नाम दर्ज करवाया था।"

लीला देवी चाय लेकर आईं।

गौरा देवी के साथ जेमा कल केएन सिंह के घर गई थी। वे घर के बरामदे में बैठे थे। लाठी चार्ज में उनका दायाँ पैर चोटिल हो गया था और बाएँ हाथ की कलाई टूट गई थी। सेंट्रल हॉस्पिटल के डॉक्टर ने उन्हें सावधान किया था कि पैर की चोटों को हल्के में न लें। महीना भर इन्हें आराम दें। एड़ी पर पट्टियाँ बाँध दी गई थीं। बायें हाथ पर प्लास्टर चढ़ा दिया था। केएन सिंह ने अख़बार को रजिस्टर के ऊपर रखा, "छोड़िए, चलता रहता है। लोग भाग गए, नहीं तो पुलिस पिट जाती, क्या गौरा जी? सुनती हो जी, मैडम को चाय-वाय पिलाओ। खाँटी दूध वाला। पानी एको बूँद नहीं मिलाना।"

केएन सिंह की पत्नी अपनी पोती के बालों में कंघी कर रही थीं और बार-बार उसे सिर हिलाने से मना कर रही थीं और जुओं को नाख़ूनों के बीच रखकर मार रही थीं—पट्-पट्। केएन सिंह की आवाज़ पर वह उठी और अन्दर चली गईं। जेमा ने उस बच्ची को अपने पास आने का इशारा किया, "आओ।... उस दिन, नेताजी, पुलिस कह रही थी कि मैं बबन दुबे को नहीं जानती। उसके ख़िलाफ़ मुक़दमा मैंने वापस नहीं लिया तो मुझे भी उठवा लेगी और कोई नहीं बचा पाएगा।"

"देखिए मैडम, बबना है बड़ा छछूंदर! कुर्ता-पाजामा डाटकर बड़का देशभक्त बना फिरता है। अच्छा हुआ, उस दिन हो-हल्ला हो गया और बात सामने आ गई। गुपचुप ये लोग क्या पाप करते हैं, कौन जानता है?" केएन सिंह ने पोती की ओर देखा, "आ जाओ। आंटी हैं। तुमको हॉकी खेलना सिखा देंगी। मैडम, आपको विभाग से कोई नोटिस मिला है? स्टाफ़ लोग कह रहे थे।"

केएन सिंह ने अख़बारों की कतरनें जमा कर रखी थीं। जेमा को दिया, "कमिटी में रखिएगा, अख़बारों की फ़ोटोकॉपी करवा लीजिए और एक बात याद रखिए, ये चाहे जितना दबाव बनाएँ, आप इस्तीफ़ा नहीं दीजिए या माफ़ी मत माँगिए। मामले को रफ़ा-दफ़ा करने का कोई मौक़ा इन्हें मत दीजिए। बचिया के बारे में पता करना होगा। कहीं लड़की बेचनेवाले गैंग के हाथ में तो नहीं पड़ गई है! मार भी दे सकता है!"

"लड़की बेचनेवाले गैंग?"

"कई गिरोह हैं।" केएन सिंह चुप हो गए।

जेमा कुई कुछ देर के लिए फिर कुर्सी पर बैठ गई थी।

शेफाली ने चाय का घूँट लिया, "हम आपकी बातें सुनेंगे। ये यूँ ही गपशप के लिए पूछ रही हूँ। क्या आपको यह नहीं लगता जेमा कि पूरा मामला धीरे-धीरे बहुत राजनीतिक बनता जा रहा है?"

"राजनीति में मेरी कोई दिलचस्पी नहीं है मैडम! यह मामला हमारी टीम की एक सदस्य का है।"

"वैसे इस सवाल पर भी हमें डिस्कस करना ही है। लेकिन यह बाद में।"

नीलेश झा ने क्षोभ प्रकट किया, "मैडम, राजनीति ने देश को बर्बाद कर दिया है। अभी मेरे एक दोस्त ने बताया, उसने टाटा की नौकरी छोड़कर अर्था में जूनियर प्रोजेक्ट मैनेजर के रूप में काम शुरू किया है..."

"हमारे प्लांट से भी कुछ लोग जा रहे हैं, पता नहीं क्यों! आख़िर, सैलरी में कोई ख़ास फ़र्क़ है नहीं।" शेफाली मित्रा ने अपने बैग से दवा की एक गोली निकाली और चाय के साथ इसे घोंट लिया, "उसका सबसे बढ़िया ऑफ़र प्लॉट का है।"

"बंगाल के बॉर्डर पर वे कंस्ट्रक्शन गोदाम के लिए ले-आउट कर रहे थे। चार-पाँच दिन पहले की बात है। एक भीड़ आई। भीड़ ने काम रुकवा दिया और मेरे दोस्त समेत सत्रह लोगों को अपने साथ जंगल ले गई।"

"सेक्यूरिटी नहीं थी?"

"पता नहीं। होगी भी तो इन लोकल लोगों की भीड़ देखकर खिसक गई होगी।" नीलेश झा के सिर पर छोटे-छोटे बाल थे जो सिर से नीचे जाते और भी छोटे हो गए थे। मूँछें मोटी थीं। उसके चाय पीने और कप को प्लेट में रखने के तरीक़े से साफ़ था कि वह तौर-तरीक़ों वाला आदमी था। "मैडम, इन लोगों की ज़िद पर वहाँ काम रोक देना पड़ा। अब अपने कंस्ट्रक्शन गोडाउन के लिए अर्था को दूसरी जगह देखनी पड़ रही है।"

"और वे सत्रह लोग?"

"वे छूट गए हैं। मुख्यमंत्री ने कहा है कि इसमें विपक्ष की भूमिका है और विपक्ष चाहता है कि अर्था का प्रोजेक्ट बन्द हो।" नीलेश झा ने हथेलियाँ टेबल पर फैला दीं, "इस तरह के राजनीतिक माहौल में भला कौन अपनी पूँजी फँसाना चाहेगा?"

शाजी ने नीलेश झा की फैली हथेलियों को देखा। उँगलियों की अँगूठियों को देखा। गोमेद, जमुनिया, लहसुनिया, पंचधातु और हीरा जड़ी अँगूठियाँ, "सर, बहुत बार यह ठेकेदारों के भी लटके-झटके रहते हैं। कुछ-कुछ जगहों पर ज़मीन-मालिकों की सहमति के बग़ैर..."

"शाजी साहब का कोई राजनीतिक अतीत ज़रूर रहा है।" नीलेश झा ने टेबल

से हाथ हटा लिये, "मैडम, मेरा वह दोस्त ट्रॉमा में है। दहशत में है। उसे समझ में नहीं आ रहा है कि अर्था में वह रहे या नहीं।"

लीला देवी कप-प्लेट समेटकर ले गईं।

"ख़ैर, छोड़िए इसे। लीला के साथ आप विद्या के गाँव गई थीं।" शेफाली औपचारिक तौर पर कमिटी की चर्चा पर आ गईं, "लीला के अनुसार विद्या के किसी घर वाले या रिश्तेदार से आपकी मुलाक़ात नहीं हुई थी। वहाँ कुछ लड़कों के कहे अनुसार आपने उसके बाप से भी मिलने की कोशिश की। वह भी नहीं मिला..."

"हाँ, वे मुझे नहीं मिले। लेकिन मुझे जिस लड़के ने यह बात बताई, उसने अपहरण को अपनी आँखों से देखा है। उस दिन लिंचिंग में तीन लड़के जान बचाकर भागे थे। उनमें एक वह भी था।"

"तब तो एफ़आईआर उसे ही करानी चाहिए थी?"

"हाँ। लेकिन वह ख़ुद अपनी जान बचाने के लिए भागे फिर रहा है। उन तीनों में से एक का आज तक पता नहीं है कि वह कहाँ है। उसका नाम मुमताज़ है।"

"अगर यह भागे फिर रहा है तो विद्या के सो-कॉल्ड किडनैपिंग को इसने कैसे देखा?"

जेमा ने एक-एक कर सामने बैठे कमिटी के तीनों सदस्यों को देखा। नीलेश झा के चेहरे पर तनाव था। सवाल कर रही शेफाली मित्रा आत्मतुष्ट थीं। शाजी जेम्स के चेहरे पर उलझनें थीं। शाजी साहब का देखने का तरीक़ा अन्य दोनों से अलग था। उनमें उसके ख़िलाफ़ पहले से ही तयशुदा द्वेष नहीं था।

एफ़आईआर के पहले जेमा ऊहापोह में थी कि विद्या के अपहरण के सवाल को वह उठाए या नहीं। फिर उसे लगा कि यह विद्या नहीं, उसकी मानी की शेष लड़ाई है। सड़क-जाम में उतरे लोगों के समर्थन को भूली नहीं थी। वह दृढ़ थी, "इरफ़ान उस दिन विद्या और उसके बाप को आगाह करने आ रहा था मगर वह ऐसा नहीं कर पाया। उसकी नज़रों के सामने यह सब हो रहा था!"

जेमा ने एफ़आईआर की एक-एक फ़ोटोकॉपी अनुशासनिक कमिटी के तीनों सदस्यों को दी। यह लेवाडीह थाना प्रभारी के नाम पर डेढ़ पेज का आवेदन था और इसके साथ विभिन्न कॉलमों में भरा हुआ नाम-पता, भारतीय पैनल कोड की धाराओं के उल्लेख वाला एक फ़ॉर्म था और नीचे थाना-प्रभारी का दस्तख़त था। जेमा ने एफ़आईआर में अपहरण की घटना का विवरण लिखा था जो इरफ़ान ने उसे सेक्टर तीन स्टेडियम में बताया था।

अपहरण

जेमा कुई लड़कियों को पासिंग ट्राइएंगल का अभ्यास करा रही थी। यह पासिंग सर्किल तैयार करने में मदद करता है। त्रिकोण बनाओ। गेंद को त्रिकोण में गोल पोस्ट तक ले जाओ। त्रिकोण के तीनों छोरों पर खिलाड़ी बदलते जाएँगे।

कड़े अभ्यास का दौर था। विद्या की अनुपस्थिति बड़ी समस्या थी। विद्या के अपहरण के बाद असीमा और संजोती ने भी आना छोड़ दिया था। उनके घरवालों ने साफ़ मना कर दिया था। उसके सामने खिलाड़ियों को फिर से सजाने की जटिलता थी। वह पूरी तरह से तय नहीं कर पाई थी कि विद्या की जगह किसे ले। विद्या और जसवा सबसे आक्रामक मिडफ़ील्डर रही हैं। दोनों का तालमेल बेहतर था। इस जोड़ी के लय में आ जाने से खेल का रुख़ पलट जाता था। कुंती भी विकल्प हो सकती थी।

विद्या को लेकर उसके दिल और दिमाग़ में घमासान चल रहा था। कोई दो लाल चोटियों वाली लड़की उसे नज़र आती तो उसे विद्या की याद आ जाती। विद्या की अनुपस्थिति वास्तविकता थी। "सुनो, यहाँ आओ। जब तक विद्या नहीं आ जाती, लेफ़्ट मिड से कुंती खेलेगी और बैक में द्रौपदी रहेगी।"

"मैडम, कोई आया है।" एक लड़की की आवाज़ आई।

लड़का साइकिल पकड़े हुए गैलरी के पास खड़ा था। इरफ़ान होगा। इसका मतलब वे लड़के सच कह रहे थे। लड़के की हवाई चप्पलों पर कोयले की महीन परतें थीं। चप्पलों का नीला रंग भी कहीं-कहीं से झाँक रहा था। बाल बड़े थे। दाढ़ी और मूँछें अभी निकल ही रही थीं। वह मैला जींस पहने हुए था। क़मीज़ गंदी थी और कंधों पर सिलाई उधड़ी हुई थी। साइकिल पुरानी थी—वैसी ही, जैसी विद्या के घर में खड़ी साइकिल थी। साइकिल के हैंडिल से एक झोला लटक रहा था। साइकिल के कैरियर पर कोयले की गर्द से काले हो चुके पटसन के दस-बारह बोरे लदे थे।

"इरफ़ान?"

लड़के ने हामी में सिर हिलाया।

इरफ़ान ने साइकिल खड़ी कर दी, "मैडम, किसी को आपने बताया नहीं है न कि मैं यहाँ आनेवाला हूँ?"

"नहीं।"

"नेताजी ने धमकी दी है कि इरफ़ान और रामापदो जल्दी गाँव लौट आए।

मुमताज का पता नहीं। उस दिन हम लोग साथ ही थे। हम लोग ट्रेन पकड़कर आसनसोल चले आए थे।"

"आसनसोल जाने के बाद तुमने क्या किया?"

"मामा ने कहा है कि बंगाल में काम लगा देंगे। फुफेरे भाई ने कहा है कि कोयंबटूर में काम लगवा देगा। अभी यहाँ-वहाँ रह रहा हूँ। गाँव जाने पर नेताजी हमें ज़िन्दा नहीं छोड़ेंगे। मैडम, हम लोगों को बचा लीजिए। आप लोगों की अफ़सरों से जान-पहचान है।"

इरफ़ान ने हॉकी खेल रही लड़कियों को देखा। स्टेडियम के चारों ओर देखा। गेट के पास एक आदमी खैनी मल रहा था। एक औरत सिर से टोकरी उतारकर दीवार की छाँह में बैठी थी। इरफ़ान चौकन्ना था। वह डरा हुआ था। "हमें ख़बर मिली थी कि नेताजी के घर में चार-पाँच लोग आए हुए हैं और वे लोग रमना की बहन को उठाने की बात कर रहे हैं।"

"किसने कहा था?"

"मैडम, हमें पता चला, बस! उसी के घर के एक नौकर ने किसी से कहा था। हम रात में घर पहुँचे नदी होकर। हमने जागो और बिसेसर को कहा कि जल्दी ख़बर कर दो। विद्या और उसके बाप को कहो कि घर से भाग जाएँ। हमने विद्या को आपके पास ले आने के लिए नदी के पास साइकिल भी रखी थी।" उसने फिर गेट की ओर देखा। स्कूटर खड़ा करके दो लड़के गपशप कर रहे थे। स्टेडियम की सड़क इस वक़्त बहुत व्यस्त नहीं थी। फिर उसने जेमा की ओर देखा, "विद्या भी इन लोगों के साथ खेलती थी न?"

"तुम लोगों ने हल्ला करके लोगों को जुटाने की कोशिश क्यों नहीं की?"

"इससे कोई फ़ायदा नहीं होता। कोई उस टोले में या गाँव में जमा नहीं होता और मैं भी पकड़ा जाता। मुझे वे लोग नहीं छोड़ते।" इरफ़ान को जेमा की नासमझी पर खीज हुई। इस तरह की बेवकूफ़ी वह क्यों करता? "मैडम, हम लोग खेत की ओर से छिपकर उसके घर जा रहे थे। उसके घर पहुँचने में दो या तीन मिनट और लगते। हमने छह लोगों को उसके दरवाज़े पर खड़े देखा। दो लोग रमना के बाप को पकड़कर पीट रहे थे और उसे घसीटकर बाहर आँगन में कर दिया था। तीन लोगों ने विद्या को पकड़कर टाँग रखा था।"

लड़कियाँ हल्ला कर रही थीं और बबिता बार-बार सीटी बजाते हुए लड़कियों को अपनी-अपनी जगह पर भेज रही थी।

जेमा ने इरफ़ान को रोका, "एक मिनट रुको, मैं तुरन्त आ रही हूँ।"

जेमा ने लड़कियों से बातचीत की। फ्री हिट से खेल की फिर शुरुआत हुई। जेमा वापस लौटी। उसके हाथ में पानी की बोतल थी। उसने इरफ़ान को बोतल थमा दी, "गाँव का कोई नहीं निकला?"

"नहीं मैडम। उनके पास रिवॉल्वर था। नेताजी के पास लाइसेंसी राइफल है। उसके लोग तलवार लेकर आए थे। शुरू में ही बम फोड़कर उन्होंने चेतावनी दे दी थी।"

"क्या बबन दुबे भी वहाँ था?"

"बबन दुबे अपने स्कार्पियो में ड्राइवर की सीट पर बैठा हुआ था और अपने आदमियों को डाँट रहा था। रमना का बाप ज़ोर-ज़ोर से रो रहा था और विद्या चिल्ला रही थी। विद्या ने कुछ देर के लिए अपने पैर छुड़ा लिये थे लेकिन फिर उसके पैरों को उन लोगों ने बाँध दिया। थप्पड़-मुक्का से उसे एक गुंडा पीटने लगा। उन्होंने उसे स्कार्पियो पर लाद लिया और बबन दुबे उसे लेकर चला गया। वह अपने घर पर भी नहीं रुका।"

"तुम उन गुंडों को पहचानते हो?"

दिल में एक हूक-सी उठी। क्या मानी को भी वे लोग ऐसे ही उठाकर ले गए होंगे? वह कभी ठीक-ठीक जान नहीं पाएगी। वह थाने दौड़ती रही थी। वह ज़िला पुलिस अधीक्षक के पास दौड़ती रही थी। ज़िला उपायुक्त के पास दौड़ती रही थी। नई-नई आई उस अनुमंडलाधिकारी ने उसे तसल्ली दी थी कि वह मानी को खोज निकालेगी। लेकिन मानी नहीं मिली।

"तुम किडनैप करने वाले को पहचानते हो?"

"मैं?" इरफ़ान थोड़ा परेशान हुआ।

"हाँ।" जेमा ने देखा, लड़कियाँ ज़ोर-शोर से अपने खेल में लगी हुई थीं।

"बबन को सारे लोग पहचानते हैं और दूसरे लोगों में से बस एक को मैं जानता हूँ। वह लेवाडीह चौक में बस एजेंट है। माथे पर टीका लगाता है। उस दिन लेवाडीह चौक में हम लोगों को पीटनेवालों में वह भी था—संकरवा।"

"मैं डिपार्टमेंट में बात करूँगी। मैं पूरी कोशिश करूँगी। विद्या को वे कहाँ ले गए होंगे?"

"लोग कहते हैं कि वे लड़कियों को बर्बाद कर देते हैं। उसे या तो मार देते हैं या कहीं बेच देते हैं।"

वे दोनों ख़ामोश हो गए।

आए दिन अख़बारों में इस तरह की ख़बरें छपती रहती थीं। लड़कियों का कारोबार ज़मीन के नीचे चारों ओर फैला हुआ था। छोटी-छोटी बच्चियों को

आवासीय विद्यालयों से सेक्स नेटवर्क में लगाया जा रहा था और बिहार के मुज़फ़्फ़रपुर में तो अनाथ लड़कियों के आश्रय को ही यौनाचार का अड्डा बना दिया गया था।

मानी की खोज में जेमा और तुराम यहाँ-वहाँ भटक रहे थे। उन्हें एक ऐसे गिरोह के बारे में पता चला था जो बच्चियों को उनके परिवार से ख़रीदकर ले जाता था। यह गिरोह उन्हें दिल्ली या मुम्बई में दाई के काम के लिए बेच देता था। पता नहीं, ये बच्चियाँ कभी अपने घरों में लौट पाती होंगी या नहीं!

"बबन दुबे की धमकी के बारे में विद्या ने मुझे कहा था। विद्या यहाँ रहती तो वह बच जाती। विद्या की ज़िद थी कि कुछ दिनों तक वह बप्पा के साथ रहेगी।"

गेट पर महिला ने अपने माथे पर टोकरी रखी और वह वहाँ से चल पड़ी।

अचानक जेमा की नज़र मैदान की ओर गई। जसवा गेंद लेकर बढ़ रही थी और वह ट्राइएंगल पासिंग के बजाय अपना कौशल-प्रदर्शन कर रही थी। उसने मिडफ़ील्ड डिफ़ेंस को पार किया और अब दोनों बैकियों ने उसे घेर लिया था। जसवा की ओर से शारदा आगे दायें थी। उन्हें पास देने के बजाय चकमा देकर जसवा ख़ुद डी एरिया में पहुँच गई। जसवा को पास देना चाहिए था। जसवा ने गोल कर दिया। उफ़, ये लड़की! यह सीखने में बहुत आनाकानी करती है। जेमा को कोफ़्त हुई।

इरफ़ान भी हॉकी देखने लगा। स्टिक लिये गेंद के पीछे भागती लड़कियाँ! उसने इस खेल को कभी देखा नहीं था। सुना था। रमना की बहन भी इस खेल के लिए चुनी गई है। रमना की बहन इसके पहले भी पन्द्रह अगस्त की दौड़ में फ़र्स्ट आती थी। रमना ने बताया था कि विद्या की टीम बहुत जगह खेलने जाती है। प्लांट में उसकी नौकरी तय है। इरफ़ान ने एक बार फिर गेट की ओर देखा, "मैडम, मैं जाऊँगा। ज़्यादा देर यहाँ रुकना ठीक नहीं होगा।"

"विद्या इस घटना के एक दिन पहले मेरे यहाँ से तीन बजे दिन में ही निकल गई थी।" जेमा कुई को गहरा अफ़सोस था कि अब उस समय तक पहुँचना मुमकिन नहीं है।

जेमा को तुराम की याद आई। मानी चार-पाँच महीने की होगी। तुराम को आदिवासी हॉस्टल के लड़कों ने लहूलुहान हालत में घर पहुँचाया था। उसके मुँह से ख़ून बह रहा था। पीठ पर मोटरसाइकिल की चेन के निशान थे। शरीर पर जगह-जगह चोटें

थीं। लड़कों ने बताया था कि तुराम को गुल्लू तिवारी और उसके दोस्तों ने गैरेज से बाहर निकालकर पीटा था। वे दौड़कर पहुँचे। उन्हें देखते ही गुल्लू तिवारी और उसके गुंडे भाग खड़े हुए। गुल्लू तिवारी से लड़ाई बढ़ती गई और हॉस्टल की लड़कियों का साहस भी बढ़ता गया था।

"लोग डर जाते हैं। इसका फ़ायदा ये लोग उठाते हैं।" जेमा कुई ने इरफ़ान को दिलासा दिया, "मुक़ाबला करो तो इन्हें भी भगाया जा सकता है।"

"विद्या किसी से डरती नहीं थी।" इरफ़ान ने दायें पैर के पैंट को थोड़ा ऊपर किया। उस जगह घाव था। उसे खुजलाया।

इरफ़ान वहाँ से उठा। उसने पॉलिथिन में लिपटे काग़ज़ को निकाला। बाक़ी बचे काग़ज़ को उसी तरह लपेटकर झोले में रखा और झोले को फिर हैंडल पर लटका दिया, "ये लीजिए, मेरे मामूजान ने मुंशी को पैसा देकर निकलवाया है। इसमें बबन द्वारा किया गया काउंटर एफ़आईआर भी है। बबन दुबे ने पूरे गाँव को धमकी दी थी। पूरा गाँव डरा हुआ था, विद्या को कोई डर नहीं था।"

विद्या डरती नहीं थी, जेमा कुई जानती है। राउरकेला में जिस तरह से उसने अपने विरोधी के स्ट्रेट हिट को एकदम नज़दीक से झपट लिया, वह बहुत ही ख़तरनाक था। विद्या ने इस तरह के तीन शॉट रोक दिये, गेंद को काबू में लिया और इन्हें गोल में बदल दिया था। पहली बार इस प्लांट की टीम सेमीफ़ाइनल तोड़ पाई थी। गुमला में भी उसने यही करने की कोशिश की लेकिन वहाँ वह दो बार चकमा खा गई थी। विद्या बिजली की तरह झपटती। इस तरह से उसने गुमला में एक गोल भी कर दिया था। लेकिन गुमला टीम चार गोल कर चुकी थी।

"मैं डिपार्टमेंट और थाने से बात करूँगी लेकिन पता नहीं, इससे क्या होगा!" जेमा उठी। काग़ज़ के उन पन्नों को उलटा-पलटा। वह गेट तक इरफ़ान को छोड़ने गई। इरफ़ान ने सेक्टर तीन मोड़ के बजाय प्रोजेक्ट कॉलोनी की ओर डंप साइट का रास्ता लिया।

कमिटी की दूसरी बैठक ठीक से चल ही नहीं पाई।

अनुशासनिक कमिटी के सदस्यों को जेमा ने दोनों एफ़आईआर की कॉपियाँ पहली बैठक में ही दे दी थीं। नीलेश झा ने टिप्पणी की थी कि विद्या के मामले में

इस तरह से आगे बढ़कर रुचि लेना स्वाभाविक नहीं है और कहीं-न-कहीं इसमें कुछ निजी हित भी छिपे हुए हैं या फिर यह राजनीति से प्रेरित है। नीलेश झा ने उस रात पुलिस के साथ टकराव को अनावश्यक बताया और जेमा कुई से पूछा कि यूनियन लीडर केएन सिंह से उसकी जान-पहचान कितने दिनों की है।

बिना महिला पुलिस के जेमा के फ़्लैट में पुलिस अधिकारियों का जाना ग़लत था, यह बात शेफाली और आज़ाद ने स्वीकार किया। फिर भी यह ऐसी कोई बड़ी बात नहीं थी जिसकी वजह से पूछताछ के लिए आई पुलिस टीम पर हमला कर दिया जाए। इसे लेकर शाजी के साथ उन दोनों की थोड़ी तल्ख़ बहस हो गई। तय किया गया कि अगले सप्ताह फिर कमिटी बैठे और पुलिस के साथ भिड़ंत के मामले को भी समझ लिया जाए। नीलेश झा ने जेमा कुई को हिदायत दी—चूँकि अभी वह कोच के पद पर नहीं है, इसलिए उसे टीम की खिलाड़ियों से भी मिलने से बचना चाहिए।

इस बैठक में अनुशासनिक कमिटी के अन्दर विभाजन हो गया। शाजी जेम्स के रवैये को लेकर नीलेश झा आपे से बाहर हो गए थे। इस बैठक में नीलेश झा और शेफाली मित्रा, दोनों की पूछताछ जेमा की निजी ज़िन्दगी पर केन्द्रित थी। प्रबन्धन किसी मुगालते में नहीं रहना चाहता था। पुलिस ने जेमा की निजी ज़िन्दगी को सन्दिग्ध कहा था। जेमा कुछ बातों को लेकर हिचक रही थी और उसकी हिचक से नीलेश झा और शेफाली मित्रा, दोनों आक्रामक हो गए।

पहली बैठक के ठीक तीन दिन बाद शाजी जेम्स ने खेल विभाग से जेमा कुई का पता और मोबाइल नम्बर लिया। उसने जेमा से बात की और उसके फ़्लैट पर जा पहुँचा।

"माफ़ कीजिए, मैं कमिटी की ओर से नहीं आया हूँ। वैसे मैं...आप उस लड़की के लिए जो कर रही हैं, उसकी क़द्र करता हूँ।" शाजी सोफ़े पर बैठ गया। टेबल के उस पार जेमा बैठी हुई थी, "मैंने उस आदमी के बारे में पता किया है—बबन दुबे के बारे में। वह प्लांट के स्क्रेप बिज़नेस से भी जुड़ा है और बॉर्डर पर उसके बड़े-बड़े प्लॉट हैं। अर्था के लिए वह सप्लाई एजेंसी भी चला रहा है। एक बड़े ठेकेदार जीएन तिवारी के साथ उसकी पार्टनरशिप है।"

"जी, शाजी साहब। मैं यह नहीं जानती थी। भाई की मॉब लिंचिंग के बाद विद्या ने ही पहली बार मुझे इसका नाम बताया था।" जेमा को शाजी का आना अच्छा लगा। वह शंकित भी थी कि शाजी यहाँ आया क्यों है। "नेताजी कहते हैं

कि बबन दुबे आदमी ठीक नहीं है। पिछले साल त्योहार में इसने नीचे बस्ती में तनाव फैलाया था।"

"नेताजी? ख़ैर, छोड़िए, मैं अभी इसके लिए नहीं आया हूँ। मैं दूसरे काम से आया हूँ।" शाजी कुछ देर तक अलमारी के ऊपर जैसे-तैसे रखी ट्रॉफियों और उनके बीच रखे बच्ची के फ़ोटो को देखता रहा। ट्रॉफियाँ बेतरतीबी से रखी थीं। फ़ोटो छह-सात साल की बच्ची का होगा। उसके होंठ ऊपर की ओर उठे थे—ठीक जेमा के होंठ की तरह। सामने दूध के दाँतों के टूटने से मुँह में ख़ूबसूरत खड्ड बन गए थे, "मैं आपसे हॉकी और आपकी टीम के बारे में जानना चाहता हूँ। हॉकी के बारे में मैं बहुत कम जानता हूँ।"

"जी?"

"हॉकी कोचिंग के ज़रिये आप टीम को क्या देती हैं? क्या आप उन्हें तकनीक के बारे में प्रशिक्षित करती हैं?" शाजी की नज़र कोने में खड़ी एक हॉकी स्टिक पर गई, "मैं इसे देखूँ?"

बाहर का कमरा कुछ बेतरतीब था। मसलन उसके कुछ कपड़े एक सोफे पर पड़े थे। एक दरवाज़े के पल्लू पर टँगा था। किताब 'फ़ील्ड हॉकी : एवरी मोमेंट मैटर्स' टेबल के नीचे पड़ी थी। दर्द निवारक स्प्रेयर दरवाज़े पर उलटा हुआ था। एक बूट बेड रूम के दरवाज़े पर था। दूसरा टेबल के पास पड़ा था। वहीं पर गेंदें पड़ी थीं। कॉटन-पैड का पैकेट खिड़की पर रखा था। पुलिस ने अलमारी के सभी सामान को नीचे गिरा दिया था। ट्रॉफियों को भी बिखेर दिया था। जेमा ने इन्हें यहाँ-वहाँ रख दिया था। आज शाजी की उपस्थिति में यह सब कुछ जेमा को अटपटा लग रहा था।

"बिलकुल।" शाजी के सवाल का मकसद जेमा की समझ में नहीं आया। शाजी नीले रंग की क़मीज़ पहने था। पैंट क्रीम कलर का था। हेलमेट में दबे होने की वजह से उसके बाल पीछे की ओर मुड़े हुए थे। चेहरा उदास था। शाजी हॉकी कोचिंग के बारे में क्या जानना चाहता है?

जेमा परेशान थी, "हॉकी के साथ मैं तेरह साल की उम्र से जुड़ी हूँ। मैंने कभी तकनीक, टीम स्प्रिट, किलिंग इंस्टिंक्ट, बॉडी फिटनेस आदि को अलग-अलग करके देखा ही नहीं। हाँ, कोचिंग में इसे लड़कियों के बीच ले जाना पड़ता है। जब गेंद आपके इशारे पर नाचती है, आपके अन्दर एक गुदगुदी फूटती है। एक चुनौती खड़ी होती है कि आप गेंद को कितनी देर तक अपने ज़ोर में रख सकते हैं। आपके निर्णय पर सब कुछ निर्भर करता है।"

जेमा कुछ देर चुप रही। उसने शाजी के हाथ से हॉकी-स्टिक ले ली और इसके फेस को एक सौ अस्सी डिग्री पर नचाती रही, "टीम में ग्यारह खिलाड़ी हैं और वे टीम के अलग-अलग अंगों की तरह हैं। लड़ाई पल-पल बदलती है। लड़ाई के साथ मैदान बदलता है। हर पल प्रत्येक खिलाड़ी को निर्णय लेना पड़ता है कि उसकी जगह कहाँ है, क्योंकि जगहें भी बदलती रहती हैं। और, जब आप खिलाड़ियों में यह समझ पैदा कर लेते हैं, तो आपकी टीम जीत के लिए तैयार है। आप जानते हैं कि हर शॉट को गोल में नहीं बदला जा सकता लेकिन हर गोल के पीछे एक शॉट होता है। ख़ैर, आपका सवाल दूसरा है।"

जेमा ने हॉकी-स्टिक शाजी को फिर थमा दिया। शाजी उलट-पुलटकर हॉकी-स्टिक का मुआयना करने लगा। इसके तल्ले को छुआ, "और जब आपकी टीम के अन्दर बिखराव शुरू होने लगता है?"

"यह अलग-अलग स्थितियों पर निर्भर करता है।" जेमा उठी। कुछ देर बाद वह चाय लेकर लौटी, "पिछले साल क्या हुआ था? दुर्गापुर की टीम से हारने के बाद जसवा और विद्या के सम्बन्ध कड़वे हो गए थे। उन दोनों का तालमेल ख़त्म हो गया था। हमने देखा कि खूँटी के ख़िलाफ़ वे दोनों मिलकर पीसी नहीं बना रही थीं। एक-दूसरे को उससे बाहर रखतीं। मुझे लगा कि मामला कुछ ठीक नहीं है।"

शाजी ने चाय पीते हुए सिर हिलाया, "हार इस तरह की प्रवृत्तियों को उकसाती है। टीम-स्पिरिट की कठिन परीक्षा लेती है।"

"मैंने पूरी टीम को बिठाया और विद्या एवं जसवा से सीधे पूछा कि बात क्या है? खूँटी के खेल को तुम दोनों खा गईं। इस तरह से पीसी बनाई जाती है!" जेमा कुई हँसी। वह बड़ी सहज थी। स्वाभाविक थी और खुल गई थी, "विद्या ने दुर्गापुर मैच की हार पूरी तौर पर जसवा के माथे मढ़ दिया कि उसने अगर बॉल मुझे पास कर दिया होता तो ये टूर्नामेंट हमारे हाथ से न जाता। जसवा का जवाब था कि दुर्गापुर की खिलाड़ियों ने विद्या और हमारी जोड़ी पहले ही भाँप ली थी और उन्होंने विद्या को घेर लिया था। इसलिए जसवा ने कुंती को पास किया और कुंती ने यदि गेंद स्ट्राइक कर दिया होता तो शायद गोल भी बन जाता। विद्या शर्मिंदा हुई। उसने अपनी ग़लती मानी और शायद उस दिन ही वह अपने घर न जाकर पहली बार यहाँ रुक गई थी। ग़लतफ़हमी थी, लेकिन खेल को बिगाड़ रही थी।"

"छोटी-सी बात, लेकिन इसने विद्या और आपकी पूरी टीम को बदल दिया। नहीं?"

जेमा ने हामी भरी, "रिफोर्समेंट के ज़रिये हम खिलाड़ियों के स्किल और

स्ट्रेंग्थ को बढ़ाते हैं। लगातार ओटी और पीटी के माध्यम से सिखाया जाता है कि खिलाड़ियों का माहिर होना ज़रूरी है। लेकिन यह अपने-आपमें जीत की गारंटी नहीं है। अन्तिम क्षण तक जूझना। जीत गए तो जीत को बचाए रखने के लिए और हार रहे हों तो हार को पलटने के लिए जूझते रहना ही खेल है। हम यही सीखते हैं। यही सिखाने की कोशिश करते हैं। हमने देखा है, जूझती हुई टीम हारने के बावजूद पराजय लेकर नहीं लौटती है। सबक लेकर लौटती है।"

जेमा ने अपने ट्राफियों को देखा, "टीम खिलाड़ियों का एक समूह या सामंजस्य भर नहीं है। यह एक संवाद है। एक साथ उठने वाली हलचल है। एक दूसरे से जुड़ी गति है। गतियों का जुड़ाव है। जीत कभी भी पूर्वनिश्चित नहीं होती है।"

जेमा को लगा कि वह अपने हॉस्टल के शुरुआती दिनों के सबकों को दुहरा रही हो। वह ख़ुद को तनावरहित महसूस कर रही थी।

"प्लांट में इधर लगातार एक्सीडेंट हुए हैं। कई तो बहुत छोटी-छोटी लापरवाहियों की वजह से। मसलन कन्वेयर बेल्ट का पिन खुलना। सुपरवाइजर जान रहा है, इंजीनियर जान रहा है, लेकिन पता नहीं क्यों, वे इसे होने देते हैं? यहाँ, सेक्टर तीन में, एक मज़दूर के लड़के ने कुछ महीने पहले आत्महत्या कर ली थी। सेक्टर नाइन में एक एम्प्लॉई कपल ने आत्महत्या कर ली। आपके फ़्लैट के सामने पुलिस लाठी-चार्ज के ख़िलाफ़ मज़दूरों ने प्लांट गेट पर धरना रखा था। प्लांट एडमिनिस्ट्रेशन ने पुलिस बुलाकर उन्हें खदेड़ दिया था।" शाजी ने लपककर गेंद उठा लिया, "मैनेजमेंट समझता है कि मामला हल हो गया। लेकिन यह हल नहीं होता है।"

"हाँ, मैं समझती हूँ। हॉस्टल के मैदान में बाहर के कुछ गुंडे हमें लगातार परेशान करते थे ताकि हम उस मैदान में खेलना बन्द कर दें। लड़ाई चलती रही।"

"यह बड़ी बात है। हो सकता है कि हर लड़ाई का फ़ैसला हमेशा हार-जीत में नहीं हो। क्या आप लोगों ने कभी खेलना छोड़ा?"

"हम लोगों ने?" जेमा चुप हो गई।

"हमेशा लड़ाइयाँ इतनी सहजता से ख़त्म नहीं होती हैं। वे लम्बी चलती हैं। लड़नेवाले थक जाते हैं। लड़ाइयाँ नहीं थकतीं। आप नहीं कह सकते हैं कि इत्मिनान और हताशा की तहों के भीतर क्या अंकुर रहा है।"

बाहर गेट खुलने की आवाज़ आई। तीन लड़कियाँ अन्दर आईं। आकर उन्होंने अपनी-अपनी साइकिलें जेमा की बाइक के पास हाफ स्टैंड पर खड़ी कर दीं और धड़ाधड़ अन्दर घुस गईं और जैसाकि स्कूली बच्चियाँ आम तौर पर एक साथ अभिवादन करती हैं, उन्होंने कहा, "नमस्ते दीदी, नमस्ते सर!"

एक लड़की बेडरूम में घुस गई। एक किचन की ओर चली गई और एक वहीं टेबल के नीचे पड़ी किताब, खिड़की पर रखे कॉटन-पैड, अख़बार के कतरन, दरवाज़े परे टँगे कपड़ों आदि को समेटकर अन्दर ले गई। जाते-जाते उसने अपने पैरों से ठेलते हुए दरवाज़े पर पड़े स्पोर्ट्स बूट को भी अन्दर कर दिया। यह दुबली-पतली साँवली लड़की थी। जेमा ने परिचय कराया, "यह जसवा है। बहुत अच्छी स्ट्राइकर है।"

जसवा अन्दर से लाकर कुछ कपड़े प्लास्टिक बैग में भर रही थी। एक लड़की एक जोड़ी बूट को उसके तस्मे से बाँधकर हाथ में लटकाए हुए आई, "यह फूलमती है, हमारी गोली और यह द्रौपदी है, हमारी बेकी।"

"मैडम, पॉल सर कह रहे थे कि आप अब नहीं आएँगी हमें सिखाने।"

"आप कहीं और जा रही हैं क्या मैडम?"

"मैडम, पॉल सर ने आपसे मिलने से मना किया है।"

"मैडम..."

"मैडम, हम अपना सामान ले जा रहे हैं।"

जेमा के चेहरे पर मानसिक आघात साफ़ दिख रहा था। लड़कियाँ अपना सामान समेटकर जा रही थीं। वह उठी, दरवाज़े तक गई, "तुम लोग हॉकी मत छोड़ना। जब तक हॉकी खेलोगी, मैं कहीं नहीं जाऊँगी।"

लड़कियों का सिर झुका हुआ था। वे उदास थीं।

शाजी खड़े हो गए, "यह ठीक नहीं हुआ।"

"ये सब अच्छी प्लेयर हैं।"

"ये खेलेंगी। यह आपकी ही टीम है। मैं जानता हूँ। असल में मैं आपके पास एक प्रस्ताव लेकर आया हूँ। जब तक कोच की ज़िम्मेवारी आपको फिर से नहीं दी जाती है, आप मेरे प्रोजेक्ट में काम करें। हम मज़दूरों और कर्मचारियों के लिए कुछ रिक्रिएटिव गेम्स और एक्सरसाइजेज कैंप शुरू करेंगे।"

"मैं करूँ।" जेमा क्षुब्ध थी। उससे उसकी टीम छीन ली गई थी।

कमिटी की दूसरी बैठक का अन्त नीलेश झा 'आज़ाद' और शाजी जेम्स के बीच टकराव में हुआ। शेफाली मैडम ने उन्हें एक बार शान्त किया, "देखिए, प्रबन्धन ने हमें बड़ी ज़िम्मेवारी दी है। मामला सीधा नहीं है और मैं कहूँ तो यह कुछ नाजुक भी है। बेहतर कोऑर्डिनेशन से हम काम करें।"

टकराव जेमा के निलम्बन की बात से शुरू हुआ। फिर उसके हॉस्टल के जीवन से लेकर तुराम के साथ उसके सम्बन्धों तक जा पहुँचा। शाजी ने शेफाली को कहा था, "मैडम, मेरी समझ में ये नहीं आ रहा है कि जेमा की इन निजी मामलों से हम क्या हासिल करना चाहते हैं?"

"मैडम, अभी-अभी मिस जेमा ने कहा है, हॉस्टल की छात्राओं का झगड़ा बाहर के कुछ लड़कों से चलता था। हॉस्टल के मैदान को कुछ लोग क़ब्ज़ा करना चाहते थे और वहाँ की लड़कियाँ, माफ़ कीजिए, छात्राएँ लगातार लड़कर मैदान को हड़पे जाने से बचा रही थीं। मिस जेमा ने कहा कि ज़मीन हड़पने वाले लोग इनके पति या जो भी कहें, मिस्टर तुराम की ज़मीन भी हड़प रहे थे। हॉस्टल की छात्राओं के विरोध से वे इसे हड़प नहीं पा रहे थे।" नीलेश झा अपनी हथेली और अँगुली का इस्तेमाल कर मैदान और हड़पने वालों के बारे में टेबल पर हवाई तसवीरें खींच रहे थे, "मुझे नहीं मालूम मैडम कि जेमा हॉकी से जुड़ी हुई थीं या ज़मीन की इस लड़ाई से जुड़ी हुई थीं। क्योंकि, इनके अनुसार ही इन्हें बीच में दो बार हॉकी छोड़नी पड़ी थी। बहुत बाद में इन्होंने कोच बनने का फ़ैसला लिया। अब ये ज़मीन की लड़ाई यहाँ राजनीति भी हो सकती है! माफ़ कीजिए मैडम, हम लोग इस कमिटी में ही गपशप कर रहे थे कि ज़मीन की लड़ाई के नाम पर किस तरह राजनीति यहाँ की जा रही है। अर्था जैसे कॉरपोरेट इसका शिकार हो रहा है।"

नीलेश बिखरी कड़ियों को जोड़ लेने की ख़ुशी में उन्मुक्त होकर हँस पड़े।

"बात कुछ सही लगती है। मामला राजनीति का है जेमा, तुम मानो या नहीं। ज़मीन तुम्हारी नहीं थी—न हॉस्टल का मैदान और न ही वो तुराम की ज़मीन। कहीं से पॉलिटिकल गाइडेंस तो मिलती ही होगी। ख़ैर, इसको छोड़ो।" शेफाली मित्रा ने सामने रखी फ़ाइल के एक पन्ने को पलटा, "आप अपने दाम्पत्य जीवन पर कुछ कहना चाहेंगी?"

"जी, मैं लम्बे समय से अकेली हूँ। लगभग बीस साल हो चुके हैं।"

तुराम को हॉस्टल की सारी लड़कियाँ जानती थीं। वह अपनी बूढ़ी माँ के साथ घर का काम करता दिख जाता। कॉलेज के बग़ल में उसकी मोटरसाइकिल का छोटा-सा गैरेज था। बरसात का समय था। मैदान के एक कोने में पानी जमा हो गया। तुराम ने पानी निकालने के लिए लड़कियों के साथ कड़ी मेहनत की थी। वह हॉस्टल के छोटे-मोटे काम भी कर दिया करता।

बरसात में हॉस्टल के कई कमरे ऐसे थे जहाँ छत से पानी टपकता था। लड़कियाँ इसे भी खिलखिलाकर पार कर लेती थीं। किसी जगह बाल्टी, किसी जगह लोटा या मग, किसी जगह किचन से कड़ाही लाकर टपक रहे पानी को जमा किया जाता और उसे फैलने से बचाया जाता। दो-तीन लड़कियाँ तो छाता लगाकर भी सो जातीं। नोमिता मैडम के रूम की छत भी टपकती थी। उन्होंने देखा था कि लड़कों के हॉस्टल की हालत भी बेहतर नहीं थी।

नोमिता मैडम ने किसी अख़बार में पढ़ा कि एक स्कूल की छत गिरने से तीन बच्चे दबकर मर गए। इस ख़बर से वे परेशान थीं। उन्होंने प्रिंसिपल को लिखा कि यदि मरम्मत नहीं की गई तो दुर्घटना हो सकती है। प्रिंसिपल ने समाज कल्याण विभाग को लिखा। इंजीनियर और जूनियर इंजीनियर ने मुआयना किया और रिपोर्ट दी कि बिल्डिंग मरम्मत के लायक़ नहीं है। लड़कियों को हटा दिया जाए।

यह एक नया संकट था। ज़्यादातर लड़कियाँ गाँवों से आती थीं। उनके माँ-बाप उन्हें मड़ुआ-मकई बेचकर पढ़ा रहे थे। यहाँ से हटने के बाद उनके लिए पढ़ना नामुमकिन था। नोमिता मैडम ने लड़कियों को बुलाया। उन्होंने कहा कि हम लोग किसी राजमिस्त्री को बुलाते हैं। जो ख़र्च होगा, उसे मिलकर देना होगा और वह स्टाफ़ लोगों से भी सहयोग लेंगी।

तुराम से कहा गया कि वह राजमिस्त्री खोजकर लाए। तुराम ने पहले हर रूम का मुआयना किया। फिर वह छत पर चढ़ गया और छत का मुआयना किया। उस दिन लड़कियाँ उसके हर क्रियाकलाप पर जमकर हँसती रहीं। एक ने छत पर उसके चलने, छत को ठोंकने और सीमेंट को नाक के पास लाकर सूँघने की नकल की तो वह हँसी रुकी ही नहीं। जैसे ही लड़कियों की एक-दूसरे से नज़रें मिलतीं, ज़ोर की हँसी फूट पड़ती। तुराम जेमा के कमरे में आया जहाँ किचन के बड़े गमले में छत से टपका हुआ पानी जमा था। जेमा बरामदे में इस पानी से ही नहा लेती थी। तुराम ने गमले की जगह को ठीक से देखा। वह गमले को उठाकर बरामदे में रख रहा था। उसका पैर फिसल गया। तुराम बरामदे के बाहर जाकर गिर पड़ा और गमले का पानी उसके ऊपर उलट गया।

लड़कियाँ दौड़कर उसके पास पहुँचीं। जेमा ने उसे उठाया और अपनी चौकी पर बिठाया। वह थोड़ा लँगड़ाकर चल रहा था। उसे कमर में चोट लगी थी। वह चौकी पर बैठ गया और नोमिता मैडम का इन्तज़ार करने लगा। नोमिता मैडम और लड़कियाँ तुराम को घेरकर खड़ी थीं।

"मैडम, राजमिस्त्री को बुलाइएगा, बड़ा ख़र्चा बताएगा और अभी मिलना भी

मुश्किल है। आप लोग कहिए तो मैं मरम्मत कर दूँगा। जो मर्ज़ी होगा, दे दीजिएगा।" तुराम ने अपने कन्धे को हिलाया। चरकी की धीमी हँसी सुनाई पड़ी। फिर उनकी आपस में नज़रें मिलीं और वहाँ एक बड़े ठट्ठा का विस्फोट हुआ।

तुराम तटस्थता के साथ बैठा रहा और लड़कियों के ठहाकों के रुकने का इन्तज़ार करने लगा। उसे उठने और चलने में तकलीफ़ हो रही थी।

नोमिता मैडम ने लड़कियों को डाँटना शुरू किया। हँसी रुकी नहीं और नोमिता मैडम भी इन ठहाकों की शिकार हो गईं। उन्हें लड़कियों के ठहाकों का राज़ नहीं मालूम था लेकिन उनकी भी हँसी बन्द नहीं हो रही थी।

उस दिन जेमा पहली बार तुराम के घर गई थी। वह तुराम को पकड़कर उसके घर पहुँचा आई। बूढ़ी इंगा ने जेमा को चाकुड़ साग, घोंघी की सब्ज़ी और भात खिलाया था।

तुराम ने छत की मरम्मत कर दी। लड़कियों ने रेजा का काम किया और उसने जगह-जगह छत के फ़र्श को कुरेदकर सीमेंट भर दिया और उस जगह को थोड़ी ऊँची कर दी ताकि पानी वहाँ जमा न हो पाए। पानी टपकने की समस्या बहुत हद तक हल हो गई। जैसे ही बारिश होती, नोमिता मैडम हर कमरे का मुआयना करतीं और सन्तोष का अनुभव करतीं। वे तुराम की तारीफ़ करतीं। हॉस्टल में तुराम एक रूटीन टॉपिक हो गया था।

इंगा से लड़कियों का डर ख़त्म हो गया। लेकिन जेमा को इंगा के बारे में कई तरह के शक थे। कभी-कभी जेमा को लगता कि हो न हो, बूढ़ी इंगा को सब मालूम रहता है। एक दिन जेमा सरिता के साथ तुराम को बुलाने गई। उसकी चौकी का एक पाया टूट गया था। बूढ़ी इंगा ने दोनों को बिठाया। नमकीन लाल चाय पिलाई और जेमा को कहा, "तुराम तो तुम्हारे यहाँ ही गया होगा। तार-काँटी सब लेकर गया है।"

वे दोनों लौटीं तो तुराम चौकी के पाए को जोड़ रहा था।

दूसरे दिन बूढ़ी इंगा घर पर नहीं थी। वह अपनी किसी भतीजी के घर गई थी। जेमा अकेली थी और आसमान में बादल होने की वजह से थोड़ा अँधेरा भी था। इंगा को नहीं देख वह लौट रही थी, लेकिन तुराम ने बैठने की ज़िद की। आसमान काले बादलों से ढका था। वह जल्दी-जल्दी वहाँ से निकली। लेकिन पीपल के पेड़ के पास घमासान बारिश ने उसे घेर लिया। पेड़ के ऊपर बिजली कड़क रही थी और बादलों का ऐसा शोर उसने कभी सुना नहीं था। जैसे एक साथ कई नगाड़े बज रहे हों—

चमचम, चमचम, चमचम! धम्म, धम्म, धम्म!

ज़ोरों से बिजली कड़की। जेमा ने देखा कि एक काला लड़का दौड़ते हुए उसकी ओर आ रहा है। उसकी देह पर जली मोबिल की चमक थी। वह जानती थी कि तुराम आएगा। वह सरपट भीग रही थी। पेड़ से मोटी-मोटी बूँदें उसकी देह पर धारा में बदल रही थीं। वह पेड़ के तने से सटी खड़ी थी। तुराम ने उसका हाथ पकड़ लिया। उसकी हथेली गर्म थी। उसने तुराम को अपनी ओर खींचा। पानी के साथ-साथ ज़ोरों की हवा चल रही थी। देशाउलि के पेड़ नाच रहे थे—साँय-साँय, सन्न-सन्न।

उसने तुराम के कंधे पर हाथ रखा। तुराम की हर गति को वह पहले से जानती थी। उसने तुराम की बाँहों को उठाया और अपने चारों ओर लपेट लिया। तुराम ने उसे उठा लिया था। हवा के एक झोंके ने पेड़ को मानो मरोड़ दिया हो! वह तुराम के कंधों पर झूल रही थी। वह जानती थी, जैसे वह इस बारिश के इन्तज़ार में ही इस पेड़ के नीचे लम्बे समय से खड़ी हो!

उसे लगा कि कुछ समय के लिए बारिश थम गई हो! बिजलियाँ चमकनी बन्द हो गई हों! बादल कुछ देर के लिए थम गए हों और हवा भी उस पेड़ के पास ठहर गई हो! जेमा की आँखें बन्द थीं। गिर रही बूँदों की झिलमिल का उसे अहसास हुआ। उसके कान में तुराम ने कुछ कहा था। तुराम के मुँह से हँड़िया का तीखा भभका निकला। जेमा ने उसे दूर धकेलने की कोशिश की। तुराम फिर कुछ फुसफुसाया। कोई जानी हुई बात। उसकी बातों से महुआ की तरह चारों ओर कुछ गिर रहा था। जेमा ने अपनी आँखें खोलीं। उसने ऊपर की ओर देखा और ठीक उसी समय छपाक के साथ बिजली की कौंध उभरी। जेमा ने देखा कि बूढ़ी इंगा पेड़ की फुनगी पर बैठी हुई थी—बाल खोले, कोएंछा से कमर कसी हुई।

जेमा जानती थी कि इंगा वहाँ नहीं थी। लेकिन इंगा को सब पता चल जाता था। इंगा कहती थी, "गमरू रे अंकुरि तना। गमरू रअरू दअरू कोड़ी होन, कुड़ि होन को के बितर तेओ लूम जद कोअरू। बिजली सिरमा अद ओते के मोद्जद् किञा।...बारिश में अंकुए फूटते हैं। बारिश का पानी आदमी और औरत को भिगो देता है। बिजली धरती और आसमान को मिला देती है। आसमान बरसता है। धरती भीगती है और हर चीज़ नई हो जाती है। तुम दोनों अब बपला कर लो। अपने माँ-बाप को पूछ लो।"

कुछ दिन बाद इंगा ने उसके सिर को गोद में रख लिया और उसका पेट सहलाते हुए बोली, "नेअ अञ तनिरू, नेअ दारू तनअरू। ने दारू रे अबुअरू बोंगा

मेनई।...ये मैं हूँ। इस पेड़ में हमारा बोंगा है। और, पेड़ और बोंगा हमें मुसीबतों से बचाता है।"

एक दिन इंगा जेमा के साथ हॉस्टल चली आई थी और उस दिन जेमा के पेट में ज़ोरों का दर्द उठा था। इंगा लड़कियों से हँसी-मज़ाक़ करती रही और उसने जेमा के शरीर की मालिश कर दी। उस दिन के बाद जेमा का हॉकी खेलना बन्द हो गया था। मानी के जन्म के सालभर बाद ही वह फिर मैदान में उतर पाई थी।

अनुशासनिक कमिटी की यह बैठक उसके लिए तकलीफ़देह थी, "मेरी निजी ज़िन्दगी की समस्याओं से क्या विद्या का अपहरण जायज़ हो जाएगा? आप मुझसे यह सब क्यों पूछ रहे हैं?"

"आख़िर आप अपने पति और बच्ची के बारे में बताना क्यों नहीं चाहती हैं?"

"बीस साल पहले मेरी बच्ची का अपहरण हो गया। मेरा पति उसे खोजने निकला और वापस नहीं लौटा। हमारे पास विद्या है। हमें उसे बचाना होगा।"

"आपने हॉकी छोड़ दी थी?"

"हाँ, मैंने छोड़ दी थी। मैं गर्भवती थी। उस वक़्त मैं नहीं खेल सकती थी। बच्ची के अपहरण के बाद मैंने हॉकी स्टिक को छुआ तक नहीं।"

जेमा से यह सवाल चुटिया कोचिंग इंस्टिट्यूट के डायरेक्टर ने भी पूछा था। उसने उसके खेल के रिकॉर्ड्स देखे, "आपने खेलना क्यों छोड़ दिया है? आप अभी भी खेल सकती हैं। मैं वीमेंस टीम में आपके लिए अनुशंसा कर सकता हूँ। आप कोचिंग क्यों करना चाहती हैं? आपके पास अभी वक़्त है।"

जेमा ने डायरेक्टर को संक्षिप्त जवाब दिया था, "मैं लड़कियों को हॉकी सिखाना चाहती हूँ।"

अनुशासनिक कमिटी को उसके रिकॉर्ड्स से कोई मतलब नहीं था। उनकी पूछताछ कुछ जानने के लिए नहीं थी। वे बस यहाँ-वहाँ चक्कर काट रहे थे ताकि कार्रवाई के औचित्य को लेकर वे ख़ुद को भी सन्तुष्ट कर सकें।

"मेरे ख़याल से इन्हें बार-बार पारिवारिक ब्योरे के लिए बाध्य नहीं किया जाए।" शाजी जेम्स ने हस्तक्षेप किया, "हमें केवल यह पता करना है कि इन्होंने किसी तरह का अनुशासन..."

"अनुशासन आप तोड़ रहे हो, मिस्टर शाजी।" नीलेश झा आगबबूला हो गए, "आप क्या समझते हो, मैं आपकी तरफ़दारी का राज़ नहीं जानता हूँ? प्लांट ने इनसे कोच की ज़िम्मेवारी छीन ली है और आपने इन्हें अपने डिपार्टमेंट की ओर से ऑफ़र दिया है। शेम!"

"आप अपनी सीमा में रहें, मिस्टर झा।" शाजी जेम्स ने नीलेश झा की ओर उँगली उठाई, "मैं क्या कर रहा हूँ, ये मेरी ज़िम्मेवारी है। आप सवाल करनेवाले कौन हो?"

शेफ़ाली अपनी कुर्सी पीछे धकेलकर ज़ोर से बोलीं, "ये आप लोग क्या कर रहे हैं? बैठिए, बैठिए। चुप रहिए।"

नीलेश झा उठ खड़े हुए और शाजी के चेहरे के पास उँगली दिखाते हुए कहा, "तुम डिप्टी मैनेजर बने फिरते हो! तुमसे मैं ज़रा भी नहीं डरता..."

जेमा कुई उठी। उसने नीलेश झा की बाँह पकड़ी और वापस धकेल दिया। नीलेश झा भौचक रह गए। उन्होंने बाँह झटकने की कोशिश की। जेमा कुई की ज़ोर के आगे वे कमज़ोर पड़ गए और कुर्सी पर बैठ गए। शेफाली तुरन्त उठकर वहाँ से चली गईं। फिर जेमा और शाजी उठे और कमरे से निकल गए।

अनुशासनिक कार्रवाई

तीसरी और आख़िरी बैठक लम्बी चली और सौहार्दपूर्ण रही। शाजी जेम्स ने नीलेश झा से सॉरी कहा। नीलेश झा खिलखिलाए, "चलता है, यार!"

शेफ़ाली मित्रा गुलाबी साड़ी पहनी थीं। मोबाइल की बटन टीपती हुई वह मन-ही-मन मुस्करा रही थीं। जेमा गहरे मैरून रंग की कुर्ती और हल्के हरे रंग की सलवार में थी। उसने आज ऑटो ले लिया था। नीलेश झा हमेशा की तरह भूरे रंग के सफारी सूट में थे और शाजी सफ़ेद रंग के हाफ शर्ट और गहरे ख़ाकी रंग के पैंट में। जेमा सहज थी। कमिटी की पिछली दो बैठकों से वह कार्रवाई का मक़सद समझ चुकी थी।

"सचमुच हमें बहुत अफ़सोस है, जेमा!...फिर भी तुमने अपने-आपको सँभाला और बतौर कोच हॉकी में फिर से सक्रिय हुईं।" शेफ़ाली बहुत संयत थीं और उनके चेहरे पर अफ़सोस दिख भी रहा था, "लेकिन कुछ चीज़ें होती हैं जिन्हें हमें समझना पड़ता है। स्थितियाँ ही ऐसी बन जाती हैं। बग़ैर समझौता आगे बढ़ना मुश्किल होता है।"

"मैडम, मैं कई साल से प्लांट की टीम की कोच हूँ। सेक्टर तीन में रह रही हूँ।"

"जेमा आप सही कह रही हैं और आपके ख़िलाफ़ कॉलोनी से भी कोई कम्प्लेन नहीं है।" नीलेश झा बातचीत में शामिल हुए, "केवल एक आदमी, किसी चौधरी ने कहा है कि आपके घर में लड़कियों का आना-जाना लगा रहता है। वह भी मानता है कि यह कोई ऐसी बात नहीं है। गर्ल्स टीम की कोच के पास खिलाड़ियों का आना-जाना स्वाभाविक है। विद्या आपके यहाँ अक्सर रहती थी। और, उसके साथ हुए हादसे के बाद आपका आहत होना भी अपेक्षित है।"

"बिलकुल, बिलकुल। तुम्हारे सामने आज ऐसी ही स्थिति है, जेमा!" शेफाली ने नीलेश झा की ओर देखा, "हमें विद्या का पता करना है। पुलिस से जो ख़बरें आ रही हैं, वह अलग हैं। पुलिस कह रही है कि बबन बाबू निर्दोष हैं। बबन बाबू का कहना है कि विद्या उनकी बेटी जैसी है। वह भी उसे ढूँढ़ने में पुलिस की मदद करेंगे।"

"बेटी जैसी!"

"हाँ, वे यही कह रहे हैं। पुलिस का कहना है कि बबन बाबू का नाम केस से मैडम वापस ले लें। बबन बाबू पूरा सहयोग करेंगे।" नीलेश झा चुप हो गए। उन्होंने शेफाली मित्रा की ओर देखा। वे चुप थीं और शाजी फ़ाइल के पन्नों को पलट रहे थे। नीलेश झा ने अपनी फ़ाइल को आगे बढ़ाया, "और, सच तो यही है कि प्रबन्धन भी यही चाहता है। इससे शान्ति रहेगी।"

"केस वापस ले लो जेमा। तुम्हारे लिए ठीक रहेगा। जो लड़कियाँ खेल रही हैं, उनके लिए भी ठीक रहेगा।" शेफाली की आवाज़ में आत्मीयता थी, "तुम फिर से अपने काम पर लग जाओ। क्यों शाजी साहब?"

"मेरे लिए कुछ कहना बहुत मुश्किल है। फ़ैसला इन्हें लेना है।"

"विद्या के अपहरण को भुलाकर हम टीम की लड़कियों में कैसे विश्वास पैदा कर पाएँगे? कितनी लड़कियों को हमें भूलना पड़ेगा?" शाजी की बात काटते हुए जेमा ने सीधे शेफ़ाली से पूछा, "विद्या मेरी बेटी नहीं है मैडम, लेकिन क्या उसके लिए लड़े बग़ैर कोई भी लड़की सुरक्षित है यहाँ?"

"देखो जेमा, इस घटना से हम सब आहत हैं। हम केवल..." शेफाली मित्रा ने घंटी बजाई।

"मैडम, यदि मैंने एफ़आईआर वापस नहीं लिया, तो?"

"फिर, हमारे हाथ में कुछ नहीं है। प्रबन्धन आपको मौक़ा दे रहा है, वरना बहुत साफ़ है कि आपने अनुशासन भंग किया है।"

लीला चाय लेकर अन्दर आईं। उसने सबके सामने चाय रखी।

"मैं एफ़आईआर वापस नहीं ले रही हूँ।" जेमा ने चाय के कप को नीलेश झा के सामने रखा—ठक! वह उठी और दरवाज़े से निकल गई।

एडमिनिस्ट्रेशन बिल्डिंग से बाहर सड़क पर ज़्यादा ट्रैफ़िक नहीं था। उसके सामने एक टेंपो रुका। वह बैठ गई। पहले से बैठी दो महिलाएँ सब्ज़ियों के भाव के बारे में बातें कर रही थीं। महिलाएँ उतरीं तो वहाँ दो लड़कियाँ टेंपो में बैठीं। उनके साथ एक लड़का था। वह आगे की सीट पर बैठ गया। लड़के ने किसी फ़िल्म की बात शुरू की। पहले लड़कियों ने कुछ टिप्पणियाँ कीं फिर एक लड़की अपने हाथ में रखे पैकेट के कपड़े का रंग अपने पैंट के रंग से मिलाने लगी। वे शहर के दो मॉलों की तुलना में डूब गईं। टेंपो वाले ने टेंपो को धीमा किया, "किसी को सेक्टर तीन मोड़ पर उतरना है क्या?"

दोनों लड़कियों के साथ वह लड़का उतर गया।

टेंपो चलता रहा। डंप साइट के तिराहे पर टेंपो को खड़ा कर ड्राइवर नीचे उतर गया। जेमा भी उतर गई।

उसने टेंपो वाले से पूछा, "सेक्टर तीन स्टेडियम का रास्ता कौन-सा है?"

"आप बहुत दूर आ गईं। मैंने पूछा था, आपने पहले क्यों नहीं कहा? सेक्टर तीन मोड़ पर ही उतार देता। कहिए तो छोड़ दूँ? डेढ़ सौ लगेगा।"

"नहीं, मैं चली जाऊँगी।" जेमा सामने की सड़क की ओर बढ़ गई।

"उधर से मत जाइए, मैडम। रास्ता ठीक नहीं है। आख़िरी एक सौ तीस लूँगा।"

जेमा चलती रही। बाईं ओर ऊँची दीवार सड़क के साथ-साथ जा रही थी।

एक घंटे बाद सड़क पर गाड़ियों का आना-जाना कम होता गया। कुछ दूर और चलने के बाद दीवार सड़क छोड़कर बाईं ओर मुड़ गई। लाल-लाल लौह-मिट्टी से भरे बड़े-बड़े ट्रक तेज़ रफ़्तार में आ रहे थे। वे दीवार के साथ दौड़ने वाली बाईं सड़क पर मुड़ रहे थे। सड़क पर बड़े-बड़े गड्ढे थे। यहाँ-वहाँ झुंड में लाल मिट्टी से सने मज़दूर सड़क के किनारे बैठे थे। सेमल पेड़ के नीचे एक झोंपड़ी थी। वहाँ दो तरफ़ से मिट्टी और बाँस की बेंच थीं। बेंच पर मज़दूर बैठे थे और पलाश के

पत्तों में उबला चना लेकर खा रहे थे। गिलास से माड़ी पी रहे थे। तीन महिलाएँ एक बोरे पर बैठकर पकौड़ी खा रही थीं और माड़ी पी रही थीं।

जेमा बहुत भूखी थी और हँड़िया के तीखे गंध ने उसे आकर्षित किया। उस गंध के साथ उसे तुराम की याद आई, वह उस ओर मुड़ गई। एक अधेड़ औरत छोटी-सी कड़ाही में पकौड़ी तल रही थी और एक कम उम्र के लड़के को डाँट रही थी। लड़का अल्युमिनियम की बड़ी डेगची से माड़ी निकालकर बैठकी में बैठे हाफ पैंट पहने एक आदमी को दे रहा था। वह आदमी हँस रहा था। उसकी खिचड़ी दाढ़ी के छोटे-छोटे बेतरतीब बाल काँटों की तरह लग रहे थे।

कुछ देर जेमा वहाँ खड़ी रही। पकौड़ी तल रही औरत असमंजस में थी। दाढ़ी वाले ने जेमा को बैठने की जगह दी। जेमा बचपन में ख़ास-ख़ास अवसरों पर हँड़िया पीती थी। उस समय उसकी माँ साथ होती थी। हाईस्कूल के बाद उसने हँड़िया छोड़ दी थी। उसने ग़ौर से दाढ़ी वाले आदमी को देखा। उसकी आँखों में झाँकने की कोशिश की। वह आदमी आँखें चुरा रहा था। फिर वह परेशान हो गया। जेमा ने उस बच्चे को हँड़िया की ओर इशारा किया। बच्चे ने डेगची से एक गिलास हँड़िया निकाला। पकौड़ी तल रही औरत ने उसे रोक दिया, "कभी पी है? नहीं पी है तो मत पियो। चाय बना दूँगी।"

जेमा ने सिर हिलाया, "यही पीऊँगी। चाय नहीं।"

बोरा पर बैठी औरतें खिलखिलाकर हँसने लगीं। दाढ़ी वाले आदमी ने उन औरतों को गाली देते हुए डाँटा, "इसमें हँसने की क्या बात है, खचड़ी सब? ज़रूरत पर कौन नहीं पीता है?"

बच्चे ने गिलास भर माड़ी जेमा के हाथ में थमा दी। सफ़ेद माड़ी। उसमें सड़न और मादकता की तीखी महक थी। जेमा ने मुँह से लगाया। दो बजे शिफ़्ट का भोंभा कहीं बज रहा था। जेमा ने एक गिलास माड़ी और लिया। एक रिक्शेवाले ने बड़ी उम्मीद से जेमा की ओर देखा। जेमा पचास रुपये लड़के को थमाकर पैदल निकल पड़ी।

वह प्रोजेक्ट कॉलोनी पार कर रही थी। यह प्लांट की परित्यक्त कॉलोनी थी। प्लांट के स्थापना के समय इस कॉलोनी को बनाया गया था। कॉलोनी में बने मकानों का बड़ा हिस्सा टूटा हुआ था। लेकिन कुछ में अभी भी लोग रह रहे थे। कुछ को खटाल में बदल दिया गया था। रास्ते के किनारे गुटखा-खैनी की छोटी-सी गुमटी थी। एक लड़का गुमटी के अन्दर बैठकर मोबाइल देख रहा था। एक दूसरा लड़का गुमटी के पीछे पेशाब कर रहा था। दो लड़के सड़क पर खड़े थे।

जेमा लड़खड़ा रही थी। वह सँभलने की कोशिश भी कर रही थी। जेमा को लगा कि वे तीनों लड़के उसके पीछे आ रहे हैं। उसने मुड़कर देखा। लड़के दिखाई नहीं पड़े। वह फिर आगे बढ़ी। झाड़ियाँ शुरू हुईं। फिर प्रोजेक्ट कॉलोनी के टूटे मकानों का सिलसिला शुरू हुआ। कॉलोनी के उस पार विस्फोट की आवाज़ें होतीं। रह-रहकर धूल का बड़ा गोला ऊपर उठता। जेमा ने महसूस किया कि किसी ने उसके कंधे पर हाथ रखा। एक ने उसकी छाती पकड़ ली। वह मुड़ती, इसके पहले किसी ने उसकी कमर पकड़कर झाड़ियों की ओर उसे खींचना शुरू कर दिया।

जेमा ने जूझने की कोशिश की। लड़कों की पकड़ ज़्यादा मज़बूत थी। जेमा को लग रहा था कि उसकी ताक़त ख़त्म हो चुकी है। वे उसे घसीट रहे थे। कमर पकड़कर उसे खींचनेवाला लड़का एक बड़े पत्थर से टकराया और गिर पड़ा। उसके गिरते ही जेमा ने सामने वाले लड़के को पेड़ की ओर धकेल दिया। तीसरा लड़का पत्थर उठा रहा था। जेमा ने ईंट का एक टुकड़ा उस पर फेंका और उसे पैर में चोट लगी। वह चिल्लाया और नीचे बैठ गया। जेमा फिर लड़खड़ाती सड़क पर आई। उसके पैर और सलवार कीचड़ में सन गए थे। दूर मोड़ पर एक मोटरसाइकिल खड़ी थी और कीचड़ में सना एक लड़का उस पर लगातार किक मार रहा था। जेमा अपनी चाल चलती रही।

सड़क के उस पार सामुदायिक विकास की एक परित्यक्त बड़ी-सी बिल्डिंग थी। उसके सामने पार्क था। सूना। सन्नाटे से भरा। मानो यह पार्क ज़िन्दगी की रफ़्तार से बाहर हो गया हो! पार्क में टोंटी से पानी बह रहा था। इस्पात के झूलों को काटकर लोग ले गए थे। बिल्डिंग के सामने वाले हिस्से में काई जमी हुई थी। कँटीले फूलों की झाड़ियों ने पार्क के कोने पर अपना क़ब्ज़ा जमा लिया था। सामुदायिक भवन की दीवार पर खेलते बच्चों की तसवीरें बूढ़ी हो गई थीं। बीच के मंडप के चबूतरे पर 'आधुनिक राष्ट्र की ओर बढ़ता क़दम' लिखा हुआ था और मंडप के अन्दर का आदमक़द मूर्ति सामने झुक गई थी और उसका एक हाथ लोहे की रॉड से लटककर झूल रहा था। मंडप के सामने टोंटी से लगातार पानी बह रहा था। जेमा ने अपने हाथ-पैर धोए। सलवार में लगे कीचड़ को आधा-अधूरा धोया।

गंगा मोड़ आया। जेमा चलती रही और अब उसके सामने सेक्टर तीन का स्टेडियम था। मैदान में लड़कियाँ खेल रही थीं। हरेन्द्र पाल लड़कियों को पुलिंग और पुशिंग सिखा रहा था और अपनी बरतरी दिखाने के लिए डोजिंग कर रहा था।

वह गैलरी में बैठ गई। कई लड़कियों ने उसे बैठते देखा। जेमा ने अपनी हथेलियों से दूरबीन बना लिया और हरेन्द्र पाल के क़दमों को देखने लगी। हरेन्द्र पाल

लड़कियों को आसानी से चकमा दे देता। उनसे बॉल छीन लेता। जसवा भी उससे बॉल नहीं छीन पा रही थी। जबरन बॉल बचाने के चक्कर में हरेन्द्र पाल के हिट से बॉल जेमा की ओर आ गई।

जसवा दौड़कर बॉल लेने आई। जेमा ने अपना दायाँ पैर आगे कर जसवा को इशारा किया। हरेन्द्र पाल ने फिर लड़कियों को बॉल छीनने को कहा। वह गेंद को लेकर गोल पोस्ट की ओर बढ़ रहा था। लड़कियाँ बॉल हथियाने की कोशिश कर रही थीं। जसवा ने एक बार जेमा की ओर देखा और वह हरेन्द्र पाल की दाईं ओर सामने से आई। हरेन्द्र पाल ने बायें बॉल पुश किया। जसवा ने बॉल को लपक लिया और हरेन्द्र पाल ने एक कोशिश की कि वह जसवा को अपनी बाईं ओर ले आए। जसवा उलटा घूम गई। हरेन्द्र पाल दाईं ओर के लिए थोड़ा कमज़ोर था। हरेन्द्र पाल ने मैदान में अपनी स्टिक पटक दी और जसवा को बैठ जाने को कहा।

जेमा हँसने लगी। वह पेट पकड़कर हँस रही थी। उसके बग़ल में बैठी जसवा उसे रोकने की कोशिश कर रही थी। लड़कियाँ भी मैदान से जाने लगीं। जेमा हँसती रही। जेमा की आँखों से आँसू गिरने लगे। दूर से किसी के चिल्लाने की आवाज़ आ रही थी, "मैडम, मैडम!"

कुछ देर बाद गौरा देवी ने जेमा को वहाँ से उठाया, "प्लांट का कोई स्टाफ़ आया हुआ है।"

गौरा देवी का हाथ पकड़े जेमा अपने फ़्लैट तक आई। बाहर शाजी खड़ा था।

"शाजी साहब, पता है, आज क्या हुआ? बड़ा मज़ा आया। हरेन्द्र पाल टीम की लड़कियों को सिखाने के नाम पर डोजिंग कर रहा था। वह लड़कियों को बॉल पुल कर आगे डोजिंग कर रहा था। हा हा हा हा, आयो रे, आयो! हा हा हा...आज उसे मैंने...हा हा हा..."

"बैठिए, जेमा।" हँड़िया की गंध से शाजी समझ गया कि जेमा नशे में है, "आप अच्छी कोच हैं। बहुत अच्छी कोच हैं। आपने टीम को पिछली बार फ़ाइनल तक पहुँचाया था। ये टीम आपकी है।"

"शाजी साहब, विद्या यहाँ मेरे साथ रहती थी।" जेमा ने अपने चारों ओर सावधानी से देखा। रात हो रही थी। उसने कमरे को ग़ौर से देखा। उसे लगा कि उसकी बात विद्या कहीं सुन रही है, "आपकी कमिटी ने अपना काम पूरा कर लिया? आप ने भी मान लिया कि विद्या के मामले मैं राजनीति कर रही हूँ?"

"जेमा!"

"मेरी बेटी कहाँ है? क्या मैं मानी को भूल जाऊँ, सर?"

"जेमा!"

"मेरी बेटी मानी के अपहरण का कोई मतलब नहीं है?"

"जेमा!"

"बबन दुबे सड़क पर लड़कों को मरवा देता है। वे लड़के साइकिलों से कोयला ढोकर परिवार चलाते हैं। वह लड़की को घर से उठा लेता है। आज तीन लड़कों ने मुझे बीच सड़क पर पकड़ लिया था। शाजी साहब, इनसे आप लोगों का मतलब क्यों नहीं है?" जेमा सोफ़े पर बैठकर ज़ोर-ज़ोर से पैर हिला रही थी।

शाजी ने किचन से एक नीबू ढूँढ़ निकाला। पानी को गुनगुना किया। उसने जेमा को नीबू-पानी दिया, "जेमा, ले लो। नहीं, यह तुम्हें...अच्छा लगेगा। प्लीज़!"

"मैं ठीक हूँ।" जेमा ने हॉकी स्टिक ली और गेंद को सोफ़ा के नीचे से खींचा और दोनों पैर को फैलाकर खड़ी हो गई, "मानी छह साल की थी, लेकिन उसने हॉकी सीख ली थी। वह ऐसे स्टिक पकड़ती थी, शॉर्ट ग्रिप! और गेंद ऐऐऐस्से घुमाती थी। ऐसे...ऐसे...।"

जेमा ने उस छोटे-से कमरे में गेंद को आगे-पीछे घुमाना शुरू किया। वह एक बार सेंटर टेबल से टकराई तो टेबल को ज़ोर से लात मारकर उसने कोने में सटा दिया। उसका एक कंधा खिड़की के पल्ले से टकराया। उसने उस पल्ले को खिड़की पर दे पटका। बॉल को वह स्टिक से नचा रही थी। उसके माथे पर पसीने की बूँदें चुहचुहाने लगीं, "पता नहीं, कैसे उसने स्कूप और फ्लिक करना सीख लिया था!"

उसने गेंद को सोफ़े की सीट तक उछाल दिया और गेंद को फिर अपने स्टिक के फेस पर लेते हुए नीचे किया, "सबसे मज़ेदार वह रिवर्स शॉट लगाती थी। मैं झूठ नहीं बोलती हूँ। उसे सरिता मेरी बेटी नहीं, अपनी बेटी कहती। लेकिन सब जानते थे कि वह मेरी बेटी है! मेरी तरह रिवर्स शॉट लगाती। सोचो, छह साल की बच्ची और रिवर्स शॉट, जबकि अभी वह हॉकी स्टिक जितनी भी बड़ी नहीं थी। ऐसे लगाती थी..."

शाजी चुप खड़ा था। यह जेमा का खोया हुआ भविष्य था जिसे हँड़िया से तर अवचेतन सामने ले आया था। नशे ने पीड़ा और विक्षोभ को आकार दे दिया था। यह अवसाद नहीं था जिसके प्लांट के हाई सेलरीड कर्मचारी अक्सर ही शिकार रहते हैं। यह एक तरह का रोष था—वैसा ही, जिसे आप बरगला नहीं सकते। यह रोष यदि मज़दूरों पर छा जाता है तो औद्योगिक तनाव का रूप ले लेता है। यह तनाव पसरता है तो आन्दोलनों में बदल जाता है या फिर सिमटता है तो आत्म-छलनाओं में बदल जाता है।

अपने क्रिएटिव कैंप में जेमा को शामिल करने की शाजी ने प्रबन्धन से अनुमति माँगी थी और प्रबन्धन जेमा से वाक़िफ़ था। प्रबन्धन ने साफ़ कर दिया था कि अनुशासनिक कमिटी की रिपोर्ट जो भी हो, जेमा कुई को अभी रखना सम्भव नहीं है। प्रबन्धन का मानना था कि जेमा ने पूरे प्लांट को राजनीतिक विवाद में घसीट लिया है। शाजी के रिक्रिएटिव कैंप को भी प्रबन्धन ने ख़ारिज कर दिया था।

"मानी ऐसे लगाती थी रिवर्स शॉट..." जेमा ने दाएँ पैर को बाहर किया। वह बाएँ पैर पर बैठ गई और बॉल को हिट कर दिया। बॉल अलमारी के ऊपर रखे उसकी ट्रॉफियों पर लगा। उनमें से कुछ नीचे आ गिरे। बॉल पलटकर आया और टेबल पर रखे नीबू-पानी वाले गिलास में लगा और गिलास का पानी सोफ़े पर बिखर गया, "ऐसे! अभी उसके दाँत, सामने के नये दाँत, पूरी तरह से आए भी नहीं थे..."

जेमा हँसने लगी। फिर चुप हो गई। शाजी ने उसके हाथ से स्टिक ले ली, "सॉरी, जेमा। सचमुच बुरा हुआ। बहुत बुरा हुआ। मैं जानता हूँ। मैंने कमिटी में कोई बहस नहीं की, क्योंकि फ़ैसला पहले ही हो चुका था।"

शाजी ने उसे पकड़ सोफ़े पर बिठाना चाहा। वह चुप खड़ी रही और शाजी को एकटक देखती रही, "क्या हमें यह मामला छोड़ देना चाहिए?"

शाजी ने सोफ़े पर बिठाने के लिए उसे पीछे किया। जेमा बैठ गई गुमसुम। वह जेमा गुम हो चुकी थी जो अभी-अभी उसे अपनी बेटी की शॉट दिखा रही थी। शाजी फिर एक गिलास पानी लाया, "प्लीज़!"

जेमा ने पूरा गिलास ख़ाली कर दिया। बाँह से मुँह पोंछ लिया। उसने शाजी की ओर देखा, "मैंने थोड़ी-सी हँड़िया पी ली है। आज मैं डंप साइट से आ रही हूँ।"

"ठीक है। कोई बात नहीं। तुम और पीना चाहती हो?" शाजी ने उसका विश्वास बढ़ाने के लिए हाथ पकड़ा, "मैं नहीं पीता। मेरे डैडी पीते थे। एचईसी कॉलोनी में हम थे।"

"आपके डैडी वहाँ काम करते थे?"

"हाँ, हैवी मशीन में। वे उस हँड़ियावाली के साथ ही पूरा दिन बिता देते थे। डैडी को सैलरी मिलना बन्द हुआ तो मेरी माँ एक स्कूल में पढ़ाने लगी थी। उसी से हमारा घर चलता था। मेरे डैडी ने ड्यूटी जाना छोड़ दिया था।" शाजी चुप हो गए।

"मैं चार महीने वहाँ रही हूँ। कोचिंग का डिप्लोमा मैंने वहीं हॉकी इंस्टिट्यूट से लिया है। आपने उस हँड़ियावाली को देखा था?"

"मैं एक दिन उस हँड़ियावाली के पास गया था। एश पोंड के बग़ल में उसकी दुकान थी। पता नहीं, उसने मुझे देखते ही कैसे पहचान लिया कि मैं शाजी का

लड़का हूँ! उसने मुझे गुलगुला खिलाया। मेरे डैडी बेसुध वहाँ एक टूटी कुर्सी पर बैठे दीवार के सहारे सोए थे। उसने मुझे घर भेज दिया। पहले मेरे डैडी क्लीन शेव्ड रहते थे। उस दिन डैडी की दाढ़ी बढ़ी हुई थी। मेरे माँ-बाप की शादी मेरे नाना-नानी और दादा-दादी को पसन्द नहीं थी। धीरे-धीरे पता नहीं कब मेरे डैडी-मम्मी एक दूसरे से दूर होते गए।

"मुझे इसकी गंध पसन्द नहीं है। मैंने गाँव में रिश्तेदारों के साथ बैठकर कई बार पी है। आज वर्षों बाद मैंने हँड़िया पी।"

"चलो, ठीक है। यह ऐसा कुछ नहीं है कि इस पर बहुत बात की जाए।" शाजी ने जेमा के सामने अपनी कुर्सी खिसका ली, "कमिटी की बैठक के बाद मैं बाहर निकल गया। मैं अपने फ़्लैट की ओर जा रहा था। डीपीएस स्कूल से थोड़ी दूर एक छोटी लड़की बैठी थी। गहरी साँवली। उसका चेहरा उसके बालों से ढँका था। अपना सिर उसने घुटनों के बीच छिपा रखा था। पहले तो मैं बढ़ गया। फिर मैंने सोचा, यह अकेली बच्ची यहाँ क्या कर रही है और मैं रुक गया और पीछे लौट आया और उसके पास खड़ा हो गया।

"मैंने उसका नाम पूछा। उसने कोई जवाब नहीं दिया। फिर मैं वहीं इन्तज़ार करने लगा। उसने सिर उठाया, उसकी आँखें सूजी हुई थीं। उसके हाथ में चोट के निशान थे। उसने कहा कि मैं उससे बात नहीं करूँ। मैंने कहा, 'ठीक है।' लेकिन मैं यहीं रहता हूँ, जब तक वह यह नहीं बताएगी कि उसका घर कहाँ है।

"उसने कहा, 'तुम मुझे पकड़ने आए हो। फिर तुम साहब के पास मुझे ले जाओगे।' मैंने अपने दोस्त से बात की। वह ऑर्गनाइज़ेशन अगेंस्ट चाइल्ड-एब्यूज में काम कर रहा है। उसने कहा कि मैं उनका इन्तज़ार करूँ। उस संस्था की तीन कार्यकर्ता वहाँ पहुँचीं और वे उस लड़की को अपने साथ ले गईं। मुझे उस लड़की की जलती आँखें याद हैं। वहाँ से मैं तुम्हारे पास आ गया।"

"तुम उस लड़की से मुझे मिला सकते हो?" उसने शाजी का हाथ पकड़ लिया।

"हाँ, शहर के नज़दीक ही उनका ऑफ़िस है।" शाजी को गुलगुला खिलानेवाली औरत की याद आई।

जेमा लेट गई और शाजी को देखती रही। वह शाजी का हाथ पकड़े रही। उसे लग रहा था कि शाजी अब भी उस लड़की के बारे में कुछ कह रहा है और वह सो गई। सोफ़े पर ही। उसकी सलवार पर अब भी कीचड़ थे। सोफ़े के नीचे एक मेडल अभी भी पड़ा हुआ था।

ताश

यह संयोग ही था।

ट्रेन चल पड़ी थी। कार्तिक प्रसाद को ट्रेन पकड़ने के लिए दौड़ना पड़ा।

एसी फ़र्स्ट क्लास का डिब्बा था। उनका बर्थ एसी सेकंड क्लास में था। अगले कोच में। वह अपने कोच में जाने के लिए मुड़े ही थे कि उनकी नज़र केबिन में बैठे विक्रम सिंह मुंडा पर पड़ी। विक्रम सिंह मुंडा अपने अंगरक्षकों के साथ ताश खेल रहे थे। कार्तिक प्रसाद ने सीट पर मुड़ा हुआ अख़बार रखा, "मुंडा जी, आप? कलकत्ता आए थे?"

मुंडा जी घबरा गए, "अरे भाई, कौन?"

"कार्तिक बाबू हैं।" एक अंगरक्षक उठकर खड़ा हो गया।

"अरे, कार्तिक बाबू!...अभी रखो। अभी रखो। बाद में खेलेंगे।" विक्रम मुंडा शुरू से ही हारने लगे थे। उन्होंने ताश की गड्डी एक अंगरक्षक को थमा दी, "हाँ, यहाँ ट्राइबल कल्चर पर बंगाल सरकार की ओर से सेमिनार था। आपका कैसे आना हुआ?"

"ऐसे ही विक्टोरिया घूमने!" कार्तिक प्रसाद की नज़रें मुंडा जी के चेहरे पर जमी थीं। फिर वह मुस्कराने लगे।

मुंडा जी इधर-उधर देखने लगे कि कार्तिक प्रसाद किस बात पर मुस्करा रहा है। उन्होंने केबिन के ड्रेसिंग टेबल पर रखी पत्रिकाओं को ठीक किया। 'आदिवासी परम्परा : विस्थापन और प्रतिरोध' पुस्तक को उलटना-पलटना शुरू कर दिया। कार्तिक प्रसाद ने उनके हाथ से किताब ले ली, "ये क्या सुन रहे हैं, महराज! किताबें पढ़ते रहिएगा कि सामने भी आइएगा?"

मुंडा जी ने ज़ोर से ठट्ठा लगाया। उन्होंने एक बॉडीगार्ड को कहा, "टीटी को देखो। इसमें बर्थ ख़ाली है तो उसे एडजस्ट करने को बोलो। कार्तिक बाबू यहीं बैठेंगे। कोई और सामान-वामान तो नहीं है?"

कार्तिक प्रसाद ने नकार में सिर हिलाया, "नहीं, महराज! क्या सामान रहेगा! दो-तीन घंटा के लिए आया था। वैसे भी ज़्यादा लदक-फदक मुझे ठीक नहीं लगता।"

कूपे में सीट के नीचे दो बड़े सूटकेस थे। ऊपर भी दो पैकेट रखे थे। चार बैकपैक रखे थे। मुंडा जी ने कोलकाता में कपड़ों की ख़रीदारी की थी। काँच के सेट थे। क्रॉकरी के डिनर सेट थे। सेंट की बोतलें थीं। चप्पल और जूते थे। एक पैकेट सक्सेना ने भिजवा दिया था। मिठाई और फल की दो अलग-अलग टोकरियाँ

थीं। एक हाँड़ी रसगुल्ला भी ठीक से पैक कर उनके मंत्रालय के सेक्रेटरी चौधरी ने दे दिया था। मुंडा जी ने एक अंगरक्षक को सूटकेस सीट के नीचे धकेलने का इशारा किया, "अरे, बहुत मना करने के बाद भी लोगों ने ज़बरदस्ती पैकेट-वैकेट से केबिन भर दिया है।"

"केवल पैकेट-वैकेट में भुलाए मत रहिए। आगे भी बढ़िए।"

मुंडा ने फिर ज़ोर का ठहाका लगाया, "आप लोग बढ़ने कहाँ दे रहे हैं?"

पार्टी के कुछ लोगों ने भागवत राय को हटाकर मुंडा को लाने की लॉबिंग शुरू कर दी थी। नौकरशाहों का भी एक हिस्सा इसमें सक्रिय था। अख़बारों में भी इस तरह की न्यूज़-स्टोरीज़ आ रही थीं। सत्ता पक्ष और विपक्ष, दोनों ही तरफ़ के विधायकों की गोलबन्दियाँ सुलग रही थीं। मुंडा जानते थे कि मामला इतना आसान नहीं है। वे स्थितियों को तौल रहे थे। दिकुओं से कुर्सी छीन लेना आसान नहीं था।

वे नाउम्मीद नहीं थे। इस पार्टी में शामिल होने के पहले वे विपक्षी पार्टी में थे। आदिवासी आन्दोलन से जुड़े हुए थे। जब अलग राज्य नज़दीक दिखने लगा, उन्होंने पुरानी पार्टी छोड़ने में ज़रा भी देर नहीं की। उसमें रह जाना बेवकूफ़ी होती। उस पार्टी की सरकार बनने के आसार नहीं थे। सरकार बन भी जाती और वे सात जन्म वहाँ बिता भी देते, तब भी ढंग का मंत्रालय नहीं मिलता। इस पार्टी में वे सीधे मुख्यमंत्री के दावेदार हो गए थे। शुरू में उन्हें राजस्व, निबन्धन एवं भूमिसुधार और सामाजिक कल्याण, दोनों विभाग दिये गए थे। हाल में उनसे राजस्व, निबन्धन एवं भूमि सुधार विभाग ले लिये गए। वैसे सामाजिक कल्याण विभाग मंत्रालय कम, झुनझुना अधिक है लेकिन मुंडा एक लिहाज से भूमिसुधार, राजस्व विभाग के हाथ से निकल जाने से नाराज़ नहीं थे। भागवत जी उनके कंधे पर बन्दूक रखकर चलाते। राज्य के विशेष भूमि क़ानूनों का गला उनके ही हाथों घोंटते।

मुंडा जी जंगल से उठकर नहीं आ गए थे। वे शहर के थे और उन्हें अपनी जगह बनाने में बहुतों से मार खानी पड़ी थी। कईयों को रास्ते से हटाना भी पड़ा था। शहर कोई आपकी जगह है नहीं कि आप डुगडुगी बजाओ और वे भाग जाएँगे। यहाँ बोली का मुक़ाबला बोली से करना होता है। दिमाग़ का मुक़ाबला दिमाग़ से करना पड़ता है। शहर में पॉलिथिन-बन्द शराब बाँटनेवाले टेंपो के खलासी से राजनीति के इस मुकाम तक पहुँचने में मुंडा जी ने ख़ुद को बदल लिया था। उन्हें लोगों की पहचान थी।

मुंडा जी को मालूम था कि किस पर विश्वास किया जाए और किस पर नहीं। कार्तिक प्रसाद कट्टर विपक्षी थे—कुछ ऐसे कि सत्ता की गंध से उन्हें अलकुसी-

सी होती थी। जनता उन्हें पसन्द करती थी। कुर्सी की दौड़ में मुंडा के लिए कार्तिक प्रसाद विधायक नहीं जुटा सकते थे। अपना वोट भी विरोध में ही देंगे—भागवत राय के ख़िलाफ़ भी और उनके ख़िलाफ़ भी।

बात अपनी जगह दुरुस्त थी, लेकिन उनकी राय का महत्त्व था। वह मीडिया में या कानाफूसी में भी कहीं यह बात कह दे कि भागवत राय की तुलना में मुंडा बेहतर है, बात में वज़न पैदा हो जाएगा। भागवत राय और कार्तिक प्रसाद के सम्बन्ध अत्यन्त कटु थे। मुंडा जानते थे कि सिक्के का दूसरा पहलू भी है। कार्तिक प्रसाद से बात साझा करना भी ख़तरनाक है।

"आप तैयार हैं कि नहीं, पहले यह बताइए। तैयार हैं तो दस दिन में मामला फरिया जाएगा।" कार्तिक प्रसाद गम्भीर थे, "मज़ाक़ नहीं कर रहा हूँ। स्पीकर से बात करूँ क्या?"

"अरे, नहीं-नहीं। कार्तिक बाबू, ये सब उलटा-पुलटा मत कीजिएगा। थोड़ा इन्तज़ार कीजिए। पकने दीजिए। पकने से और भी मीठा होगा।" मुंडा ने कार्तिक प्रसाद का हाथ पकड़ा, "लोग लगे हुए हैं।"

स्पीकर का नाम सुनकर मुंडा परेशान हो गए। कहीं सचमुच यह आदमी स्पीकर के पास जाकर उन्हें इस काम में लगाने की कोशिश न शुरू कर दे! सारा बना-बनाया मामला ही बिगड़ जाएगा। स्पीकर ख़ुद अपनी फ़िराक़ में लगा हुआ था। कार्तिक प्रसाद के मुँह से स्पीकर का नाम सुनकर मुंडा को आश्चर्य हुआ।

कभी स्पीकर और कार्तिक प्रसाद की अच्छी छनती थी। बात-बात में स्पीकर विधायकों को समझाते थे कि कार्तिक बाबू से आप लोग बात करना सीखिए। कार्तिक प्रसाद छाँट-छाँटकर स्पीकर को शास्त्रीय किताबें देते और स्पीकर अपने वक्तव्यों में किताबों से उद्धरण सुनाते। कभी ताराशंकर बंद्योपाध्याय का, कभी रेणु का, कभी प्रेमचन्द का और कभी ग़ालिब का।

एक दिन कार्तिक प्रसाद ने विधानसभा कैंटीन में सिंघाड़ा के दाम से लेकर विधानसभा कर्मचारियों की बहाली तक में घोटाले को लेकर काग़ज़ी प्रमाण के साथ प्रेस-कॉन्फ्रेंस कर दिया। इसमें स्पीकर की ठेकेदार के साथ हुई चिट्ठी-पत्री थी। यहाँ तक कि विधायकों के फ़्लैटों के मेंटेनेंस में घोटाले का सवाल भी उन्होंने उठा दिया। स्पीकर इसमें बुरी तरह से लटपटा गए। फिर दोनों का रिश्ता छत्तीस का हो गया। अचानक फिर दोनों की कब से पटने लगी?

स्पीकर और कार्तिक प्रसाद प्रकरण में भागवत राय ने वाक़ई बहुत समझदारी से काम लिया था। उन्होंने गठबन्धन के सभी विधायकों को बुलाया। भागवत राय ने विधायकों से पूछा कि स्पीकर के ज़िम्मे रहता क्या है? छूँछे सम्मान से क्या होता है? यहाँ यह आदमी सम्मान पर भी चोट कर रहा है। क्या सभी लोग उसकी तरह ही लंगटा घूमें-फिरें? स्पीकर को विवाद में घसीटने की परिपाटी देश में नहीं है। दो कौड़ी के इस कार्तिक प्रसाद की हिम्मत देखिए!

मंत्रियों को छोड़िए, एमएलए भी आक्रोश में थे। कार्तिक प्रसाद की हरकत को भागवत राय ने एक मौक़ा बना दिया। उस वक़्त धानेश्वर महतो सड़क-परिवहन मंत्री थे। इस बार बेचारे हार गए हैं। उन्होंने मीटिंग में घोषणा की कि वह ख़ुद कार्तिक प्रसाद के ख़िलाफ़ निंदा प्रस्ताव लाएँगे। भागवत राय ने उन्हें डाँटा कि मक्खी मारने के लिए तोप नहीं चलाया जाता है। उन्होंने कहा कि वे निंदा प्रस्ताव विरोधी पक्ष से ही पेश करवाएँगे। यह एक तीर से तीन निशानों को साधना था। कार्तिक प्रसाद को मुँहतोड़ जवाब मिल जाएगा, विपक्ष और कार्तिक प्रसाद की दूरी बढ़ जाएगी और सबसे महत्त्वपूर्ण बात होगी कि पक्ष-विपक्ष एक मंच पर होंगे। मुंडा जी सेकंड मैन माने जाते थे। उस समय उन्होंने भागवत राय को शाबाशी दी, "देखिए, माननीयो, जो बात हम लोग नहीं सोच पाए, कैसे चुटकी में इसे भागवत जी ने हल कर दिया!"

भागवत राय ने प्रेस वालों को बुलाया। उनका वक्तव्य बड़ा सधा हुआ था। उन्होंने कहा कि आसन को विवाद में घसीटना अत्यन्त दुर्भाग्यपूर्ण है। इससे विधायिका की प्रतिष्ठा कमज़ोर होती है। जिस विकास का सपना हम देख रहे हैं, इसके लिए एक मज़बूत विधायिका की ज़रूरत है। भागवत राय ने कहा कि परम्पराओं, परिपाटियों और संस्थाओं पर यह व्यवस्था टिकी हुई है। इस पर कोई भी हमला देश और राज्य पर हमला है। यही काम किसी को करना है तो उसे विधानसभा आने की ज़रूरत क्या है, जंगलों में बन्दूक उठाकर उग्रवादियों के साथ रहे।

भागवत राय से प्रेस वालों ने पूछा कि क्या उनका इशारा कार्तिक प्रसाद की ओर है? भागवत राय ने इनकार नहीं किया, "मैं किसी व्यक्ति का नाम नहीं लेना चाहता, मैं प्रवृत्तियों की बात कर रहा हूँ। पक्ष-विपक्ष को मिलकर इस तरह की प्रवृत्तियों का मुक़ाबला करना होगा।"

भागवत राय के प्रेस कॉन्फ्रेंस का बड़ा प्रभाव पड़ा। 'ऑब्ज़र्वर' के फ्रंट पेज पर सम्पादकीय छपा था। क्या छपा था, ठीक-ठीक मुंडा जी को अभी याद नहीं है। उसका लब्बो-लुबाब यह था कि परम्पराओं के साथ खिलवाड़ ख़तरनाक

साबित होगा। किसी ने भी स्पीकर द्वारा विधानसभा कर्मियों की अवैध बहाली या विभिन्न मदों में हुए घोटाले का ज़िक्र तक नहीं किया। यह मान लिया गया था कि कार्तिक प्रसाद की यह हरकत संसदीय परम्पराओं पर चोट है।

धरणीधर बाबू ने विपक्ष की ओर से प्रस्ताव पेश किया कि विधायक कार्तिक प्रसाद द्वारा आसन के ख़िलाफ़ अनर्गल आरोप लगाने की हरकतों की यह सदन निंदा करता है और आसन से कार्रवाई की माँग करता है। भागवत राय ने फिर यहाँ तीर छोड़ा। वे उठे, "मैं धरणीधर बाबू की भावना से सहमत हूँ लेकिन मैं आसन से दरख़्वास्त करता हूँ कि कार्तिक बाबू को एक मौक़ा नवाजा जाए। यदि वे माफ़ी माँग लेते हैं तो माफ़ कर देना चाहिए।"

सदन में ठहाका लगा। अब आया है ऊँट पहाड़ के नीचे! स्पीकर ने पूछा, "कार्तिक बाबू, आप क्या कहना चाहते हैं इस पर?"

कार्तिक प्रसाद खड़े हुए, अपनी फ़ाइलें समेटीं और मैं सदन का बहिष्कार करता हूँ, कहते हुए बाहर निकल गया था। निंदा प्रस्ताव और निलम्बन की ख़बरें बाहर पहुँचते ही कार्तिक प्रसाद की क़द-काठी और भी बढ़ गई थी। उस दिन से कार्तिक प्रसाद और भागवत की कभी पटी नहीं। प्रश्नोत्तर काल में जिस समय कार्तिक प्रसाद का सवाल रहता, आधे दिन भागवत राय अनुपस्थित रहते। भागवत राय फिर मुख्यमंत्री बने, कार्तिक प्रसाद फिर विधायक बने और पुरानी अदावतें और तेज़ हो गईं।

मुंडा जी कार्तिक प्रसाद से सतर्क थे और ठान लिया था कि अलकारानी और भागवत राय की बढ़ती खटपट के बारे में वे चुप रहेंगे। बबन दुबे के बारे में नई जानकारियों को वे साझा नहीं करेंगे। गुल्लू तिवारी के ज़रिये कोल्हान की खदानों में हिस्सेदारी की भी वे चर्चा नहीं करेंगे। मुंडा जी के तरकश में एक से बढ़कर एक तीर थे। वे इन्हें समयपूर्व नहीं चलाएँगे। वे कार्तिक प्रसाद को विधायकों के बीच चल रही चर्चा और विपक्ष की प्रतिक्रिया तक ही सीमित रखेंगे।

"सर, केबिन में तो कहीं जगह नहीं है। बग़ल में सेकंड एसी में चार सीट एडजस्ट कर देता हूँ।" कोच के कंडक्टर ने सलाम ठोंका। वह विक्रम मुंडा और कार्तिक प्रसाद को जानता था। इस रूट में बहुत सीमित ट्रेनें थीं। मंत्री-एमएलए से उसका दुआ-सलाम चलता रहता था। कंडक्टर ने कार्तिक प्रसाद को देखकर सिर हिलाया, "सर का इसी केबिन में अपग्रेड कर देता हूँ?"

"कर दीजिए, दासगुप्ता बाबू। अब मुंडा जी को अकेले छोड़कर जा नहीं सकता।" कार्तिक प्रसाद ने अपना टिकट और एमएलए कूपन कंडक्टर को थमा दिया।

मुंडा जी ने ठहाका लगाया, "हम लोग को कभी चैन भी लेने दीजिए, कार्तिक बाबू! सरकार हम लोग चला रहे हैं और सेक्रेटरी आपकी बात लेकर चलते हैं।"

"ये देखिए। उनको अपनी गर्दन बचानी है कि नहीं?" कार्तिक प्रसाद ने अपनी दाढ़ी खुजाई, "देखिए, एक बात आप लिखकर रख लीजिए। लिख लीजिए। करमा भगत ही आप लोगों के जहाज़ को डुबाएँगे। इतने सीधे आदमी हैं। मंत्री हैं। लेकिन बेचारे को विधानसभा में गिड़गिड़ाकर अपने सेक्रेटरी की शिकायत करनी पड़ती है। कैबिनेट में भी आप लोग उन्हें बोलने नहीं देते होंगे। मुंडा जी, एक बात आपके मुँह पर ही कह देते हैं। बुरा लगे तो गारी दीजिए। महराज, अभी नवकनिया जैसा आपका मुँह चुरानेवाला समय है क्या?"

मुंडा जी इस बार पूरी तरह मुँह खोलकर हँसे। वे ज़ोर से हँसते थे तो उनकी आवाज़ आगे चढ़ते-चढ़ते सुरीली हो जाती थी, "अपोजिशन वाले पूरी ताक में हैं, न? आपके और स्पीकर की बातचीत फिर कब से शुरू हो गई?"

"विपक्ष को जो करना है, वो करेगा। वह वोट विश्वास प्रस्ताव के लिए नहीं देगा। लेकिन भागवत राय के ख़िलाफ़ अविश्वास प्रस्ताव के लिए तो वह वोट करेगा। आपको और क्या चाहिए? महराज, आप अपनी पार्टी के विधायकों की सुनिए। टुअर जैसे सब घूम रहे हैं। करमा भगत से मेरी बात हुई है।"

"अब वो बात नहीं रही, कार्तिक बाबू! आप तानाशाही-तानाशाही कहकर सड़कों पर चिल्लाते हो। आप क्या सोचते हो कि यह केवल बाहर ही है?"

"बहुत गम्भीर बात आप बोल रहे हैं, मुंडा जी! हम आपकी पार्टी का हाल नहीं जान रहे हैं क्या? निकरधारियों को ही अभी आपकी पार्टी मुख्यमंत्री और गवर्नर बना रही है, यही न?"

"हाँ। भागवत राय उनके सबसे प्रिय हैं।"

"सुनिए, भागवत-जाप अभी छोड़िए। यदि आपकी पार्टी से चार एमएलए खिसक गए तो सरकार बची रहेगी? आपकी पार्टी यह रिस्क लेने की स्थिति में है?"

मुंडा जी ने बात समझाने की कोशिश की, "चार एमएलए! आप ऐसा कह रहे हैं, जैसे बुधनी बाज़ार में चार बैल की बात कर रहे हों! कार्तिक बाबू, आज की डेट में चार एमएलए के लिए चार सौ करोड़ देना हो तो पार्टी देगी। इधर मत देखिए। सबसे पहले आपके ही लोग 'हाँ' में हाथ खड़ा कर देंगे।"

दो बॉडीगार्ड आए। दोनों के हाथ में दो-दो प्लेट थे। उन्होंने प्लेटें टेबल पर रखीं। कटलेट, सोनपापड़ी और पेटिस। टमाटर और चिल्ली सॉस की दो छोटी बोतलें वहाँ रख दी गईं। दो सौ मि.ली. वाली मिनरल वाटर की दो बोतलें रख दीं। मुंडा जी ने हाथ से इशारा किया, "लिया जाए।"

एक और गार्ड आया। उसने काग़ज़ के तीन सौ मि.ली. वाले गिलास में कोल्ड ड्रिंक रख दिया। कार्तिक प्रसाद ने सोनपापड़ी उठाई, "यही बात मैं आपसे कह रहा हूँ। जब यह सब इतना मुश्किल है और मौक़ा दिख रहा है, तो बढ़िए।"

कार्तिक प्रसाद ने सोनपापड़ी वापस प्लेट में रख दी, "आपके स्पीकर ने ही मुझे तीन दिन पहले फ़ोन किया था। उनका मन भागवत राय से दुखी था। उन्होंने छह विधायकों का नाम भी लिया जो चाहते हैं कि भागवत राय हटें। उन्होंने मुझे कहा कि वे ख़ुद सीएम पद के लिए आगे आना चाहते हैं। मैंने कहा कि तब सात जन्म में भागवत राय को हटा नहीं पाइएगा। कुछ और सोचिए।"

"फूफ्फ..." मुंडा जी हँसे, "आदमी ठीक है लेकिन सधुआ है। आपने, महराज, उसे सिंघाड़ा के लिए प्रेस में घसीट दिया था।"

"करमा भगत के मामले को ही लीजिए।"

"करमा भगत का ग़ुस्सा जायज़ है, मैं जानता हूँ। मेरे पास भी करमा आए थे। मैंने भागवत को कहा कि ये क्या कर रहे हो?" मुंडा जी ने कटलेट समाप्त कर पेटिस को हाथ से तोड़ा, "प्रशान्त राय को हटा लो। वह आदमी कोई काम ही नहीं होने देगा। करमा भगत ने मुरहू में एक बड़े स्टेडियम और स्पोर्ट्स ट्रेनिंग सेंटर के लिए ज़मीन की नाप करवाई। वहाँ ज़मीन मालिकों से बात की। नक़्शा बनवाया। लेकिन प्रशान्त राय ने कहा कि मुरहू में नहीं, महुआडीह में होगा। महुआडीह में उसकी ससुराल है। पता नहीं, ससुरे के दिमाग़ में क्या है?"

"भारी करप्ट है।" कार्तिक प्रसाद ने कोल्ड ड्रिंक लिया, "प्रशान्त राय को ज़बरदस्ती नाधे हुए हैं। राजधानी में ही पिछले साल बने स्टेडियम की फ़ोटो अख़बारों में आई थी। पैविलियन की आधी छत गिरी हुई है। शेड उखड़ गए हैं।"

"अरे कुछ लीजिए, कार्तिक बाबू। ये लीजिए, सोनपापड़ी को टेस्ट करके देखिए।" मुंडा जी ने पेटिस आधा ही खाया। उन्होंने सोनपापड़ी उठाकर फिर वापस रख दिया।

"आपको भी हो गया है क्या?"

"अभी हुआ नहीं है। बॉर्डर पर है। डॉक्टर ने कहा है कि मीठा से परहेज करिए।"

"अरे, खाइए महराज! डॉक्टर के पास जाइएगा तो कुछ न कुछ बोलेगा ही।"

“अभी एक नई बात हुई है। ये जो प्रशान्त राय है, इसने खेल-अखाड़ा में भी भारी हेर-फेर किया है।” मुंडा जी का चेहरा गोल था। रंग काला था। आँखें कजरारी थीं। चेहरे का हावभाव बड़ा सरल था। उन्होंने कार्तिक प्रसाद पर आँखें जमाईं, “करमा बाबू को कुछ पता भी नहीं और प्रशान्त कुमार ने सीधे मुखिया से ही फ़ाइल सैंक्शन करवा लिया था। ये तो लेखा विभाग वालों ने अड़ंगा डाला, तब कहीं...”

“अच्छा, मुंडा जी, सच-सच बताइए, भागवत बाबू की चिलम वाली बात सही है क्या?”

“खींचता है जवान! चीफ़ सेक्रेटरी तो कह रही थीं कि आजकल खींचकर कभी-कभी ऑफ़िस भी आ जाता है। फ्फफ्फूउउउ...”

कार्तिक प्रसाद के लिए यह नई जानकारी नहीं थी। लेकिन प्रशान्त राय वाला घटनाक्रम उनके लिए नया था। वैसे लेखा विभाग में उनके एक मित्र ऑफ़िस सुपरिंटेंडेंट के पद पर थे। कोई ख़ास घालमेल होने पर उन्हें ख़बर करते थे। इधर बहुत दिनों से वे आए नहीं थे। भागवत राय के ख़िलाफ़ यह महत्त्वपूर्ण जानकारी थी। उन्होंने पूछा, “स्पोर्ट्स कॉम्प्लेक्स का अभी दो-तीन साल पहले ही उद्घाटन हुआ था। इतनी जल्दी मरम्मती की ज़रूरत हो गई?”

“यही बात आप नहीं जानते हैं, कार्तिक बाबू!” मुंडा जी ने कार्तिक प्रसाद का हाथ दबाया। मुंडा जी के मन में कहीं एक चेतावनी-सी उठी कि वे कार्तिक प्रसाद से कुछ ज़्यादा ही खुल रहे हैं। लेकिन मुंडा जी की मानसिक बनावट ऐसी नहीं थी कि वे बातचीत को वहाँ से दूसरी ओर मोड़ सकें, “हाँ। ये मेंटेनेंस का मामला नहीं है। अर्था से जो एमओयू हुआ है, उसमें तीन मेगा स्पोर्ट्स कॉम्प्लेक्स की बात हुई है। उसमें एक राजधानी के नज़दीक बनने की बात है। प्रशान्त राय ने इसके लिए खेल-अखड़ा का ऑफ़र दिया है।”

“लेकिन यह तो पहले से ही तैयार है?”

“यहीं पेच है। प्रशान्त राय के प्रस्ताव का समर्थन अलकारानी ने भी कर दिया था। भागवत राय भी इसके पक्ष में खड़े हैं और अर्था वालों के लिए यह सोने पर सुहागा है। ज़मीन अधिग्रहण का पचपच भी नहीं और सारा कुछ बना-बनाया! उन्हें मिल जाएगा।”

एक गार्ड केबिन के दरवाज़े पर आकर खड़ा हो गया। मुंडा जी ने बाहर की ओर देखा। उन्होंने कार्तिक प्रसाद से पूछा, “सीताभोग खाइएगा? वर्द्धमान आ रहा है। जाओ, ले आओ। थोड़ा पैक भी करवा लेना।”

मुंडा जी ने दो हज़ार का एक नोट निकाला और गार्ड को थमा दिया, “प्रशान्त राय, अलकारानी और भागवत राय ने फ़ाइल तैयार कर अर्था को दे दिया।

ज़मीन फ़्री। सड़क फ़्री। डैम का पानी फ़्री...युवा और खेलकूद विभाग की इतनी बड़ी सम्पत्ति उसके हाथ से निकलकर अर्था के हाथों में जा रही है, लेकिन मंत्री को ख़बर भी नहीं दी गई। सलाह की बात तो छोड़ ही दीजिए।"

"वही कहें कि बेचारे करमा भगत इतना यहाँ-वहाँ बिलबिलाते हुए क्यों चल रहे हैं?"

"छह सौ करोड़ में डील भी हो गया था।" मुंडा जी रुक गए। थोड़ी देर उन्होंने सोचा, कहीं सचमुच वे कार्तिक प्रसाद को ये सब बताकर ग़लती तो नहीं कर रहे हैं? इस आदमी को बताने का मतलब था कि फिर उस बात को आप ढक-दबाकर नहीं रख सकते थे। वे चुप ही रहे। हालाँकि उन्हें ठीक नहीं लग रहा था। ऐसा लग रहा था, जैसे 'दिलवाले दुलहनिया ले जाएँगे' के लास्ट सीन में शाहरुख़ ख़ान ट्रेन पर चढ़ गया है और आप हॉल छोड़कर जा रहे हों! फिर भी वे चुप रहे और उन्होंने इधर-उधर की बातें शुरू कर दीं, "कलकत्ता में भारी उमस! ज़रा-सा कहीं बाहर निकलिए तो..."

कार्तिक प्रसाद मुस्कराकर उनकी ओर देखने लगे। कार्तिक प्रसाद की मुस्कराहट अलग तरह की थी। उनका दायाँ होंठ थोड़ा ज़्यादा नीचे खिंच जाता था और किसी नये आदमी को लगता कि व्यंग्य से मुस्करा रहे हैं। आँखें ऐसी थीं, जैसे वे आपके मन को कुरेद रही हों! दाढ़ी की वजह से चेहरे पर कोई बदलाव नहीं दिखता था। मुंडा जी को लगा कि कार्तिक प्रसाद को ये सारी बातें किसी ने बताई हैं।

कार्तिक प्रसाद हँसे, "बात इतनी ही नहीं है, मुंडा जी!"

"आप जानते ही हैं, कार्तिक बाबू!" मुंडा जी की हँसी में मजबूरी झलक रही थी। ट्रेन स्टेशन पर रुक गई। वे कुछ देर चुप रहे। उन्होंने पूरी बात की नाप-जोख की। कार्तिक प्रसाद धरणीधर बाबू नहीं थे कि लालच में फँसाया जा सके। कार्तिक प्रसाद जितना भागवत सरकार को चौपट कर सकते थे, उतना पूरा विपक्ष भी नहीं। बात यह नहीं थी कि कार्तिक प्रसाद के पीछे पूरा विपक्ष लामबन्द हो जाता था। वक़्त भाँपने में यह माहिर थे और वक़्त पर सामने आने में उन्हें ज़रा भी हिचक नहीं होती थी।

अनुपूरक बजट के समय क्या हुआ था? भागवत राय सदन के बाहर थे। सत्ता पक्ष के बीस विधायक नदारद थे। उस दिन सत्ता पक्ष के शेष विधायक सदन में ऊँघ रहे थे। विपक्ष वाले लगभग सभी मौजूद थे। वे रहते ही थे। अनुपूरक बजट पर बहस

पूरी हो चुकी थी। दो संशोधन आए थे। धानेश्वर बाबू ने दोनों को ही अस्वीकार कर दिया। स्पीकर ने ध्वनि मत लिया। कार्तिक प्रसाद ने व्यवस्था का सवाल उठा दिया था, "महाशय, ध्वनि मत के बजाय वोटिंग हो।"

स्पीकर इस माँग की पेच को समझ नहीं पाए। यहाँ तक कि संसदीय कार्य एवं विधि मंत्री बालेन्दु बाबू भी नहीं समझ पाए। अनुपूरक बजट के पक्ष में इक्कीस वोट और विरोध में चौंतीस वोट! एक बड़ा मामला हो गया। संसदीय कार्य एवं विधि मंत्री ने भागवत राय को फ़ोन किया। भागवत राय ने फ़ौरन स्पीकर को एक घंटे बाद पुनः मतदान कराने को कहा और इस मतदान को कार्यवाही से निकाल देने का सुझाव दिया। ख़ुद मुंडा जी के भी होश उड़ गए थे। विपक्ष इस्तीफ़े के लिए नारे लगाने लगा।

सत्ता पक्ष में अफ़रा-तफ़री मच गई। इधर-उधर बाहर घूम रहे सभी विधायकों को बुलाने के लिए फ़ोन किया गया। पाँच मिनट बाद बालेन्दु बाबू ने स्पीकर से दरख़्वास्त किया, "हुज़ूर, सदन मतदान की स्थिति में नहीं था। विगत मतदान की कार्यवाही को रिकॉर्ड से बाहर कर दिया जाए।"

स्पीकर के सिर से पसीना टपक रहा था। विपक्ष ने पुनः नारेबाज़ी शुरू कर दी थी। आसन से कहा गया, "अनुपूरक बजट पर एक घंटे बाद मतदान होगा।"

अनुपूरक बजट महत्त्वपूर्ण था। इसमें भूमि राजस्व और सड़क परिवहन के लिए अतिरिक्त नौ सौ करोड़ का आबंटन था और यह अर्था से जुड़ा हुआ था। इसके अस्वीकार हो जाने से हाहाकार मच जाता। मुंडा जी डर भी रहे थे और उनको मज़ा भी आ रहा था।

कुछ अख़बारों में रिपोर्टें भी आईं। रिकॉर्ड से हटा दिये जाने की वजह से किसी ने इस मतदान का साफ़-साफ़ उल्लेख नहीं किया था। कुछ अख़बारों ने साफ़-साफ़ लिख ही दिया था—दुर्घटना से बाल-बाल बची भागवत सरकार। किन्तु सम्पादकीय लेखों में अनुपस्थित माननीयों की आलोचना करते हुए भी अप्रत्यक्ष रूप से कार्तिक प्रसाद पर ही चोट की गई थी : 'सदन की गरिमा से खिलवाड़ राज्य हित में नहीं'।

कार्तिक प्रसाद के भाषणों और तेज़ दाँव-पेचों की ही केवल बात नहीं थी। इसके पीछे मुंडा जी को लगता कि कहीं न कहीं लोगों की ताक़त थी जो समय-समय पर कठिन संघर्षों में दिखाई पड़ती थी। इस ताक़त के आगे कई बार सरकारों को घुटने टेकने पड़ते हैं। यही बड़ी पूँजी इस फक्कड़ आदमी के पास और इसलिए यह जब बोलता है तो लोग इसकी बातों को सुनते हैं।

मुंडा जी के पास एक भी ऐसा उदाहरण नहीं था जिसमें कार्तिक प्रसाद ने ग़ैर-

ज़िम्मेवारी वाली कोई बात की हो। विक्रम सिंह मुंडा की सीएम पद की दावेदारी के लिए यह माकूल वक़्त था। कार्तिक प्रसाद कोई झूठ नहीं कह रहा था।

कार्तिक प्रसाद उनकी ओर ही देख रहा था। मुंडा जी ने फिर धीरे से कहना शुरू किया, "मेगा स्पोर्ट्स कॉम्प्लेक्स को लेकर अलकारानी और भागवत राय में भी खटपट शुरू हो गई है। सत्रह करोड़ में डील हो गया था : प्रशान्त राय तीन करोड़, अलकारानी पाँच और बचा हुआ भागवत राय। अभी बाहर बात नहीं गई है। अलकारानी का कहना था कि सारी चीज़ों को उसने मैनेज किया है, इसलिए शेष सात-सात बराबर बाँट लेना चाहिए। भागवत राय का कहना था, पॉलिटिकली ऊपर-नीचे मैनेज करना आसान नहीं है, इसलिए..."

"और करमा भगत को कुछ मालूम नहीं! बताइए, कहाँ पहुँचाइएगा आप लोग इस राज्य को?"

"प्रशान्त राय को सब जानते हैं, वह पचास रुपये के लिए भी नीचे गिर सकता है, लेकिन अलकारानी बड़ी खिलाड़ी है। उसने पहले ही अर्था के प्रोजेक्ट को अपने हाथ में ले रखा है और भागवत राय से उसकी खींचतान बढ़ रही है। एक-एक फ़ाइल निपटवाने में ख़ुद भागवत को चिरौरी करनी पड़ रही है।"

मुंडा जी की किताब को कार्तिक प्रसाद उलट-पुलट कर देखने लगा। किताब में विस्थापन के ख़िलाफ़ आदिवासियों के बड़े-बड़े आन्दोलनों की तसवीरें थीं। एक तसवीर थी जिसमें एक बुढ़िया के हाथ से तीन पुलिसकर्मी टाँगा छीन रहे हैं और उस बुढ़िया के पीछे आदिवासियों का एक जत्था उसे छुड़ाने के लिए दौड़ रहा था। तसवीर में जानी-पहचानी नदी भी दिख रही थी। घना जंगल दिख रहा था। उसने मुंडा जी को दिखाया, "वही गाँव है न?"

"क्या नाम है गाँव का—दारे नहीं, हाँ, दारुहातु। लेकिन इस बार यह गाँव नहीं बच रहा है। उन लोगों ने नदी बाँधना शुरू कर दिया है।" मुंडा जी ने दरवाज़े पर खड़े एक गार्ड को सीताभोग की ओर इशारा किया।

"हाँ, महराज, नीता दास की रिपोर्ट पढ़े थे?"

मुंडा जी इस बार ठठाकर हँसे, "सक्सेना ने मुझे बताया था। सक्सेना को तिवारी नहीं ले गया था।"

"आपका सक्सेना भी बड़ा ठसक वाला अफ़सर है। उस दिन वह लेवाडीह सड़क-जाम में आया हुआ था। बबन दुबे ने एक दलित लड़की का अपहरण किया है। इस अपराधी को आप लोग कितना बचाइएगा? लड़की के भाई की पहले ही इसने मॉब लिंचिंग में हत्या करवा दी है।"

"बबन दुबे आजकल भागवत राय का दुलरुवा बना है। गंगा बाबू का पत्ता काटने के लिए भागवत राय उसको सामने ला रहा है।"

"सड़क-जाम में मैं भी था। सक्सेना के तेवर ऐसे थे मानो अब-तब फायरिंग करवाएगा। लाठी तो चलवा ही दिया। ये देखिए!" कार्तिक प्रसाद ने बाएँ पैर के पैंट को थोड़ा ऊपर किया। तलवे के ऊपर काला धब्बा जगह-जगह दिखाई पड़ रहा था।

"साले सब एक जैसे होते हैं। इसको छोड़िए। नीता दास की बात जब आपने उठाई तो सुनिए!" एक प्लेट सीताभोग कार्तिक प्रसाद की ओर उन्होंने सरका दिया, "ये मुझे बहुत पसन्द है। मैं जब भी इधर से आता हूँ, इसे ज़रूर लेता हूँ। सक्सेना ने बताया कि दारुहातु में कोई नक्सली हमला नहीं हुआ था और न ही कोई नक्सली वहाँ आसपास में था।"

सीताभोग छोड़कर मुंडा जी हँसने लगे। फिर सरक गए! हँसी और गला सरकने से हल्की खाँसी शुरू हो गई। कार्तिक प्रसाद ने पानी की बोतल का ढक्कन खोलकर उन्हें दिया, "आहिस्ते-आहिस्ते, महराज!"

सरक आने से मुंडा जी का चेहरा रक्तिम साँवला हो गया था। आँखों में आँसू आ गए थे और वे और भी चमक उठी थीं। उनकी हँसी रुक नहीं रही थी। उन्होंने इसे जबरन रोके रखा था। इन बातों को साझा कर वे ताज़ा महसूस कर रहे थे।

"एक बात कहें? सुनिएगा? आपको पचेगा नहीं।" कार्तिक प्रसाद ने अख़बार में प्रद्युम्न सिंह की फ़ोटो दिखाते हुए मुंडा जी से पूछा।

"क्या बात? क्या है इसमें?" मुंडा ने एक नज़र तसवीर पर डाली।

"इस आदमी से मिलिए। बहुत काम कर सकता है।"

"इस आदमी से? आपको पता नहीं है इसके बारे में?" मुंडा जी के चेहरे पर प्रद्युम्न सिंह के ख़िलाफ़ क्षोभ था, "आप इसको ठीक से नहीं जानते हैं। इस आदमी को मौक़ा मिले तो यह भागवत राय की गाँड़ धोना भी ख़ुशी-ख़ुशी स्वीकार कर लेगा।"

"तब, यहीं आप ग़लत हैं। हम जानते हैं कि आपका पत्ता काटने में प्रद्युम्न सिंह का हाथ था। लेकिन आदमी है, हमेशा एक जैसा नहीं रहता है।"

प्रद्युम्न सिंह को अर्था के मामलों से बिलकुल अलग कर दिया गया था। जितनी भी खदानों की लीज होती थी, निर्णय भागवत राय ख़ुद लेते थे। प्रद्युम्न सिंह ने बहुत मक्खन मालिश किया, लेकिन भागवत राय के रुख़ में नरमी नहीं आई। प्रद्युम्न सिंह उन चार-पाँच नेताओं में से थे जिनका औद्योगिक और शहरी आबादी

पर बड़ा प्रभाव था। भागवत राय के मुख्यमंत्री बनने के बाद इनके लिए केन्द्र ख़ुद भागवत राय बन गए थे।

प्रद्युम्न सिंह के पिता ने पलामू रेल लाइन में ठेकेदारी शुरू की थी। वर्षों का काम था। घर बनाया और बस गए। लेकिन उनका मन अपनी माटी से कभी अलग नहीं हो पाया। बँधुआ मुक्ति आन्दोलन के समय दो दलितों की हत्या के बाद वे चर्चा में आए और तमाम सवर्णों ने उन्हें अपना नेता मान लिया। उन्होंने विज्ञान में मास्टर की डिग्री ली थी। परम्पराओं के प्रति वे प्रतिबद्ध थे।

वे लगातार जीत रहे थे और किसी न किसी विभाग का मंत्रालय उनके इन्तज़ार में रहता। अलग राज्य बनने से पहले वे राज्य के बँटवारे के ख़िलाफ़ थे। वे कहते थे कि जब तक प्रद्युम्न सिंह ज़िन्दा है, बुद्ध और बिरसा की धरती को बाँटने की साजिश सफल नहीं होगी।

भागवत राय से उनकी खटपट की बातें कभी-कभार मुंडा के कानों में पड़ती थीं। तीन महीने पहले राजधानी में तलवार लिये प्रद्युम्न सिंह और महाराणा प्रताप की तसवीर वाले फ्लेक्स पूरे मेनरोड में लगे थे। जातीय सम्मेलन किया गया। जाति का आह्वान किया गया था कि चेतो, उठो और अपने गौरव के लिए लड़ो। सम्मेलन में उन्होंने कहा कि उनकी जाति का इतिहास गौरवशाली है। इस जाति के अधिकारों को जिसने भी छीनने की कोशिश की, वह गर्त में गया।

"ड्रामेबाज़ी है। प्रद्युम्न को जिस दिन भागवत चटा देगा, उस दिन ही पलटी मार देगा।" मुंडा कुछ देर चुप रहे, "देखते हैं, उसके यहाँ मैं ख़ुद जाऊँगा।"

कार्तिक प्रसाद से वे खुलकर बातें करने लगे। वे इत्मीनान से थे। मुंडा जी भी वैसे ही थे, जैसे दूसरे मंत्री और विधायक थे। फ़र्क़ इतना था कि योजनाओं में किसी रक़म की वे ज़िद नहीं करते थे और उन्होंने पाया कि बिना माँगे ठेकेदार और अफ़सर उनका हिस्सा उन्हें ठीक-ठाक दे देते थे। वे आम लोग से जबरन पैसे लिये जाने के ख़िलाफ़ थे। इसके लिए उन्होंने ब्लॉक के अधिकारियों को भी हिदायत दे दी थी कि कोई शिकायत ऊपर नहीं आनी चाहिए। उनकी छवि एक ठीक-ठाक काम के आदमी के रूप में थी। मुंडा जी तेज़ थे। अपने विभाग पर उनकी पूरी पकड़ थी और सेक्रेटेरियट के कर्मचारियों तक से उनके सम्बन्ध अच्छे थे।

विक्रम सिंह मुंडा और भागवत राय के फ़र्क़ को कार्तिक प्रसाद समझता था।

"उस दिन इन लोगों ने गाँव के किसी आदमी को पकड़ लिया था और चार जवान के पहरे में उसे स्कूल के कमरे में बन्द कर दिया था—वहीं, जहाँ अर्था से एमओयू के लिए चौपाल की नौटंकी चल रही थी।"

"लेकिन देखिए, मीडिया को इन लोगों ने कैसे पटाकर रखा था कि टीवी से लेकर अख़बारों तक को...। अरे, नीता दास की छोड़िए...।" कार्तिक प्रसाद ने बाहर की ओर देखा। ट्रेन कुछ धीमी हुई लेकिन रुकी नहीं, "लगता है, दुर्गापुर पार हो रहा है।...किसी ने अपनी रिपोर्ट में इसका ज़िक्र तक नहीं किया।"

"राजीव बेचारा क्या करेगा? उसके सम्पादक ने कोइलरियों में भाड़े पर डंफर लगा रखे हैं। इस ख़रीद-बिक्री में एरिया तेरह के मैनेजर का भी पार्टनरशिप है। भागवत जी की छत्रछाया ज़रूरी है। इसलिए उसके पत्रकार लिखेंगे भी तो क्या लिखेंगे?"

"खगेन्द्र प्रभात जी के बारे में आप कह रहे हैं?"

"हाँ, कार्तिक बाबू! आपके खगेन्द्र जी के बारे में ही कह रहा हूँ। आप लोग किस दुनिया में रहते हैं! चोर क्या केवल सत्ताधारी दल में ही होता है? हा-हा-हा..." मुंडा जी हँसे। फिर थोड़ी देर चुप रहे। कार्तिक प्रसाद को बोलने से रोका, "क्या बात कर रहे थे हम लोग? देखिए, तुरन्त भूल गए। ठीक ही लोग कहते हैं कि आप बहुत बोलते हैं।"

"हाँ, यह बात आप बढ़िया बोले! भूल रहे हैं आप और कसूर हमारा। खगेन्द्र प्रभात जी के बारे में बात कर रहे थे।"

इस बार मुंडा जी हँसे नहीं। वे बात को खोजने में लगे थे। बात माँगुर माछ की तरह पकड़ में आकर फिर बिला जा रही थी, "नहीं, खगेन्द्र प्रभात वाली बात नहीं।"

"नीता दास? इम्तियाज़ अली?"

"रुकिए। रुकिए। धत्, आप गड़बड़ा दे रहे हैं!" मुंडा जी असली बात ही बोलना भूल गए थे। लेकिन बात क्या थी?

कार्तिक प्रसाद ने मुड़े हुए अख़बार को खोला और पढ़ने लगे। बीच-बीच में मुंडा जी को देखते। मुंडा जी बात को पकड़ने में परेशान-परेशान थे। धीरे-धीरे कार्तिक प्रसाद एक ख़बर में खो गए। प्रधानमंत्री ने कहा था कि हर काम क़ानून से सम्भव नहीं है। इच्छाशक्ति होनी चाहिए। क़ानून का सम्मान कीजिए। संविधान का सम्मान कीजिए लेकिन विकास को रुकने मत दीजिए।

वे मुख्यमंत्रियों के एक सम्मेलन को सम्बोधित कर रहे थे। उन्होंने कहा था कि इसके पहले की सरकारों ने हर बात के लिए विशेष धारा बना रखी है। विशेष क़ानून बना रखे हैं। उन्होंने अपनी सरकार का उदाहरण देकर कहा कि हमारी सरकार उन्हें ख़त्म कर रही है। इस ख़बर के ऊपर एक तसवीर छपी थी। इसमें प्रधानमंत्री से हाथ मिलाते हुए भागवत राय का फ़ोटो था। उन्होंने मुंडा जी

को दिखाने के लिए अख़बार उठाया ही था कि उन्हें बग़ल की पटरी पर कुछ लोग दौड़ते हुए दिखे।

'डॉन' फ़िल्म में अमिताभ बच्चन के पटरियों के बीच दौड़नेवाले सीन से कुछ मिलता-जुलता सीन था। एक लड़का आगे-आगे तेज़ी से भाग रहा था। उसके पीछे चार-पाँच लोग भाग रहे थे। ट्रेन धीमी हो रही थी। कार्तिक प्रसाद को लगा कि ये सीट क़ब्ज़ा करने के लिए दौड़ रहे हैं। स्टेशन पर भीड़ थी। लड़के मैली जींस पैंट और कोयले से काली हो चुकी क़मीज़ पहनी थी। वह दुबला-पतला था। शायद चिल्ला रहा हो, आवाज़ अन्दर नहीं आ रही थी। उसके पीछे भागने वाले भी उसकी ओर हाथ उठाए हुए दौड़ रहे थे। एक को छोड़कर उनमें सभी कम उम्र के ही थे। उनके कपड़े साफ़ थे। वे जूते पहने हुए थे। कार्तिक प्रसाद ने सोचा कि हो सकता है, छिनैती का कोई मामला हो और फिर वे अख़बार वाली फ़ोटो को ग़ौर से देखने लगे, "बात क्या है, इनकी साख ऊपर में जस की तस है?"

"याद आया। सक्सेना कह रहा था कि जिसको इन लोगों ने अरेस्ट करके रखा था, वह वहाँ से भाग गया था।"

किसी ने कोच का गेट खोला। चाय वाला वेंडर चढ़ गया था। उसकी चाय की एसी कोचों में भी अच्छी माँग थी और जैसाकि ट्रेन के वेंडरों की आवाज़ होती है साफ़ लेकिन कानों में चुभनेवाली, उसकी हाँक पूरे कोच में गूँज रही थी, "रामप्यारी चाय! रामप्यारी चाय! सबसे ख़राब चाय!"

बग़ल के केबिन में बच्चे उसकी नकल कर रहे थे, "सबसे ख़राब चाय!"

मुंडा जी कार्तिक प्रसाद के नज़दीक खिसक आए और ऊँची आवाज़ में कहना शुरू किया, "वह आदमी वहीं गाछ पर चढ़ा था। ढेबचू जानते हैं..."

"ढेबचुआ?"

"हाँ। रात में यह तरह-तरह की आवाज़ निकालकर स्वाँग करता है। लेलेललेलले..."

मुंडा जी ने हँसना शुरू ही किया था कि कोच में 'बचाओ-बचाओ' की आवाज़ सुनाई पड़ी। इस गुहार के साथ शोरगुल भी अचानक तेज़ हो गया। मुंडा जी रुक गए और कार्तिक प्रसाद केबिन के गेट की ओर लपके।

लड़का 'बचाइए, बचाइए' करते हुए कार्तिक प्रसाद से चिपक गया। पीछा कर रहे एक आदमी ने पीछे से उसका कॉलर पकड़ा और अपनी ओर खींचा। उस आदमी के चेहरे पर दो-तीन दिनों की दाढ़ी थी। उसकी पकड़ मज़बूत थी। उसने लड़के को एक झटका दिया, "चल बे मादर...। यहाँ कोई तुम्हें बचाने नहीं आएगा।"

कार्तिक प्रसाद ने उसको पीछे धकेलने की कोशिश की तो उसने एक ज़ोरदार चाँटा कार्तिक प्रसाद के चेहरे पर जड़ दिया। कार्तिक प्रसाद ने प्रतिक्रिया में तुरन्त एक घूँसा मारा और उस लड़के को अन्दर केबिन में धकेल दिया। जाओ, अन्दर बैठो! वे उस आदमी से भिड़ गए। पीछे खड़े तीन-चार लोग कार्तिक प्रसाद पर टूट पड़े और कार्तिक प्रसाद का कॉलर पकड़ लिया, "साले, तू हमारे बीच से हट!"

मुंडा जी ने चिल्लाना शुरू किया, "क्या हो रहा है, क्या हो रहा है? कहाँ गया दीपकवा, अरे पप्पुआ!"

अंगरक्षक आ गए थे। एक ने कार्तिक प्रसाद के कॉलर पकड़े आदमी को राइफल के कुंदे से मारा। वह आदमी 'बाप रे बाप' करते हुए कॉलर छोड़कर नीचे बैठ गया। उसके साथियों ने उसे ठेलते हुए गेट से नीचे किया। उसके एक साथी को अंगरक्षकों ने ज़ोर से कमर पर मारा। उसने भी 'अरे बप्पा' किया और ट्रेन से कूदकर सरपट भागा। कार्तिक प्रसाद ने अंगरक्षकों को मना किया, "छोड़ दो, छोड़ दो!"

कोच का कंडक्टर दौड़ते हुए आया, "क्या हुआ सर? आरपीएफ़ को बुलाऊँ क्या? डॉक्टर के लिए स्टेशन मास्टर को बोलता हूँ।"

"अरे, कुछ नहीं हुआ। आप जाइए!" कार्तिक प्रसाद अपनी सीट पर बैठ गए।

मुंडा जी गुस्से में थे। वह लड़का केबिन के दरवाज़े पर नीचे बैठा हुआ था। वह काँप रहा था। उसका एक पैर लहूलुहान था। वह रह-रहकर सिहर रहा था और फिर एकाएक वह रोने लगा। मुंडा जी ने डाँटा, "रो क्यों रहे हो जी?"

कार्तिक प्रसाद ने पानी की बोतल उसे थमा दी। यह वही लड़का था जो ट्रेन के साथ नीचे पटरियों पर दौड़ रहा था। उसके अँगूठे से ख़ून बह रहा था। वह टूटी चप्पलें पहने हुए था और चप्पलें कोयले की गर्द से काली थीं।

कार्तिक प्रसाद ने अपने मुड़े हुए कॉलर को ठीक किया। कुर्ते की खुली हुई बाँह को ठीक किया। उन्होंने रोते हुए लड़के से पूछा, "सीट पर बैठो। वे लोग कौन थे?"

"वे लोग मुझे मारना चाहते थे। वे लोग बबन दुबे के लोग थे।"

"बबन दुबे?" मुंडा जी चौंके।

"हाँ। उन लोगों ने मेरे मामा के बारे में पता कर लिया है। उन्होंने मुझे स्टेशन के बाहर लिट्टी खाते देख लिया था। संकर एजेंट को देखकर मैं समझ गया कि वे मुझे मारने आ गए हैं।" लड़के ने फिर से रोना शुरू कर दिया।

"तुम्हारा नाम क्या है?"

वह लड़का चुप हो गया।

"नाम बताओ!"

लड़का चुप रहा।

"घर कहाँ है?"

लड़का चुप रहा।

"बोलो, हमसे डरो नहीं!"

ट्रेन चल पड़ी। वह लड़का सीट पर सिकुड़कर बैठा रहा।

"कहाँ जाओगे?"

कार्तिक प्रसाद ने पूछना छोड़ दिया।

मुंडा जी ने कहा, "मैं टीटी को कह दूँगा। गेट पार करवा देगा। हम लोगों को बताओ। हम लोग मदद करेंगे।"

ट्रेन चलती रही। कार्तिक प्रसाद के हाथ में अख़बार था। लेकिन वह इसे पढ़ नहीं रहे थे। बॉडीगार्ड ने ताश की गड्डी टेबल पर रख दी थी। लेकिन मुंडा जी का मन उचट गया था। दारुहातु की पूरी घटना वे कार्तिक प्रसाद को सुना नहीं पाए थे। यह उनके मन को मथ रहा था। लेकिन इसे फिर से शुरू करने का भी उनका मन नहीं था। लग रहा था कि उनके अन्दर कोई 'लेलेलेलेलेएएए' की कुलकुली कर रहा है।

ट्रेन धीमी हुई। वह लड़का उठा, "आप कार्तिक एमएलए हैं? उस दिन सड़क-जाम में मैंने देखा था। मैं विद्या के किडनैपिंग का गवाह हूँ। बबन दुबे ने मेरे पीछे आदमी लगा दिए हैं।"

"सुनो, सुनो! मेरे साथ चलो।" कार्तिक प्रसाद ने उसे रोकना चाहा।

वह रुका नहीं। वह केबिन के दरवाज़े पर चिल्लाया, "मेरा नाम इरफ़ान है।"

वह ट्रेन से उतरा और धीरे-धीरे दौड़ने लगा। फिर उसकी रफ़्तार तेज़ हो गई।

कार्यान्वयन

राज्य के सभी डिप्टी कलक्टर, पुलिस के ज़िला अधीक्षक, ज़िला भूमि-बन्दोबस्ती पदाधिकारी, ज़िला वन पदाधिकारी और तमाम सचिव न्यू सेक्रेटेरियट के कॉन्फ्रेंस हॉल में बैठे थे। प्रत्येक के लिए बैठने की जगह तय थी। मंच पर मुख्यमंत्री भागवत राय, संसदीय कार्य एवं विधि मंत्री बालेन्दु प्रसाद सिंह, उद्योग मंत्री प्रद्युम्न सिंह, जल संसाधन मंत्री जितेन्द्र महतो समेत तमाम सम्बन्धित मंत्री बिना किसी हेर-फेर अपने-अपने नेमप्लेट के पीछे बैठे थे।

अन्तरराष्ट्रीय वित्तीय संस्थान की ओर से ए. लाहिड़ी और एस. लिप्टन मौजूद थे। वे पिछड़े क्षेत्रों की विकास योजनाओं के विशेषज्ञ थे। मुख्यसचिव अलकारानी मुख्यमंत्री क बग़ल में थीं। अन्य सचिवों को किनारे दोनों ओर क़तार लगाकर बिठाया गया था।

इस नये हॉल में केवल राज्य स्तर की प्रशासनिक बैठकें ही चलती थीं जिसमें ख़ुद मुख्यमंत्री या मुख्यसचिव मौजूद हों। दीवारों की ऊँचाई पन्द्रह फीट थी। फ़र्नीचर और कालीन सभी गहरे कारमेल रंग के थे। हॉल में रोशनी बहुत मुलायम थी और आँखों पर ज़ोर लगाने की ज़रूरत नहीं थी। ध्वनि यंत्रों के लिए एक नामी कम्पनी को ठेका दिया गया था।

पहले उन्होंने सोचा था कि ठीक टेक्सास के स्टेट कैपिटल जैसे ही एक आलीशान भवन का निर्माण हो और लोग भवन के साथ-साथ उन्हें भी याद रखें। वित्त विभाग ने असमर्थता जता दी। अपने गृह-राज्य में अनोखा स्मारक बनाने के बाद प्रधान जी की चिन्ता देश की राजधानी में भव्य निर्माण पर केन्द्रित थी। इसलिए बस एक नये सेक्रेटेरियट भवन का बजट ही मंज़ूर हो सका।

नक़्शा कैपिटल हिल का ही लिया गया। उसमें बजट की वजह से कई तरह के बदलाव किये गए। जैसे गुम्बद वाली संरचना को काट दिया गया। अन्दर विशाल गवर्नर हॉल को उड़ा दिया गया। केवल प्रवेश द्वार ही था जिससे कैपिटल का अहसास होता था। पाँच सौ क्षमता वाले कॉन्फ्रेंस हॉल के बारे में मुख्य अभियंता ने भागवत राय को विश्वास दिलाया था कि यह कैपिटल के कॉन्फ्रेंस हॉल पर बीस पड़ेगा, उन्नीस नहीं। इसमें कहीं कोई जोड़-पेच नज़र नहीं आता था। मुख्यमंत्री अपने ख़ास मेहमानों को ख़ुद या अपने सचिवों के साथ यह हॉल दिखाना नहीं भूलते। यह उनकी कार्य-कुशलता का ख़ास नमूना था।

मुख्यमंत्री का ज़ोर हमेशा ठोस कार्यों पर होता था। बिल्डिंग बनाना है तो बिल्डिंग बनाओ! बिल्डिंग के नाम पर पूजा पंडाल नहीं हो! दो महीने हुए नहीं कि दरारें दिखने लगें और तुरन्त मरम्मती की ज़रूरत आन पड़े! एक खाँटी प्रोफ़ेशनल कम्पनी को इस काम में लगाया था।

कंस्ट्रक्शन और डिज़ाइन के लिए टेक्सास की ही एक कम्पनी को ठेका दिया गया। स्थानीय सहयोगी के रूप में उन्होंने अपने भरोसेमंद गुल्लू की जी. एन. कंस्ट्रक्शन कम्पनी को ज़िम्मेवारी दी थी और ज़बरदस्त भवन तैयार खड़ा था। संयोग देखिए, टेक्सास की कम्पनी रिश्ते में अर्था की ही कोई मौसेरी या फुफेरी कम्पनी निकली।

यूँ तो बैठक की कार्यसूची में लम्बित कार्यों की समीक्षा, विधि सम्बन्धी अड़चनें, प्रशासनिक व व्यवस्थागत आवश्यकताओं की चर्चा थी। नहर निर्माण, सड़क चौड़ीकरण, नवगठित प्रखंडों के कार्यालय निर्माण आदि के बीच विगत एमओयू पर कार्यान्वयन भी शामिल था।

अफ़सरों ने अद्यतन रिपोर्टें तैयार की थीं। भला किसे पता नहीं था कि असल मसला अर्था के लिए ज़मीन अधिग्रहण था! अधिग्रहण का शुरुआती जोश ख़त्म हो चुका था और तरह-तरह की अड़ंगेबाज़ियाँ शुरू हो गई थीं। नौकरशाही में ख़ासा तनाव था और राज्य के विकास के लिए चिन्तित सम्पादकों का सिरदर्द बढ़ गया था। मुख्यमंत्री भागवत राय के लिए यह निजी प्रतिष्ठा का सवाल बन चुका था।

प्रधान जी ने तीन बार अर्था के बोर्ड ऑफ़ डायरेक्टर की चिन्ता से भागवत राय को अवगत करा दिया था। तीन बार का मतलब सभी को समझना चाहिए! प्रधान जी चाहते हैं कि मुख्यमंत्रियों को पूरा मौक़ा मिले। वे पहले की सत्ताधारी पार्टी की तरह बार-बार मुख्यमंत्रियों को बदलने के पक्ष में नहीं हैं। फिर भी, इसका आधार तो परफॉरमेंस ही होगा। प्रधानमंत्री की इस बात ने भागवत राय की नींद उड़ा दी थी। अर्था हेडक्वार्टर के लिए पसन्द की जगह अभी भी नहीं मिली थी।

ज़मीन अधिग्रहण के मामले में भागवत सरकार की नाकामी को लेकर ख़बरें छप रही थीं। एक दिन ज़िलावार आँकड़ा देकर 'दैनिक ऑब्ज़र्वर' ने फ्रंट पेज की लीड ख़बर बनाई : *अर्था के लिए अभी तक करार का बीस प्रतिशत ही ज़मीन उपलब्ध करा सकी है सरकार*। 'दैनिक शिखा' ने ख़बर-श्रृंखला छापना शुरू कर दिया। हर किस्त में स्थापित किया जाता कि भूमि अधिग्रहण की धीमी गति की मुख्य वजह सरकार की कमज़ोर इच्छाशक्ति है। ये दोनों अख़बार आम तौर पर एक-दूसरे के खंडन में ख़बरों को रखते थे। लेकिन इस मामले में दोनों अख़बारों में भागवत सरकार को बदतर साबित करने की प्रतिद्वंद्विता शुरू हो गई थी।

राजीव कुमार ने एक दिन विक्रम सिंह मुंडा का एक पेज का इंटरव्यू छाप दिया। बहुत होशियारी से इसमें भागवत राय को राज्य के मामले में अनाड़ी कहा गया था। विक्रम सिंह मुंडा ने कहा था—हमें जनता के बीच फैल रहे इस भ्रम को दूर करना होगा कि राज्य की ठोस स्थितियों से मुख्यमंत्री अवगत नहीं हैं। हालाँकि, मुंडा के अनुसार, मुख्यमंत्री कड़ी मेहनत से राज्य की संस्कृति और जनता की आकांक्षा को समझने की कोशिश कर रहे हैं। मुंडा ने सबको भरोसा बनाए रखने को कहा था।

भागवत राय ने सम्पादकों को खाने पर बुलाया। उनके साथ विकास के मुद्दे पर नये सिरे से विमर्श करना अपरिहार्य हो गया था। सम्पादकों के खाने की आदतों को देखकर भागवत राय पहली बार अचम्भित हुए। इसके पहले भी सम्पादकों और पत्रकारों के साथ उन्होंने खाना खाया है। लेकिन आज भागवत राय समझ पाए कि ये सम्पादक कितने चटोर हैं। वे बार-बार अपना ध्यान हटाने की कोशिश करते लेकिन घूम-फिरकर उनकी नज़रें सम्पादकों के सामने रखी प्लेटों और साफ़ की गई हड्डियों पर चली ही जाती थीं।

सम्पादक एक दूसरे की बातें काटते हुए सलाह दे रहे थे। शुक्ला की बात एक छोर पर थी तो खगेन्द्र प्रभात की बात दूसरे छोर पर! भागवत राय को मानो रबड़ की तरह खींचा जा रहा हो। अन्त में सारे सम्पादक खगेन्द्र प्रभात की बात पर सहमत हुए कि राज्य के विशिष्ट भूमि क़ानूनों को हटाना होगा या कुछ किन्तु-परन्तु जोड़कर उन्हें अपाहिज करना होगा। ज़मीन मालिकों को इन क़ानूनों की वजह से ख़रीद-बिक्री में पाबन्दियों का सामना करना पड़ता है। ख़रीद-बिक्री को सुगम किये बग़ैर विकास को कोरी कल्पना ही समझो! इसे ठीक करना होगा। ये महाजनी का दौर नहीं है। आदिवासी-दलित और ग़रीब से ग़रीब आदमी भी पढ़ा-लिखा है। मोबाइल चलाता है। भागवत बाबू विशेष भू-क़ानूनों के पेच से राज्य को मुक्ति दिला दें, यह ऐतिहासिक ज़िम्मेवारी उन्हीं की है।

खगेन्द्र प्रभात ने एक रहस्य खोला। 'जनतेवर' के सम्पादक चन्द्रिका बाबू यहाँ 'भूमि-लूट और देशज आबादी' पर कन्वेंशन करने वाले थे, "उस समय अर्था के साथ एमओयू होने ही वाला था। मैंने उन्हें मना किया और समझाया कि यहाँ आदिवासियों को आन्दोलन की नहीं, विकास की ज़रूरत है।"

शुक्ला ने हामी भरते हुए चन्द्रिका बाबू के बारे में ख़बर दी, "वे अभी किडनी की बीमारी से पीड़ित हैं और उन्होंने 'जनतेवर' के दफ़्तर जाना भी छोड़ दिया है।"

होटल एम्बेसडर से ड्रिंक्स मँगाई गई थी। ड्रिंक्स के लिए चार बेयरे थे। खगेन्द्र प्रभात गिलास उठाने में हिचक रहे थे। शुक्ला ने उनसे शुगर के लेवल के बारे में पूछा। खगेन्द्र प्रभात ने कहा कि डॉक्टर ने उन्हें मना नहीं किया है। बस, लिमिट बनाए रखने को कहा है और आजकल नियमित मॉर्निंग वाक ने उन्हें डायबिटीज़ से, मानो तो, मुक्त ही कर दिया है। उन्होंने दूसरा रहस्य साझा किया। स्वामी त्रिसंकटानन्द ने उन्हें रोज़ सुबह उठकर ख़ास फूल खाने को कहा है। यह अत्यन्त साधारण फूल है और इतना कड़वा है कि पूछिए मत। त्रिसंकटानन्द जी ने

कहा कि यह कड़वापन ही सत्त है। शुगर के लिए यह बहुत कारगर है। खगेन्द्र प्रभात ने दो गिलास लिये। शुक्ला ने प्लेन सोडा-शिकंजी ली।

दूसरे नम्बर के सम्पादकों और वरिष्ठ पत्रकारों ने बेयरों से कुछ ढंग की चीज़ लाने को कहा। उनके लिए वोदका पेश किया गया। कई वरिष्ठ पत्रकारों ने कहा कि एक समय था जब जवानी में वे लोग वोदका पर टूट पड़ते थे। अब यह दो कौड़ी की चीज़ रह गई है। इसमें और पॉलिथिन वाली में कोई क्या फ़र्क़ करे! फिर भी चलो—मर्दों वाली चीज़ है।

भागवत राय का सम्पादकों को खिलाना-पिलाना बेकार नहीं गया। भागवत राय का एक लम्बा इंटरव्यू 'दैनिक ऑब्ज़र्वर' ने छापा जिसमें भागवत राय ने अपनी तमाम सफलताओं का श्रेय अपनी दृढ़ इच्छाशक्ति और प्रधान जी के प्रेरणादायक नेतृत्व को दिया था। प्रदेश की जनता को उन्होंने आश्वस्त किया था कि उनके विकास की आकांक्षा जल्द ही पूरी होगी। तय समय-सीमा के अन्दर भूमि अधिग्रहण कर लिया जाएगा।

भागवत राय ने ठान लिया था कि भूमि-क़ानून में मौजूद ख़ामियों को दूर करना है। राज्य की कार्य-संस्कृति बदलनी है। बाधाएँ हैं, इनकार नहीं किया जा सकता है। पार्टी के अन्दर ही कुछ लोग चाहते हैं कि भागवत राय कब कुर्सी से हटें। इसमें उनके मंत्रिमंडल के सदस्य हैं जिन्हें उन्होंने मजबूरी में रखा है। ऐसे भी मंत्री हैं जो ख़ुद मुख्यमंत्री बनने का ख़्वाब देख रहे हैं और विधायकों के साथ कानाफूसी कर रहे हैं।

राज्य को समस्याओं का एक बड़ा पहाड़ ही समझो। दलमा पहाड़! इसमें कोई शक नहीं कि राज्य में सबसे बड़ी बाधा गुज़रे ज़माने के ज़मीन क़ानून ही हैं, यह विकास की राह रोके हुए हैं। इस लिहाज से आज की बैठक निर्णायक थी।

"माननीय मुख्यमंत्री, मंत्रिगण, मुख्य सचिव और अन्य विशिष्ट अतिथियो! माननीय मुख्यमंत्री के नेतृत्व में राज्य सरकार, ज़िला प्रशासन और भूमि-अर्जन विभाग ने मेरे ज़िले में छह महीने पहले भूमि-अधिग्रहण का काम तेज़ी से शुरू किया था।" चौधरी औद्योगिक ज़िले में लम्बे समय से टिके हुए थे। यह उनकी पहुँच को दिखाता है। कोई भी हो, तारीफ़ से ख़ुशी ही होती है। चौधरी तारीफ़ करना जानते थे। लेकिन आज की रिपोर्ट में चीज़ों को बहुत ढकने की गुंजाइश नहीं थी, "मैंने स्वयं गाँवों में कैंप लगाए और किसानों को राजी किया और इस तरह सब कुछ ठीक चल रहा

था। लेकिन पाँच महीने पहले राज्य के बॉर्डर पर प्रोजेक्ट अफ़सरों का अपहरण हुआ। इसके बाद चीज़ें दूसरी ही दिशा में बढ़ चली हैं।"

चौधरी की रिपोर्ट से सीएम ख़ुश नहीं थे। चौधरी ने अन्य ज़िलों के अधिकारियों को देखा। वे भी अपना सिर झुकाए बैठे थे और अपनी बारी की प्रतीक्षा कर रहे थे। जो भी हो, चौधरी को रिपोर्ट तो पेश करनी ही थी। उन्होंने फ़ाइल का पन्ना पलटा, "मेरे ज़िले में कुछ इस तरह की घटनाएँ घट रही हैं जो एक-दूसरे से जुड़ी हैं। विपक्ष इनका भरपूर इस्तेमाल कर रहा है और लोगों का असन्तोष भड़का रहा है। ऐसा नहीं है कि हम ताक़त का इस्तेमाल नहीं कर सकते, लेकिन यह शायद सरकार के हित में न हो।

"दो माह पूर्व एक हॉकी खिलाड़ी घर से लापता हुई है। वह दलित लड़की है। इसे लेकर सरकार के ख़िलाफ़ लगातार आन्दोलन चल रहा है। इससे भी भूमि-अधिग्रहण बाधित हुआ है। अतः हमें सरकार द्वारा निर्देशित किया जाए। भूमि-अधिग्रहण के कार्य-लक्ष्य को पूरा करने के लिए हम ताक़त का इस्तेमाल कर सकते हैं या नहीं?"

रिपोर्ट में सच्चाई थी। इस ज़िले में छह माह गुज़र चुकने के बावजूद वहाँ पचीस प्रतिशत ज़मीन का भी अधिग्रहण नहीं हो पाया था। लगातार नकारात्मक ख़बरें आ रही थीं।

अधिग्रहण कार्य से मुक्त अधिकारियों के अनुसार उनके यहाँ चीज़ें स्मूथली चल रही थीं। कुछेक कोल ब्लॉक और एक स्टील प्लांट के लिए लैंड एक्वीज़िशन का काम पूरा हो चुका था। एक अधिकारी ने ज़िक्र किया कि पिछली सरकार के दौरान भूमि-अधिग्रहण के ख़िलाफ़ शहर में एक बड़ी रैली निकाली गई थी। उपद्रव की आशंका को टालने के लिए प्रशासन को गोली चलाने का आदेश देना पड़ा। एक प्रदर्शनकारी मारा गया था और उनतीस लोग आज भी जेल में हैं। इस घटना के बाद किसी बड़े प्रतिवाद कार्यक्रम का आयोजन अभी तक वहाँ नहीं हुआ है।

उपायुक्त वर्द्धन ने अपने ज़िले की स्थिति को 'इनवेस्टमेंट फ्रेंडली' बताया। रिपोर्ट में बड़ी होशियारी से यह बात कही गई थी कि किस तरह जन-रोध को हटाना चाहिए। पिछले साल की एक कार्रवाई का हवाला दिया था। उन्होंने किसान सम्मेलन का आयोजन किया था और इसमें भूमि अधिग्रहण का विरोध कर रहे किसानों पर लाठीचार्ज करवा दिया था। मुक़दमे करवाए और अभी स्थिति काम-काज के लिहाज से ख़राब नहीं है। शिक्षा और स्वास्थ्य की रिपोर्टें बेहतर थीं। दूरस्थ या अत्यन्त पिछड़े जगहों में चल रहे स्कूलों को बन्द करने का लाभ नज़र आने लगा है। पारा-शिक्षकों की संख्या में स्थायित्व कायम हुआ। अन्य मामलों में भी वित्तीय

बोझ कम हुआ। केवल मिड डे मील के लिए स्कूल चलाना कहाँ तक उचित है? भुखमरी पर अब उतना हो-हल्ला नहीं है।

गीतिका परमार की रिपोर्ट अच्छी थी। उसने कहा, "राजधानी से सटे इलाक़ों में मैंने लक्षित भूमि का पचास प्रतिशत हिस्सा अधिगृहीत कर लिया है। मैंने तमाम ग़ैरमजरुआ, सरकार की अनुपयोगी ज़मीन, वनभूमि और सामुदायिक ज़मीन का डाटा बनाया है। हमने शुरुआत इसी तरह की ज़मीन के अधिग्रहण से किया है।"

रिपोर्टें नई नहीं थीं। पिछले छह महीनों से रिपीट हो रही थीं। उपायुक्तों की कार्रवाइयों की वजह से ही भागवत राय ने अपनी सक्षमता प्रमाणित की थी। भागवत राय के कटु से कटु आलोचक भी इस बात को स्वीकार करते थे कि विधि-व्यवस्था को भागवत सरकार ने ठिकाने पर ला दिया है। छिटपुट ज़िलों को छोड़कर राज्य की समग्र रिपोर्ट बहुत ख़राब नहीं है। लेकिन भूमि-अधिग्रहण के अधूरे रहते आप निश्चिंत नहीं हो सकते।

एक अधिकारी ने रिपोर्ट रखी कि उसके ज़िले में अधिग्रहण के लिए चल रहे सर्वे में भी टकराव शुरू हो गया है।

"आपने कभी बताया नहीं कि इस ज़िले में काम ही शुरू नहीं हुआ है?" भागवत राय भड़क उठे। उन्होंने अलकारानी से नाराज़गी व्यक्त की।

"सर, मैंने मुंडा जी से बात की थी।" अलकारानी ने अपने चश्मे को नाक पर थोड़ा नीचे किया, "उन्होंने मुझे कहा है कि सब ठीक हो जाएगा।"

"मुंडा जी! वे इस मामले में कहाँ से आ गए!"

"सर, वे सीनियर कैबिनेट मिनिस्टर हैं। सम्बन्धित ज़िले के मिनिस्टर इंचार्ज हैं। उन्हें कॉन्फ़िडेंस में लिये बग़ैर...।"

"मुझे लगता है कि आप हमारे इनर पॉलिटिक्स में दख़लअन्दाज़ी कर रही हैं। ये आपका काम नहीं है।"

"सर!" अलकारानी की मुस्कराहट में खीज साफ़ दिख रही थी, "सर, मैं कैबिनेट की सचिव भी हूँ और मुझे भी चिन्ता है कि अर्था के प्रोजेक्ट को कैसे तेज़ी से...।"

"इस मीटिंग के बाद आप मेरे चेंबर में आइए।" भागवत राय को कहीं किसी गड़बड़झाले का आभास हो रहा था। इसका कोई आकार दिखाई नहीं दे रहा था। पीछे कहीं कुछ चल रहा है। मुंडा ने अपनी सूँड़ हर जगह घुसेड़नी शुरू कर दी है। लक्षित भूमि अधिग्रहण क्षेत्रों से आ रही रिपोर्टें स्पष्ट इशारा कर रही थीं कि विपदा हौले-हौले उनकी कुर्सी के नज़दीक बढ़ रही है।

नितिन मिंज के मंच पर आने से पहले ही भागवत राय बुदबुदाए, "इस तरह के अफ़सरों से हमें निजात पाना होगा। ये एनजीओ मंचों के लिए ठीक हैं।"

"यह आपका ही पसन्दीदा था।" अलकारानी सहमत थीं।

"दारुहातु गाँव में अर्था के साथ एमओयू पर हस्ताक्षर हुए थे। आप सबको याद होगा। ग्राम सभा ने स्वीकृति दी थी, अब यह इनकार कर रही है। वहाँ के लोगों का कहना है कि बहुत पहले गाँव की बह रही नदी को बाँधने की कोशिश की गई थी। नदी नाराज़ हो गई। तीन गाँव बह गए थे। आज भी उन गाँवों के लोग शापित हैं।" नितिन मिंज ने चारों ओर नज़रें डाली, "मैं जानता हूँ कि आपको ये बातें सन्दर्भ से हटकर लग रही होंगी। लेकिन समाज के माइंडसेट को समझने के लिहाज से ये बातें रखना मैं ज़रूरी समझता हूँ।"

"इसे यहाँ से हटाइए।" भागवत राय ने निर्णायक लहजे में कहा, "यहाँ बीडी मीणा को ले आइए। इसे किसी दूसरे विभाग में डालिए। सामाजिक कल्याण वाले में भेजिए इसे।"

"यदि मुंडा जी के विभाग में भेजना है तो उनसे राय लेनी होगी।" अलकारानी ने पहले ही मुख्यमंत्री को चेता दिया।

मुंडा की चर्चा भागवत राय को काँटे की तरह लगती थी। राजनीतिक नेतृत्व का अधिक दबाव नहीं होता तो वे मुंडा को मंत्रिमंडल में रखते ही नहीं। उनकी जगह जयराम सिंह मुंडा को ले लेते। विक्रम सिंह मुंडा उनके रास्ते में एक ज़िन्दा पत्थर की तरह खड़ा था। यह पत्थर आहिस्ते-आहिस्ते रात के अँधेरे में बढ़ रहा था। भागवत राय के सामने एक ही विकल्प बचा था कि वे पत्थर को खोदकर हटा दें। मगर कैसे? उन्हें बार-बार बृजनन्दन शर्मा की सलाह याद आती थी।

भागवत राय, उनके पिता दुखन राय और बृजनन्दन शर्मा, तीनों आमने-सामने कुर्सी पर बैठे थे। सामने के शेड में एक गाय अपने बच्चे को दूध पिलाने के लिए रँभा रही थी। अन्दर से भागवत राय की माँ ने आवाज़ दी, "बबुआ, चाय ले जाओ।"

यह पहली बार था कि अपने पिता और बृजनन्दन शर्मा के साथ भागवत चाय पी रहे थे। उनके पिता ने फिर पूछा, "अब तुम्हारी उम्र कुछ काम-धाम करने की हो गई है। क्या कहते हो?"

"दुखन, तुम्हारे बेटे ने सही रास्ता पकड़ लिया है। इसे रोको नहीं।" बृजनन्दन शर्मा के चेहरे पर झुर्रियाँ बढ़ गई थीं, "किसी भी रास्ते के लिए ज़मीन चाहिए और

ज़मीन की चाबी खतियान में है। यह सबके लिए रास्ता बनाएगा। इसे जनता की सेवा करने दो!"

पिता भी आजकल सुबह-शाम ज़्यादा खाँसने लगे थे, "आपका बेटा है शर्मा जी, जो रास्ता आप धरा दीजिए। आप मेरे गुरु हैं। मैंने आज तक आपकी एक बात भी काटी है क्या?"

बृजनन्दन शर्मा ने बड़े स्नेह से भागवत राय का कंधा थपथपाया, "बेटा भागवत, एक बात याद रखना। जब भी लड़ाई का मौक़ा हो, टकराव का मौक़ा हो, गुल्लू और उसके दोस्तों को आगे करो। जब मौक़ा सुलह-समझौते का हो, तुम आगे बढ़ो!"

शर्मा जी की मौजूदगी में गुल्लू ने अपनी ही पार्टी के नगर अध्यक्ष को भरी सभा में घसीटकर पीटा था। उस सभा में भागवत को नगर अध्यक्ष घोषित किया गया था। यह घटना अब किसी को याद नहीं है। मुंडा को भी नहीं? किसी ने इसकी कभी चर्चा नहीं की। मुंडा के लिए भी किसी गुल्लू को खोजना पड़ेगा!

मिंज अभी अपनी रिपोर्ट रख ही रहा था। हमेशा की तरह लम्बी रिपोर्ट। ऊटपटाँग विवरणों से भरपूर। भागवत राय ने अलकारानी की ओर देखा। वह किसी पेज का एक पैराग्राफ़ अंडरलाइन कर रही थी। भागवत राय को ताज्जुब हुआ। कितनी तेज़ी से यह बूढ़ी हो रही थी। आँखों की थैलियाँ झूलती लग रही थीं। चश्मा भी इसे ढक नहीं पा रहा था। कौन जाने, इसके दिमाग़ में गुल्लू और उनका अतीत भी अंडरलाइन हो! आदिवासी बच्ची का अपहरण भी अंडरलाइन हो! समय कह रहा था कि अलकारानी को टाटा-बाय बाय करो!

"विशिष्टगणो, चार महीने पहले, ठीक इस प्रोजेक्ट की घोषणा के दो माह बाद मारांगहातु की तलहटी में तेंदुए की लेंडी, लेपाड्र्स फीसीज़ मिलीं। तेंदुआ संरक्षित वन्य जन्तु है। मुझे लगता है कि लक्षित क्षेत्र का कोई विकल्प यदि हम ढूँढ़ पाते तो बेहतर होता।

"मैं जानता हूँ कि ताक़त का इस्तेमाल कर हम उन गाँवों को उजाड़ सकते हैं। मैंने अध्ययन किया है। आदिवासी ज़मीन की एक टुकड़ी किसी दूसरे समुदाय को देना नहीं चाहते हैं। यह भी सच है कि बड़ा विस्थापन ही विकास और सफलता का मानक बन चुका है।"

मिंज को मुंडा के विभाग में भेजना आत्मघाती भी हो सकता है। मुंडा कहीं उसको अपना हथियार न बना ले! अर्था प्रोजेक्ट में मिंज जूते में घुस आई कील की तरह हो गया था। इसे निकाले बग़ैर चला नहीं जा सकता है। यह इशारों को भी

नहीं समझता है। भागवत राय ने तीखी नज़रों से अलकारानी को देखा, "इसे रोड एंड ट्रांसपोर्ट में शंट कीजिए।"

अलकारानी ने टोका, "मिंज, योर रिपोर्ट सीम्स टोटली आउट ऑफ़ कांटेक्स्ट। आपकी रिपोर्ट प्रसंग से भटक रही है। यहाँ हम भूमि-अधिग्रहण की समीक्षा कर रहे हैं। आप किस बात की रिपोर्ट पेश कर रहे हैं?"

"मैडम, मैंने कुछ गाँवों में ज़मीन के बारे में...।"

अलकारानी ने मिंज की बात अनसुनी कर दी, "आप डिप्टी कलक्टर हो। आप सोशल एक्टिविस्ट की भाषा में बात कर रहे हो। यह ख़रबों का प्रोजेक्ट है। हज़ारों लोगों को रोज़गार मिलेगा और पिछड़े आदिवासियों तक विकास की रोशनी पहुँचेगी। आप किसी डिबेट क्लब में नहीं बैठे हो।"

अलकारानी के समर्थन में कुछ अधिकारियों के चेहरे पर हँसी के भाव उभरे।

"मैडम!" नितिन मिंज पूरी रिपोर्ट पढ़े बिना बैठ गया। उसके अन्दर कोई आँधी चल रही थी। उसने गीतिका परमार की ओर नज़रें दौड़ाईं। अनिल कुमार को देखा। मीणा को देखा। सभी सामने मंच की ओर देख रहे थे।

लंच ब्रेक में मुख्यमंत्री और मुख्य सचिव ने मंच के पीछे मंत्रणा कक्ष संख्या-1 में भोजन लिया। मंत्रणा कक्ष-2 में लाहिड़ी और लिप्टन के लिए भोजन की व्यवस्था थी। प्रद्युम्न सिंह, जितेन्द्र महतो, विभिन्न सचिव, डीसी आदि डाइनिंग हॉल में लंच ले रहे थे। प्रद्युम्न सिंह ने ताना मारा, "देखो, जितेन्द्र भाई! खाने के समय भी वे चीफ़ सेक्रेटरी को नहीं छोड़ते हैं।"

जितेन्द्र महतो चुप रहे।

"सर, टारगेट का थर्टी परसेंट हमने अचीव कर लिया है। यह इतना ख़राब भी नहीं है। पहले चरण में कुछ दिक़्क़तें आती हैं। चीज़ें ठहर-ठहरकर चलती हैं। बड़ी-बड़ी परियोजनाओं का औसत ट्रेंड देख लीजिए।" अलकारानी ने दो चम्मच चावल लिया और उसमें एक चम्मच ग्रेवी मिलाई। कुछ देर तक वह दोनों को मिलाती रही। इस बीच सलाद के एक टुकड़े को मुँह में रखा और उसे चबाने लगी, "मिंज का मामला अलग है। तेंदुए का...। कहाँ-कहाँ से ये ढूँढ़कर लाता है! सोसोपिड़ि बड़ी टाँड़ है, सर। कुछ लोग वहाँ हैं। लेकिन मिंज ने जो कहानी सुनाई...।"

डीजीपी तिवारी भी आकर उनके साथ बैठ गए। उन्होंने लॉन में ही सबके साथ खाना खा लिया था। प्लेट से मछली का एक टिकिया उन्होंने उठाया और भागवत राय की प्लेट के ऊपर झुलाने लगे, "लिया जाए, लिया जाए, सर! लिया जाए।"

भागवत राय चुप रहे। उनके प्लेट के किनारे तिवारी जी ने मछली की टिकिया रख दी। भागवत राय पोस्ता-पनीर के साथ मक्खन लगी तंदूरी रोटी तोड़ रहे थे। मछली की टिकिया उन्हें पसन्द थी। उन्होंने चिकन खाना बन्द कर दिया था। चिकन से उन्हें क़ब्ज़ होता है।

पोस्तो मिक्स सब्ज़ी की बात ही कुछ और थी। उनके घर में पोस्तो-आलू या पोस्तो-कद्दू बना करता था। उन्होंने हाथ से पनीर का टुकड़ा लिया। इसे पोस्ते के शोरबे में डुबाकर मुँह में ले लिया और चबाने लगे। चबाते हुए वे अलकारानी की ओर देख रहे थे। इस तरह चबाते हुए देखना अलकारानी को अटपटा और घिनौना महसूस हुआ। भागवत राय के मुँह में अभी भी आधा चबाया हुआ पनीर था। उन्होंने बीट और खीरे का टुकड़ा उठाया और मुँह में डाल लिया। खीरे और बीट से चबाने की क्रिया और तेज़ हो गई।

कोई और होता तो अलकारानी उसे ऐसी डाँट पिलातीं कि वह हमेशा के लिए याद रखता। अलकारानी ने चेहरे पर विनम्रता बनाए रखी और उन्हें चबाते हुए देखने लगीं। भागवत राय की समझ थी कि उनके हर काम और अन्दाज़ में एक तरह की दर्शनीयता है। खाने को अच्छी तरह से चबाना चाहिए—उन्हें बृजनन्दन शर्मा ने कहा था। भागवत राय जल्दी-फल्दी रोटी को जैसे-तैसे निगलकर भागने के फेर में होते। शर्मा जी की नज़रों से यह बचा नहीं रहता। वे कहते कि क़ब्ज़ियत से बचने की दो दवाइयाँ हैं—सबेरे उठो और खाना हमेशा चबा-चबा कर खाओ।

अगले कौर के लिए उन्होंने पोस्ते के साथ भात को मिलाया और अलकारानी की ओर देखा। अलकारानी ने सोचा कि अब वे कौर को उठाकर मुँह में डालेंगे। लेकिन नहीं। भागवत राय ने हाथ वहीं रहने दिया, "हमें यही बात समझनी होगी। तीस प्रतिशत अधिग्रहण को आप सन्तोषजनक कह रही हैं। आपने राज्य में लम्बित परियोजनाओं की सूची देखी है? ये इसी तथाकथित सन्तोषजनक आरम्भ की देन है। दुनिया बहुत बदल गई है, मैडम!"

अलकारानी ने जवाब नहीं दिया। उन्होंने चम्मच से मीठी चटनी को चखा और चम्मच वापस रख दिया। भागवत राय ने फिर दूसरे कौर को मुँह में डाला और चबाने लगे। बीच में चबाना रोककर उन्होंने कहा, "गीतिका परमार को छोड़कर प्रोजेक्ट एरिया के सभी डीसी का स्थानान्तरण कीजिए। मिंज को एडमिनिस्ट्रेशन से हटाइए।"

"सर, अधिग्रहण को लेकर नया सर्कुलर जारी कर देती हूँ। श्रीवास्तव और चौधरी को रहने दीजिए। ये काम कर रहे हैं।" गोइलकेरा घटना के बाद श्रीवास्तव की पोस्टिंग हुई थी।

लंच के बाद लिप्टन ने सत्र को सम्बोधित किया, "तिल त पिपल आय नॉत त पार्त ऑफ़...। जब तक लोग राज्य के विकास की मुख्यधारा से नहीं जुड़ते हैं, वे बदलाव का विरोध करने को अभिशप्त हैं। विकास की धारा रोकने के लिए विवश हैं। उन्हें छोटे-छोटे आर्थिक समूहों के बतौर विभाजित कर विकसित किया जाए...।"

लाहिड़ी ने पिछड़े भारतीय राज्यों के बारे में गहरा अध्ययन किया था। एक अन्तरराष्ट्रीय संस्थान का वह चमकते तारे थे। उनकी समझ ने भागवत राय को नई ऊर्जा दी, "हमें वैकल्पिक धारणाओं को स्थापित करना होगा। ज़मीन के बारे में मौजूदा लोकधारणा है कि ज़मीन खो देने का मतलब अपना सामाजिक-सांस्कृतिक अस्तित्व खो देना। हमें समझाना होगा कि वे अपने अस्तित्व को लेकर चिन्तित न हों। हमें लोकधारणा को बदलना होगा। इसके लिए हमें उपयुक्त संस्थाओं से मदद भी लेनी होगी...

"हमारा अस्तित्व लगातार विकास में निहित है। ज़मीन इस विकास का सबसे मज़बूत साधन है। ज़मीन के बारे में पुरानी समझ को हमारे पुराने क़ानून भी मज़बूत करते हैं। इन क़ानूनों में बड़े बदलाव का समय आ गया है। क़ानूनों में बदलाव भी लोगों की समझ को बदलेगा। मसलन, जब हम कहते हैं कि यह राज्य बेशक़ीमती खनिजों का भंडार है। बिना अवदोहन खनिजों का क्या मूल्य है? कुछ भी नहीं! हाँ, यह ज़रूरी है कि ज़मीन की सही क़ीमत उन्हें मिले। उन्हें मौक़ा मिले। इसमें राज्य को...।"

मुख्यमंत्री भागवत राय को लग रहा था, जैसे कि उनके मन की बात लाहिड़ी की ज़बान से निकल रही थी। अधपकी दाढ़ी, नाक पर गोल फ्रेम का चश्मा। बड़े बाल। लाहिड़ी का वक्तव्य अतीत, वर्तमान और भविष्य की एक-एक पहेली को खोल रहा था। ज़मीन के पुराने क़ानून मरी हुई चट्टान की तरह राज्य के विकास की छाती पर पड़े हुए हैं। विकास की कोई भी पहल करो, वही पुराने क़ानून की धाराओं से तीर निकलने लगते हैं : 'जान देंगे, ज़मीन नहीं'। अभी एक गीत भी चल पड़ा है : 'गाँव छोड़ब नाहीं, जंगल छोड़ब नाहीं, माँय-माटी छोड़ब नाहीं, लड़ाई छोड़ब नाहीं' क्या है इस गाने में? वही जड़ समझ! अर्था के महत्त्व को इस जड़ धारणा के साथ नहीं समझा जा सकता है।

"...लेकिन एक कुशल राजनीतिक नेतृत्व इसके लिए एक पूर्वशर्त है।" लाहिड़ी कुछ देर के लिए डायस पर झुके रहे। उनके कंधे का बायाँ हिस्सा सामने बैठे अधिकारियों की ओर झुका था, जबकि दायाँ हिस्सा ऊँचा था और मंच के डिजिटल बैनर की ओर उठा था। वे मंच पर तिरछे खड़े थे। "आज देश की स्थिति

बदली हुई है। एक लोकप्रिय सरकार है आपके पास। केन्द्र और राज्य, दोनों ही जगहों पर। और, ये सरकारें अपनी नीतियों पर कठोरता से अमल करना जानती हैं। इस ज़मीन के गर्भ में हीरों का ख़ज़ाना है, भविष्य के गर्भ में अपार सम्भावनाएँ हैं। ज़मीन मुक्ति चाहती है, जनता विकास चाहती है, राज्य अपनी पहचान चाहता है..."

एक नया और मुकम्मल नारा! भागवत राय थोड़ा उचके, अपने कुर्ते के पिछले दबे हिस्से को खींचा। यही एक रास्ता है। मुख्यमंत्री हल्का महसूस कर रहे थे। लाहिड़ी विद्वान आदमी थे और व्यावहारिक भी। इनकी बातें बृजनन्दन शर्मा के विचारों से कितनी मेल खा रही हैं! लोगों को ज़मीन का मोह उन्हें आगे नहीं बढ़ने दे रहा है।

लाहिड़ी ने मार्गदर्शन किया। यदि आप कुछ नया करना चाह रहे हों और शुरू की एक-दो समस्याओं से पीछे लौट जाएँ, तो आप कभी सफल नहीं हो सकते। क़ीमत चुकानी पड़ती है! लाहिड़ी ने साफ़-साफ़ कहा—सभ्यताओं के विकास में कुछ गाँवों, कुछ बस्तियों का ही नहीं, पीढ़ियों का बलिदान भी मायने नहीं रखता है।

मुख्यमंत्री बन जाने के लगभग डेढ़ साल बाद तक भागवत राय की उमंग बनी रही। आजकल एक बोझ-सी है, पद को कैसे बचाए रखा जाए! हमेशा वे उस आहट को सुनने की कोशिश करते हैं जो उनके पीछे चल रही साज़िश से आ रही है। यह स्पष्ट नहीं है। अधिकारियों और पार्टी नेताओं या विपक्ष के नेताओं की तारीफ़ें भी बासी पड़ने लगी हैं।

विपक्ष ने अधिग्रहण को मुद्दा बना दिया है। दिक़्क़त यहाँ नहीं है। अभी भी बाज़ी भागवत राय के हाथों में ही है। समस्याएँ उनकी अपनी पार्टी के लोगों से ही खड़ी हो रही हैं। मुंडा कहीं साफ़-साफ़ इस प्रोजेक्ट के ख़िलाफ़ नहीं बोल रहे हैं, लेकिन वह हर जगह अपने बयानों से सरकार को घेर रहे हैं।

भागवत राय के मनोबल पर इसका बड़ा असर पड़ा था। वे बात-बेबात क्रोधित हो जाते। करमा भगत पर वे एक दिन उखड़ गए थे। डॉक्टर ने सलाह दी थी कि कहीं सप्ताह भर के लिए घूम आइए—कहीं भी। विदेश नहीं जा सकते तो न जाएँ, देश में ही एक से एक जगह है।

आज के कॉन्फ्रेंस ने भागवत राय को ताज़ा दम कर दिया था। वे बहुत दिनों बाद इतने ख़ुश थे। वे अपने तेवर में वापस आ चुके थे। उन्होंने ठान लिया कि इस विधानसभा सत्र में उनकी सरकार विशेष भूमि संशोधन बिल पेश करेगी। इसका संकेत वे यहीं दे देंगे।

बीच में साउंड सिस्टम में अचानक कोई ख़राबी आ गई। हॉल में कहीं से बड़ी कर्कश आवाज़ आई। हॉल के अन्तिम पंक्ति के सारे लाइट एक ज़ोरदार चमक

के साथ बुझ गए और ध्वनि-प्रणाली भी बन्द हो गई। इस मौक़े पर अलकारानी उम्मीद कर रही थीं कि भागवत राय नाराज़गी जताएँगे और तुरन्त ऑफ़िसर इंचार्ज पासवान की परेड करवा देंगे। लेकिन नहीं, उन्होंने मुस्कराकर अलकारानी को देखा, "कभी-कभी ऐसा होता है। पासवान को कहिए, कोई वैकल्पिक व्यवस्था करें।"

पासवान दौड़ा हुआ आया, "मैडम, इसे सुधारने में अभी समय लग जाएगा। कर्मचारियों के धरना से एक सेट ले आता हूँ!"

भागवत राय विवश थे। उन्होंने फिर मुस्कराहट के साथ हामी भर दी। भागवत राय को ख़ुद पर कभी-कभी आश्चर्य भी होता और गर्व भी होता। आख़िर ख़ुद को वे इतना बदल कैसे लेते हैं? उन्हें लगता कि शायद यही सबसे बड़ी वजह है कि वे ऊँचाइयाँ हासिल करते जा रहे हैं। सभी बाधाओं को बौना साबित कर रहे हैं। क्या हर महान आदमी के अन्दर बदलने की ऐसी ही क्षमता होती है?

कहने को लोग यह भी कहते थे कि बृजनन्दन शर्मा ने उन्हें यहाँ तक पहुँचा दिया। पंचानबे में टिकट को लेकर वे प्रदेश वालों से भिड़ नहीं जाते तो भागवत राय अधिक से अधिक मंडल अखाड़े में पगड़ी बाँधे बैठे रहते। चलो, ठीक है। जौहरी हीरे को तराशकर चमका सकता है, पत्थर को नहीं चमका सकता है। चौरासी के दंगे के समय बृजनन्दन शर्मा भागवत राय के घर पर ही थे। हर बवाल के समय बृजनन्दन शर्मा उनके ही घर पर रहते थे।

कोई एक बात कहीं से पकड़ लेना काफ़ी नहीं है कि फ़लाँ घटना भागवत राय की महानता के लिए निर्णायक साबित हुई। चौरासी में इन्दिरा गांधी की हत्या के बाद देशभक्ति का विशाल ज्वार उमड़ा और दुकानें जलने लगीं। लोगों को जलाया जाने लगा। घरों को लूटा जाने लगा। सड़कों पर ख़ून बहने लगे। राजनीति और राष्ट्रवाद का पूरा देश कार्य-शिविर बन गया था। बृजनन्दन शर्मा ने भागवत राय को पुचकारा था, "जाओ, घूम-फिर आओ। जाने दो, दुखन! बाघ का बच्चा है। कोई भी पार्टी कर रही हो, हमारा ही काम कर रही है। ट्रेनिंग हो जाएगी।"

पुलिस को पता था कि उसे क्या करना है। उस दिन भागवत राय ने एक जगह पुलिस-अफ़सरों को समझाया, "छोड़िए, सर! एक-आध घंटे की छूट दीजिए। हर जगह चल रहा है। एक घंटे में क्या बिगड़ जाएगा?"

पुलिस अफ़सर अधेड़ था। पता नहीं, उसने कहाँ से पान का जुगाड़ कर लिया था। सारा शहर बन्द था। सड़कें जल रही थीं। वह पान चबाता रहा और सोचता

रहा। उसका जूनियर हिहियाकर हँसा, "लड़का तेज़ है, सर! जाओ जल्दी! अभी हम लोग दस मिनट में आते हैं। गड़बड़ मत करना!..."

पहली बार उस दिन 'भागवत राय ज़िन्दाबाद' का नारा लग रहा था। फिर यह चलता रहा। नवासी में भागवत राय की क़द-काठी बढ़ चुकी थी। बानबे में उनके पिता बीमार थे और बृजनन्दन शर्मा चल बसे थे। बानबे के कोहराम में पूरे शहर में दो ही नारे चल रहे थे। एक : 'जय सिरी' वाला और दूसरा : 'भागवत राय ज़िन्दाबाद' का। सब एक-दूसरे से जुड़ी हुई चीज़ें हैं : चौरासी, नवासी, बानबे।

हर वक़्त रास्ता बनाना पड़ता है। लाहिड़ी की सलाह उन्हें एक और नई बुलन्दी पर ले जाएगी।

पासवान जी ने अनुनय-विनय कर धरनारत कर्मचारियों के चोंगा-बैट्री-माइक का पूरा सेट लाकर मंच पर रख दिया। उन्हें फिट करनेवाले मिस्त्री भी आ गए थे। पासवान जी घबराए हुए थे। ऐसा कभी नहीं हुआ था। सेक्रेटेरियट की रख-रखाव टीम सब कुछ ठीक करने पर लग गई। बिजली मिस्त्री हर जगह फॉल्ट चेक कर रहा था। पिछली पंक्ति में उसे एक जंक्शन मिला। ध्वनि-प्रणाली का एक तार वहाँ जलकर बिजली के तारों से सट गया था। लेकिन सवाल था कि ये दोनों तार आ कहाँ से रहे थे। क्या ये पीछे से आ रहे हैं या छत पर कहीं इनके लिए जगह है? बिजली मिस्त्री को पता नहीं था। इसके बारे में सेक्रेटेरियट का इंजीनियर ही बता सकता था। वह पासवान जी से छुट्टी लेकर घर जा चुका था।

चोंगे को सीधे लिटाकर सामने रख दिया गया। एंप्लिफायर को मंच पर ही रखना पड़ा। उद्योग मंत्री प्रद्युम्न सिंह के नेमप्लेट के सामने इसे रख दिया गया। माइक का तार छोटा था। बाक़ायदे 'हलो, हलो चेक' करने के साथ चोंगे की आवाज़ को धीमी करने के लिए काफ़ी खींचतान की गई। लेकिन एक स्तर के बाद यह धीमी होने के बजाय सीधे बन्द हो जाती थी और केवल सीटी की आवाज़ आने लगती थी। यथासम्भव ठीक कर माइक मुख्य सचिव को थमा दिया गया। सामने बैठे लोगों के लिए यह आवाज़ कुछ ज़्यादा ही तेज़ थी। उन्होंने अपनी जगहें बदल लीं और पीछे चले गए। माइक की आवाज़ समझना आसान नहीं था। आवाज़ के उतार-चढ़ाव, भाव-भंगिमा और बॉडी लैंग्वेज ने भाषा की जगह ले ली थी।

अच्छी बात यह थी कि ज़्यादातर लोग बात रख चुके थे। अब सिर्फ़, मुख्य सचिव और मुख्यमंत्री जी को बातें रखनी थीं। मुख्य सचिव ने कहा कि अगले

तीस दिनों में भूमि-अधिग्रहण की क़ानूनी जटिलताओं को हल कर लिया जाए। वन-विभाग के अधिकारियों को हिदायत दी गई कि वे लक्षित ज़मीन की अनापत्ति को लटकाकर नहीं रखें। अधिगृहीत क्षेत्र में यह सन्देश स्पष्ट रूप से जाना चाहिए कि अधिग्रहण को बाधित करनेवालों को बख़्शा नहीं जाएगा और सरकार बल प्रयोग से पीछे नहीं हटेगी। वैसे लोग जो ज़मीन अधिग्रहण में बाधा डालने की कोशिश कर रहे हैं, उनकी पृष्ठभूमि की जाँच हो और उन्हें अन्दर किया जाए।

मुख्यमंत्री ने अपनी बारी में सबसे पहले चोंगा और माइक को ख़ारिज किया। इसे सामने से हटवाया। कोई क्या बात करेगा जब सुननेवाले आवाज़ के डर से भाग रहे हों! उन्होंने उपायुक्तों और अधिकारियों को नज़दीक बुलाया। पीछे बैठे एक ज़मीन अधिकारी ने अपने ज़िला उपायुक्त को कहा कि हॉल के पीछे कहीं से पानी रिस रहा है। उपायुक्त ने मुस्कराकर इस मामूली गड़बड़ी को नज़रअन्दाज़ करने का संकेत दिया।

मुख्यमंत्री की अपनी आवाज़ ऊँची थी। आवाज़ का स्वाभाविक लय-ताल बेमेल हो गया था। सबसे पहले ज़मीन की क़ीमत का पुनर्मूल्यांकन कीजिए और एक बढ़िया पैकेज की घोषणा कीजिए, "यह होगा हमारा लॉजिक! एक महीने के अन्दर जो किसान ज़मीन के काग़ज़ात समर्पित करेंगे, उन्हें प्रति एकड़ पाँच हज़ार या उससे भी अधिक, ज़मीन की क़िस्म के आधार पर, हम लाभांश देंगे। उन्हें कहिए कि यदि वहाँ कोई फ़ैक्टरी खुलेगी तो उन्हें उसका शेयर होल्डर बनाया जाएगा।..."

लाहिड़ी ने समर्थन में माथा हिलाया और लिप्टन को इसका अंग्रेज़ी अनुवाद सुनाया तो लिप्टन ने तालियाँ बजाईं और पूरे हॉल में तालियाँ सुनाई पड़ीं। साउंड सिस्टम बन्द होने की वजह से तालियों की आवाज़ धीमी थी, फिर भी, वे साफ़ सुनाई पड़ती थीं। इस ऑफ़र के बाद भी यदि कोई ज़मीन नहीं देता है, तो आप कार्रवाई के लिए स्वतंत्र हैं। बन्द रास्ते को खोलना भागवत राय को आता था। प्रधान जी की चेतावनी से उन्हें तकलीफ़ हुई थी। अब वे अपनी क्षमता साबित कर दिखाएँगे।

भागवत राय ने लार घोंटा। फिर होंठ के कोने में लरक रही लार को रूमाल से पोंछा, "जो भूमि क़ानून इस राज्य को पिछड़ा बनाए हुए हैं, उन्हें हमारी सरकार संशोधित करने जा रही है। हम ऐसा माहौल राज्य में बनाने जा रहे हैं, जहाँ राज्य का विकास सर्वोपरि होगा। लोगों को आश्वस्त करना होगा कि हम...।"

पीछे ज़ोरदार धमाका हुआ। धमाके के साथ कम्पन हुआ। पहले लगा कि हॉल की छत गिर रही है। हॉल के पीछे की आधी दीवार ढह गई। टॉयलेट इस दीवार से

लगे थे। उस समय कोई अधिकारी यूरिनल का इस्तेमाल कर रहा था। बाथरूम के कई नलके खुल गए थे। वे तेज़ी से हॉल की ओर पानी फेंक रहे थे। बदबू और बदबू-नाशकों की मिली-जुली बू हॉल में भरने लगी।

तिवारी जी ने एस्कॉर्ट पार्टी को मुख्यमंत्री के साथ रहने का निर्देश दिया, "सर को एक नम्बर लिफ़्ट से नीचे ले जाइए।"

पूरी बिल्डिंग में बात फैल गई। बाहर शोरगुल मच गया था। कर्मचारी यूनियन के लोगों ने झटपट मंच से चोंगा-एंप्लिफायर और माइक उठाया और सीढ़ियों से नीचे उतर गए।

हमला

स्कूल के सामने जेमा ने मोटरसाइकिल खड़ी कर दी। शाजी को उसने पानी की बोतल थमा दी और चहलक़दमी करने लगी। पेड़ से फ्लेक्स का एक बड़ा टुकड़ा लटक रहा था। उसका भगवा रंग उदास पड़ चुका था। जेमा ने फ्लेक्स के उस टुकड़े को हाथ से रोका। शाजी एक पेड़ पर पीठ टिकाकर आँखें मूँदकर बैठ गया। दूर खड़ी एक लड़की उन दोनों को ध्यान से देख रही थी।

शाजी ने इस रास्ते आने से मना किया था। उनका विचार था कि स्टील सिटी से डैम मोड़ होकर शालडुंगरी चला जाए। रास्ते में ब्रेकफ़ास्ट के लिए किसी बढ़िया ढाबे में रुका जाए। नई सड़क है। राजधानी के लिए बन रही नॉनस्टॉप रोड से चलने की ज़िद पर जेमा अड़ी रही। यह रास्ता अभी बनना शुरू ही हुआ है। इसमें सघन जंगल हैं। शाजी की बात काटकर जेमा ने कहा कि सघन जंगल हैं, इसलिए इस रास्ते से ही चला जाए।

स्टील सिटी की सीमा से बाहर होते ही ट्रैफ़िक कम हो गया था। लेवाडीह चौक से दोनों रास्ते फूटते थे और शाजी ने शर्त रखी कि बाइक जेमा को ड्राइव करना होगा। यदि कोई विशेष काम नहीं हो तो कोई अनाड़ी ही इस रास्ते को चुनता।

कॉलोनी एरिया से निकलते समय उनके आगे-पीछे तीन मोटरसाइकिलें थीं। नये लड़के होंगे। जेमा ने पलटकर देखा, वे लड़के नहीं थे। एक मोटरसाइकिल के पीछे लेवाडीह चौक का एजेंट शंकर बैठा था। मोटरसाइकिलें लेवाडीह मोड़ तक साथ आईं।

स्टील सिटी से राजधानी को जोड़ने के लिए निर्माणाधीन सड़क कुछ दूर तक ठीक-ठाक थी। वह औसत रफ़्तार से शाजी से गप करती हुई जा रही थी। पीछे आ रही मोटरसाइकिलों की आवाज़ अचानक बढ़ गई। ये वही तीनों मोटरसाइकिलें थीं। जेमा को सन्देह हुआ। उसने रफ़्तार बढ़ाई। कुछ दूर आते-आते पीछे की मोटरसाइकिलें एक गाँव में रुक गईं।

आगे सड़क को तोड़कर बनाया जा रहा था। डायवर्सन वाले रास्ते भी ख़राब थे। बड़ी-बड़ी गाड़ियों के साथ धूल-धक्कड़ का बादल मँडरा रहा था। वे बढ़ते गए और काफ़ी दूर निकलने के बाद गाड़ियों का आना-जाना बन्द हो गया। घने जंगल शुरू हो गए। जंगल के बीच ज़मीन को छीलकर सड़क की आउटलेइंग की गई थी। कहीं-कहीं सड़क या पुल के लिए कुछ कच्चा काम भी किया गया था, या यूँ ही छोड़ दिया गया था। दूर कहीं हवा चलने की धीमी आवाज़ सुनाई पड़ रही थी।

इधर किसी ढाबे की उम्मीद नहीं थी। आगे बढ़ने पर उन्हें एक टूटा शेड मिला। फिर आगे कई हाइवा, जेसीबी, कंक्रीट मिक्सर खड़े मिले। आसपास एक भी आदमी नहीं था। शाजी ने उसे इन गाड़ियों की ओर बढ़ने को कहा। उसका अनुमान था कि आगे ज़रूर गाँव होगा और हो सकता है कि कोई बढ़िया रास्ता भी मिल जाए।

लड़की नज़दीक आई। जेमा ने लड़की को और क़रीब आने का इशारा किया, "चि जेतन नास्ता रा: दोकान नेस: मेना:? क्या कोई नाश्ते की दुकान इधर है?"

लड़की ने सिर हिलाकर जवाब दिया, "का, नेता: बानो:...। नहीं, यहाँ नहीं, सोसोपिड़ि में है। एक होड़ लड़के की दुकान है। पहले वह बाहर में काम करता था। नदी के उस पार कम्पनी वालों की भी दुकानें थीं। लड़ाई के बाद से उनका काम बन्द है और दुकानें भी बन्द हैं।"

"क्या यहाँ हर रास्ता इस तरह ही है?"

"हाँ, ऐसा ही है। गाँव का रास्ता बढ़िया है। तुम लोग भी सोसोपिड़ि जा रहे हो क्या?"

"सोसोपिड़ि! नहीं। क्यों ?"

"इस खूँट की बैठक है।" तेज़ी से भाग रही गाय को लड़की ने आवाज़ दी। आवाज़ में नाराज़गी थी। गाय ने अपनी गरदन उठाकर लड़की की ओर देखा और वापस झुंड में लौट आई। लड़की सहज हुई, "ये तुम्हारा आदमी है क्या?"

जेमा ने सिर हिलाकर इनकार किया।

"तुम्हारा साँगा है?" लड़की खोद-खोदकर पूछ रही थी।

जेमा ने शाजी की ओर देखा। वह झपकियाँ ले रहे थे। जेमा हँस पड़ी, "हाँ, मेरा साँगा है।"

"सोसोपिड़ि ज़्यादा दूर नहीं है। यहाँ से नदी पार करो तो दिखने लगता है। हम लोग पहाड़ वाले रास्ते से जल्दी पहुँच जाते हैं। गाड़ी पर घुमावदार रास्ते से जाना पड़ता है।"

लड़की बातूनी थी। एक बात ख़त्म करते न करते दूसरी बात शुरू कर देती। "बहुत बड़ी जुटान यहाँ हुई थी। सरकार आई थी। इसे उसी समय पेड़ों से लटकाकर बाँधा गया था।" लड़की ने झूल रहे फ्लेक्स की ओर इशारा किया, "बड़ा मज़ा आया था। हम लोग इस या उस गाड़ी के पीछे छिप जाते और जो पुलिस बनता था, वह हमें खोज लेता था।"

लड़की खिलखिलाकर हँसने लगी, जैसे कोई शैतानी उसे याद आई हो! वह तुरन्त उम्रदराज़ औरतों की तरह गम्भीर हो गई, "अब लोग कह रहे हैं कि सरकार ने गाँव को कम्पनी के हाथों में बेच दिया है।"

"कम्पनी के हाथों में बेच दिया है?"

"हाँ, बेच दिया है। एक बार मेरी दादी ने काली बकरी बेच दी थी। ख़रीदने वाले उसे उठाकर ले गए थे। तुमने रास्ते में पत्थलगड़ी देखी? वहाँ टाँड़ पर? कम्पनी वाले उसे उखाड़ रहे थे। उस दिन से लड़ाई शुरू हो गई—बहुत बड़ी लड़ाई। वे लोग गाड़ी छोड़कर भाग गए थे।" लड़की के चेहरे पर आतंक दिख रहा था। "क्या कम्पनी वाले फिर पुलिस को लेकर आएँगे?"

"डरो नहीं, तुम्हारे लोग कम्पनी को आने नहीं देंगे।"

"आज सोसोपिड़ि वालों ने इसके लिए सबको बुलाया है।" चरते जानवरों को लड़की ने सचेत किया और फिर जेमा की ओर मुड़ी, "जानवरों को घर ले जा रही हूँ। दादी के साथ मैं भी सोसोपिड़ि जाऊँगी।"

"इधर शहर जानेवाली कोई सड़क है?" जेमा फ्लैक्स के टुकड़े को नचाती रही।

अपने ढोर-डंगरों की ओर बढ़ती लड़की ने कहा, "इधर का रास्ता और ख़राब हो गया है। सोसोपिड़ि होकर जाओ।"

"तुम्हारा नाम क्या है?"

"मैं बाहामनि बुढ़िया की पोती सोबरन हूँ।" लड़की ने चिल्लाकर जवाब दिया और जानवरों के बीच ओझल हो गई।

शाजी मोटरसाइकिल के पास आकर खड़े हो गए, "मुझे लग रहा है कि आज लौट जाना बुरा नहीं होगा। इस इलाक़े में अर्था का काम चल रहा है। कल हम लोग डैम वाले रास्ते से निकल जाएँगे। एक दिन की छुट्टी बढ़वा लूँगा।"

“लड़की कह रही थी कि सोसोपिड़ि गाँव में चाय-नाश्ते की दुकान है। वहाँ से कुछ दूरी पर शहर की ओर जानेवाला रास्ता है।”

“यूँ ही कह दी होगी!”

“यूँ ही क्यों कहेगी? वह इस इलाक़े को जानती है।”

“ठीक है, चलो, तुम्हारे आज के एडवेंचर को पूरा कर ही लिया जाए।” शाजी के पास भी कोई बेहतर विकल्प नहीं था। जिस रास्ते से वे यहाँ तक पहुँचे थे, उससे और ज़्यादा ख़राब रास्ता नहीं हो सकता था। देह तोड़ने वाली यात्रा थी। उम्मीद थी, कौन जानता है, कहीं बेहतर रास्ता मिल ही जाए!

गाँव की सड़क पर गिट्टियाँ बिछी थीं। सड़क किनारे ही सुभीते से चला जा सकता था।

इस यात्रा का आइडिया जेमा का नहीं था। कोच की ज़िम्मेवारी से हटा दिये जाने के बाद वह हॉकी पर और भी केन्द्रित हो गई थी। उसकी दिनचर्या सख़्त होती। वह टीम की लड़कियों के साथ और भी ज़्यादा घुलमिल गई थी। तमाम पाबन्दियों के बावजूद लड़कियाँ मैदान में जेमा के पास जमा हो जातीं। कभी-कभार केएन सिंह उसे शहर के राजनीतिक-सामाजिक कार्यों में भी लगाते। वह ऑर्गनाइज़ेशन अगेंस्ट चाइल्ड अब्यूज, ओएसिए, की गतिविधियों में भी शामिल होती रहती।

जेमा एक माँ थी और कोच भी थी। बेटी का विछोह और विद्या की अनुपस्थिति कहीं गहराई से उसके मन में धँसी हुई थी। शाजी उस बन्द कोठरी को खोलना चाहते थे। शाजी जेमा के स्कूली जीवन के बारे में चर्चा करते, उसके कॉलेज की टीम की चर्चा, उसके हॉस्टल की ज़िन्दगी के बारे में चर्चा। जेमा की चर्चा में दो बातें हमेशा घूम-फिरकर आ जातीं—हॉस्टल इंचार्ज नोमिता मैडम और शालडुंगरी मैदान, जहाँ वह हर रोज़ हॉकी की प्रैक्टिस करती और मैच खेलती। वह अपनी बेटी या विद्या के बारे में कम ही बातें करती थी।

वह मैचों का ज़िक्र करती और मैदान के चप्पे-चप्पे के बारे में बात करती। मैदान की बातों के वक़्त वह अतीतजीवी हो जाती मानो वह अभी वहाँ मौजूद हो, दौड़ रही हो या अपने लिए उपयुक्त पोज़िशन ले रही हो! मैदान के चारों ओर क़ब्ज़ा हो रहा था। इसके ख़िलाफ़ हॉस्टल की लड़कियाँ लड़ रही थीं। वह इसकी चर्चा करती मानो लड़ाई अभी चल रही हो और उसमें वह शामिल हो!

शाजी ने उससे पूछा, “कितने सालों से तुम वहाँ नहीं गई हो?”

जेमा ने कोई उत्तर नहीं दिया।

"क्या हम लोग वहाँ घूमने चलें? शनिवार को चलेंगे। रविवार को घूमेंगे और लौट आएँगे।" शाजी को लगा कि यह शायद जेमा की अतीतजीविता को ख़त्म कर सके।

जेमा सोचती रही। उसने कोई जवाब नहीं दिया। एक दिन सुबह के अभ्यासों के बाद स्टेडियम से लौटने पर उसने कहा, "चलो, शनिवार को घूमने चलते हैं।"

सोसोपिड़ि की ओर एक किलोमीटर तक सड़क ठीक थी। मोरम बिछी हुई थी और कोई दिक़्क़त नहीं थी। गाँव से निकलते ही जंगल फिर घना होने लगा और सड़क पगडंडी में बदल गई। कुछ दूर बाद पगडंडी एक ओर से आ रही चौड़ी कच्ची सड़क में खो गई। चौड़ी सड़क पर भारी वाहनों से बने बड़े-बड़े गड्ढे थे। सड़क ने नदी के पास ढलान ले ली थी।

सड़क के किनारों पर बड़े-बड़े पेड़ गिरे हुए थे। कँटीली झाड़ियाँ सूखकर बिखरी पड़ी थीं। ढलान में उतरने से पहले शाजी ने दाहिनी ओर खड़ी छोटी पहाड़ी को देखा। झुंड में लोग उस पर चढ़ रहे थे और दूरी की वजह से वे ख़रगोश की तरह लग रहे थे। ये शायद अर्था में काम कर रहे ठेका मज़दूर हों। जेमा ने उस ओर देखा, "नहीं, ये सोसोपिड़ि मीटिंग में जा रहे लोग हैं।"

ढलान नदी में आकर समाप्त हो गई। नदी पर बालू के बोरों को डालकर एक कामचलाऊ लेकिन मज़बूत पुल तैयार किया गया था। नदी छोटी थी। इसके दोनों पाटों पर खड़े पेड़ों को भी काट दिया गया था। पाटों को समतल कर दिया गया था। पुल के क़रीब आते-आते नदी सूख गई थी। इसके अन्दर के छोटे-बड़े गड्ढे सूखे हुए थे। टूटी-बिखरी चट्टानें बाहर देख रही थीं, मानो नदी का रहस्य और इसका जादू चिथड़े-चिथड़े होकर बाहर आ गया हो। नदी एक मरी हुई पोठी माछ की तरह पड़ी हुई थी।

नदी की चढ़ान के साथ-साथ जंगल विरल होता गया। एक जगह सड़क के किनारे टीनों की छतों वाला एक मकान था। पाँच बड़े-बड़े कमरे थे। खिड़कियाँ और दरवाज़े बिना पल्लों के थे। एक कमरे के बरामदे पर राख से ढके हुए दो चूल्हे थे। वहाँ कोई नहीं था। वे दोनों वहाँ रुके। उस ढाँचे के बग़ल से एक चौड़ी सड़क निकली थी। दोनों उत्सुकतावश वहीं टहलने लगे। एक किनारे पत्थर ढोनेवाले दो डंफर खड़े थे। कुछ दूरी पर एक लम्बा-चौड़ा और गहरा पत्थर का खदान था।

खदान के तल पर एक पोकलेन और एक ड्रिलर खड़ा था। नीचे खदान जाने के रास्ते के बीचोबीच एक जेसीबी खड़ा था। आसपास कोई नहीं था। उस वीराने में अर्था प्रोजेक्ट का विशाल बोर्ड अकेला खड़ा था। शाजी ने जेमा को अपने नज़दीक खींच लिया, "चलो, यहाँ कोई बड़ी दुर्घटना घटी है। कुछ गड़बड़ है।"

आगे जंगल ख़त्म होता गया और झाड़ियाँ शुरू हो गईं। झाड़ियों के बाद एक विशाल टाँड़ सामने थी। इसका एक छोर छोटे पहाड़ पर ख़त्म हो गया था। दूसरे छोर से सफ़ेद चट्टानों की कौंध आ रही थी। बीच में एक गाँव दिख रहा था। पहाड़ से उतरते लोग उस ओर ही जा रहे थे। पलाश और सोसो की झाड़ियों से टाँड़ आबाद थी। जेमा को भूख लग रही थी, "शायद यही सोसोपिड़ि है। यहाँ कुछ खा-पीकर निकलेंगे।"

"देखो, शायद ही यहाँ कोई दुकान हो! दूरी घट नहीं रही है।"

"नहीं भी मिले तो लोगों से माँग लूँगी। तुम घबराओ नहीं।" जेमा शाजी की उकताहट समझ रही थी।

"हम इस गाँव से निकलकर सड़क पकड़ भी लें तो शालडुंगरी देर रात तक ही पहुँच पाएँगे।"

"देखो, रास्ता इतना ख़राब है, ये मुझे पता नहीं था। मैंने बहुत पहले इस रास्ते के बारे में सुना था। सरिता भगत, आशा टोप्पो या चरकी या हो सकता है, इस रास्ते का ज़िक्र नोमिता मैडम ने ही किया हो!" जेमा ने शाजी के विक्षोभ को साझा किया, "हमें साथ में कुछ लेकर चलना चाहिए था।"

अधबना रास्ता एक बड़ी दरार के पास आकर ख़त्म हो गया। दरार चौड़ी थी। इसे लाँघना मुश्किल था। वे पहाड़ की ओर मुड़ गए। दूर से देखने पर यह टाँड़ जितनी सपाट लग रही थी, उतनी सपाट थी नहीं। कहीं झाड़ियाँ तो कहीं सूखे नाले, उन्हें बार-बार रास्ता बदलने पर मजबूर कर रहे थे।

चाय-पानी की दुकान पर पहुँचने के बाद शाजी को उस लड़की की याद आई। झोंपड़ी पर पलाश के पत्तों की छावनी थी और मिट्टी के गारे से पत्थरों को जोड़कर दीवारें तैयार की गई थीं। झोंपड़ी का बरामदा खुला था और वहाँ ठंडक थी। एक काला लड़का सिंघाड़ा छान रहा था। एक काली लड़की पीठ पर बच्चे को बेतराए चूल्हे में सूखे पत्ते झोंक रही थी। पाँच-छह लोग सिंघाड़ा और गुलगुले खा रहे थे। शाजी और जेमा की ओर वह लड़की असमंजस के साथ देख रही थी।

वे दोनों किनारे बाँस की बनी बेंच पर बैठ गए। काली लड़की ने उन्हें एक मग पानी दिया और उन दोनों के सामने खड़ी हो गई।

लड़के ने लड़की को मुंडारी में कहा, "अए: के कुलिएमे चि कनार: दरकारा... उन्हें पूछो कि क्या चाहिए।"

लड़की ने पूछा, "तुम लोग क्या लोगे?"

"सिंघाड़ा और गुलगुला। चाय बनाती हो?"

"सब मिल जाएगा यहाँ। मीटिंग में आए हो?" लड़के ने कड़ाही में छन रहे सिंघाड़ों को पलटा।

"नहीं, हम लोग शालडुंगरी जा रहे हैं। रास्ता ख़राब है। इधर कोई सड़क है क्या?"

बेतरा में झूल रहा बच्चा बार-बार एक हाथ निकालकर लड़की की कुर्ती को पकड़ने की कोशिश करता। कुर्ती का कपड़ा हाथ से निकल जाने पर वह हँसता हुआ मुँह को पीठ में छुपा लेता। लड़की ने बनावटी गुस्से में कहा, "निर: के जनाओ तोवा गे दरकारा। इसे हमेशा दूध ही चाहिए। भीतर से चायपत्ती लेकर आती हूँ।"

शाज़ी सुकून महसूस कर रहे थे। वह बेंच पर पालथी मारकर बैठ गए। सामने पलाश की झाड़ियाँ और कुछ पेड़ थे। इन पेड़ों के नीचे लोग झुंड में बैठे थे। गाँव में यही जगह थी जहाँ पेड़ सघन थे।

सिंघाड़ा तल रहे लड़के ने शाजी की नज़रों का पीछा किया, "ओमोनदा के लोग अभी नहीं पहुँचे हैं। ओमोनदा दूर है, इसलिए उन्हें देर होती है।"

धीरे-धीरे मज़े ले-लेकर गुलगुला खा रहे बूढ़े ने उसकी बात लपक ली, "यह तो कोई भी समझ सकता है कि ओमोनदा के लोगों को देर क्यों होती है। लेकिन दारुहातु वाले तो उतनी दूरी पर नहीं हैं। वे हमेशा क्यों देर करते हैं? बैठक में देरी तो उनकी वजह से होती है।"

वहीं बैठे एक दूसरे बूढ़े ने ताना मारा, "लेकिन रीझ-रंग की बात हो तो सबसे पहले दारुहातु वाले ही कूदकर आ जाएँगे!"

"सड़क क्या उधर ही है?" शाजी ने सफ़ेद पत्थरों के टीले की ओर इशारा किया।

लड़के ने हिकारत से उस ओर देखा। "हाँ, उस तरफ़ ही है। छह-सात किलोमीटर तक रास्ता ख़राब होगा। इसके बाद सीधे बाघमुंडी वाली सड़क मिल जाएगी। कम्पनी ने सब तहस-नहस कर दिया है। उस टीले को भी काट दिया है। वहाँ तिवारी का बड़ा क्रशर है।"

लड़की अन्दर से निकली। बच्चे को अन्दर ही सुला दिया था। उसके हाथ में प्लास्टिक की एक छोटी-सी गठरी थी। उसने जेमा से हिन्दी में पूछा, "चाय अभी पिएगी या नाश्ते के बाद?"

सोबरनमती, उसके कंधों पर हाथ रखी एक बुढ़िया और लाठी टेककर चल रहा एक बूढ़ा, दुकान के पास आकर रुक गए। जेमा को समझते देर नहीं लगी कि यह बुढ़िया बाहामनि है और बूढ़ा, हो सकता है कि सोबरन का दादा हो। बुढ़िया ने हिन्दी बोल रही लड़की को टोका, "बहुत खर-खर बोल रही है। अपने लोगों से भी ऐसे बोला जाता है? होड़ में बात करो!"

लड़की ने धरती पर हाथ रखकर बुढ़िया का अभिवादन किया। बुढ़िया ने केहुनी पर हाथ सीधा कर उसका प्रत्युत्तर दिया, "पोती ने मुझे तुम लोगों के बारे में बताया। बित्ता भर की है ये बितनी लेकिन शाल के पेड़ की तरह यह ज़मीन के अन्दर भी नीचे तक है। बहुत पहले मेरा बेटा कँपकँपी बुख़ार से मर गया। उसके मरने के तीन महीने बाद यह जनमी। छह महीने बाद इसकी माँ भी मर गई। बेचारी भर-मुँह माँ का दूध भी नहीं पी सकी। पंडरी छगरी का दूध पिलाकर इसे बड़ा किया है। देख रही हो, यह भी पंडरी हो गई है।"

जेमा ने सोबरन को खींचकर अपने साथ बिठा लिया। लड़के ने उठकर उसे भी गुलगुला दिया। लड़की बुढ़िया की ओर देख रही थी। बुढ़िया ने स्वीकृति दे दी, "मन है तो खा लो। बच्ची है। हम लोग तो खाना खाकर चले हैं। सोसोपिड़ि वालों का कोई ठीक नहीं, भूखा ही न भेज दें।"

बच्ची गर्व से भरी हुई थी। उसके साथ आए बूढ़े ने तीन-चार बार लाठी पटक-कर बुढ़िया को सतर्क किया। बाहामनि उसे झिड़क दी, "सच बोलने में क्या डर! अभी ओमोनदा वालों को पहुँचने में देर है।"

बूढ़े ने आहहा कर गला साफ़ किया। बाहामनि बुढ़िया ने फिर झिड़की लगाई, "हड़ाम के साथ पीने के लिए तुम्हारा गला सूख रहा है?"

बूढ़ा इधर-उधर ताक कर चुपचाप बैठ गया।

"कहाँ जा रहे हो तुम लोग?" बुढ़िया जेमा के बग़ल में बैठ गई।

"शालडुंगरी।"

"कालीमाटी शालडुंगरी या जोड़ादिरी शालडुंगरी?"

"कालीमाटी शालडुंगरी, स्टेशन की बग़ल वाली।"

"हाँ-हाँ, मैं जानती हूँ।" बुढ़िया अपनी चोटी खोलकर फिर बाँधने लगी।

"रुको, रुको। मुझे खा लेने दो। मैं बाँध दूँगी। तुम यहाँ-वहाँ खोंस लेती हो। गिरती रहती है।" सोबरन के हाथ में आधा खाया गुलगुला था।

"देखती हो, मुझे खोपा बाँधने सिखाएगी! दारुहातु और सोसोपिड़ि में मुझसे ज़्यादा सुन्दर खोपा कौन बाँध सकती है?"

दुकान वाली लड़की ने पूछा, "बालों में तेल लगा दूँ, इंगा?"

"अरे, सोसोपिड़ि के धूल-धक्कड़ में बाल और भी चिटचिटे हो जाएँगे।" बाहामनि ने वहाँ बैठे बूढ़ों की ओर देखकर कहा। फिर वह जेमा की ओर मुड़ गई, "मैं शालडुंगरी बहुत पहले गई थी। उस समय इसका बाप भी नहीं जन्मा था।"

भीतर से बच्चे के कुनमुनाने की आवाज़ आई। दुकानवाली लड़की अन्दर चली गई।

वहाँ बैठे एक बूढ़े ने चुटकी ली, "यहाँ सोसोपिड़ि में केवल धूल-गर्दा है और दारुहातु में क्या है? बैठकर आदमी पानी पी सके, ऐसा एक होटल भी नहीं है।"

"यहाँ यह दुकान आज से नहीं है, चुड़का के बाप-आजा के समय से है। दुकान में खानेवाले लोग ज़्यादा कहाँ के हैं? दारुहातु के लोग ही तो हैं। तुम्हारे यहाँ का लाह भी कोई नहीं पूछता है!"

बाहामनि के साथ आए बूढ़े ने हो-हो-हो करके बतकही को शान्त किया। बुढ़िया की बातों को सुनने के लिए कुछ और लोग जमा हो गए। दुकान की बिक्री बढ़ गई। दुकानवाला लड़का प्याज़ काटने लगा। शाजी उठ खड़ा हुए, "अब हमें चलना चाहिए। देर हो जाएगी।"

जेमा उठ रही थी। बाहामनि ने उसका हाथ पकड़ लिया, "अरे, बैठो। कितनी दूर है यहाँ से! एकदम भोर में निकलने से रात होने तक हम लोग पैदल पहुँच जाते थे। तुम्हारे पास गाड़ी है। फट्फट्फट् कर दो-तीन घंटों में पहुँच जाओगी। शालडुंगरी हम नहीं जानते हैं? उस समय सुकु हड़ाम जवान था। तब भी इसकी बहादुरी केवल दारुहातु भर की थी। बाहर जाने से डरता था।"

बूढ़े ने फिर लाठी से ठक-ठक कर एतराज़ जताया।

"हाँ-हाँ, तुम्हें सच बात से चोट लगेगी ही। ये वहाँ जाना नहीं चाहता था। मेरी ज़िद पर गया था। हाँ, सोसोपिड़ि के लोगों के साथ ही हम लोग गए थे। रोज़ एक रुपये की हाज़िरी थी। इसने वहीं मुझे एक लाल पाड़ की साड़ी ख़रीद दी थी। सोसोपिड़ि के देवर लोग मुझे बंगालिन कहते थे।"

शाजी फिर उठ खड़ा हुए, "सचमुच देर हो जाएगी।"

दुकान वाले लड़के ने शाजी को समझाया, "यहाँ से तिवारी के हाते तक जो देर लगे, वहाँ से तुम लोगों को सीधा रास्ता मिल जाएगा।"

एक बूढ़े ने बाहामनि को टोका, "बुढ़िया, तू हर बात में सोसोपिड़ि को क्यों ले आती हो? अभी जो आफ़त आई है, इसके ज़िम्मेवार तो दारुहातु वाले ही हैं। एक दिन की झलमली में तुम लोग बह गए।"

"तुम लोग भी तो थे। केवल दारुहातु वाले थे क्या? पूरा खूँट वहाँ बैठा था। वहाँ तुम लोगों ने क्यों नहीं मना किया? जब नदी को रोक रहा था तो किसने कम्पनी वालों को भगाया?"

"दारुहातु वालों में यही एक ख़राबी है। उन लोगों ने दिकुओं की तरह झूठ बोलना सीख लिया है।" बूढ़े ने गुस्से में अपना पैर पटका, "उस केस में हमारे गाँव के लड़के अभी भी जेल में हैं।"

"हमारे लड़कों ने भी तो पुंडिटिकरी के मामले में थाना में मार खाई है।"

यह तूतू-मैंमैं जम गई थी। लोग इसके मज़े ले रहे थे। सोबरन अपनी दादी के कड़क जवाबों से ख़ुश थी। बाहामनि ने जेमा का हाथ पकड़ लिया, "इस बुड्ढे को कोई काम नहीं है। बात को कहाँ से कहाँ ले गया। मैंने तो बस इतना कहा कि सोसोपिड़ि के देवर मुझे बंगालिन कहते थे। इसमें गाली क्या है? सुकु हड़ाम का वहाँ मन लग गया था। कोई छउवा था नहीं। हम लोग काम करते और जब समय मिलता, घूमते रहते। फिर एक दिन क्या हुआ! शालडुंगरी देशाउलि को लेकर ठेकेदार से लड़ाई शुरू हो गई।"

पहली बार बाहामनि के साथ आए बूढ़े ने सिर हिलाया, "ग़लती ठेकेदार की थी। देशाउलि का गाछ कटवा रहा था। ठेकेदार पुलिस लेकर आ गया। शालडुंगरी के लोगों ने मैदान में नगाड़ा बजाना शुरू कर दिया। क्या आवाज़ उठ रही थी—धम्म-धम्म! पुलिस की सिट्टी-पिट्टी गुम हो गई थी। उसने एक बार लाठी चलाई। लेकिन लोगों ने उसे खदेड़ दिया।"

"और, उस औरत के बारे में क्यों नहीं कह रहे हो जो पत्थर कोएंछा में लेकर पीपल पेड़ पर चढ़ गई थी?" बाहामनि ने बातचीत को अपने दख़ल में लिया, "मैं और मेरा बूढ़ा उसके घर जाते थे। पीपल पेड़ के नीचे उसका घर था। हम लोग कुछ दिन उसके यहाँ रुके और यहाँ-वहाँ काम खोजा। गाँव लौट आए। उस औरत से हमारी बहुत दोस्ती हो गई थी। किसे पता, अब वह है या नहीं!"

"वह तुमसे छोटी ही होगी।" सुकु हड़ाम ने टोका।

"सुनो बुड्ढे को! इसे लगता है कि मैं ही केवल बुड्ढी हुई हूँ।" बाहामनि माथा पर हाथ रखकर हँसने लगी। बूढ़ी इंगा भी इस तरह ही हँसती थी। बुढ़िया ने जेमा का हाथ दबाया, "तुम वहाँ जा रही हो। यदि वह मिले तो उससे दारुहातु की बाहामनि के बारे में पूछना।"

जेमा ने सिर हिलाकर हामी भरी। बुढ़िया जेमा का हाथ पकड़े रही, "आज खूँट की बैठक है लेकिन शहर से भी कुछ लोग आएँगे। तुम लोग भी रह जाओ।"

जेमा ने सोबरन को लिपटाकर पूछा, "तुम खेलती हो?"

सोबरन ने चहककर कहा, "कोई लड़का मुझसे तेज़ नहीं दौड़ सकता है। मैं पेड़ पर भी सबसे तेज़ चढ़ती हूँ।"

"चलती हूँ, इंगा। वहाँ से फिर लौटना है। मैं उस औरत के बारे में पता करूँगी।"

शाजी अच्छा महसूस कर रहे थे और सोसोपिड़ि की यात्रा उनके लिए अनोखा अनुभव था। ये उसके आउटडोर कैंप की प्रायोजित कठिनाइयाँ नहीं थीं। वह कर्मचारियों के साथ आउटडोर कैंपों में कठिनाइयों को सुलझाता था, जैसे एनसीसी या स्काउट-गाइड वाले सुलझाते हैं। कठिनाइयाँ पहले से ही नियोजित रहतीं और उनका हल भी रेडीमेड रहता।

आज शालडुंगरी पहुँचकर घूमना सम्भव नहीं था। कल वे लोग पसन्दीदा जगहें घूमेंगे। उनके सामने कल का पूरा दिन है। जेमा सहज थी। दारुहातु पहुँचने से पहले रास्ता बहुत ही ख़राब था। पत्थरों से बचे तो कटे पेड़ों के खूँटों से बचते-बचाते भी ठोकरें लग जातीं। कई बार बाइक से उतरकर उसे धकेलकर पार करना पड़ता। जेमा सहज बनी रहती, जैसे वह इसके लिए तैयार होकर आई हो!

झाड़ियों की सघनता कम होने लगी। सामने पुंडिटिकरी था। यह सफ़ेद पत्थरों का एक बड़ा टीला था। जो अधकटे जानवर की तरह दिख रहा था। उसके आसपास की झाड़ियों को साफ़ कर दिया गया था और क्रशर प्लांट से पत्थरों को ढोनेवाली गाड़ियों के लिए रास्ता बना दिया गया था। वहाँ ट्रैक्टर की ट्रालियाँ खड़ी थीं। ये पुंडिटिकरी के कटे सफ़ेद पत्थरों से भरी थीं। वहाँ क्रशर चक्कियों के 'घनर-घनर' की आवाज़ पसरी हुई थी।

दूर कहीं गाड़ियों के चलने का भास हो रहा था। कुछ आगे निकलने के बाद उनके सामने पक्की सड़क थी—सपाट और सरपट! सूरज का रंग बदल रहा था। अब वे आश्वस्त थे कि देर शाम तक ही सही, वे शालडुंगरी में होंगे। बढ़िया सड़क चिन्ता-मुक्त सफ़र का भरोसा दे रही थी।

क्रशर प्लांट का हाता लम्बा-चौड़ा था। हाते के अन्दर से पत्थर के मिलों की आवाज़ें आ रही थीं। पत्थर के उड़ते चूरों का कुहासा छाया था। शाजी ने हाते से सटी मोटरसाइकिलों को देखा। वे तीन थीं और धीमी-धीमी उनकी ओर बढ़ रही थीं। जेमा की नज़रें भी उधर गईं, "अरे, ये तो वही हैं। मैं बाइक को वापस मोड़ रही हूँ।"

जेमा ने जैसे ही मोटरसाइकिल को पीछे मोड़ा, उसकी ओर आ रही मोटरसाइकलों की रफ़्तार तेज़ हो गई। शाजी स्थिति को समझ चुका था, "वापस जल्दी सोसोपिड़ि ले चलो। लोग अभी वहाँ बैठे होंगे।"

"तुम सँभलकर बैठो! वे हमारा पीछा नहीं कर पाएँगे।"

कुछ मिनटों में ही पीछा करनेवाली मोटरसाइकिलें उन दोनों के क़रीब थीं। मोटरसाइकिल पर बैठे लोग ज़ोर-ज़ोर से गालियों से ललकार रहे थे, "भोसड़ीवाली! रुक साली, रुक!"

"यहीं निपटाओ साली को! ये गाँव की ओर घुस रही है।"

जेमा ने मोटरसाइकिल को पलाश की झाड़ियों की ओर मोड़ दिया।

"मार बे, जल्दी! साली कहाँ घुस रही है? गोली चलाओ बे, मादरचोद!"

पलाश की झाड़ियों के बीच वे भाग रहे थे। सभी मोटरसाइकिलें तेज़ आवाज़ कर रही थीं। जेमा को एक तीखी आवाज़ सुनाई पड़ी। उसे लगा कि उसके कान को छूती हुई कुछ गुज़र गई है। साँय! पीछा करनेवाले गोलियाँ चलाने लगे। एक मोटरसाइकिल जेमा के बराबरी पर आ गई और पीछे बैठे आदमी ने तीन-चार गोलियाँ चलाईं। दूर कहीं से लोगों की ललकार की आवाज़ सुनाई पड़ी। एक छोटा धमाका हुआ और जेमा को लगा कि किसी ने उसे धक्का मारा है। वह लड़खड़ाई और फिर सँभलकर दो पलाश के पेड़ों के बीच सँकरी जगह में मोटरसाइकिल ले गई।

लोगों के ललकारने की आवाज़ें साफ़ सुनाई पड़ने लगीं। जेमा ने शाजी के हाथ को छुआ, "तुम कसकर पकड़े रहो। वे जल्द ही आ जाएँगे।" शाजी का हाथ गीला था, "तुम सुन रहे हो?"

"हाँ, मैं सुन रहा हूँ। मेरे कंधे पर गोली लगी है। लेकिन तुम चलती रहो।"

उस सँकरी जगह से निकलते ही एक मोटरसाइकिल उसके समानान्तर चलने लगी। यहाँ झाड़ियों को साफ़ किया गया था।

"साले, मार नहीं सकते तो गाड़ी को नीचे गिराओ! मारो धक्का!"

जेमा की मोटरसाइकिल को टक्कर मारने की कोशिश हुई। जेमा ने फिर मोटरसाइकिल को सँभाल लिया लेकिन दूसरी मोटरसाइकिल उसके सामने आ गई और वहाँ से तीन फ़ायरिंग हुई। जेमा ने देखा कि टक्कर मारने वाली मोटरसाइकिल पर शंकर एजेंट बैठा था और फ़ायरिंग के साथ ही वह गिर पड़ा। मोटरसाइकिल शंकर की कमर पर गिर पड़ी। चालक ने मोटरसाइकिल के अन्दर फँसे पैरों को निकाला और भागने लगा।

भीड़ ललकारती हुई तेज़ी से आ पहुँची। खड़ा आदमी लँगड़ाता हुआ भागा। अन्य दोनों मोटरसाइकिलें पीछे मुड़कर भाग चलीं। मोटरसाइकिल से दबा हुआ शंकर एजेंट चित स्थिर पड़ा हुआ था। उसे अहसास हुआ कि शाजी मोटरसाइकिल

से गिर रहा है। गाँव के लड़कों ने उसे सँभाल लिया। शाजी होशो-हवास में था, "हमें तुरन्त हॉस्पिटल चलना चाहिए।"

एक लड़के ने शंकर एजेंट पर गिरी हुई मोटरसाइकिल को खड़ा किया। जेमा ने उसकी ओर देखा, "यह भी हमला करनेवालों में शामिल था। उन्हीं की गोलियों से मरा है।"

"हम लोगों के पास गाड़ी है। इन्हें उस पर बिठाइए।" एक महिला ने शाजी की ओर इशारा किया। उसने गाड़ी पर बैठे दो लड़कों को कहा, "बाइक लेकर तुम लोग पीछे-पीछे आओ।"

जेमा ने कार्तिक प्रसाद को देखते ही पहचान लिया, "आप भी यहाँ थे?"

कार्तिक प्रसाद ने जेमा से उस महिला का परिचय करवाया, "नीता दास को जानती हैं आप?"

"मैं इन्हें जानती हूँ। इन लोगों पर सेक्टर तीन में लाठी चार्ज हुआ था। इस पर स्टोरी करने आई थी। जेमा से भेंट नहीं हो पाई थी।" नीता दास ने शाजी को बीच की सीट पर लिटाने में मदद की, "हम यहाँ से स्टील प्लांट हॉस्पिटल जाएँगे। यह नज़दीक है और अच्छा भी।"

जेमा ने सोसोपिड़ि से आए लोगों को देखा। बाहामनि बुढ़िया और सोबरन भी उनमें शामिल थीं।

अख़बार

तनाव केवल भागवत राय और अलकारानी के बीच ही नहीं बढ़ा था। भागवत राय के विश्वस्त मंत्री भी असन्तुष्टों की भाषा बोल रहे थे। मुंडा की टिप्पणियों से सरकार बार-बार सकते में पड़ जाती। करमा भगत और प्रशान्त राय के बीच कहा-सुनी रोज़मर्रे की बात हो गई। स्थायित्व उत्कर्ष पर था। अनिश्चितता भी उत्कर्ष पर थी। मुख्यमंत्री विपक्ष से लगातार सवाल कर रहे थे। विपक्ष के प्रत्युत्तर पत्रकारों के नोटबुट या कैमरों से बाहर नहीं आ पाते। किसी को पता नहीं था कि समस्या क्या है। ऐसे में अख़बारों की ख़ास भूमिका थी।

'दैनिक ऑब्ज़र्वर' के सम्पादक खगेन्द्र प्रभात की एक टिप्पणी आई : *हस्तक्षेप—ज़रूरत समय की*। इसमें उन्होंने रूज़वेल्ट को उद्धृत किया था कि

प्रतिस्पर्धा एक सीमा तक ठीक है, इसके आगे नहीं। सहयोग आज की ज़रूरत है। इसके लिए हमें जद्दोजहद करनी चाहिए। प्रतिस्पर्धा जहाँ ख़त्म होती है, वहाँ से सहयोग शुरू होता है। उन्होंने न्यायपालिका, विधायिका, कार्यपालिका और मीडिया की भूमिकाओं पर ज़ोर दिया था। उन्होंने सरकार और प्रशासन की विफलताओं का क्रमवार ब्योरा दिया था। भागवत राय के राजनीतिक-कार्मिक नेतृत्व की प्रशंसा की थी। मुख्य सचिव की कार्य-क्षमता को भी लाजवाब कहा था। उनकी टिप्पणी में यह उम्मीद की गई थी कि टेबल पर बातचीत से समाधान निकलेगा और ज़रूरत हुई तो वे भी इसमें मदद करेंगे।

शुक्ला ने टिप्पणी पढ़ी। खगेन्द्र प्रभात ने सारी बातें गोल-मटोल की थीं। मध्यस्थता की पेशकश स्पष्ट थी। चाल चल गई तो समस्या का समाधान हो न हो, खगेन्द्र प्रभात वाहवाही के केन्द्र में आ जाएगा। शुक्ला के पास विकल्प नहीं था। यदि खगेन्द्र प्रभात मेल-मिलाप के पक्ष में थे तो उन्हें संघर्ष के पक्ष में जाना होगा। उन्होंने खगेन्द्र प्रभात के जूनियर को आश्वस्त किया कि कल के संस्करण के लिए वे कुछ बड़ी चीज़ सोचेंगे।

'प्रतिद्वंद्विता हमेशा अच्छी चीज़ है। यह हमें सर्वोत्तम के लिए प्रेरित करती है। इसलिए प्रतिद्वंद्विता पर दोष मढ़ना उचित नहीं है।' शुक्ला ने लिखा कि राज्य के राजनीतिक मुखिया और कार्मिक मुखिया बेशक सक्षम व्यक्ति हैं। दोनों के पास अनुभव है। इनकी क्षमता या अनुभव किस काम का है, यदि अर्था अपनी परियोजना समेटकर चला जाए? भूमि अधिग्रहण सरकार की कार्य-क्षमता की कसौटी बन चुका है।

शुक्ला ने ललकारा कि गुपचुप टेबल के बजाय सार्वजनिक बहस हो। ये बताएँ कि विवाद किन नीतियों पर है। इन सक्षम और अनुभवी नेताओं और अधिकारियों के पास कोई दृष्टि है भी कि नहीं, यह जानना राज्य की जनता का अधिकार है। अगर इन दृष्टि-बिन्दुओं को लेकर प्रतिद्वंद्विता है तो स्वागत है और यदि नहीं है तो फिर टेबल-वार्ता में आप क्या सुलझाएँगे? स्वान-युद्ध में जनता का समय नहीं ज़ाया किया जाए।

इस टिप्पणी ने मुद्दों पर रोशनी डालने के बजाय खगेन्द्र प्रभात की टिप्पणी की बखिया उधेड़ दी थी।

शुक्ला ने अपनी टिप्पणी में 'कुकुर-हाँव' शब्द का इस्तेमाल किया था। सहसम्पादक ने इसे सुधार दिया था। इस सुधार से शुक्ला ख़ुश नहीं थे—कुकुर-हाँव का लक्षित अर्थ होता है। स्वान-युद्ध निरर्थक शब्द है। बस, जगह घेरता है। सहसम्पादक ने कोई प्रतिवाद नहीं किया, हँसकर अपनी ग़लती मान ली।

'दैनिक शिखा' के शेखर ने खगेन्द्र प्रभात से मोबाइल पर बात की, "सर, आप लोगों के आपस में भिड़ जाना क्या ठीक रहेगा? हम लोगों का मार्गदर्शन फिर कौन करेगा?"

खगेन्द्र प्रभात हँसने लगे, "अपने बॉस को पूछो। जब कुछ ठीक दिशा में जाने लगता है तो शुक्ला के सींग में खुजली होने लगती है। उसको मेरा धन्यवाद देना कि इस बार उसने कोई गाली-गलौज नहीं की।"

'दैनिक ऑब्ज़र्वर' के इम्तियाज़ ने शुक्ला को फ़ोन किया, "क्या चीज़ आपने लिख मारा है, सर! सब आइने की तरह साफ़ हो गया है। शायद आज सीएम से खगेन्द्र जी बात करें।"

शुक्ला ने अलकारानी को रिंग किया, "मैडम, मैं चाहता हूँ कि आप मुद्दों को सामने लाएँ। मुझे लग रहा है कि भागवत राय कुछ लोगों के साथ मिलकर आपको कमज़ोर करने की ओर बढ़ रहा है।"

"शुक्ला जी, सबसे पहले सटीक और शार्प टिप्पणी के लिए आपको धन्यवाद। मेरे कुछ लिमिटेशंस हैं। मैं खुले तौर पर बहुत-सी बातें सामने नहीं ला सकती हूँ। हालाँकि राज्य हित में इन्हें सामने लाना भी ज़रूरी है।"

"मैडम, आप इसकी चिन्ता छोड़ दीजिए। मैं नीता दास को आपके पास भेज देता हूँ। आप उससे बात कर लीजिए। वह सँभाल लेगी। कुछ भी ऐसा नहीं होगा जिससे आपको कठघरे में खड़ा होना पड़े।"

खगेन्द्र प्रभात का रास्ता दूसरा था। अख़बारों में अधिक विमर्श शुक्ला जैसे लोगों के लिए अवसर है। ख़ुद के बारे में खगेन्द्र प्रभात को भ्रम नहीं था। उनका लेखन औसत दर्जे का था। पत्रकारिता के लम्बे सफ़र में वे जान गए थे कि कुछ दूसरी चीज़ें हैं जो कहीं अधिक मायने रखती हैं। उनकी विभिन्न मुख्यमंत्रियों, केन्द्रीय नेताओं और विपक्ष के नेताओं के साथ व्यक्तिगत नज़दीकियाँ थीं। उन्होंने हमेशा ही लेखन में तटस्थता बनाए रखी।

शुक्ला प्रमुख नेताओं के आपसी सम्बन्धों की पड़ताल में लग गए। एक समय था जब मुंडा का मुख्यमंत्री बनना लगभग तय था। भागवत राय मुख्यमंत्री बनने के बारे में ख़ुद भी सोच नहीं रहे थे। बिलकुल आख़िरी दौर में कुछ लोगों ने दबे ज़बान कहा कि भागवत राय क्या बुरा है। प्रद्युम्न सिंह ने भागवत राय के नाम का औपचारिक प्रस्ताव अध्यक्ष जी के पास भेज दिया। जटिलताएँ उस वक़्त नज़र नहीं आ रही थीं। वे उस समय अँकुरी भी नहीं थीं। शुक्ला को इस पड़ताल से एक पूरी कहानी मिल रही थी। उन्होंने शीर्षक भी छाँट लिया : 'इतिहास का सबक'।

इस बार खगेन्द्र प्रभात को वे चकमा देने वाले थे। उनकी पिछली टिप्पणी की प्रतिक्रिया अच्छी थी। कुछ लोगों ने इसे पढ़ा भी था। पहल उनके हाथों में थी। खगेन्द्र प्रभात की खोपड़ी में ठीक अभी क्या चल रहा होगा? वे कुछ देर के लिए ठहर गए। उनके लेख की दिशा तय करने के लिए यह समझ लेना ज़रूरी था।

खगेन्द्र प्रभात भूमि-विधेयकों को भागवत राय की प्रतिबद्धता का प्रमाण बता सकते हैं, इन सब तर्कों का खंडन करना शुक्ला के लिए मुश्किल नहीं था। यह भी हो सकता है कि खगेन्द्र प्रभात श्री त्रिसंकटानन्द की गुफा के कुछ चमत्कारों के बारे में लिखना शुरू कर दें। शुक्ला अपना माथा खुजलाने लगे।

शुक्ला का अपना कोई पक्ष नहीं था। हमेशा ही उन्हें अपना पक्ष जानने के लिए खगेन्द्र प्रभात का पक्ष जानना पड़ता था। उनके लेखन की धार का यही आधार था। वे खगेन्द्र प्रभात के पक्ष को लक्षित करते। कभी-कभी इसमें कहीं चूक भी हो जाती और बाद में पता चलता कि वे उसके ही जाल में फँस गए हैं। उनके सामने सवाल था कि खगेन्द्र प्रभात किसके पक्ष में हैं—भागवत राय या मुंडा-प्रद्युम्न सिंह गठजोड़ के पक्ष में?

शुक्ला ने खेल पन्ने के सहसम्पादक को बुलाया, "आज क्या कर रहे हो?"

"सर, गुमला टूर्नामेंट पर एक स्टोरी करना चाहता हूँ। क्रिकेट कैप्टन की घरेलू दिनचर्या की झलकियाँ हैं और राष्ट्रीय-अन्तरराष्ट्रीय से कुछ सेलेक्ट कर लूँगा।"

"ठीक है। अभी एक काम करो। 'ऑब्ज़र्वर' के दो महीनों के अख़बारों को देखो। उसमें प्रद्युम्न सिंह, मुंडा और भागवत राय के बारे में क्या-क्या है, मार्क कर ले आओ।"

उपसम्पादक ने कुर्सी को अपनी ओर खींचा, "सर, सबका इंक्रीमेंट आपने..."

"अभी नहीं। बाद में बैठकर बातें करना। वैसे मैंने तुम्हारे बारे में भी सिफ़ारिश कर दी है। ज़रा जल्दी ले आओ!"

"उनका प्रिंट-आउट निकालकर ले आता हूँ?"

"ठीक है। पाँच बजे तक मेरे टेबल पर रख देना।"

शाम तक अलकारानी का इंटरव्यू तैयार था। इंटरव्यू लम्बा था। एक साथ छापा जाए तो अख़बार का आधा पन्ना ले सकता है। लेकिन नीता दास ने मेहनत की थी। मसलन, इस सवाल के जवाब में कि राज्य का राजनीतिक माहौल कैसा है, अलकारानी का जवाब था—अधिकारियों को राजनीतिक कठपुतली बनाने के खेल से राजनेताओं को बाज आना चाहिए। उन्हें कठपुतली बनाकर योजनाओं में ईमानदारी, पारदर्शिता और दक्षता की उम्मीद आप नहीं कर सकते हैं।

"क्या मुख्यमंत्री भागवत राय के इशारों पर खेल सचिव प्रशान्त राय नाच रहे हैं?"

"मैं किसी विशिष्ट सन्दर्भ में यह बात नहीं कर रही हूँ।"

"नितिन मिंज के स्थानान्तरण विवाद के बारे में आपकी क्या राय है?"

"नितिन मिंज सक्षम अधिकारी हैं और अपनी ज़िम्मेवारियों को बख़ूबी निभा रहे हैं।"

"अलका जी, कहा जा रहा है कि आप नितिन मिंज की रिपोर्ट से ख़ुश नहीं थीं और उसके स्थानान्तरण का प्रस्ताव आपने ही रखा था?"

"मैं यहाँ प्रशासनिक बातों को साझा नहीं कर सकती। मैं हमेशा से चाहती हूँ कि काम नियम से हो, सकारात्मक हो। नितिन हमारे बेहतरीन काडरों में से एक हैं। आप जिस समय की बात कर रही हैं, उस समय एक बड़े भ्रम की स्थिति थी। आप जानती हैं।"

"क्या आप स्पष्ट कर सकती हैं?"

"बिलकुल। यह ऐसी कोई बात नहीं है। चौपाल एमओयू के ठीक बाद नितिन की रिपोर्ट अख़बारों में आ गई थी। हमें लगा कि यह लापरवाही नितिन की ओर से हुई है। लेकिन विभागीय जाँच-पड़ताल में यह बात पुष्ट नहीं हुई।"

यहाँ पर शुक्ला को लगा कि कहीं कुछ छूट रहा है। नीता दास ने इस सवाल को सामने लाकर अपनी पत्रकारिता साबित की थी। फिर भी बात इतनी भर नहीं थी। उन्होंने उपसम्पादक को फिर बुलाया, "चौपाल एमओयू के बाद से अब तक के नितिन मिंज की ख़बरों को कलेक्ट कर लेते आओ।"

"सर, आपके लेख की चर्चा ज़ोरों पर है। इसे लेकर मेल भी आ रहे हैं।"

"बैठो, बैठो।" शुक्ला ने चश्मा उतारकर टेबल पर रखा, "एक काम करो। उन्हें 'आपकी राय' में मत डालो। कुछ कमेंट्स को चुनकर उनका अलग बॉक्स बनाकर फ्रंट में डाल दो। फ़ोटो सहित। उन्हें ठीक कर लेना।"

"यही सोच रहा था, सर। सर, मैं सोच रहा हूँ कि उन्हें 'जनता के आईने में सरकार' या 'बेबाक बोल' हेड लगाकर डाल देते हैं?"

शुक्ला कुछ देर उसे देखते रहे। इंटरव्यू में एक जगह दाग लगाया, "'हम भी बोलेंगे' हेड बनाकर डाल दो और इंट्रो बना लेना। मूल लेख के हिसाब से बनाना। तीन कॉलम से ज़्यादा मत लेना। बचा हुआ 'शेष' वाले में डाल देना।"

"सर, एक बात और कहूँ? इसे कॉन्फ़िडेंसियल ही रहने दीजिएगा।"

शुक्ला ने चश्मे की डंडी को कान पर ठीक से टिकाया और सवालिया नज़र से उसे देखा।

"सर, शेखर! उसका 'उनके' यहाँ आना-जाना बढ़ा हुआ है।"

"मेरी उस पर नज़र है।" शुक्ला ने उस पर नज़रें टिका दीं, "तुम स्टेट पेज देखोगे?"

"जैसा कहिए, सर! सर, प्रशान्त राय की ख़बरों के प्रिंट आउट ले आता हूँ। सीएम उस पर ज़्यादा निर्भर हैं।"

"ठीक है, जाओ। नितिन मिंज से सम्बन्धित सभी ख़बरें लेते आओ और प्रशान्त राय की भी कलेक्ट कर लेना।"

इंटरव्यू में अलकारानी द्वारा दिये गए आँकड़े दिलचस्प थे। विधायक कोष की बड़ी राशि सीएम के क्षेत्र में अनुपयोगी पड़ी हुई थी। वे तमाम योजनाएँ, जिनके ठेके सीएम के ख़ास नज़दीकी लोगों को दिये गए थे, उनके बारे में सटीक आकलन था। मसलन, इस्पात सिटी से अर्था गोडाउन तक के सड़क-निर्माण का ठेका गुल्लू तिवारी के फ़र्म जीएनटी कंस्ट्रक्शंस को मिला था। इसमें कुल सड़सठ प्रतिशत राशि की निकासी हो चुकी थी और अभी तक काम मात्र बीस प्रतिशत हुआ था। कम्पनी के अनुसार उग्रवाद प्रभावित इलाक़ा होने की वजह से यहाँ ख़र्च अधिक होता है।

गुल्लू तिवारी ने निर्माण राशि को दुगुना करने की माँग की थी। अलकारानी के अनुसार विभाग ने ठेकेदार पर कड़ी कार्रवाई का फ़ैसला लिया था और उसकी कम्पनी को काली सूची में डाल दिया था। मुख्यमंत्री ने इस फ़ैसले पर रोक लगा दी थी। अलकारानी ने मुख्यमंत्री का ज़िक्र किये बग़ैर व्यंग्य किया था कि यहाँ तो 'सैंयाँ भए कोतवाल' वाली हालत है।

"क्या सोसोपिड़ि में हॉकी कोच पर गोली चलाने वाले भाड़े पर लिये गए थे और उनके पीछे सीएम के ख़ास आदमी का हाथ है?"

"जो भी हों, उन्हें क़ानून के दायरे में लाया जाएगा।"

"यह जाँच मीणा के ज़रिये हो रही थी। उसे हटाकर गुप्ता को जाँच का प्रभारी बना दिया गया।"

इस पर अलकारानी ने साफ़-साफ़ कुछ नहीं कहा था। उन्होंने यह इशारा ज़रूर किया था कि जिस किसी को जाँच में अनियमितता दिखती है, वे अदालत जा सकते हैं। यह इंटरव्यू ऐसी जगह ख़त्म हो रहा था जहाँ शुक्ला को लगा कि वहाँ से एक नई शुरुआत है। उन्होंने नीता दास को फ़ोन किया, "तुम शाम तक आ सकती हो?"

सोसोपिड़ि फ़ायरिंग के ठीक तीन दिन बाद कार्तिक प्रसाद के नेतृत्व में नितिन मिंज से एक प्रतिनिधिमंडल मिला था। उस सप्ताह के सभी अख़बारों की

कतरनों की फ़ोटो कॉपियाँ शुक्ला के टेबल पर थीं। मुख्यमंत्री ने बजरंग नगर में नये ट्रांसफॉर्मर का फीता काटा था। नीता दास की विस्तृत रिपोर्ट, अर्था द्वारा जंगलों की कटाई, नदियों को रोकने के लिए अस्थायी बाँधों और पुंडिटिकरी टीले को काटने को लेकर ग्रामीणों और पुलिस के बीच झड़प की ख़बर थी।

कार्तिक प्रसाद के प्रतिनिधिमंडल में नीता दास का भी नाम था। एक जाने-माने स्थानीय सामाजिक एक्टिविस्ट और एक प्रोफ़ेसर का नाम था। शुक्ला ने पीला मार्क लगाया—जेमा कुई। यह वही कोच थी जो सत्ताधारी पार्टी के एक दबंग नेता पर अपहरण का आरोप लगा रही थी। नितिन मिंज के सोसोपिड़ि इलाक़े में दौरे की ख़बर लगभग सभी अख़बारों में छपी थी।

इस दौरे में नितिन मिंज ने जीएन कम्पनी के अहाते को तोड़ने का आदेश दिया था और दारुहातु से सोसोपिड़ि तक किसी भी तरह के निर्माण काम पर रोक लगा दी थी। नितिन मिंज के दौरे के ठीक दो दिन बाद गुल्लू तिवारी द्वारा कोर्ट में स्टे के लिए अपील की गई थी। दूसरे ही दिन कोर्ट ने स्टे ऑर्डर दे दिया।

इसके ठीक बाद मुख्यमंत्री का बयान था कि अफ़सर ऐसे काम न करें जिससे विकास बाधित हो। मुख्यमंत्री ने सोसोपिड़ि में उपायुक्त के हस्तक्षेप को अनुचित बताया था। मुख्य सचिव ने बयान दिया था कि हाई कोर्ट में सरकार अपील करेगी। मुंडा का बयान था—खूँटकट्टी ज़मीन पर ठेकेदार का दख़ल अनुचित। कोई बात निकलकर नहीं आ रही थी। शुक्ला सीक्वेंस बनाने में जुटे थे।

शाम को उपसम्पादक ने अख़बारों और चैनलों की ख़बरों की एक और फ़ाइल टेबल पर रख दी। दरवाज़े के खुलने से सामने एडिटिंग वाले कमरे से शोरगुल का एक झोंका चैंबर में घुसा। शेखर की आवाज़ सबसे तेज़ थी। किसी से बाजी लगा रहा था। शुक्ला ने उत्सुकता से उपसम्पादक की ओर देखा। दरवाज़ा बन्द होने से शोरगुल बन्द हो गया।

"सर, शेखर कह रहा है कि 'ऑब्ज़र्वर' के दफ़्तर में कुछ हंगामा हुआ है।"

"हंगामा!"

"हाँ, सर। सिटी एसपी गए हैं। डीआईजी सक्सेना भी पहुँचने वाले हैं। शेखर को बुलाता हूँ।"

"कोई एफ़आईआर वग़ैरह हुआ है क्या?"

शेखर दरवाज़ा धकेलता हुआ ख़ुद ही कमरे में दाख़िल हो गया। कुर्सी खींचा और शुक्ला के सामने बैठ गया।

बिना किसी औपचारिकता के ठट्ठा मारकर हँसना शुरू कर दिया, "आज फिर वहाँ एक तमाशा शुरू हुआ है, सर!"

शुक्ला ने कोई जवाब नहीं दिया। वे फ़ाइलों को किनारे कर शेखर को देखने लगे।

"पूरे शहर में सनसनी है। 'आब्ज़र्वर' से कोई कुछ बोल नहीं रहा है। मैंने शशि शर्मा से पूछा।"

"कोई सेक्सुअल ह्रासमेंट का केस तो नहीं हो गया?" शुक्ला ने आशंका ज़ाहिर की, "इस तरह की बातें वहाँ पहले भी हो चुकी हैं।"

"हा-हा-हा, आप भी सर!" फिर ठहाके का दूसरा दौर शेखर ने शुरू किया, "आ-हा-हा-हा...क्या बात कह रहे हैं सर! सेक्सुअल ह्रासमेंट!"

शुक्ला को इस तरह के ठहाकों का मतलब समझ में नहीं आता था। कभी-कभार जब उनकी बातों से तिलमिलाकर कोई प्रतिक्रिया देता तो उन्हें भी ख़ुशी होती और हँसी लगती। यह हँसी बहुत ही अनुशासन के साथ समाप्त हो जाती। लेकिन इस तरह के ठहाकों का मतलब समय बर्बाद करने के अलावा और क्या है? उन्होंने अपनी घड़ी देखी। टाइम किलर! इन्तज़ार किया और शेखर से पूछा, "सीएम के पीए ने क्या कहा?"

"सर, किसी ने चिट्ठी से धमकी भेजी है 'ऑब्ज़र्वर' के दफ़्तर में। उसने 'ऑब्ज़र्वर' को धमकी दी है कि विकास के बहाने भागवत राय की चमचागीरी बन्द करो। पूरी बात तो उसे भी पता नहीं है। कोई कुछ बता नहीं रहा है। सीएम बाहर हैं। वे कल 'ऑब्ज़र्वर' के दफ़्तर में खगेन्द्र प्रभात से मिलेंगे। आपको क्या लगता है?"

"कोई खगेन्द्र को धमकी क्यों देगा? पूरी बात सामने आने पर ही इस पर कोई राय बनाई जा सकती है।" जहाँ तक चमचागीरी की बात है, शुक्ला के पास उल्टा सवाल था कि खगेन्द्र ने कब चमचागीरी से परहेज़ किया है? सेक्रेटेरियट हॉल की दीवार के गिरने पर सभी अख़बारों ने भागवत राय को निशाने पर लिया था। उस वक़्त भी 'ऑब्ज़र्वर' में भागवत के बचाव में सम्पादकीय छपी थी। खगेन्द्र प्रभात ने कहा था कि भागवत राय को हॉल-निर्माण की गड़बड़ियों की मुकम्मल छानबीन करवानी चाहिए और आलोचनाओं से घबराए बग़ैर विकास के रास्ते पर तेज़ी से बढ़ते रहना चाहिए।

"यही बात है। इस बात पर ही मैं लोगों से बाज़ी लगा रहा था। कभी पूरी बात आई है क्या? इसे भी 'ऑब्ज़र्वर' वाले कहीं और मोड़ देंगे।"

"इसके पीछे धूर्तता भी हो सकती है। कई ऐसे मामले राज्य में हुए भी हैं।" शुक्ला ने शेखर की ओर देखा, "लेकिन यदि किसी ने सचमुच अख़बार को धमकी दी है तो यह दुर्भाग्यपूर्ण स्थिति है। सरकार की बड़ी विफलता है।"

शेखर को उम्मीद थी कि खगेन्द्र प्रभात के ख़िलाफ़ शुक्ला आपत्तिजनक टिप्पणी करेंगे। इसे लेकर वह दूसरे दिन यहाँ से वहाँ तक चुटकुला सुनाता फिरता। शुक्ला की शुष्क टिप्पणी से वह निराश था, "ठीक है, सर। जो भी होगा, सामने आएगा ही।"

"...और सुनो, तुमने न्यूज़ स्टोरी दी थी कि सरकार ने विस्थापितों के लिए एक हज़ार एकड़ ज़मीन की व्यवस्था की है, एनजीओ वाले कह रहे हैं कि यह तथ्यहीन है?"

"क्या बात कर रहे हैं वे? सीएम से मेरी बातचीत हुई थी। सीएम यदि झूठ बोल रहे हों तो कहा नहीं जा सकता है।"

"फ़र्ज़ी ख़बरों से अख़बार की साख पर बट्टा लगता है। कहीं तो ज़मीन होगी, इसे सामने लाओ।"

"मैं पता कर लेता हूँ, सर। यदि बात सच नहीं हुई तो भागवत राय को लेकर दूसरी स्टोरी मैं तैयार करता हूँ।"

शाम सात बजे नीता दास शुक्ला के चेंबर में आकर बैठ गई। नीता दास के अभिवादन के प्रत्युत्तर में शुक्ला ने सिर हिलाकर उसे बैठने का इशारा किया। वे राज्य की औद्योगिक स्थिति पर एक रिपोर्ट पढ़ रहे थे और कुछ नोट भी करते जा रहे थे। नीता दास ने अपने झोले से तीन पतले-पतले नोटबुक निकाले और बग़ल की कुर्सी पर रख दिया। आदिम जनजाति पर उसने एक रिपोर्ट तैयार की थी। वह उस रिपोर्ट में जोड़-घटाव कर रही थी।

राज्य के चैंबर ऑफ़ कॉमर्स एंड इंडस्ट्रीज की बुकलेट को पलटते हुए शुक्ला कुछ वाक्यों को चेक मार्क कर रहे थे। कुछ को ब्रैकेट में डाल रहे थे और उन बिन्दुओं को नोट भी कर रहे थे। वे इन्तज़ार कर रहे थे कि नीता दास अपने साक्षात्कार के बारे में बात शुरू करे लेकिन नीता दास अपनी नोटबुक में अप-डाउन के लम्बे-लम्बे तीर खींच रही थी। उसे कोई जल्दी नहीं थी। कहीं भी हो, उसे यह काम करना ही था। शुक्ला ने बुलाया है। यह शुक्ला की गरज है कि वह अपना काम बताएँ।

"अलकारानी का इंटरव्यू अच्छा है। थोड़ा लम्बा है लेकिन..."

"इसे छोटा कर देते हैं।"

"नहीं-नहीं, ठीक है। इसे किस्तों में छाप लेंगे। इस समय इसकी ज़रूरत है। उनसे मेरी बात हुई है और भी ज़रूरत होगी तो वे सहयोग करेंगी।"

"आपका कहना है कि उनसे और भी इंटरव्यू..."

"नहीं-नहीं...हाँ-हाँ। असल में इन ब्यूरोक्रेट्स से बात निकलवाना आसान नहीं है। ये नेताओं की तरह अगड़म-बगड़म कम बोलते हैं।" शुक्ला ने ज़ोर देकर ही-ही की। हँसने की उन्हें आदत नहीं थी। उनकी भाव-भंगिमा ऐसी थी कि सामने वाला भी बेवजह गम्भीर हो जाता था। "अब इंटरव्यू का एंगल बदलना होगा।"

नीता दास की त्योरी हमेशा चढ़ी रहती थी, जैसे लड़ने की किसी वजह की तलाश में हो! वह देखती रही। शुक्ला के मुँह से बाईं ओर के दाँत झाँक रहे थे। वे टेढ़े हो रहे थे।

"उससे बेतकल्लुफ़ होकर बात करो। उन बातों को हम छापेंगे नहीं। बस, हमें भागवत राय के बारे में अलकारानी की निजी राय समझनी है। इससे लिखने में सहूलियत होती है और शुष्कता ग़ायब हो जाती है।"

"मेरा इंटरव्यू आपको शुष्क लग रहा है?"

"नहीं। मैंने तुम्हारी लिखी रिपोर्टें पढ़ी हैं, इंटरव्यू पढ़े हैं। सच कहा जाए तो यह बेहतरीन में से एक है। तुमने ग़ौर किया होगा। अलकारानी के अनुसार उनकी पहली पोस्टिंग टाटा में हुई थी। वहाँ कुछ ऐसे मामले उनके सामने आए थे जिन्हें वह आज समझती हैं कि उन्हें बेहतर तरीक़े से निपटाया जा सकता था।"

"आपने मेरा सवाल नहीं देखा? उनको यह क़बूलना पड़ा था।"

"बिलकुल, तुम सही कह रही हो। लेकिन मुझे लगता है कि यहाँ एक कहानी छिपी हुई है। और, हो सकता है कि महत्त्वपूर्ण भी हो! अलकारानी की बात अतीत से कम, वर्तमान से ज़्यादा सम्बन्धित होगी। इसलिए मैंने तुम्हें अलकारानी से भागवत राय के बारे में..."

"जी।" नीता दास सीधी होकर बैठ गई और नोटबुक झोले में रख दी। एक उँगली से सिर खुजलाने लगी, "जी, आप जानते हैं कि यह एक दिन का काम नहीं है।"

"तुम यह काम करो।" शुक्ला की आँखें चमक रही थीं। उन्होंने अपने दाँतों को छिपाते हुए मुस्कराने की कोशिश की, "इसके लिए मैं तुम्हें अच्छे पैसे दिलाऊँगा।"

नीता दास कुछ देर चुप रही। सभी पत्रकारों को 'दैनिक आब्ज़र्वर' और 'दैनिक शिखा' के बीच चल रहे टकराव के नये अध्याय की जानकारी थी। खगेन्द्र प्रभात भी चुप नहीं बैठे थे। वे ऐसी परिस्थितियाँ रच देते कि लोग उनके विरोधी को ही गालियाँ देना शुरू कर देते। राज्य ऐसी स्थिति में था जहाँ चीज़ें बह रही थीं। कौन किस किनारे लगेगा, कहना मुश्किल था। नीता दास भी ऊहापोह में थी, "सर, आप भागवत राय के बैक ग्राउंड में जाना चाहते हैं?"

शुक्ला चुप रहे। उन्होंने घंटी दबाई और चाय लाने को कहा।

यह नीता दास को ही उन्होंने क्यों बुलाया है? क्या यह महज़ इंटरव्यू की बात थी? यह तो उनके ऑफ़िस के ही कई लड़के कर देते और वे नीता दास से बेहतर कर सकते हैं। जहाँ तक शैली और प्रवाह की बात है, बहुत ही रूखी-सूखी शैली और नीरस शब्दों में लिखनेवाली यह पत्रकार जो कई अख़बारों में काम करती हुई अब किनारे लग रही है, फ्री-लांसिंग से गुज़ारा कर रही है। कहीं काम में इसे लगाना बड़ी भूल तो नहीं होगी?

"बैकग्राउंड का मतलब उसकी राजनीतिक सफलताओं की कहानी मैं नहीं चाहता हूँ कि उसने स्वास्थ्य मंत्री के बतौर कैसा काम किया या कि एमएलए के रूप में उसकी भूमिका क्या रही। नहीं।"

"मैं एक स्टोरी पर काम कर रही हूँ। वह इस इंटरव्यू से जुड़ी हुई है। मैं इसलिए पूछ रही हूँ। मैं इसमें पहले ही बहुत कुछ लगा चुकी हूँ, सर।"

"मैं दूसरी बात कर रहा हूँ। मैं एक बिलकुल पॉलिटिकल स्टोरी की बात कर रहा हूँ, किसी सोशल एक्टिविस्ट की टिप्पणी नहीं।"

"पॉलिटिकल स्टोरी?"

"हाँ। और इन नेताओं की राजनीति का सच जानने के लिए तुम्हें सात दरवाज़ों को तोड़कर अन्दर जाना होगा। एथेंस के सत्यार्थी की कहानी याद है न?"

"कब तक तैयार करनी है?"

"अभी से लग जाओ। अलकारानी का इंटरव्यू पूरा कर लो। इसके बाद विधानसभा अध्यक्ष का लेना है, फिर करमा भगत का, चाहो तो कार्तिक प्रसाद का भी ले लो। वह बेचारा क्यों छूटे! इन सबसे राज्य की राजनीति पर एक सीरीज़ ही कर लेते हैं। भागवत राय वाली सामग्री को विधानसभा सत्र में निकालते हैं।"

"सर, इसका मुझे कितना मिलेगा?"

"मैं पन्द्रह तक दिला दूँगा।" नीता दास के चेहरे पर शुक्ला चमक ढूँढ़ने लगे।

नीता दास ने नोटबुक झोले से बाहर निकाली और बिना खोले वापस रख दी, "मैं जानती थी, आप ऐसा ही कुछ बोलेंगे। मैंने कहा था कि मैं इस दिशा में पहले से ही काम कर रही हूँ। बहुत कुछ मैंने तैयार भी कर लिया है। अलकारानी से इंटरव्यू के आप जो दे रहे हैं, उसमें मैं कुछ नहीं बोलूँगी। लेकिन इस काम के लिए मैं सत्तर हज़ार लूँगी।"

शुक्ला ने ठहाका लगाया, "सत्तर! यह तो अंग्रेज़ी अख़बारों में भी रेट नहीं है। मुझे नहीं मालूम, अमेरिका-ब्रिटेन में क्या रेट है, लेकिन सत्तर तो नहीं ही होगा।"

"नहीं सर, मैं मज़ाक नहीं कर रही हूँ। आप कहिए तो मैं करूँ।"

"यह रक़म इतनी बड़ी है कि मैं सिफ़ारिश भी नहीं कर पाऊँगा। तुम काम करो, मैं ज़्यादा से ज़्यादा मैनेज करने की कोशिश करूँगा।" शुक्ला को इस सौदेबाज़ी का अन्देशा ही नहीं था। होता तो शायद वे नीता दास के बारे में सोचते ही नहीं, "यह एक ख़ास तरह का मिशन है। तुम यह काम कर सकती हो। यह पूरे राज्य के हित में है। राज्य की लाखों जनता के लिए है। पैसों को बीच में मत लाओ।"

"सर, मैं कोई आज से पत्रकारिता में नहीं हूँ और मिशन के लिए ही काम करना है तो 'शिखा' या 'ऑब्ज़र्वर' में क्यों लिखती और आप भी यहाँ बैठकर कोई मिशन नहीं पूरा कर रहे हैं।"

"क्या मतलब है तुम्हारा? तुम 'ऑब्ज़र्वर' से मेरे अख़बार की तुलना कर रही हो? तुम खगेन्द्र को नहीं जानती हो, सही में खगेन्द्र है। भागवत राय के लिए...ख़ैर, छोड़ो। नहीं करना है तो मत करो। इतना पैसा कोई अख़बार नहीं देने वाला है।"

"मैं जानती हूँ कि कोई अख़बार नहीं देनेवाला है। और, खगेन्द्र प्रभात यदि भागवत राय का पिछवाड़ा धो रहा है तो आप भी कम नहीं हैं। अभी प्रद्युम्न सिंह ने पलटनिया मार दिया है। इसलिए भागवत राय में आपको छेद ही छेद..."

"तुम अपनी बकवास बन्द करो।" इतनी मुँहफट और बदतमीज़ है, इसका शुक्ला को अन्दाज़ा नहीं था। वह लड़ने की सनक से ही आई हुई थी। शुक्ला ने चाय लेकर आ रहे ऑफ़िस-ब्वॉय को डाँट लगाई, "वापस ले जाओ और दरवाज़ा बन्द कर दो।"

"बकवास आप कर रहे हो।" नीता दास की आवाज़ तेज़ थी, "दरवाज़ा मत बन्द करो। सबको सुनने दो कि यह सड़ियल सम्पादक क्या बक रहा है!"

दरवाज़ा खुलने से तेज़ आवाज़ बाहर एक नम्बर में गई। सारे पत्रकार-उपसम्पादक दौड़कर आ गए। एक ठोकर से चाय शेखर के कपड़ों पर गिर गई, "अबे, कपड़ा बर्बाद कर दिया तुमने! दौड़कर पानी लाओ।"

ऑफ़िस ब्वॉय डरते हुए शुक्ला के चैंबर में घुसा और वहाँ से पानी से भरा गिलास उठाकर शेखर के कपड़ों पर डाला। इससे एक ओर लगभग आधी पैंट गीली हो गई।

"इतनी बदतमीज़ पत्रकार मैंने आज तक नहीं देखी।" शुक्ला कुर्सी से उठ गए।

मामला गम्भीर था। ज़्यादातर पत्रकार गम्भीर थे। शेखर के गीले पैंट वाली हँसी जिनकी हँसी नहीं थम रही थी, वे दूर जाकर मुँह खोलकर हँसने लगे।

"आपने मुझे बदतमीज़ कहा?"

"अरे छोड़िए, नीता जी। अभी चलिए।" महिला स्टाफ़ रिपोर्टर ने नीता का हाथ पकड़कर खींचा, "यह आप दोनों के लिए ठीक नहीं है।"

"नहीं, नहीं, इन्होंने बदतमीज़ किसे कहा?" नीता दास तनकर खड़ी हो गई।

शुक्ला को अहसास हो गया था कि बदतमीज़ कहकर उन्होंने ग़लती कर दी है। उन्होंने चश्मा खोलकर पोंछा और चैंबर से निकल पड़े। शेखर के हाथ से एक और मसला निकल गया था और वह शुक्ला के पीछे 'सर, सर' करते हुए दौड़ रहा था। शुक्ला ने दो स्टाफ़ को एक खम्भे के पीछे पेट पकड़कर हँसते हुए देखा। इससे उनका मन और भी खिन्न हो गया।

दूसरे दिन 'दैनिक ऑब्ज़र्वर' ने धमकी वाले पत्र को सनसनीखेज़ ख़बर में बदल डाला। अन्य अख़बारों में भी यह ख़बर थी। पहले कॉलम के नीचे 'एक अख़बार के दफ़्तर में पत्र द्वारा धमकी' की छोटी-सी सुर्खी लगाकर उनके अपने अख़बार ने निपटा दिया था। लेकिन इससे क्या होता है? फोकस में खगेन्द्र प्रभात आ चुके थे।

'दैनिक ऑब्ज़र्वर' ने पहले पन्ने का आधा हिस्सा धमकी वाली चिट्ठी की ख़बर से रँग दिया था। इस काम में वह माहिर था। हाथ से लिखी चिट्ठी थी। टेढ़ी-मेढ़ी लिखावट थी। हिज्जे की कई ग़लतियाँ थीं, लेकिन सन्देश साफ़ था : 'सरकार-पुलिस की दलाली बन्द करो। जंगलों में पुलिस कैंप बिठाना बन्द करो। इन सबकी सज़ा जनता जन-अदालत लगाकर देगी।' इसमें किसी को सम्बोधित नहीं किया गया था। इस तरह की चिट्ठियाँ बड़ी आम बात थीं। यहाँ तक कि मंत्रियों को भी मिलने की ख़बर आती। यह दिलचस्पी की चीज़ नहीं रह गई थी। इन चिट्ठियों के बाद 'मुखबिर' कहकर कुछ लोगों की गरदन रेत दिये जाने की घटनाएँ सामने आतीं। ये ज़रूर कुछ दिनों की ख़बरों में बनी रहतीं।

शुक्ला को भी पता था कि सनसनी कैसे फैलाई जाती है। डीजीपी का 'तत्काल जाँच का आदेश' था। पक्ष और विपक्ष के बयान थे। 'दैनिक ऑब्ज़र्वर' के तीस सालों के 'उसूलों' से भरी यात्रा का विवरण उसमें था। सम्पादकीय में पाठकों और राज्य की जनता को आश्वस्त किया गया था कि अख़बार अपने पथ से विचलित नहीं होगा। इस तरह के दौर पहले भी आए हैं और 'दैनिक ऑब्ज़र्वर' ने परीक्षा की उन कठिन घड़ियों को पार किया है। अख़बार को अच्छा-ख़ासा विज्ञापन मिल गया था।

शुक्ला ने अख़बार को फ़र्श पर पटक दिया। वे अभी भी नीता दास के व्यवहार से दुखी थे। कुछ भी नई बात दिमाग़ में आती कि नीता दास की 'सड़ियल सम्पादक' वाली टिप्पणी उन्हें याद आ जाती। शुक्ला के मन में रह-रहकर अलकारानी के

इंटरव्यू का वाक्य घूमने लगता : 'कुछ मामलों को वह और बेहतर तरीक़े से निपटा सकती थी।' यह कहानी उन्हें बाहर लानी ही होगी।

काफ़ी उधेड़बुन के बाद उन्होंने तय किया कि शेखर को लगाया जाए। उपसम्पादक का फ़ोन आया, "सर, यूपी मिश्रा ने 'आज का राशिफल' में फिर कल वाला ही दुहरा दिया है। इसके बारे में पाठकों से भी लगातार मैसेज आ रहे हैं।"

"उसको यहाँ-वहाँ से ख़ुद सुधार लो। मिश्रा को अभी हटा भी नहीं सकते हैं। मुख्यमंत्री निवास में उसकी अच्छी पैठ है। अच्छा सुनो, आज मैं दफ़्तर नहीं आ रहा हूँ।...नहीं, नीता दास की वजह से नहीं, मेरा निजी काम है। नीता दास ख़ुद ही माफ़ी माँगने आएगी। शेखर को यहाँ भेज देना।"

सम्पादक के प्रस्ताव से शेखर उत्साहित नहीं था। शुक्ला ने फिर दुहराकर समझाया। आगामी विधानसभा सत्र के महत्त्व को समझाया और इस सत्र में प्रस्तावित काम के महत्त्व को समझाया, "धारा बदल रही है। चीज़ें अब शक्ल लेंगी। एक बार गुल्लू तिवारी कठघरे में खड़ा हो गया, तो फिर 'ये' भी नहीं बचेंगे।"

"सर, मैं नहीं जानता कि इससे क्या निकलेगा। कहिए तो मैं चोरपट्टी के विवाद को कवर कर लूँ? यहीं से भागवत राय की पार्टी में दरार शुरू हुई है और..." शेखर ने अपनी आवाज़ धीमी कर ली, "सर, शहर में चर्चा चल रही है कि सरकार तमाम ग़ैर-मजरुआ या बेकार पड़ी ज़मीन को क़ब्ज़ा-मुक्त करेगी और..."

"देखो शेखर,..."

"आप निश्चिन्त रहिए, सर। इसमें प्रद्युम्न बाबू के ख़िलाफ़ कुछ नहीं होगा। उनके विभाग ने ऐसी ज़मीन की सूची जारी की है, जिन्हें सरकार या तो अनुबन्ध पर देगी या औद्योगिक इस्तेमाल के लिए हस्तान्तरित करेगी। प्रद्युम्न बाबू अभी ख़ुद इसके ख़िलाफ़ खड़े हैं और भागवत राय के लिए इस सवाल का सामना करना आसान नहीं होगा।"

"नहीं, तुम ग़लत सोच रहे हो। यह भागवत राय के लिए ही तर्क जुटाना होगा। वह इस पर अमल भी करेगा और सारा ठीकरा अपने विरोधियों के सिर पर फोड़ेगा।"

"फिर हम हाल की बहालियों को उठा लेते हैं। इनमें बहुत घोटाले हुए हैं।"

"ठीक है। इस पर भी लेंगे। सारा मामला कोर्ट में है और एक हद से ज़्यादा हम जा नहीं सकते। तुम्हें गुल्लू तिवारी में क्या समस्या दिख रही है?"

"वहाँ कुछ है नहीं, सर। अभी सोसोपिड़ि में एक ज़मीन को लेकर आदिवासियों से साथ उसका विवाद चला था। डीसी मिंज ने गुल्लू तिवारी के कंस्ट्रक्शन पर रोक लगा दी थी। हाई कोर्ट ने गुल्लू तिवारी के पक्ष में स्टे ऑर्डर दे दिया। ख़त्म!

उनके अतीत में भी कुछ होता तो दिखाई पड़ता।" शेखर ने पैंट की जेब से मोबाइल निकालकर कान से सटाया।

"यही मैं कह रहा हूँ। हम लोग रिपोर्टर हैं। जहाँ कुछ नहीं दिख रहा है, वहाँ से भी हम बड़ी चीज़ ले आते हैं। इसको ही खोजी पत्रकारिता कहते हैं।"

"...पूरी गाड़ी को?...किस जगह...दुरांग्दा फॉल मोड़ पर, फॉल की ओर जहाँ से सड़क मुड़ती है? कन्फर्म है। हाँ...मैं बतला देता हूँ।" शेखर ने मोबाइल को जेब में रखा, "सर, बड़ा कांड हो गया! 'ऑब्ज़र्वर' की टाटा जानेवाली तीनों गाड़ियों को अख़बार सहित जला दिया गया है।"

"किन लोगों ने? अभी किससे बात हो रही थी?"

"राजीव से। कह रहा था कि जलानेवाले वर्दी में थे। सब-के-सब हथियार से लैस थे। वही लोग होंगे!"

"'ऑब्ज़र्वर' को लेकर आख़िर वे लोग ऐसा क्यों करेंगे?"

"अभी खगेन्द्र जी आप से बात करेंगे। राजीव कह रहा था। सम्पादकों और वरिष्ठ..."

खगेन्द्र प्रभात का ही कॉल था। शुक्ला ने उठाया, "भाई, अभी-अभी पता चला। यह बहुत बुरा हुआ। सभी..."

"कब...साढ़े ग्यारह बजे। अरे नहीं, इसमें अगुवाई की क्या बात है। हम सब पर हमला है। राज्यपाल से क्यों नहीं मिलते हो? मुख्यमंत्री हैं तो सही, लेकिन..."

"..."

"चलो, ठीक है। नहीं, यह भी ठीक है। एक अल्टीमेटम दे आते हैं।"

परशुराम चौक से सम्पादकों के नेतृत्व में मुख्यमंत्री से मिलने पत्रकारों का दल रवाना हुआ। अच्छा-ख़ासा जुलूस हो गया था और आम तौर पर जैसाकि पत्रकारों-लेखकों का जुलूस हुआ करता है, यह भी मौन जुलूस ही था। फ़ोटोग्राफ़र, चैनलों के कैमरामैन और रिपोर्टर आगे से पीछे दौड़ रहे थे। फिर दौड़कर पीछे से आगे आ जाते थे। शुक्ला इस घटना को भी एक टर्न देना चाहते थे। योजनाएँ बन-बिगड़ रही थीं। उन्होंने सिर घुमाकर पीछे देखा। नीता दास अन्य पत्रकारों के साथ ठीक उनके पीछे थी।

भागवत राय ने उठकर प्रतिनिधिमंडल की अगवानी की। प्रतिनिधिमंडल के साथ वरिष्ठ पत्रकार वहाँ बैठ गए। संवाददाता चारों ओर खड़े हो गए और धीरे-धीरे मुख्यमंत्री का कक्ष भर गया। खगेन्द्र प्रभात ने शुक्ला की ओर देखा, "सर, आप वरिष्ठ हैं। आप ही शुरू करें।"

शुक्ला ने चारों ओर नज़रें घुमाईं, "मुझे नहीं लगता कि माननीय मुख्यमंत्री जी हालात से नावाक़िफ़ होंगे। आज पत्रकार और मीडियाकर्मियों पर हमले बढ़ गए हैं। छोटे भाई खगेन्द्र प्रभात जी को धमकी भरी चिट्ठी मिलती है। दूसरे दिन अख़बार जला दिया जाता है। सरकार और शासन का रुख़ यूँ है कि गोया कुछ हुआ ही नहीं हो। आज सड़कों पर हम किसी ख़बर के लिए नहीं उतरे हुए हैं। सड़कें भी हमारे लिए सुरक्षित नहीं रह गई हैं, यह बताने हम उतरे हैं। क्या माननीय मुख्यमंत्री जी हमें बताएँगे कि इसके लिए क्या क़दम उठाया गया है और अपराधियों की गिरफ़्तारी कब तक हो पाएगी?"

अर्द्धवृत्ताकार टेबल के पीछे हाथ जोड़े भागवत राय का अन्दाज़ भव्य था। मुख्यमंत्री गम्भीर थे। उन्होंने शशि शर्मा के कान में झुककर कुछ कहा। शशि शर्मा मोबाइल पर उँगलियाँ चलाने लगा। मुख्यमंत्री ने धैर्य के साथ शुक्ला के वक्तव्य को सुना। शुक्ला के वक्तव्य को सम्पुष्ट करते हुए दूसरे सम्पादकों ने भी अपनी बातें रखीं। सबकी बातें ख़त्म होने के बाद भी भागवत राय ने इन्तज़ार किया कि शायद कोई और बोले।

उन्होंने सामने बैठे सम्पादकों-पत्रकारों की ओर देखा, "सबसे पहले मैं आप सबसे माफ़ी माँगता हूँ, खगेन्द्र जी से ख़ास तौर पर। अख़बार जलाए जाने की घटना पर मुझे बेहद अफ़सोस है। आप देख रहे हैं कि किस तरह से सरकार को घेरने की कोशिश हो रही है। इसके लिए विपक्ष हर तरह का हथकंडा अपना रहा है लेकिन इस तरह के अपराधों की इजाज़त किसी को नहीं दी जा सकती।"

शशि शर्मा ने मोबाइल भागवत राय की ओर बढ़ाया। भागवत राय ने एक नज़र उस पर डालकर मोबाइल वापस कर दी, "अख़बार जलाने की घटना दुरांगदा फॉल मोड़ पर साढ़े तीन बजे रात हुई। मुझे साढ़े चार बजे सुबह यह ख़बर दी गई और मैंने तुरन्त डीजीपी को एक्शन के लिए कहा। उस मोड़ पर रात भर पेट्रोलिंग पार्टी रहती है। आज भी थी। पेट्रोलिंग पार्टी का कहना है कि उनके वहाँ से निकलने के पाँच या दस मिनट बाद यह घटना घटी है। आग की लपटें घाटी की चढ़ाई से दिखीं और उन्होंने वहीं से अपनी गाड़ियाँ वापस कर ली थीं।"

"लेकिन, सर! उस जगह हमेशा चहल-पहल रहती है।"

"हाँ, वहाँ चाय की गुमटियाँ और लाइन होटल हमेशा खुले रहते हैं। वहाँ उस वक़्त मौजूद लोगों से पूछताछ की गई है। वे बहुत-कुछ बता नहीं पा रहे हैं। उन लोगों के अनुसार वर्दी पहने दस से बारह लोग थे। उन्होंने चेहरे पर गमछा लपेट रखा था। वे पुराने मॉडल की दो जीपों से आए थे। इससे अधिक जानकारी वहाँ नहीं मिल पा रही है। इसके पहले भी कुछ वर्दीधारियों ने दारुहातु में अर्था के वाहनों को जलाया है।"

भागवत राय के पास घटना की बारीक से बारीक जानकारी थी। उन्हें उम्मीद थी कि वरिष्ठ पत्रकारों में से अवश्य कोई न कोई इसकी तारीफ़ करेगा। इस प्रत्याशा के साथ उन्होंने सबको देखा। उनकी नज़रें खगेन्द्र प्रभात पर टिक गईं।

"सर, आपकी जानकारी की तारीफ़ किए बग़ैर मैं नहीं रह सकता। घटना के बारे में सम्पूर्ण जानकारी है।" मर्यादित तरीक़े से खगेन्द्र प्रभात ने बात रखी, "लेकिन हमारी उत्सुकता है कि..."

"इस घटना के वक़्त दो गाड़ियों के ड्राइवर चाय पी रहे थे। ख़लासी गाड़ियों के विंडो साफ़ कर रहे थे और एक ड्राइवर वहीं पास की झाड़ी में गया था।" भागवत राय ने बीच में खगेन्द्र प्रभात को टोक दिया, "उनसे बात करने के बाद पुलिस ने अब तक आठ सन्दिग्धों को हिरासत में लिया है।"

शुक्ला को भागवत राय का अन्दाज़ अखर रहा था। विनम्रता थी, लेकिन अन्दाज़ में कुछ चिढ़ानेवाली बात भी थी। मसलन, वह जब नज़रें किसी पर जमाते तो उनकी नज़रों में समर्थन पाने की ढीठ आकांक्षा भी रहती। खगेन्द्र प्रभात ने भागवत राय की तारीफ़ की। यह प्रतिनिधिमंडल और मौक़े के मिज़ाज़ से मेल नहीं खाता था। वहाँ मौजूद कुछ पत्रकारों का रवैया यूँ था, मानो यह भागवत राय का कोई प्रेस कॉन्फ्रेंस हो!

शुक्ला के लिए यह असहनीय होने लगा, "माननीय मुख्यमंत्री जी...नहीं, आप मेरी बात सुनिए। सवाल यह नहीं है कि घटना के समय चारों ओर क्या हो रहा था। सवाल यह है कि इस तरह की घटनाएँ चारों ओर हो क्यों रही हैं?"

भागवत राय ने एक बार फिर अपने हाथ जोड़े, "शुक्ला जी, आप भी जानते हैं कि अख़बार जलानेवाले कोई पॉकेटमारी और चोरी करनेवाले नहीं हैं। जो भी हों, पुलिस उन तक पहुँच रही है। खगेन्द्र प्रभात जी को धमकी देनेवाले तक भी हम पहुँच रहे हैं। राज्य के सभी जेलों से लिखावट के नमूने लिये जा रहे हैं और आपको बता दूँ कि हमने..."

"सर, सोसोपिड़ि वाले ज़मीन-विवाद पर रिपोर्टिंग के लिए गए लड़कों को आपकी पुलिस ने हवालात में बन्द कर दिया था।" नीता दास पीछे से सामने आ गई। वह इस तरह की बातें ही आम तौर पर करती थी, सन्दर्भ से कटी हुई बातें! प्रतिनिधिमंडल के सदस्यों ने अपनी-अपनी कुर्सियाँ खिसकाकर उसके लिए खड़े होने की जगह बनाई, "गुल्लू तिवारी..."

"मैडम, यह राजनीति करने का मौक़ा नहीं है।" भागवत राय की आवाज़ शुष्क थी, "राजनीति ने राज्य का सत्यानाश कर दिया है।"

"कुर्सी पर बैठकर राजनीति किसे अच्छी लगती है, मुख्यमंत्री जी? पत्रकारों पर हो रहे हमलों को लेकर आपने जिन्हें बन्द किया है, वे कौन हैं?" नीता दास ने एफ़आईआर की फ़ोटोकॉपी मेज़ पर पटकते हुए कहा, "दारुहातु और सोसोपिड़ि में विस्थापन के ख़िलाफ़ लड़नेवाले लोग हैं। अगर वे जीप से आए हैं तो बंगाल बॉर्डर टोल पर सीसीटीवी है। आप उन गाड़ियों की शिनाख़्त कर सकते हैं।"

"आप क्या समझती हैं..."

"सर...नीता जी, मेरी बात सुनिए। शायद हम मुद्दों से भटक रहे हैं। हमें मुख्यमंत्री जी का शुक्रगुज़ार होना चाहिए कि..." खगेन्द्र प्रभात ने बीच-बचाव की कोशिश की।

"रुकिए खगेन्द्र जी।" भागवत राय ने हथेलियाँ फैलाईं, "रुकिए। ये हमेशा तोहमत ही लगाती रहती हैं। हमें भी इनका कच्चा चिट्ठा पता है। इन लोगों की वजह से उग्रवादियों के हौसले बढ़े हुए हैं। विकास के हर काम के लिए इनसे परमिशन लेनी होगी क्या?"

"पत्रकारों को आप चम्पू बनाना चाहते हैं। हम लोग सोसोपिड़ि की ख़बर लेने गए थे। उनमें से दो मास कम्युनिकेशन के स्टूडेंट थे। एक विधायक वहाँ मौजूद थे और दो हज़ार से ऊपर वहाँ आसपास के लोग थे। आप चाहते हैं कि वहाँ की रिपोर्टें नहीं छपें।" नीता दास खड़ी रही, "आप पत्रकारों की सुरक्षा की बात कर रहे हैं। पत्रकार जब आपके ठेकेदार मित्र गुल्लू..."

चम्पू शब्द खगेन्द्र प्रभात को नागवार लगा। 'समर्थक' या 'अनुयायी' जैसे शब्द चल सकते थे, बहस तीखी हो गई। पत्रकारों में खुसर-फुसर होने लगी। खगेन्द्र प्रभात नीता दास को रोकने के लिए बार-बार हाथ जोड़ रहे थे। शुक्ला बहुत सोच-विचार करते हुए इस नतीजे पर पहुँचे कि उनके लिए यह सिचुएशन ख़राब नहीं है। उन्हें कुछ फ़ायदा हो न हो, खगेन्द्र प्रभात के चेहरे से साफ़ था उसके किए-कराए पर पानी फिर रहा है।

भागवत राय ग़ुस्से से काँपने लगे और उनका सिर तेज़ी से हिलने लगा, "आप मेरे अन्दरूनी मामलों में दख़ल न दें।"

"क्या आप यह कह रहे हैं कि गुल्लू तिवारी का ज़मीन हड़पना आप दोनों का अन्दरूनी मामला है?"

खगेन्द्र प्रभात ने हाथ जोड़े, "बात कहाँ से कहाँ जा रही है। हम यहाँ सार्थक बातचीत के लिए आए हैं। मुख्यमंत्री जी की सुन ली जाए।"

"सर, सार्थक बात ही कर रही हूँ। मैं पत्रकारों पर बढ़ रहे हमलों के बारे में

बात कर रही हूँ। तीन महीने पहले, आपको याद होगा खगेन्द्र सर, स्टील सिटी में पत्रकारों के प्रतिवाद कार्यक्रम पर पुलिस और इनकी पार्टी के गुं..." नीता दास ने सुधारते हुए कहा, "कार्यकर्ताओं ने मिलकर हमला कर दिया था। क्या ये बता सकते हैं कि किस पर क्या कार्रवाई हुई है?"

"उसे आप पत्रकारों के प्रतिवाद कार्यक्रम कह रही हैं!" भागवत राय ने अपनी आवाज़ संयत करने की कोशिश की, "प्रतिवाद के नाम पर कुछ लोगों ने इसे राजनीतिक हमले का कार्यक्रम बना दिया था।"

"आप पत्रकारों पर हमले को जस्टिफ़ाई कर रहे हैं?"

"हाँ, मैं कर रहा हूँ। मैंने हमले को जस्टिफ़ाई कब किया? आप जानती हैं कि वहाँ का मामला क्या था? लेकिन आप बताइए, मेरे बारे में जानकारियाँ इकट्‌ठा करने के नाम पर आप जो कर रही हैं, यह क्या है? आप बार-बार अर्था और सरकार पर ज़मीन छीनने की अफ़वाह फैला रही हैं..."

"आपने मुझे अपनी पार्टी का कार्यकर्ता समझ रखा है क्या? मैं पत्रकार हूँ, माननीय मुख्यमंत्री जी।"

खगेन्द्र प्रभात उठ खड़े हुए, "बहुत हो गया! नीता जी, बहुत हो गया। कल आपने बड़े भाई शुक्ला के साथ भी ऐसा ही व्यवहार किया था। आख़िर इस प्रोग्राम का कुछ मकसद है। आप बिना मतलब की..."

"इनका मकसद मैं ख़ूब समझता हूँ।" मुख्यमंत्री की आवाज़ तेज़ हो गई, "यहाँ पत्रकारों को पूरी आज़ादी दी गई है। आसपास के राज्यों को देखिए। वहाँ पत्रकारों से हमारी पार्टी की सरकारें कैसे निपट रही हैं!"

ख़ामोशी छा गई। भागवत राय ने भी महसूस किया कि नीता दास उसे घसीटकर वहाँ ले गई जहाँ वह चाहती थी। नीता दास के सवाल इतने सपाट थे कि भागवत राय को 'हाँ' या 'ना' में जवाब देना पड़ रहा था।

नीता दास न्यू श्यामनगर के स्काइलार्क कॉम्प्लेक्स की ज़मीन के काग़ज़ात की कॉपी निकलवा चुकी थी। मुख्यमंत्री का उस ज़मीन से सीधा कोई क़ानूनी सम्बन्ध नहीं है। कॉम्प्लेक्स गुल्लू तिवारी की कम्पनी तैयार करवा रही है—एक बड़ा आवासीय कॉम्प्लेक्स। लेकिन जाननेवाले जानते हैं कि भागवत राय इसके बड़े पार्टनर हैं। भागवत राय का एस्बेस्टस वाला तीन कमरों का घर अभी भी वहाँ है। घर का रखरखाव स्मारक की तर्ज पर प्रशासन के ज़रिये होता है। किसी मुख्यमंत्री के लिए ऐसा साधारण घर अपने-आपमें उसकी ईमानदारी और सादगी का प्रमाण है। उस मकान के आसपास फ़्लैट थे और स्काइलार्क कॉम्प्लेक्स इनके बीच में था।

भागवत राय के वक्तव्य पर खगेन्द्र प्रभात ने संकुचित मुस्कराहट के ज़रिये अपनी प्रतिक्रिया व्यक्त की। उन्होंने संकेत भी करने की कोशिश की कि मुख्यमंत्री जी के वक्तव्य को चुहलबाज़ी के रूप में लिया जाए। उनकी प्रतिक्रिया से साहस पाकर शेखर ने हँसते हुए कहा, "आप भी सर..."

ज़्यादातर पत्रकारों ने इसे मज़ाक़ के रूप में नहीं लिया। शुक्ला खड़े हो गए, "तो इसे हम धमकी समझें, माननीय मुख्यमंत्री जी? और, खगेन्द्र प्रभात जी, मेरे साथ नीता दास ने ऐसा कोई व्यवहार नहीं किया है जिसकी शिकायत मुख्यमंत्री जी के पास दर्ज की जाए।"

भागवत राय को समझने में देर हो चुकी थी। पत्रकारों को उनकी औकात मुख्यमंत्री ने बता दी थी। नीता दास पीछे हटी। नोटबुक को खादी के हैंडबैग में डाला।

भागवत राय ने बात फिर शुरू की, "मैं तो बस अख़बार को जलानेवाले अपराधियों पर की गई कार्रवाइयों के बारे में..."

शुक्ला ने मुख्यमंत्री की ओर पीठ करते हुए कहा, "चलो, दोस्तो, हमें अब कोई वार्ता नहीं करनी है। ये अख़बारों में आग लगवा लें या पत्रकारों को पिटवा दें या जेल भेज दें, हमें पत्रकारिता से ही इसका जवाब देना होगा।"

पहले नीता दास निकली, फिर शुक्ला निकले। पत्रकारों ने नोटबुक बन्द की, कैमरों को बैग में डाला और एक-एक कर वे निकल गए। सबसे अन्त में खगेन्द्र प्रभात ने सिर झुकाकर भागवत राय का अभिवादन किया और बाहर आ गए।

नीता दास तेज़ी से चल रही थी और बाइक से निकल रहे पत्रकारों को देख रही थी। एक पत्रकार अकेला था। नीता दास ने हाथ उठाकर उसे रोका, "रुको, रुको, मैं भी आ रही हूँ।"

शुक्ला ने ठहाके लगा रहे पत्रकारों को देखा और अपनी कार में बैठने से पहले नीता दास से शुष्क आवाज़ में कहा, "शाम को दफ़्तर में मिलना।"

गवाह

कचहरी के अहाते में हमेशा की तरह गुल-गपाड़ा चल रहा था। पेड़ के नीचे टेबल लगाकर वकील बैठे थे। कुछ वकील काग़ज़ लेकर अपने मुंशी के साथ न्यायाधीशों के कक्षों की ओर दौड़ रहे थे। कुछ वकील ऊँची-ऊँची आवाज़ में

अपने मुवक्किलों को पिछले जीते हुए केसों का हवाला देकर पटा रहे थे। कहीं पर वकील और मुवक्किल के बीच फ़ीस को लेकर बतकही और खींचतान चल रही थी। कचहरी के दशकों पुराने भवनों के बीच एक नया भवन सबसे किनारे खड़ा था। वे उस ओर बढ़ रहे थे।

"नेताजी, नेताजी! इधर भी नज़र डालिए ज़रा।" एक वकील हाथ उठाकर चिल्ला रहा था। वह पेड़ के नीचे एक टूटी कुर्सी पर बैठा था। उस कुर्सी का एक पाया ईंटों के टुकड़ों से बना था।

केएन सिंह उधर बढ़े। उनके साथ बाक़ी लोग भी बढ़े, "कहिए, सिन्हा जी, काहे ला चिचिया रहे हैं?"

"बहुत दिनों से आपके दर्शन नहीं हुए। मुंशी कह रहा था कि पिछले हफ़्ता आप आए थे।" केएन सिंह के साथ खड़े उन तीनों को वकील तौल रहा था। उसने मुंशी को इशारा किया और मुंशी टूल छोड़कर खड़ा हो गया। सिन्हा जी ने सामूहिक आमंत्रण दिया, "आइए, बैठिए। आपका केस इस महीने फ़ाइनल हो जाएगा।"

"धत् महाराज, फ़ाइनल हो जाएगा! साल भर से आप कह रहे हैं। एक सौ चौवालीस में आप जेल भिजवाइएगा का?" केएन सिंह ने वकील को फटकारा, "मैडम को भी आप लटकाए हुए हैं।"

"हम क्या करें नेताजी? केवल एक सौ चौवालीस नहीं है। तीन सौ तिरपन भी है। जज ठीक नहीं था। मैडम के लिए मैं रिस्क नहीं ले रहा था। कोई नया केस-वेस भेजिए। हाज़िरी के लिए तो मैं आप लोगों को बुलाता भी नहीं हूँ। देखो तो कब डेट दिया है?" वकील ने मुंशी की ओर देखा। "जान रहे हैं कि नहीं? आपके सेक्टर का ही मामला है। आर्म्स एक्ट का केस था। पुलिस ने डिक्की से पिस्तौल की बरामदगी दिखा दी थी। वह बहुत वकील के पास गया। सब ने..."

"अभी गप्प में मत फँसाइए। विश्वास बाबू के यहाँ जाना है। वही वाला मामला है।"

"हम जानते हैं। अपहरण वाला मामला। बबन बाबू भी आ गए हैं। आज गवाही है।"

"विश्वास बाबू जल्दी बुलाए हैं।"

"यही है क्या?" सिन्हा जी ने अपने भौंहों से इरफ़ान की ओर इशारा किया। "मैडम और सर का भी मामला चल रहा है। एक बात बोलें नेताजी?"

"देखिए, केस को लाइन पर आने दीजिए। इसके पहले अभी कोई बात नहीं करेंगे।" केएन सिंह वहाँ से चल दिये।

विश्वास का चैंबर बड़ा था। नया था। अलमारियाँ पुरानी थीं। उसमें रखी फ़ाइलें पुरानी थीं। उनके साथ तीन वकील और बैठे थे और बातें चल रही थीं। वे अपने ही किसी सीनियर का मज़ाक़ उड़ाने में मशगूल थे। विश्वास जी ने उन चारों को देखा। उन्हें बैठने को कहा।

दो कुर्सियाँ ख़ाली थीं। केएन सिंह ने जेमा और शाजी को बैठने का आग्रह किया और वे इरफ़ान के साथ बेंच पर बैठ गए।

"यहाँ आओ!" विश्वास जी ने इरफ़ान को अपने नज़दीक़ बुलाया। "डरो नहीं। यहाँ कोई तुम्हारा कुछ नहीं बिगाड़ सकता है—चाहे जितना भी बड़ा गुंडा, माफ़िया या पुलिस अफ़सर हो। ठीक है?"

इरफ़ान ने सिर हिलाया। उसकी क़मीज़ धुली हुई थी। उसकी आँखें चौकन्नी थीं। वह विश्वास जी के बग़ल में कुर्सी के पास खड़ा था।

"देखो, जो तुमने देखा, जिस समय देखा और जहाँ देखा, वही बताना है। याद है न?"

"सर, इसके बारे में आप जज को नहीं कह सकते कि इसकी जान को ख़तरा है?"

"नेताजी, आप क्या समझते हैं कि इससे जज इसको बॉडीगार्ड देने का ऑर्डर दे देंगे?"

"नहीं सर! लेकिन इससे ही पूछ लीजिए किस तरह बबन दुबे के गुंडे इसका पीछा कर रहे हैं। उस दिन ट्रेन में कार्तिक बाबू नहीं मिलते तो इसे मार ही दिया था। अभी जैसे-तैसे लुक-छिपकर अपनी गाड़ी खींच रहा है।"

"आपको क्या लग रहा है, नेताजी बॉडीगार्ड इसके कोयले वाली साइकिल के पीछे-पीछे चलेंगे? और, जान लीजिए, बॉडीगार्ड से ख़तरा और बढ़ जाएगा। यहाँ जितनी मज़बूती से गवाही देगा, यही इसका बचाव होगा। अपराधी जितना जल्दी अन्दर जाएगा, यह उतना ही सुरक्षित रहेगा।" विश्वास जी ने कुछ देर माथा खुजलाया।

कुछ दिनों पहले एक शाम को इरफ़ान के चाचा ने उसे ख़बर दी थी कि सोसोपिड़ि मोड़ पर मैडम और उसके आदमी को बबन के गुंडों ने गोली मार दी है। शंकर एजेंट गोली लगने से मर गया। चाचा ने इरफ़ान को कहीं बाहर जाने से मना कर दिया था। इरफ़ान के लिए सारे रास्ते बन्द थे। इरफ़ान ने सबेरे साइकिल उठाई और चल दिया। उसे डर नहीं लग रहा था। वह सेक्टर तीन स्टेडियम के अन्दर था।

सुबह सात बज रहे होंगे। सड़क पर सुबह टहलने वाले लौट रहे थे। जगह-जगह ठेलों पर करेले का रस, कद्दू का रस, गाजर का रस, बीट का रस, अंकुरित चना और मूँग बिक रहा था। ठेलों के पास भीड़ थी और जमा लोग ज़ोर-ज़ोर से दवाओं और योगासनों पर बातें कर रहे थे। कसैले रसों को पीते हुए मुँह बना रहे थे। इरफ़ान सुस्ताने के लिए स्टेडियम में घुसा। उसकी नज़र फर्राटे से दौड़ती हुई जेमा मैडम पर गई। वह भौचक रह गया। वह दौड़ता हुआ जेमा के पास पहुँचा, "मैडम, मैडम!"

"अरे, इरफ़ान, तुम! मैं तुम्हें इतना ढूँढ़ रही थी।" जेमा इरफ़ान को सीमेंट की गैलरी के पास ले गई, "कोर्ट में गवाही की तारीख़ है। मैं परेशान थी। मैं तुम्हारे गाँव गई थी। किसी को तुम्हारे बारे में मालूम नहीं था।"

"मैडम, उन्होंने आपको मारने की कोशिश की? साहब को भी गोली लगी है। मैं अब बाहर जाने वाला हूँ। मेरे घर के सभी लोग कह रहे हैं, यहाँ बबन मुझे ज़िन्दा नहीं छोड़ेगा।" जेमा को पाकर इरफ़ान ख़ुश था, "मैडम, आपको बबन से डर नहीं लगता है?"

"लगता है। लेकिन हम लोग उससे लड़ रहे हैं। इसलिए वह भी हम लोगों से डर रहा है।"

"मेरा अब कोई घर नहीं है, मैडम। बाप भाग गया है। माँ मेरी बहन के ससुराल में रह रही है। मस्जिद टोले के आधे से अधिक घरों पर ताले लटक रहे हैं। मेरे चाचा, मामा, फूफाजान, जीजा सभी कह रहे हैं कि मैं कोर्ट-कचहरी के चक्कर में न पड़ूँ।"

"गवाही नहीं देने से वह तुम्हें छोड़ देगा?"

"मैं अब गवाही के लिए नहीं आऊँगा, मैडम!"

लड़कियों का शोर सुनाई पड़ा। इरफ़ान उस ओर देखने लगा, "विद्या भी बहुत हल्ला करती होगी।"

"विद्या शोर नहीं करती थी। वह चुप रहती थी। उसकी चाल समझना मुश्किल था। मैं भी उसकी ही तरह थी। किसी को पता नहीं चलता था कि मैं किस तरफ़ हिट करूँगी। विद्या का बॉडी बिहेवियर एक धोखा था। वह ज़िद्दी थी।" जेमा की आँखों में मैदान था—घास से भरा मैदान, जिसके दो छोरों पर गोल पोस्ट थे।

वह चुपचाप उठा और चल दिया। उसे उम्मीद थी कि मैडम एक बार ज़रूर उससे बात करेंगी। लेकिन जेमा ने उसकी ओर नहीं देखा। लड़कियों ने फ्री हिट के बाद खेलना शुरू कर दिया।

इरफ़ान अपनी साइकिल में दो बोरा कोयला अतिरिक्त लाद लेता था और उसकी कमाई बढ़ गई थी। वह कोयंबटूर जाने के लिए तैयार था। वह पुरुलिया होकर खड़गपुर में गाड़ी में बैठ जाएगा। लेकिन उसके फुफेरे भाई ने मना कर दिया। कम्पनी बैठ गई थी। मालिक दुबई भाग गया था।

सबेरे चाय के लिए निमकी लेने गैनी मियाँ की दुकान पर वह खड़ा था। वहाँ एक सिपाही नाक-भौं सिकोड़ता हुआ खड़ा हो गया, "क्या गैनी मियाँ, इतनी मक्खियाँ भिनभिना रही हैं! कम-से-कम ढककर तो रखो या..."

"अभी सब ख़त्म हो जाएगा, सर। अरे साहब को टूल दो!" गैनी मियाँ ने अख़बार के टुकड़े में जलेबियाँ लपेटकर वहाँ खड़ी अधेड़ औरत को दीं और उसके छुट्टे गिनने लगा, "कित्ती बार कहा है कि आजकल रुपये-दो रुपये के सिक्के नहीं चलते हैं। चाय पीजिए, सर। अभी की बनी हुई है।"

"तेरे छुट्टे देवे बखत तो चले है न?" औरत ने पलटकर जवाब दिया था।

"पिला गैनी, बहुत दिन बाद तेरी दुकान आया हूँ और क्या हालचाल है? कोयला-चोरों को कह देना कि चार बोरे माल का देकर छह बोरा न निकालें। सब पर नज़र रहती है हमारी।"

"आजकल वसूली का ज़िम्मा किसको दिये हैं पंडी जी? उसको टाइट कीजिए। ऐसा नहीं कि स्साला रुपया का बारह आना ही पहुँचा रहा हो।"

इरफ़ान ने पॉकेट से रुपया निकालकर गैनी मियाँ की ओर बढ़ाया।

"ऐसे नहीं, गैनी। ससपेन ज़रा धोकर चाय बनाओ। गिलास भी धो लेना।" केतली से गिलास में चाय ढाल रहे गैनी मियाँ को सिपाही ने मना किया। सिपाही ने आवाज़ में नरमी लाते हुए पूछा, "अच्छा, एक बात बता, इधर कोई नया लड़का लेवाडीह से आया है क्या? उसका सम्मन है मेरे पास।"

"नया लड़का?" गैनी मियाँ का हाथ गिलास धोते हुए काँपा और उसने एक नज़र इरफ़ान पर डालकर उस औरत से पूछा, "क्यों अब्दुल्ला की अम्मी, कोई नया लड़का मुहल्ले में आया है क्या? लेवाडीह में किसका रिश्ता है? एक साधु मियाँ का रिश्ता है, लेकिन वो कलकत्ता से लौटा नहीं है। लौटने पर यहाँ बीड़ी पीने ज़रूर आता।"

"सब भड़ुए पुलिस वाले मुँह उठाए इसी मुहल्ले में पहुँच जाते हैं! सारे चोर-पॉकेटमार उन्हें यहीं दिखते हैं। असगर मियाँ के..." उस औरत की आवाज़ चाकू की तीखी धार-सी थी।

"तू बोलेगी ज़्यादा? ज़्यादा गर्मी चढ़ी है क्या? स्साली इस तरह बात करती है, जैसे इसके बाप की ज़मींदारी में घुस गया हो आदमी! स्साली, भोंसड़ी की, पिछले बार की कुटाई भूल गई क्या? हाजत ले जाकर..." उस औरत का लहजा सिपाही को बर्दाश्त नहीं हो रहा था।

"सर, आप किसके मुँह लग रहे हैं?" गैनी मियाँ ने इरफ़ान के हाथ में निमकी देकर निकल लेने का इशारा किया, "पंडी जी, चाय पीजिए। मुहल्ले में कोई इसे मुँह नहीं लगाता है। ये चाय लीजिए..."

"अरे गैनियाँ, तू तेल लगाना छोड़। सूअर को सूअर नहीं कहूँगी तो..."

"देखेगी! अभी देखेगी तू! हरामज़ादी..." सिपाही ने गिलास लपककर पकड़ा। वह क्रोध से काँप रहा था।

जाते-जाते इरफ़ान गैनी मियाँ की आवाज़ सुन रहा था, "माफ़ी माँगो, पंडी जी से। इतने भले आदमी को नाराज़ करती है? सर, ये असल में आपको नहीं कह रही थी। एक पुलिस वाला इससे सब्ज़ी लेकर..."

तीन-चार दिन बीते होंगे। इरफ़ान कोयला बेचकर लौट रहा था। वह कैरियर पर बैठा साइकिल चला रहा था। मुहल्ले की पहली गुमटी तक पहुँचकर उसने बस एक झलक देखी, वही सिपाही मोड़ पर सिंघाड़ा-चाय वाली दुकान में घुस रहा था। उसे शक हुआ। वह साइकिल से उतरकर खड़ा हो गया। फिर वह गुमटी के पीछे चला गया। सिपाही के साथ एक आदमी और था। हाँ, यह वही आदमी था जो आसनसोल में उसे पकड़ने के लिए दौड़ रहा था।

इरफ़ान पसीने से तरबतर हो गया। कुछ सेकंड वह यूँ ही खड़ा रहा। उसका दिमाग़ सुन्न था। फिर वह साइकिल लेकर नीचे नाले में उतरा और नाले की धार के साथ बढ़ता रहा। बबूल और पुटुस की घनी झाड़ियाँ शुरू हो गई थीं। वह बुरी तरह से हाँफ रहा था। वह जा रहा था, लेकिन कहाँ?

इरफ़ान रात भर प्रोजेक्ट कॉलोनी के एक टूटे क्वार्टर के कोने में दुबका पड़ा रहा। डंप एरिया की बिखरी रोशनी वहाँ पहुँच रही थी।

केएन सिंह ने उसे डंपिंग साइट में ही रहने की सलाह दी। इस तरह से वह थोड़ा-बहुत कमा भी लेगा और रहने का भी ठौर हो जाएगा। केएन सिंह ने जेमा को समझाया : "घबराइए नहीं, मैडम। यहाँ हम लोगों के नज़दीक रहेगा। हम लोग मदद भी कर सकेंगे।"

जेमा ने उससे गवाही के बारे कोई चर्चा नहीं की। इरफ़ान ने स्वयं कहा था, "मैडम, मैं गवाही दूँगा।"

"सब ठीक है। बस, एक बात तुम्हें बदलनी है।" विश्वास ने इरफ़ान और जेमा, दोनों को बारी-बारी से देखा, "बदलना ज़रूरी है। तुम कह रहे हो कि बबन गाड़ी में बैठा था। इससे बबन पर चार्ज थोड़ा कम हो जाता है। हो सकता है, वह अपहरण में शामिल नहीं हो! किसी और वजह से गाड़ी में बैठा हो! जैसे, वह विद्या को बचाने आया हो और अपराधियों ने उसकी गाड़ी में विद्या को जबरन बिठा दिया हो या मान लो, हल्ला सुनकर वह गाड़ी से आया हो! ठीक है?"

"ज़रूरी है। समझ गया जी?" केएन सिंह ने इरफ़ान से सवाल किया, "यहाँ वकील साब के सामने दुहराओ!"

उस दिन गवाही टल गई। वजह थी—समय ख़त्म हो गया था। केस तीसरे क्रम-संख्या में था। इस लिहाज से बारह बजे दिन सुनवाई शुरू हो जाती या अधिक से अधिक एक बजता। पेशकार ने केस को दिन के सबसे आख़िरी क्रम पर पहुँचा दिया था। विश्वास ने मुँह बना लिया, "मैं पहले ही समझ गया था, जिस समय मुक़दमे की फ़ाइल नीचे कर दी गई। बबन के वकील का काम है। पानी की तरह रुपये बहा रहा है लेकिन बचकर जाएगा कहाँ?"

गवाही टाले जाने से सभी आहत थे। केएन सिंह ने गहरी चिन्ता व्यक्त की, "साला, ज़रूर कोई पेच है बबना का।"

"कुछ और भी वजहें हो सकती हैं। अपराधी के पास अब सचमुच बचाव का कोई रास्ता न हो!" शाजी वहीं बैठ गया।

बहुत खड़ा रहने पर उसके कंधों का दर्द शुरू हो जाता था। डॉक्टर ने उसे कंधों पर लम्बे समय तक ज़ोर नहीं देने की सलाह दी थी। उसकी बातों को किसी ने बहुत तवज्जो नहीं दी। वकील ने ज़ोर से सिर हिलाकर हामी भरी। यह उसके कुशल पेशेवर वकील होने की सहज प्रतिक्रिया थी।

केएन सिंह ने कॉलोनी के लड़कों को बुला रखा था। वे इरफ़ान को सुरक्षित ले जाएँगे। यह जेमा और उसकी टीम पर नज़र रखनेवालों के लिए चकमा देना था। वे लगातार कोर्ट परिसर में लिट्टी दुकान की ओर देख रहे थे। जेमा शाजी के सामने खड़ी हो गई, "तुम्हें आराम की ज़रूरत है। मैं आज लेट से आऊँगी। खाना लेती आऊँगी।"

"वर्कशॉप का डेट तय हो गया है?"

"आज ही तय होगा। नेताजी को बोल दूँ, किसी को भेज देंगे?"

"अरे नहीं, यार। वैसी कोई बात नहीं है। मैं अपने प्रोजेक्ट का रिव्यू कर लूँगा। बहुत दिनों से पड़ा है। वैसे उम्मीद कम है कि एमडी मानेगा।"

"चलो, ठीक है।" जेमा ने शाजी के कंधे पर थपकी दी।

शाजी धीरे-धीरे बदल रहा था। गोली लगने के बाद वह डरा नहीं था। लम्बे समय तक बिस्तर में पड़े-पड़े वह अवसाद का शिकार हो रहा था। अवसाद से संघर्ष कर रहा था। वह कभी उत्साहित होता, कभी बिलकुल हताश। उसका भरोसा अब टूट रहा था। एक दिन उसने जेमा से कहा था कि उसके बाप को सरकारी यूनियन के लठैतों ने इतना पीटा था कि वह चल नहीं पा रहा था। उस दिन उसकी माँ बहुत रो रही थी। उसकी माँ ने उस दिन सुबक-सुबककर बताया था कि उसका बाप कितना अच्छा आदमी है।

केएन सिंह सफलता को ही संघर्षों की नियति मानते थे। नेताजी के इस इकहरे नतीजे से शाजी सहमत नहीं होता। वह उलझ जाता। वह इसे सोशल मैनेजमेंट के उदाहरणों से समझाने की कोशिश करता। संघर्षों की ताक़त के बरख़िलाफ़ तमाम कारकों पर तफ़सील से बात करता। केएन सिंह भी उन तमाम सम्भावनाओं को वहाँ तक खींचकर ले आते जहाँ तक आन्दोलन पहुँच नहीं सकता था। शाजी नियति और तार्किकता के द्वंद्व में फँस गया था। वह पीछे हट रहा था। केएन सिंह भी कभी-कभी शाजी से सहमत हो जाते कि वे लोग ज़रूरत से ज़्यादा विद्या वाले मामले में फँस रहे हैं।

ऑर्गनाइज़ेशन अगेंस्ट चाइल्ड अब्यूज के मुख्य समन्वयक श्रीनिवास आए हुए थे। बैठक में उन्होंने विस्तार से कार्यक्रम की रूपरेखा रखी। यह कार्यक्रम दिल्ली में होना था। लेकिन दिल्ली के उपराज्यपाल ने राजधानी में हर तरह के कार्यक्रम पर रोक लगा दी थी। आन्दोलनकारियों की भारी धड़-पकड़ चल रही थी।

जगह बदलनी पड़ी। यह राज्य मानव-तस्करी से सर्वाधिक पीड़ित राज्यों में से एक था। इसलिए इसे चुना गया था। जल्दबाज़ी के लिए श्रीनिवासन ने माफ़ी माँगी। बड़ी ज़िम्मेवारी है। सबकी ज़िम्मेवारियाँ तय कर दी गईं। जेमा के ज़िम्मे प्लांट के अफ़सरों से मिलकर उनसे मदद माँगना था। स्टील सिटी ऑडिटोरियम, गेस्टहाउस और स्पोर्ट्स हॉस्टल की व्यवस्था उसे करनी थी।

जेमा तैयारियों में लग गई। कई बार उसे सेक्टर तीन स्टेडियम जाने का भी समय नहीं मिलता था। शाजी से भी उसकी बातचीत नहीं हो पाती थी। एक दिन

उसने देखा कि शाजी सुबह-सुबह आँगन में टेबल-कुर्सी लगाकर बैठा है। अच्छी नींद की ताज़गी उसके चेहरे पर थी।

"शाजी, इतनी सुबह तुम जग गए?"

"हाँ, बहुत दिनों से हम लोगों ने एक साथ चाय नहीं पी है। चाय तैयार है।"

"जानते हो, कल मैं नीलेश झा से मिलने गई थी। मैंने उससे प्रोग्राम के लिए स्पोर्ट्स हॉस्टल माँगा। उसने इनकार कर दिया।"

शाजी के मुँह में पानी का एक घूँट था। गिलास अब भी उसके मुँह से सटा हुआ था। अचानक फूटी हँसी से पानी उसके मुँह से बाहर आ गया। पानी गिलास से भी छलक उठा। पानी फव्वारे की तरह निकला और जेमा की टी-शर्ट आधी भीग गई। शाजी बोलने की कोशिश करता और हँसी उस पर सवार हो जाती। जेमा परेशान थी। उसने इधर-उधर देखा। अपने कपड़े देखे। सब कुछ ठीक था।

"बात क्या है शाजी? मुझे उससे मिलना ही था। ऑडिटोरियम और ठहरने की व्यवस्था मेरे ज़िम्मे है।"

"सॉरी, सॉरी यार!" शाजी ने अपनी हँसी पर लगाम लगाई। फिर भी, हँसी उसके अन्दर कुलबुला रही थी। "अरे, तुम्हें मैनेजमेंट का एक वही आदमी मिला था?"

"नीलेश झा ने मना कर दिया। मैंने वजह पूछी तो उसने कहा, मेंटेनेंस वर्क चल रहा है। यह बड़ी आफ़त थी। मैं एमडी से मिलने गई।" जेमा चारदीवारी पर चढ़ी लता को देख रही थी, "एमडी ने मुझे बुला लिया।"

शाजी जेमा की नज़रों का पीछा कर रहा था। बोगनवेलिया की लता सूख रही थी। उसने कई हफ़्तों से सिंचाई नहीं की थी। पत्ते झड़ रहे थे और एक जगह कुछ ज़्यादा ही सूख गई थी।

शाजी ने जानने की कोई उत्सुकता नहीं दिखाई और प्रतिक्रिया में नाउम्मीदी की मुस्कान भर थी।

"गर्ल्स हॉकी कप में यहाँ की टीम नहीं जा रही है। उसने मुझसे पूछा कि आप जानती हैं? मैं नहीं जानती थी। मुझे अचरज हुआ कि वह मुझसे टूर्नामेंट के बारे में क्यों बात कर रहा है।"

"वे लोग जब किसी से मिलते हैं तो उसके बारे में पूरा फीडबैक उनके पास रहता है।"

"एमडी ने भी मना कर दिया। मैंने उससे पूछा कि लड़कियों को पता है? मैं उनके साथ आपसे मिलती हूँ। फिर उसने हॉस्टल और हॉल की इजाज़त दे दी और कहा कि प्लांट को टूर्नामेंट में न भेज पाने का उसे अफ़सोस है।"

शाजी ने टेबल के अन्दर अपने पैर फैलाए और एक बड़ी जम्हाई ली, "टीम का भाग नहीं लेना एमडी के लिए प्रोफ़ाइल लॉस है। एमडी प्रोफ़ेशनल है। वह नीलेश झा की तरह भोथरा नहीं है।"

"फिर भी गर्ल्स टीम के बारे में उसकी दिलचस्पी..."

"दिलचस्पी मत कहो। उसे प्लांट के मेन सेक्शन की टूटी हुई पिनों की गिनती तक याद रहती है। स्पोर्ट्स भी उसके लिए कॉरपोरेट ज़रूरत है।"

"यह कट गई है। इसे निकालना होगा।" जेमा अचानक उठी और बोगनवेलिया की लताओं का मुआयना करने लगी। वह सूखी लता के पास गई, "उसने शेफाली मित्रा को ऑडिटोरियम, हॉस्टल और स्टेडियम तीन दिनों के लिए देने को कह दिया है।"

"एमडी ने एक झटके में तुम्हारा सारा काम कर दिया!...और कोई झमेला सिर पर मत ले लेना।"

हॉकी टीम की लड़कियाँ समय पर ऑडिटोरियम पहुँच गई थीं। रजिस्ट्रेशन काउंटर पर लोगों को बैज बाँट रही थीं। उनकी चुस्ती-फुर्ती देखकर काउंटर पर बैठे लड़के ने कहा, "दीदी, इनमें से दो-तीन को यहीं कुछ देर के लिए रहने दो। हमें मदद मिल जाएगी। कोई दिक़्क़त तो नहीं है?"

"ये यहीं पर हैं।"

सभी लड़कियाँ वहाँ रजिस्ट्रेशन काउंटर के इर्द-गिर्द ही मँडरा रही थीं। प्रवेश कक्ष में आकर्षक ग्राफ़िक्स के ज़रिये बच्चों के साथ दुराचार, उनके अपहरण और उनके व्यापार के बारे में समझाया गया था। बाल-व्यापार समेत मानव-तस्करी में देश पहले स्थान पर है। एशिया के तमाम नामी-गिरामी देश पहले के दस स्थानों पर हैं। भारत के महानगरों में घरेलू नौकरों, बाल-दाइयों से लेकर सेक्स गुलामों में दस से सोलह साल की बच्चियों की संख्या सबसे अधिक है।

एक फ़ोटोग्राफ़ में घर की सफाई कर रही एक बच्ची खिड़की से झाँक बाहर खेल रहे बच्चों को ललचाई नज़रों से देख रही है। एक बच्ची बिस्तर के पास खड़ी होकर भयभीत होकर बाहर की ओर देख रही है। एक तसवीर में ग़ुस्से में पत्थर उठाए हुए है। वे सब वहाँ खड़ी हो गईं। तसवीर में तमाम बारीकियों का इस्तेमाल किया गया था। एक बच्ची फ़र्श पर झुकी हुई है और उसके ऊपर एक बड़ा चाबुक लटका हुआ।

काउंटर से एक लड़की चिल्लाई, "जेमा दी, सुनिए यहाँ!"

रजिस्ट्रेशन काउंटर पर दो महिलाएँ झुकी हुई थीं। पत्रकार नीता दास थी जिससे जेमा तीन-चार बार मिल चुकी थी। दूसरी महिला अपरिचित थी। जेमा ने लड़कियों को वहीं छोड़ दिया, "तुम लोग देखो और समझो। इस पर बातें करो।"

"जेमा, मैं तुम्हें कब से ढूँढ़ रही हूँ। ये तुम्हारी टीम की लड़कियाँ हैं?"

"हाँ। मुझे मालूम था कि आप आ रही हैं।" जेमा ने नीता दास के साथ खड़ी महिला को हाथ जोड़कर नमस्कार किया।

"इन्हें पहचानती हो?"

जेमा ने ग़ौर से महिला को देखा। चौकोर चेहरा, सामने लटकी हुई जुल्फ़ें, तना हुआ शरीर और काला चश्मा। सब कुछ पहचाना हुआ, "एसडीओ मैडम, आप यहाँ?"

"ये कुछ ही दिन पहले चीफ़ सेक्रेटरी पद से रिटायर हुई हैं। तुम्हारे यहाँ इनकी पहली नियुक्ति हुई थी।" नीता दास ने काउंटर के बग़ल में पड़ी ख़ाली कुर्सियों की ओर चलने का इशारा किया।

"मैं इसे जानती हूँ। इसका एक केस हाल में मेरे पास आया था। एक नहीं, दो!" अलकारानी ने जेमा का हाथ पकड़ लिया। "यहाँ के सिटी थाने से मेरे पास रिपोर्ट आई थी कि जेमा और उसके पति की पृष्ठभूमि सन्दिग्ध है। इसकी टीम की किसी लड़की के अपहरण का भी मामला था। इसके फ़ेवर में मैंने अनुशंसा की थी।"

अलकारानी के साथ जेमा की दो बार मुलाक़ात हुई थी। दोनों बार नोमिता मैडम उसके साथ थीं। अलकारानी के बारे में उसने कुछ कहा था। कुछ नकारात्मक बातें। ठीक से याद नहीं आ रही थी। "मैडम, मेरे दो पुराने मामले भी आपके पास थे। अब आप बहुत बड़ी पोस्ट से रिटायर हो चुकी हैं।"

"हम तीनों साथ में बातें करते हैं। आज रात, सेशन के बाद।" नीता दास ने जेमा की बातों में कड़वाहट भाँप ली थी। उसने हस्तक्षेप किया, "हम विद्या के लिए संघर्ष तेज़ करना चाहते हैं।"

"मैं तुम्हारे दोनों पुराने मामलों पर भी बात करूँगी। मुझे एक-एक बात याद है, तुम्हें हो न हो।"

पहले सत्र की मुख्य संयोजक अलकारानी ही थीं। इसमें मानव-तस्करी से मुक्त किए गए बच्चों के अनुभव और उनके वर्तमान पर बातचीत थी। ऐसे ही कुछ बच्चों को मंच पर बिठाया गया था। ये वैसे बच्चे नहीं थे, जो बहुत चंचल हों, आपस में लड़-झगड़ रहे हों या कुर्सियों पर उछल-कूद कर रहे हों। ये सभी शान्त थे, मानो

किसी ने इन्हें कुर्सियों से बाँध रखा हो! उद्घोषक ने कुछ मज़ाक़िया लहजे में बातचीत करने की कोशिश की, सवाल-जवाब किये। लेकिन बच्चों ने केवल 'हाँ' या 'नहीं' में जवाब दिये। ऐसे बच्चों की उम्र दस और सोलह साल के बीच होगी लेकिन उनके चेहरों पर सिमटा-सिकुड़ा समय कुम्हलाया पड़ा था।

"माँ का चेहरा याद है। उसकी नाक में पीतल की नथ थी। उस रोज़ उसकी गोद में मेरा भाई था। बाप ने मुझे खींचकर एक औरत को दे दिया। मुझे अपने घर के बारे में कोई जानकारी नहीं है। मुझे लगता है कि मेरे घर के पीछे पहाड़ थे। मुझे होश है कि मैं एक बन्द कमरे में थी। मुझे उस औरत ने झाड़ू लगाना और बर्तन साफ़ करना सिखाया। मैं बहुत रोती रही। मार खाने के बाद भी रोती रही और धीरे-धीरे मैंने सब कुछ सीख लिया।

"वहाँ मालिक के घर में बच्चे थे। उन्हें मैं खाना पहुँचाती थी। एक दिन मैंने एक मिठाई उनमें से उठा ली थी। सोचा था कि किसी को पता नहीं चलेगा। लेकिन मैडम ने देख लिया था। उस दिन उन्होंने मुझे बहुत पीटा। मेरे बाएँ कान में उस दिन से दर्द है..."

"मेरे बाप के मरने के बाद मेरी माँ ने दूसरी शादी कर ली थी। मेरी माँ रेजा थी। मेरा सौतेला बाप ख़लासी था। वह रोज़ रात को पीकर आता और मेरी माँ को गालियाँ देता और उसे पीटता। मेरी उम्र दस साल होगी। बहुत दिनों से बाप काम पर नहीं जा रहा था। एक दिन उसने कमरे में एक औरत को बुलाया था। मैं बाहर गई थी। मैं वापस आई तो वे दोनों ज़मीन पर नंगे लेटे थे। हम लोगों का कमरा ऐसा था कि बाहर से हाथ डालकर खोला जा सकता था। उसके हाथ जो लगा, उसी से वह मुझे पीटने लगा। मेरा सिर फट गया था। पैर छिल गया था। माँ मेरी हालत देखकर मेरे सौतले बाप से भिड़ गई। उसने पीटते-पीटते माँ को गिरा दिया। फिर वह मेरी ओर बढ़ा। हमारे पड़ोस का कोई आदमी बचाने नहीं आया।

"मैं उस दिन घर से भाग गई और तीन दिन बस स्टैंड में रही। फिर स्टेशन पर रही। मैंने एक आदमी से काम के लिए पूछा। वह मुझे अपने घर ले आया। फिर वह मेरे साथ जानवरों-सा व्यवहार करने लगा। उसने मुझे धमकी दी थी कि वह मुझे मार डालेगा। एक दिन वह अपने साथ एक आदमी को लेकर आया। उस आदमी ने मेरे सिर पर हाथ फेरा और मुझे कहा कि वह मुझे यहाँ से ले जाएगा और पढ़ने के लिए स्कूल भेजेगा। लेकिन उस आदमी ने भी मेरे साथ...।"

कुछ क्षण के लिए बच्ची चुप हो गई। लगा कि वह अब रोएगी। उसका अतीत पीड़ा की अन्धी खाई था। उद्घोषक पानी की बोतल लड़की को देने के

लिए लपका। लड़की के होंठ ऐंठकर काँपे। वह मुस्कराई, "मैं हर रोज़ वहाँ से भागने की बात सोचती थी। एक दिन शाम को मैं भाग गई। बस, मुझे मालूम नहीं था कि जाना कहाँ है।"

एक लड़के ने बोलना शुरू किया, "मेरे बाप ने रायगड्डा में होटलवाले के पास मुझे रख दिया था। हमारे घर की हालत ठीक नहीं थी। होटल में सुबह तीन बजे से बारह बजे रात तक काम चलता था। दिन में जब गाहक नहीं होते थे, उस समय भी हम झपकी नहीं ले सकते थे। कान ऐंठना, हाथ मरोड़ना, गर्म बरतन से दाग देना—हमारे साथ यह रोज़ चलता था।

"वहाँ हम तीन बच्चे थे। हम लोगों ने भागने की योजना बनाई और दो बजे रात रायगड्डा स्टेशन पहुँचे। वहाँ पहुँचकर उन दोनों को डर लगा कि कहीं होटल मालिक को पता न चल जाए। वे दोनों लौट गए लेकिन मैं चेन्नई पहुँचा। वहाँ मैं एक होटल में काम करने लगा। सभी होटल मालिक एक-से होते हैं। मैं वहाँ से भी भागना चाहता था। लेकिन होटल में छापा पड़ा और साहब लोगों ने मुझे बालगृह में पहुँचा दिया। मैं इडली, डोसा, बड़ा, चटनी-साँभर सब बनाना जानता हूँ। मेरा बाप मुझसे मिलने आया था। वह रो रहा था और बताया कि वह शहर में मज़दूरी कर रहा है।"

सात बच्चों ने अपनी आपबीती सुनाई। आख़िर में एक बच्ची खड़ी हुई। वह श्रोताओं को देखती रही और सोचती रही। फिर उसने कहा, "मैं स्कूल से निकली थी। मैं उस दिन बस नहीं पकड़ पाई थी। मैडम ने मुझे देखा, लेकिन वह किसी से बात कर रही थीं। कुछ देर बाद दो मोटरसाइकिल वाले आए। मेरे पापा के पास स्कूटर था। उनके दोस्तों के पास मोटरसाइकिलें थीं। दोनों मोटरसाइकिलें रुकीं और मूँछों वाले एक आदमी ने मुझे कहा, 'मैं तुम्हारे पापा का दोस्त हूँ। बैठो, पापा के पास पहुँचा दूँगा।' वे दोनों मुझे कहीं ले गए और मेरे साथ गंदा काम किया। कई दिनों तक वे ऐसा करते रहे। वे मुझे पटक देते थे। मुझे मारते थे और मुझे रोने भी नहीं देते थे।"

लड़की एक से दो मिनट तक चुप रही, फिर बोली, "मैं सोचती थी कि मेरे मम्मी-पापा आएँगे और इन बदमाशों को पीटेंगे। वे लोग मुझे दूसरी जगह ले गए और एक आदमी के हाथों मुझे दे दिया। वहाँ दिन-रात मेरे साथ वही सब होता रहा। एक दिन मैं वहाँ से भाग गई। मैं सब्ज़ी बाज़ार की एक टोकरी में घुस गई। लोग वहाँ भी ढूँढ़ने पहुँचे थे, लेकिन वे मुझे पकड़ नहीं पाए। रात में सब्ज़ी बेचने वाली महिला ने मुझे वहाँ छिपा देखा। उसने मुझे चुप रहने को कहा और सिर पर

सब्ज़ी की टोकरी देकर अपने घर ले आई। उसने मुझे खाना खिलाया। फिर वह मैडम के पास मुझे ले गई। मैंने यहाँ तीसरी की परीक्षा पास की है। बड़ी होकर मैं मम्मी-पापा को ढूँढूँगी..."

बच्ची कुछ देर सोचती रही, फिर उसने टेबल पर सिर रख दिया। किसी ने उसे टोका नहीं। अलकारानी उठी और बच्ची को अपने दामन में ले लिया।

पहला सत्र समाप्त होने के बाद चारों ओर भारीपन था। लोग एक-दूसरे से मिल रहे थे। ऑडिटोरियम के बाहर लोग टहल रहे थे। कई दलों में बँटकर बहसें चल रही थीं। खाने के लिए कूपन दिये जा रहे थे। काउंटर पर बच्चों के पुनर्वास के लिए सहायता की अपील की गई थी। वहाँ भी कूपन ले रहे लोग सत्र के बारे में बातें कर रहे थे। पहलक़दमी की ज़रूरत है—यह बात हर जगह चक्कर मार रही थी। रात के ग्यारह बज चुके थे।

जेमा, अलकारानी और नीता दास खाना लेकर खाने के पंडाल में एक जगह बैठ गईं। अलकारानी ख़ुद से बात कर रही थीं, "सचमुच सोचने की ज़रूरत है। यहाँ ऑडिटोरियम में हम तीन सौ हैं, ज़िले की आबादी साढ़े छह लाख है, राज्य की जनसंख्या तीन करोड़ है, देश की सवा अरब है—लोगों तक इस अनुभूति को हम कैसे ले जाएँगे?"

"मैडम, मैं नहीं जानती थी कि आप इतनी बड़ी पोस्ट पर पहुँच गई हो।" जेमा की आवाज़ में कोई व्यंग्य नहीं था।

"क्या तुम मुख्यमंत्री भागवत राय को जानती हो?"

"मैं जानती हूँ।"

"तुम्हारी उससे कभी भेंट हुई है?"

"तुम गुल्लू तिवारी को जानती हो?"

चुप्पी। जेमा का चेहरा कठोर हो गया। नीता दास उसकी ओर देखती रही।

"तुम्हें याद है? तुम्हें याद होगा। तुमने दो बार उसके बारे में शिकायत की थी। गुल्लू तिवारी के साथ एक और लड़का रहता था। याद है तुम्हें?"

"आपको लगता है कि मैं उन्हें भूल जाऊँगी?"

"तुम बहुत कुछ भूल गई हो। यह अच्छी बात है कि तुमने अपनी टीम की लड़की के अपहरण को बड़ा मुद्दा बना दिया है। बबन दुबे अब मुख्यमंत्री के गले का फाँस बन जाएगा...यदि कोर्ट में साबित हो जाए कि उसने ही विद्या का अपहरण किया है। यह आसान नहीं है।" अलकारानी ने चश्मा उतारकर टेबल पर रख दिया। वह बूढ़ी हो चुकी थीं, "काश, तुम अपनी बच्ची के लिए यह कर पातीं!"

"एसडीओ मैडम...आपने कहा था कि आप मानी को खोज निकालेंगी। लेकिन आपने गुल्लू तिवारी पर कोई कार्रवाई नहीं की।"

"इस सवाल का कोई जवाब आज मेरे पास नहीं है। जवाब का कोई मतलब भी नहीं है। लेकिन मैंने कार्रवाई की थी। आज भी वे काग़ज़ात..."

नीता दास ने दख़ल दिया, "मैडम, थाने में कोई काग़ज़ात नहीं हैं। जेमा कुई द्वारा दर्ज कोई एफ़आईआर नहीं है। एक एफ़आईआर नोमिता कुजूर नाम की हॉस्टल वार्डन ने दर्ज कराई थी। सरिता भगत और अन्य लड़कियों की गवाही थी। लेकिन उसमें हॉस्टल में घुसने वालों के बारे में अज्ञात दर्ज है।"

अलकारानी ने बात अनसुनी कर दी, "तुम्हें याद है वह मैच जिसमें मैं गेस्ट के बतौर आई थी? शालडुंगरी मैदान में हुआ था। वहाँ आदिवासी लड़कों से गुल्लू तिवारी ने मार खाई थी और उसके दोस्तों की भी तुम लोगों ने बहुत पिटाई की थी?"

"इन्हें याद कर मैं क्या करूँगी मैम? मानी अब मुझे कभी नहीं मिलेगी।"

"आज जब बच्चे अपनी बातें रख रहे थे, मुझे लगा कि उनकी उँगलियाँ मेरी ओर उठ रही थीं। मैं बड़े पोस्ट पर थी।" अलकारानी के चेहरे पर गहरी पीड़ा छाई हुई थी। वह नज़रें झुकाए प्लेट से कुछ भी उठा लेना चाहती थीं और इस व्यस्तता में ख़ुद को छिपा रही थीं, "ये बातें ज़रूरी हैं जेमा, क्योंकि मानी के जवाब यहाँ हैं। मैं तुम्हारी मदद नहीं कर पाई, इसके लिए मुझे कोई माफ़ नहीं करेगा। भागवत राय उस गुल्लू तिवारी का ही दोस्त है, जेमा। मुझे याद नहीं कि भागवत राय का नाम उस आरोप में है या नहीं।"

जेमा और अलकारानी की यह निजी बातचीत थी। नीता दास चुप रही। वह खाना खाने में लगी रही, लेकिन सावधानी से ताकि उन दोनों की बातचीत में कोई ख़लल नहीं पड़े। आयोजन का एक स्वयंसेवक जेमा को ढूँढ़ते हुए आया और जेमा के कान में कुछ कहा। जेमा ने अलकारानी और नीता दास से पूछा, "आप लोगों को स्पोर्ट्स हॉस्टल में कोई दिक़्क़त तो नहीं है? हमारे पास शहर के होटलों में भी कुछ कमरे हैं।"

"नहीं, हॉस्टल के कमरे ख़राब नहीं हैं। बढ़िया हैं।" नीता दास ने जल्दबाजी में कहा।

जेमा के मन में बार-बार कई तसवीरें एक साथ नाचने लगीं। एक लड़के के ऊपर हॉकी स्टिक उठाए ग़ुस्साई सरिता भगत सवार है। मैच के बीच में भगदड़ मची है। तुराम और आदिवासी हॉस्टल के लड़के गुल्लू और उसके गुंडों की पिटाई

कर रहे हैं। पिटते-पिटते गुल्लू तिवारी और उसके दोस्त तेज़ी से भाग रहे हैं। वह आदमी मोटा है। लँगड़ाकर भाग रहा है।

पान गुमटी वाला एक बच्ची को ले जाते हुए आदमी का हुलिया दे रहा है—वह मोटा है। वह ऐनक चढ़ाकर बैठी एसडीओ मैडम के सामने है। एसडीओ मैडम समझा रही हैं—बच्ची के बारे में पता करूँगी। जेमा उस अफ़सर को समझा रही है कि उसे क्यों गुल्लू तिवारी पर शक है।

"एसडीओ मैडम, उस समय उसे पकड़ना आसान था। उसे सज़ा देना आसान था। आज वह एक बड़ा आदमी है। उसका दोस्त ऊँची पोस्ट पर है।" जेमा कुर्सी खींचकर टेबल के और नज़दीक आ गई और अपने प्लेट पर झुक गई, "मैडम, मैं नहीं जानती कि हम जो कुछ कर रहे हैं, इससे विद्या मिलेगी या नहीं। लेकिन जो लोग उनका व्यापार करते हैं, वे जानते हैं कि एक दिन हम सब थक जाएँगे। मैडम, मैं बहुत छोटी-सी टीम की कोच हूँ। अपनी टीम की लड़कियों को मैं क्या सिखाती हूँ? हॉकी ने हमें बिना थके लड़ना सिखाया है। मैं अपनी टीम की लड़कियों को यही सिखा रही हूँ। मैं नहीं जानती थी, अब जान गई हूँ कि मैदान के बाहर कितनी बड़ी लड़ाई है।"

वे तीनों चुपचाप खाना खाते रहे। छोटी-मोटी बातें होती रहीं। टीम इंडिया में आई उस नाटी लड़की के बारे में बातें चलीं जिसने आस्ट्रेलिया की पूरी टीम को चकमा देकर कॉर्नर को गोल में बदल दिया था। आयोजन की मुख्य वक्ता डॉक्टर लिली तिर्की की बात होने लगी। वह मेडिकल कॉलेज में प्रोफ़ेसर का पद छोड़कर मुक्ताकाश से जुड़ गई थीं और तस्करी से मुक्त बच्चों की पुनर्वास की ज़िम्मेवारी सँभाल रही थीं। फिर मीडिया के बारे में बात हो रही थी कि प्रिंट मीडिया भी कैसे इलेक्ट्रॉनिक मीडिया से सत्ता की गोद में बैठने की होड़ में लगी हुई है।

अलकारानी ने अपना हाथ साफ़ किया। झुककर अपने हैंडबैग को ज़मीन से उठाया और गोद में रखकर काग़ज़ उलटने-पुलटने लगी, "नीता, उन्होंने थाने से रिकॉर्ड हटवा दिया होगा। लेकिन वह अभी भी अनुमंडल की गोपनीय शाखा में होगा। मैं एक कलर्क को जानती हूँ। वह तुम्हारा काम कर देगा। जेमा का दिया पिटिशन वहाँ मिल जाएगा। देखो, मैं अभी ही निकल जाऊँगी। कल के सत्र में मैं नहीं रह पाऊँगी। मेरा नम्बर इसे दे देना।"

अलकारानी को विदा करने नीता दास उनके साथ निकली, "जेमा, यहीं रुकना। कल के प्रोग्राम के बारे में बात करनी है।"

जाने से पहले अलकारानी ने जेमा का हाथ अपने हाथों में लिया, "मैं नहीं

जानती कि अब मैं क्या कर पाऊँगी, लेकिन मैं कोशिश करूँगी। मैं विद्या के लिए कोशिश करूँगी। नीता, बबन दुबे की गाड़ियों का रजिस्ट्रेशन नम्बर भेज देना।"

दूसरे दिन ऑडिटोरियम के बाहर भीड़ बढ़ गई थी। लोग उत्सुक थे। प्लांट के प्रबन्ध निदेशक ने आगन्तुक पुस्तिका में टिप्पणी लिखी : 'ज़रूरी पहल'। उन्होंने दूसरे दिन के सत्र में अपने संक्षिप्त वक्तव्य में प्लांट के बाल-विकास और सामाजिक कार्यों का उल्लेख किया। उन्होंने लोगों को आश्वस्त किया कि ज़िले के बाल-गृह के लिए वे ज़रूरी सहायता देंगे।

समस्या और उसकी बारीकियों की समझ बढ़ती गई। हालाँकि दोपहर में शहर के कुछ लोगों ने बाहर मुर्दाबाद-ज़िन्दाबाद के नारे लगाए। वे 'धर्म-परिवर्तन नहीं चलेगा', 'बच्चा-बच्चा राम का...' जैसे नारे लगा रहे थे। उन्होंने ऑडिटोरियम में भी घुसने की कोशिश की। लेकिन पुलिस ने हाथ जोड़कर उनसे कहा कि जो करना है, यहीं करो। यह मिशनरियों का कार्यक्रम नहीं है। गड़बड़ होने से पुलिस को ज़िम्मेवारी लेनी होगी।

बच्चों ने मूक नाटिका में आसमान, चिड़िया, खेलने की ललक, अक्षरों और किताबों के प्रति उत्सुकता और माँ के लिए तड़प का अभिनय किया। वे बहुत मँजे हुए नहीं थे, लेकिन उन्होंने काफ़ी मेहनत की थी और सब मिलाकर मूक नाटिका प्रभावी तरीक़े से अपना सन्देश देने में सक्षम थी।

"ये बच्चे हर जगह हैं। न जाने हम रोज़ाना कितनी चीज़ों का इस्तेमाल करते हैं जो बच्चों से जबरन तैयार करवाई जाती हैं। हर बच्चे के अन्दर पीड़ा का अथाह कुआँ है, हँसी का सूखा हुआ पेड़ है, ग़ुस्से की बन्द ज्वालामुखी है।" डॉ. लिली तिर्की साठ वर्ष के आसपास की होंगी। काला रंग। चमकते दाँत। गोल चश्मा। आगे की ओर झुके हुए कंधे और हल्की नीली साड़ी जिसका पल्लू कंधों से होकर कमर तक झूल रहा था। दुबली-पतली। डॉक्टर लिली मुस्कराईं। वह कितनी आकर्षक हैं!

"मैं उस वक़्त दिल्ली में थी। चाइल्ड साइकोलॉजी पर रिसर्च कर रही थी और कॉलेज में लेक्चरर थी। मैं अपने दोस्तों के साथ पुरानी किताबें ख़रीदने दरियागंज की सड़क नाप रही थी। वहाँ हमने एक लड़के को देखा।

"उसकी दाढ़ी बढ़ी हुई थी। दिल्ली में उन दिनों ज़ोरों की ठंड थी और वह केवल कमीज़-पैंट पहने हुए बस स्टॉप पर बैठा था। हमें बड़ा ताज्जुब हुआ कि वह कैसे ठंड बर्दाश्त कर रहा है। हम उसके पास गए। हमने उससे पूछा कि उसे

कहाँ जाना है? उसने कोई जवाब नहीं दिया। फिर मैंने उससे पूछा कि उसका घर कहाँ है? उसने बताया कि शालडुंगरी का है। मैंने उससे पूछा कि क्या वह यहाँ काम ढूँढ़ने आया है? मुझे उसके बोलने के तरीक़े से लगा कि वह आदिवासी है और शायद मुंडा हो! मैं कुडुख के अलावा मुंडारी भी जानती हूँ। मैंने उससे मुंडारी में पूछा कि क्या तुम्हें ठंड नहीं लग रही है? वह मेरी ओर पलटा और अपने बारे में बताया। उसने मेरी दुनिया बदल डाली। यह बहुत पुरानी बात है। कई साल पहले की।

"उसने बताया कि उसकी बच्ची को गुंडों ने उठा लिया है और उसे पता चला कि वे दिल्ली की ट्रेन में बैठे थे। वह उसे खोजने आया है। उसे कुछ पता नहीं था कि दिल्ली कितनी बड़ी है। हम सबने पैसे मिलाकर चाँदनी चौक से उसके लिए पुराना जैकेट और कंबल ख़रीदा। वह हमारे साथ आने के लिए राज़ी नहीं था। उसने बताया कि इस गली में वह पता करेगा कि उसकी बच्ची यहाँ आई है या नहीं। उस आदमी का चेहरा मैं भूली नहीं हूँ। उसकी कई बातें मैं भूल गई हूँ। लेकिन एक बात जो वह बार-बार बता रहा था, वह यह कि लड़की अपनी माँ की तरह तेज़ थी। उसने अपनी बेटी के बारे में कितना कुछ बताया। मुझे उस रात नींद नहीं आई। मैं दूसरे दिन फिर उस जगह गई। उस आदमी का फिर पता नहीं चला। मुझे कुछ नहीं पता था। इतनी बड़ी दिल्ली में एक छोटी बच्ची के लिए मैं क्या कर सकती थी?"

डॉ. लिली तिर्की के बाल उनके ललाट पर आ जाते। डॉ. तिर्की उन बालों को समेटने के लिए हाथ उठाती थीं, बालों को पीछे धकेलती थीं, चश्मे को सेट करतीं और मुस्करातीं। उनकी मुस्कराहट में सवाल थे और एक तरह की क्षमा- याचना भी थी। उनका हिन्दी उच्चारण सधा हुआ नहीं था। उनके वक्तव्यों में संयुक्त अक्षर अलग-अलग और पूरे होते थे, लेकिन शब्दों पर पकड़ ढीली नहीं होती थी।

"बच्चों की तस्करी संगठित तंत्र के ज़रिये होती है और उस तंत्र की जड़ें हमारे सामाजिक मनोविज्ञान से लेकर..." इस बार जब श्रोता फिर उनके बालों के सँवारने, चश्मे को सेट करने और मुस्कराने की उम्मीद कर रहे थे, उन्होंने एक उँगली से अपने ललाट को दिखाते हुए कहा, "उस तंत्र की जड़ें यहाँ भी हैं। लिंग, वर्ण, वर्ग और रंग की अथाह खाइयों ने हमारी संवेदना को भोथरा कर दिया है। हम बच्चों को बेचते हैं क्योंकि हम बच्चों को ख़रीदते हैं। यह आदिम अपराध है। जो कोई भी इसे देख रहा है और चुप है, वह अपराधी है। इसमें संलिप्त है। जिस राज्य-समाज में यह मौजूद है, वहाँ की सत्ता और वहाँ के संस्कार कठघरे में हैं। हम सब...हम सब...!"

जेमा का दिल धक्-धक् चल रहा था। वह तुराम और मानी के बीच कितनी अजनबी लगेगी! उसके मन में सन्देह उभरता कि डॉ. तिर्की से बात किए बग़ैर वह पक्का नहीं मान सकती कि डॉ. तिर्की जिस आदमी से मिलीं, वह तुराम ही था। उसका दिल किसी सन्देह को बर्दाश्त नहीं कर रहा था। तुराम नहीं तो कौन होगा? फिर आहिस्ते से निराशा सब कुछ पर छा जाती। वह डॉ. तिर्की से भेंट कर दिल्ली में उस आदमी से मुलाक़ात की हर बात पूछेगी।

'तंत्र' को बार-बार डॉ. तिर्की 'तंतर' कह रही थीं, "सच है कि मानव-तस्करी में वैसे बच्चों की भी एक खासी संख्या है जिन्हें उनके माँ-बाप इस उम्मीद में बेच देते हैं या बंधक रख देते हैं कि वे ज़िन्दा रहेंगे और थोड़े-बहुत रुपये उन्हें मिल जाएँगे। हम माँ-बाप को अपराधी ठहराते हैं। मुज़फ़्फ़रपुर बालिका गृह की लड़कियाँ हमारे बीच जलती रहीं। हमें कुछ भी अजीब नहीं लगा। यह हमारे लिए ख़बर भर थी। बड़े राजनेता थे, अफ़सर थे, कर्मचारी थे और हम सभी थे..."

जेमा के साथ बैठी नीता दास ने देखा कि जेमा कहीं दूर खोई है। डॉ. तिर्की के भाषण पर वह केन्द्रित होने की कोशिश करती, लेकिन कोई धारा उसे बार-बार बहाकर ले जाती। शरीक लोगों में कई एक-दूसरे को अपना नम्बर मैसेज कर रहे थे।

आख़िरी सत्र था। लोगों को स्टेशन तक पहुँचाने की ज़िम्मेवारी जेमा की थी। वह डॉ. तिर्की की पूरी बात सुनकर ही उठेगी। कल से फिर उसकी व्यस्तताएँ दूसरी होंगी—कोर्ट-कचहरी, टीम की लड़कियों से मुलाक़ात और शाजी की मदद करना। विद्या के अपहरण की सुनवाई पूरी होने के बाद वह क्या करेगी? मानी के बारे में वह डॉ. तिर्की से बात करेगी।

"लम्बा संघर्ष है और संघर्ष ही हमारा अस्तित्व है..."

जेमा के सामने रिसेप्शन काउंटर की लड़की खड़ी थी, "मैडम, नेताजी आए हुए हैं। कह रहे हैं कि अर्जेंट मिलना है।"

जेमा उठकर रिसेप्शन काउंटर पर पहुँची। वहाँ केएन सिंह के साथ दस-बारह लोग खड़े थे, "इरफ़ान का एक्सीडेंट हो गया है। लोडिंग साइड में एक ट्रक ने उसे टर्निंग के पास अपनी चपेट में ले लिया। लाश वहीं पड़ी हुई है। पुलिस पहुँच चुकी है।"

केएन सिंह और उनके साथियों के साथ जेमा निकल पड़ी। वे सब निःशब्द थे।

स्टेडियम

'प्रतिभा को दबाया नहीं जा सकता है!'—पार्टी में यह मुहावरा चारों ओर चल रहा था। बैठकों में, कार्यकर्ताओं-नेताओं की आपसी बातचीत में और मंत्रियों-विधायकों-सांसदों के सम्मान-समारोहों में लोग इस बात को क़ुबूल कर रहे थे कि प्रतिभा को छुपाया नहीं जा सकता है। बबन दुबे इसका उदाहरण था। बबन दुबे नये कार्यकर्ताओं के लिए उम्मीद का प्रतीक था। भागवत राय के समर्थकों का साफ़ कहना था कि मुख्यमंत्री जी को सक्षम टीम चाहिए। गंगा बाबू से अब चलनेवाला नहीं है। अकेले मुख्यमंत्री गाड़ी को कहाँ तक खींचेंगे? गंगा बाबू की जगह नये अध्यक्ष का मनोनयन करना चाहिए और इसके लिए बबन दुबे से ज़्यादा योग्य और प्रतिभाशाली राज्य में दूसरा कौन है?

विद्या अपहरण-कांड और लेवाडीह मॉब लिंचिंग, ये दोनों ही मामले कोर्ट में टिक नहीं पाए। गवाह ही नहीं रहे। स्टील प्लांट से लेकर लेवाडीह तक जितने भी मामले बबन दुबे पर दर्ज हुए, सब-के-सब ख़ारिज हुए। स्टील प्लांट में पार्टी का बोलबाला बबन दुबे की कर्मठता की वजह से है। अध्यक्ष जी की कोई भूमिका हो तो बताइए! बिलकुल सही बात है।

मॉब लिंचिंग में राज्य का नाम बबन दुबे ने रौशन किया था। लेवाडीह साम्प्रदायिक तनाव का लाभ पार्टी को पूरे राज्य में मिला है। बबन दुबे पर एक के बाद दूसरा मुक़दमा हुआ। बबन भैया ही थे कि केस ख़ारिज होते चले गए। किसी में गवाह पलट गया, किसी में हाज़िर नहीं हुआ, किसी में आत्महत्या हो गई और किसी में गवाह का एक्सीडेंट हो गया। यह कोई हँसी-खेल नहीं है। कलेजा चाहिए। सौ बात की एक बात यह है कि भागवत राय के बाद यदि कोई है तो बबन दुबे है।

बबन दुबे के बरी होने के दिन ही गुल्लू तिवारी ने भागवत राय को फ़ोन पर सलाह दी थी कि इस अवसर का इस्तेमाल किया जाना चाहिए। यह एक बढ़िया सुझाव था। पार्टी के असन्तुष्टों को जवाब देने का यह अच्छा मौक़ा साबित होगा।

विधानसभा सत्र नज़दीक आते-आते चीज़ें स्पष्ट होने लगीं। विपक्ष अविश्वास प्रस्ताव की घोषणा कर चुका था। विपक्ष की गोलबन्दी भी मज़बूत थी। विपक्ष के कुछ विधायक जिनके साथ भागवत राय की अच्छी पटती थी, उन लोगों ने भी हाथ जोड़कर कह दिया था—अपना घर पहले सँभालिए, सीएम साहब। मुंडा को किसी ने बहका दिया है। करमा भगत, अध्यक्ष जी, प्रद्युम्न सिंह, ख़ुद विधानसभा अध्यक्ष भागवत राय के ख़िलाफ़ गोलबन्दी में लगे हुए थे। ऐसे समय में भितरघातियों को

कड़ा सन्देश देने की ज़रूरत है। इसके लिए बबन दुबे की रिहाई के अवसर का इस्तेमाल करना चाहिए। इस सलाह में दम था।

गुल्लू तिवारी के नये प्लांट में भागवत राय पहली बार आए थे। यह टाटा और स्टील सिटी के ठीक बीचोबीच था। यहाँ निर्माण कार्य के लिए हर तरह का माल उपलब्ध था। अर्था के लिए ऐसे कई प्लांट चल रहे थे। जीएनटी प्लांट एक तरफ़ सोसोपिड़ि-दारुहातु रोड होते हुए राजाधानी से जुड़ रहा था और दूसरी तरफ़ टाटा तक सरपट सड़क थी। प्लांट से सटा हुआ जीएनटी सत्कार के नाम से एक बड़ा गेस्टहाउस था। प्लांट और गेस्ट हाउस, दोनों की ज़मीन पर विवाद था। सोसोपिड़ि के आदिवासियों का कहना था कि यह खूँटकट्टी ज़मीन है और गुल्लू तिवारी ने इस पर अवैध क़ब्ज़ा कर लिया है। गुल्लू तिवारी का पक्ष है कि उसने सरकार से लीज पर लिया है।

वैसे, यह नितान्त निजी यात्रा थी। लेकिन मुख्यमंत्री के लिए सुरक्षा का ख़ास इन्तज़ाम करना ही पड़ता है। एक समय यह इलाक़ा भी उग्रवाद प्रभावित था। अर्था गोदाम कर्मियों और अभियंताओं के अपहरण के बाद यहाँ के चप्पे-चप्पे को कॉम्बिंग ऑपरेशन से छान लिया गया था। जिन पर ज़रा भी सन्देह था, उन्हें गिरफ़्तार कर लिया गया था या वे मुठभेड़ में मार दिये गए थे। सुरक्षा के लिए स्थानीय पुलिस की दो टुकड़ियाँ बाहर थीं और अन्दर सुरक्षा कमांडो थे।

पहले ही कह दिया गया था कि कोई ताम-झाम नहीं करना है। भागवत राय वहाँ केवल बबन दुबे और गुल्लू तिवारी से कुछ बातचीत करेंगे। वे रातभर रुकेंगे। कोई पत्रकार नहीं, कोई राजनीतिक मुलाक़ात नहीं। गुल्लू तिवारी कहाँ मानने वाला था!

गेस्टहाउस में मंगल-प्रवेश की पूजा तो हो गई थी, अर्था के अधिकारियों का आना-जाना भी शुरू हो गया था, लेकिन विधिवत उद्घाटन अभी भी नहीं हुआ था। स्टे-ऑर्डर के पहले मुख्यमंत्री जी का आगमन सही नहीं होता, इससे ग़लत राजनीतिक सन्देश जाता। अब यह ठीक है। गुल्लू की ज़िद के आगे भागवत राय को झुकना पड़ा।

"जो भी उन पर आरोप हैं, वे न्यायालय में उसका सामना करने के लिए तैयार हैं। विरोधियों के पास अब मुद्दा नहीं बचा है। वे विपक्ष को जनता के कठघरे में खड़ा करेंगे।" उन्होंने एक पत्रकार के सवाल का उत्तर दिया और आगे बोलने से मना कर दिया। उन्होंने हाथ जोड़ लिये, "गोलोकनाथ उनके प्रिय मित्र हैं। उनके गेस्ट-हाउस का उद्घाटन है। इस ख़ुशी में वे शरीक होने आए हैं। वे आज राजनीतिक विषय पर कुछ नहीं बोलेंगे। जिस महिला के इंटरव्यू का आप

ज़िक्र कर रहे हैं, वह अभी तक कहाँ थी? मुझे इससे ज़्यादा कुछ नहीं कहना है। आप मिठाई ग्रहण करें!"

"सर के समय सभी चीज़ें ठीक से चल रही हैं। स्टील सिटी की सड़कें थोड़ी ख़राब हैं, आप केवल एक नज़र उस तरफ़ फेर दीजिए और कुछ नहीं कहना है। सर, व्यवसायी आपके साथ हैं। लोग हल्ला करते हैं कि इस बार सरकार गिर जाएगी। हम लोगों ने साफ़ कह दिया कि अभी सर के सामने खड़ा होने वाला कोई दावेदार पैदा नहीं हुआ है।"

भागवत राय ने ठहाका लगाया। हाथ जोड़ लिये, "आप लोगों का आशीर्वाद चाहिए। स्टील सिटी की सड़कों की मरम्मत का एस्टिमेट बन गया है। इस महीने ही टेंडर हो जाएगा।"

भागवत राय उद्घाटन समारोह से जल्द ही निकल गए और सोने की कोशिश करने लगे। उन्हें नींद की ज़रूरत थी। उन्होंने सुरक्षाकर्मियों को कह दिया था कि पाँच बजे तक मैं सोऊँगा। गुल्लू तिवारी ने भोजन के लिए आग्रह नहीं किया। वह बबन दुबे के साथ बैठकर ज़मीन की क़ीमत पर बात करने लगा। स्क्रेप के धन्धे का पेच समझाने लगा और दाँत में फँसे मटन के रेशों को तिनके से खोदने लगा।

"मैंने अपनी ज़िन्दगी में आज तक नहीं देखा है कि ज़मीन पर ख़र्च कर कोई घाटे में रहा है। ये जो अर्था का प्रोजेक्ट है, अभी देखना, महीनों में ज़मीन की क़ीमत आसमान छूने लगेगी।" गुल्लू तिवारी ने ज़ोर देकर कहा, "ज़मीन लेने में अभी तुम जो ख़र्च कर रहे हो, वह समझो, मिट्टी के बराबर भी नहीं है। समय आने पर यह ज़मीन सोने से ज़्यादा क़ीमत तुम्हें देगी।"

"ज़मीन है कहाँ गुल्लू भैया? सड़क के किनारे पूरी ज़मीन या तो सरकारी है या आदिवासियों की।"

"उनकी तभी तक है जब तक यह तुम्हारे क़ब्ज़े में नहीं है।"

"कहाँ भैया, क़ब्ज़ा आसान नहीं है। मैं ख़ुद कई जगह जाकर देख रहा हूँ।"

"ज़मीन का खेल अकेले सँभालना मुश्किल है। नेटवर्क में आओ। पैसा लगाओ, प्रॉफ़िट तुम्हारे पॉकिट में। तुम्हें कुछ नहीं करना होगा। न कोर्ट का चक्कर, न क़ब्ज़ा के लिए मशक्कत और न ही बाबुओं के दफ़्तरों का चक्कर। आज जो राजधानी है, इस तरह के नेटवर्क का ही एक करतब है।" गुल्लू तिवारी बबन को बेबाक तरीक़े से समझा रहा था, "पूरा खतियान ही बदल दिया गया। करते रहो, बत्तीस-बत्तीस!"

"आप लोग गार्जियन हैं भैया! जो कहिएगा, करना होगा। रास्ता दिखाइए।" बबन दुबे विनम्र था।

"इसके लिए ही बुलाया गया है। तुम क्या समझते हो, बड़का-बड़का मंत्री को भी भागवत से सटने की हिम्मत है? जब तक भागवत है, कुछ जोड़ लो।" गुल्लू तिवारी ने तिनके को फेंककर दूसरा तिनका उठाया, "मर्डर-किडनैपिंग अपराधियों का धन्धा है। इससे बाहर निकलो। चलो, किडनैपिंग के केस तो निकल गए। लेकिन जान लो, जो गुज़र जाता है, वह असल में गुज़रता नहीं है। एक जगह जाकर खड़ा हो जाता है। इसे तुम बदल नहीं सकते हो।...नहीं, नहीं। उपदेश नहीं है।"

"कहाँ भैया, मैंने उसे समझाया, उसके बाप को समझाया। उसका बाप तैयार था, वह तैयार नहीं हुई।"

"मैं अपने अनुभव से कह रहा हूँ। बहुत-से लोग हैं जो तुम्हारे लिए कर देंगे, दस-बीस ख़र्चा ही होगा और क्या! लड़की का क्या किया?"

"कहाँ, भैया! बात अब ख़त्म हो चुकी है।"

"यहीं तुम ग़लत सोच रहे हो।"

सुरक्षाकर्मी ने सूचना दी कि सीएम सर ने दोनों को बुलाया है। अभी साढ़े चार ही बजे थे।

"बड़ा टेंशन है। विपक्ष अविश्वास प्रस्ताव की तैयारी में जुटा है और ऊपर से अर्था का दबाव है कि उन्हें हेडक्वार्टर के लिए तुरन्त ज़मीन अलॉट की जाए।" भागवत राय ने पानी की ओर इशारा किया, "अभी शशि फ़ोन कर रहा है कि दो निर्दलियों ने भी प्रस्ताव पर दस्तख़त कर दिये हैं।"

"भैया, इन मामलों में आपसे बात करने की मेरी कोई हैसियत नहीं है, लेकिन मुझे नहीं लगता है कि आपकी सरकार को कोई ख़तरा है।" बबन दुबे ने विनम्रता से पानी भरा गिलास बढ़ाया, "आख़िर वे संख्या कहाँ से जुटा लेंगे?"

"अर्था हेडक्वार्टर की जगह मेरी नज़र के सामने है। एक नम्बर का लोकेशन है।" बबन दुबे के सामने गुल्लू तिवारी यह बात नहीं करना चाहता था। उसने बात को मोड़ दिया, "विपक्ष को तुम काँखने-पादने भी नहीं दोगे क्या? अविश्वास प्रस्ताव अलग बात है और सरकार गिरने का ख़तरा अलग बात है।"

"तनी रस्सी पर चलने वाले को देख लोग समझते हैं कि यह गिरेगा नहीं। वे इसे हुनर और खेल मानते हैं।" ख़ाली गिलास गुल्लू तिवारी को सौंपकर बड़े सोफ़े पर भागवत राय फैल गए। पैरों को सेंटर टेबल पर चढ़ा लिया, "रस्सी पर चलनेवाले नट के लिए इससे ख़तरा कम नहीं हो जाता। हर क़दम पर ख़तरा रहता है।"

"कुछ अख़बारवाले भी आजकल उलटा-पुलटा लिख रहे हैं।"

"शुक्ला पीछे पड़ा है। आजकल उसने नीता दास को मेरे अतीत खँगालने में

लगा दिया है। मेरे मकान के बारे में पूछताछ कर रही है। ज़मीन का खाता निकलवा रही है। और, थाने में भी पुराने मामलों की फ़ाइलें खोज रही है। तुम्हारे-मेरे बारे में लोगों से पूछ रही है।"

"थाने में उसे कुछ नहीं मिलने वाला। थाने क्यों, कहीं भी उसे क्या मिलने वाला है? मकान की ज़मीन का काग़ज़ पक्का है। तुम्हारा कहीं ज़िक्र तक नहीं है!" गुल्लू तिवारी ने आश्वस्त किया।

"कुछ उपाय करें क्या भैया?"

"सत्र शान्ति से निकल जाए।" भागवत राय ने बबन दुबे की बात अनसुनी कर दी, "विपक्ष से मैं निपट लूँगा, लेकिन हमारे अपने ही लोग लंगी मारने में लगे हैं।"

"मुंडा?"

"मुंडा बेचारे को मैं कोई दोष नहीं देता। गंगा बाबू और प्रद्युम्न सिंह उसको बहकाए हुए हैं। करमा भगत अलग मुँह फुलाए बैठा है। मुख्य सचिव के रूप में प्रशान्त राय की नियुक्ति से वह ख़ुश नहीं है। दो निर्दलीय मंत्री किसी बोर्ड का अध्यक्ष बनने के लिए पिनके हुए हैं।" भागवत राय आवेश में नहीं थे, "कार्तिक प्रसाद पिन मार रहा है। लोग क्यों उसे इतना भाव देते हैं, समझ में नहीं आता है। उसने एक बार फिर विधानसभा अध्यक्ष को चढ़ा दिया है।"

"निर्दलियों को मैं देख लूँगा, कम-से-कम इस सत्र भर। बाकी तुम समझो।" गुल्लू तिवारी की यह बात प्रस्ताव जैसी थी, "और दिल्ली में? प्रधान जी और राष्ट्रीय अध्यक्ष जी? उनसे भी तो बात करनी होगी।"

"प्रधान जी से बात नहीं हो पाई है। राष्ट्रीय अध्यक्ष ने कुछ साफ़-साफ़ नहीं कहा है। उन्होंने कहा कि कुछ असन्तुष्टों को एडजस्ट करना होगा। महामंत्री जी ने आश्वासन दिया है कि वे कुछ सोचेंगे। मुझे लग रहा है कि पहले राज्य अध्यक्ष गंगा बाबू से ही हिसाब चुकता करना होगा।"

"पिछले चुनाव में ही मैंने कहा था कि भैया, ये आदमी ठीक नहीं है। ये नहीं रहता तो मैं चुनाव निकाल लेता। इसे किक मारकर हटाओ।"

"तुम्हारे नाम की चर्चा मैंने ऊपर करवा दी है।" भागवत राय का लहजा दोस्ताना था।

गेस्ट हाउस की एक स्टाफ़ ने हल्के सुर्ख रंग की शराब सेंटर टेबल के किनारे रख दी। ट्रे में भुना हुआ पिस्ता और खट्टा-मीठा प्याज़ था। भागवत राय सेंटर टेबल से पैर हटाकर बैठ गए, "ये सब क्यों कर रहे हो?"

"लेकर देखो। मीठी है। तुम्हारे पास फ़ुर्सत ही नहीं है, इसलिए ज़िद नहीं करता। बहुत हल्की है। थोड़ी-सी झुरझुरी होगी, बस।" गुल्लू ने ट्रे को भागवत राय की ओर खिसकाया।

"भैया, आपके साथ इस तरह बैठना ही मेरे लिए बहुत बड़ी बात है।" बबन दुबे सोफ़े पर पीठ टेकने के लिए थोड़ा पीछे हटा।

"एक काम करो तुम। सबसे पहले एक जत्था लेकर दिल्ली पहुँचो। मैं महामंत्री जी से बात कर लूँगा। राष्ट्रीय अध्यक्ष से मिलो, मुंडा और अध्यक्ष की करतूतों को बताओ। उनसे कहो कि भागवत राय के ख़िलाफ़ राज्य की जनता एक शब्द सुनना नहीं चाहती है। समझ रहे हो न, क्या बोलना है?"

"हाँ, भैया, कब निकलना है?"

भागवत राय ने जवाब नहीं दिया। वे चुस्कियाँ लेते रहे। गुल्लू तिवारी पैर हिलाता रहा। उसके माथे पर बल पड़ा था, मानो कुछ सोचने में वह अपनी सारी ताक़त लगा दे रहा है। वे तीनों पीते रहे। इस बीच शशि का एक फ़ोन आया कि दोनों निर्दलीय विधायक कार्तिक प्रसाद के साथ बैठकर प्रेस कॉन्फ्रेंस कर रहे हैं।

भागवत राय ने फ़ोन पर अजय को बुलाया, "मेरे कार्यकाल और पिछली सरकार के कार्यकाल में हुए अपराधों की एक तुलनात्मक चार्ट जारी कर दो। समझ रहे हो न? दिमाग़ से काम लो।"

स्टाफ़ एक बार फिर आई, "सर!"

गुल्लू तिवारी ने वापस भेज दिया, "ज़रूरत होगी तो बुला लेंगे। काउंटर पर ही सबको रहने को बोलो।"

"अब तुम्हारे ऊपर कोई मुक़दमा नहीं रहा। अच्छी बात है। स्टील सिटी में एक कार्यक्रम करो। सम्मान समारोह। एक बड़ा कार्यक्रम।" भागवत राय ने बबन दुबे को तौलते हुए कहा।

"बड़ी रैली?"

"नहीं। कार्यकर्ता सम्मान समारोह।" भागवत राय की आँखें थकान से बोझिल थीं। शराब का भी असर था। वे सोफ़े पर ही सो गए।

भागवत राय की नींद खुली। सूरज ढल चुका था। वे बालकनी में आए। वहाँ बबन और गुल्लू तिवारी बैठे हुए थे। किसी बात पर उनके बीच मीठी-मीठी बतकही चल रही थी। टाँड़ की हवा गेस्टहाउस की बालकनी तक सर्र-सर्र पहुँच रही थी। भागवत राय मुस्कराए, "आख़िर ये ज़मीन तुमने ले ही ली, गुल्लू! प्रोजेक्ट पूरा हो जाने पर यह बहुत प्राइम हो जाएगी।"

"आसपास की ज़्यादातर ज़मीन बिक चुकी है, लेकिन किसी दिन चैन नहीं है। कभी उस गाँव के आदिवासी जुट रहे हैं तो कभी इस गाँव के। इस डीसी का भी कुछ उपाय करो। यह तुड़वा ही डालता।"

"बस, सत्र पार हो जाने दो।"

"तुम्हारे बबन बाबू एक और केस में फँस जाते यदि हमारे लोग नहीं बचाते। पता है न तुम्हें?"

"थोड़ा-बहुत।"

"उस दिन इसी गाँव में..." गुल्लू तिवारी ने उँगली से इशारा किया, "सोसोपिड़ि में इलाक़े के आदिवासियों की बड़ी सभा थी। वे अर्था को ज़मीन नहीं देना चाहते हैं। यह प्लॉट, जहाँ हम बैठे हैं, वे ही मुद्दई हैं।"

भागवत राय ने अपना पेट ठोंका, "आजकल गैस से परेशान हूँ। पता नहीं, क्यों हो रहा है? डॉक्टर पेट ख़ाली करने की दवा देते हैं लेकिन कुछ असर ही नहीं कर रही है।"

"थोड़ी देर बालकनी में टहल लो।"

कुछ देर बाद भागवत राय फिर उन लोगों के बीच बैठ गए और नाराज़गी से बबन की ओर देखा, "ये क्या तुम बार-बार किचकिच किए रहते हो?"

"ये पुरानी बात है, भैया। अब उसका कोई मतलब नहीं रहा। उसका गवाह एक्सीडेंट में मर गया और कोर्ट ने केस को ख़ारिज कर दिया है।"

गुल्लू ने टोका, "ऐसे नौसिखुओं को यह काम पर लगाता है जिन्हें अपनी गाँड़ धोना भी नहीं आता। मैंने उन्हें अपने यहाँ रखा था। पता चला कि वे इसके आदमी हैं। स्क्रेपवाले धन्धे में भी कहीं ख़ुद को फँसा न ले।"

भागवत राय ने कोई टिप्पणी नहीं की, "बबन, तुम्हें जो कार्यक्रम करना है, वह रैली नहीं है। सम्मान समारोह है। कार्यकर्ता सम्मान समारोह। फिर भी भीड़ तो जुटानी ही होगी। शशि से बाक़ी तैयारियों के बारे में पूछ लेना। इतना बड़ा हॉल क़हीं स्टील सिटी में मिलेगा नहीं। यहाँ के ऑडिटोरियम में डेढ़ हज़ार से ज़्यादा लोग नहीं आएँगे। कहीं मैदान में टेन्ट लगाकर करना होगा। बढ़िया काम करवाना होगा।"

बबन दुबे ने भागवत राय को आश्वस्त किया, "आप चिन्ता मत कीजिए, भैया। मैं अभी से ही तैयारी शुरू कर देता हूँ। सेक्टर तीन का स्टेडियम बढ़िया रहेगा।"

बबन दुबे को गुल्लू तिवारी की बात अभी भी अखर रही थी। हॉकी कोच पर हमलेवाले मामले को उसने हर जगह दबाने की कोशिश की। वकील ने बबन दुबे

को आश्वस्त किया था कि शंकर एजेंट पर जाकर दोनों तरफ़ से मामला ख़त्म हो जाएगा। उसे बुरा लगा कि मुख्यमंत्री के सामने गुल्लू तिवारी उसे एक अपराधी के बतौर पेश कर रहा था।

रात के अँधेरे में गेस्ट हाउस का परिसर और भी सुन्दर लग रहा था। सोसोपिड़ि टाँड़ का एक छोटा हिस्सा अर्था प्रोजेक्ट की रोशनी से रौशन था। रोशनी धीरे-धीरे दारुहातु जंगल के घने अँधेरों में गुम हो गई थी। भागवत राय खड़े हो गए। उन्होंने बालकनी की रेलिंग पर ख़ुद को झुका लिया। राज्य की तसवीर कितनी तेज़ी से बदलने लगी है! शोधों, सर्वेक्षणों और किताबों में छपा नक़्शा धरती पर उतर रहा है। यह कितना भिन्न है! इसका श्रेय किसको जाता है?

कमान किसके हाथों में है—इस पर बहुत कुछ निर्भर करता है। अविश्वास प्रस्ताव का जवाब केवल विपक्ष के लिए नहीं होगा। पार्टी के अन्दर उनकी टाँग खींचने वालों को भी भागवत राय ईंट का जवाब पत्थर से देंगे। भागवत राय हवा में उड़नेवाले कभी नहीं रहे। उनकी आँखें जिस समय नीचे झुकी होती हैं, वह कोई दूर की चीज़ देख रहे होते हैं।

पद की भी गरिमा होती है। गुल्लू अब पहले की तरह भागवत राय पर दबाव नहीं डाल सकता था। भागवत राय को कुछ देर के लिए एकान्त चाहिए था। बबन दुबे को साथ लेकर गुल्लू पीछे टैरेस पर आ गया। वहाँ उन्होंने शराब की एक बोतल खोली और सोडा मिलाया, प्लेट में रखे नमकीन को बबन दुबे की ओर सरकाया, "मुँह पचपचा गया है। जीभ में भी नहीं लगती है। चलो, इसे थोड़ा-थोड़ा ले लेते हैं।"

"मेरे लिए तो कोई बात नहीं है लेकिन आप अपना ख़याल रखिएगा।"

गुल्लू तिवारी ने बारी-बारी से अपने कंधों को देखा, "मुझे क्या हुआ है? अभी भी तुम्हारे जैसे चार लौंडों को मैं अकेले देख लूँगा।"

"ठीक है, भैया। लेकिन इस मामले में शुगर वालों को थोड़ा सावधान रहना चाहिए।" बबन दुबे ने चुटकी काटी।

गुल्लू तिवारी ने बबन की ओर देखा। वह शराब की चुस्कियाँ ले रहा था। बबन कहीं और उड़ रहा था। गुल्लू तिवारी इस उड़ान को समझता था। अब यह तेज़ी से बढ़ेगा। गुल्लू को पता हो जाता था कि कौन समय की सवारी करनेवाला है। भागवत राय के बारे में भी वह जान गया था।

आदिवासी लड़की के अपहरण के सात माह गुज़र चुके थे। अलकारानी का भी ट्रांसफ़र हो चुका था। वह ज़िलाधिकारी के रूप में मुज़फ़्फ़रपुर चली गई थीं। गुल्लू तिवारी वापस लौट आया था। शुरू में उसे काफ़ी डर लग रहा था। वह उस गली से होकर गुज़रा जहाँ उसने उस बच्ची को उठाया था। लेकिन किसी को कोई मतलब नहीं था। एक आदमी उसकी ओर हँसते हुए बढ़ा था, फिर वह वापस हो गया। शायद उसे कोई ग़लतफ़हमी हो गई होगी।

गुल्लू तिवारी के लौटने के एक महीने बाद भागवत राय भी वापस लौट आए। गुल्लू तिवारी और भागवत राय की दोस्ती फिर जमने लगी। भागवत राय के पिता ने गुल्लू तिवारी को चेताया था कि फिर उसकी संगति में भागवत आवारागर्दी न शुरू कर दे। बृजनन्दन शर्मा ने हँसकर आवारागर्दी वाली बात की गम्भीरता को ख़त्म कर दिया था।

साल भर बाद वे दोनों यूँ ही घूमने निकले और शालडुंगरी मैदान पहुँच गए। मैदान में सन्नाटा पसरा हुआ था। बुढ़िया का घर एक कोने से गिरा हुआ था। दूर से लग रहा था, जैसे बुढ़िया का प्रेत झाँक रहा हो! वे दोनों कॉलेज के गेट तक पहुँचे। मोटरसाइकिल मिस्त्री की दुकान बन्द थी। गुल्लू तिवारी ख़ुश था, लेकिन भागवत राय गम्भीर थे। भागवत राय ने उसे दूसरे दिन सबेरे ही मैदान में रेजा और मज़दूर लेकर आने को कहा।

दुखन राय ख़ुश नहीं थे। उन्होंने आशंका व्यक्त की थी कि कहीं पूरा पैसा बर्बाद न हो जाए। भागवत राय धुन के पक्के थे। बुढ़िया के घर को ढहा कर समतल कर दिया गया। चारदीवारी दे दी गई। फिर देखते-देखते वहाँ एक बस्ती बस गई। न्यू श्यामनगर। मैदान को जस का तस छोड़ दिया गया। भागवत राय ने सबको हिदायत दे दी थी कि मैदान को रहने दो। इसे जगाओ नहीं। मैदान में हाथ लगाओगे तो झमेला समेट नहीं पाओगे।

न्यू श्यामनगर को वार्ड के मानचित्र से जोड़ा गया और वहाँ सिंगल लेन वाली एक सड़क तैयार करवा दी गई। भागवत राय न्यू श्यामनगर के एकछत्र नेता थे। गुल्लू तिवारी समझ गया था कि अब भागवत को रोकनेवाला कोई नहीं है। उस मैदान में लड़कियों का खेलना मुश्किल होता गया। न्यू श्यामनगर में शालडुंगरी मैदान अजनबी की तरह पड़ा रहा।

शराब पचाने की ताक़त साबित करने के लिए गुल्लू तिवारी ने गिलास को शराब से लबालब भरा। एक घूँट लिया। अपनी बदहाली पर उसका मन कचोट रहा था।

शराब से उसकी याददाश्त तीखी हो गई थी। उसकी याददाश्त और कुंठित कल्पनाएँ गड्डमड्ड होने लगीं।

बच्ची ने ग़ुस्से में आकर भागवत राय के सिर पर हॉकी स्टिक से वार कर दिया था। भागवत राय के सिर से ख़ून टपटप चू रहा था। भागवत राय घबरा गए थे। बच्ची भी डर गई थी। वे दोनों कॉलोनी में ही मरहम-पट्टी करनेवाले कोऑपरेटिव मेडिकल सेंटर के कम्पाउंडर के पास पहुँचे थे। छह टाँके लगाने पड़े थे। भागवत राय साथ नहीं आए। उन्होंने गुल्लू तिवारी को साफ़ कह दिया था कि लड़की का कुछ करो। इसे अब वापस करना भी ख़तरनाक था और वहाँ रखना भी ख़तरनाक था।

गुल्लू तिवारी ने उस बच्ची को फुसलाया कि उसकी माँ आ गई है। वह स्टेशन पर मिलेगी। उसे चुपचाप चलना होगा। यदि वह ज़रा भी हल्ला करेगी तो वापस ले आएगा। ट्रेन खुलने में पन्द्रह मिनट देर थी। गुल्लू तिवारी एक डिब्बे के बाद दूसरे डिब्बे में जगह तलाश रहा था। एक डिब्बे में बहुत भीड़ थी। छोटे बच्चे बैठे थे। उस कोच में मज़दूर और रेजा थे। एक महिला समेत चार लोग थे जो उनकी निगरानी कर रहे थे। गुल्लू तिवारी को यह डिब्बा सुरक्षित लगा। उसे कोई देख नहीं रहा था। निगरानी करनेवाली महिला ने एक-दो बार उसे सवालिया निगाहों से देखा था।

वह खिड़की की बग़ल वाली सीट पर बैठ गया। लड़की को बिठा लिया। उससे बातें कीं। उसे बिस्किट दिया। भूखी बच्ची ने बिस्किट लेने से इनकार कर दिया था। उसने बच्ची को फुसलाया कि अभी उसकी माँ आ रही है। बच्ची के चेहरे पर अविश्वास था। वह आसपास देख रही थी और एक-एक महिला के चेहरे को टटोल रही थी। ट्रेन की सीटी बजी। गुल्लू तिवारी ने उसे कहा कि उसकी माँ को लेकर वह आ रहा है। वह ट्रेन से उतर गया था।

गुल्लू तिवारी ने बच्ची के अपहरण की घटना और न्यू श्यामपुर बस्ती के बीच के सम्बन्धों को कभी ढूँढ़ने की कोशिश नहीं की। इसकी कभी ज़रूरत भी नहीं पड़ी थी। लेकिन इस घटना के बिना क्या न्यू श्यामनगर अस्तित्व में आ पाता?

बबन दुबे को राज्य अध्यक्ष बनाने की तैयारी शुरू हो चुकी है। बबन दुबे पर बच्ची उठाने का आरोप निरस्त हो चुका है। लेकिन गुल्लू तिवारी जानता था कि बबन दुबे अपराधी है। हो सकता है कि उसने अपहृत खिलाड़ी को मार डाला हो! यह आदमी

उसका बिज़नेस-पार्टनर बनना चाहता था और शायद भागवत राय इसकी बात मान भी लें। गुल्लू तिवारी को यह आदमी पच नहीं रहा था। बबन दुबे काजू चबा रहा था। गुल्लू तिवारी को उसकी 'चपर-चपर' असहनीय लग रही थी। साला सूअर!

ठेकेदारी का काम फ़ज़ीहत का काम है। पार्टनरों को आमदनी का हिस्सा मिल जाता है। यह आमदनी होती कैसे है, इसके बारे में कौन सोचता है? अफ़सरों और नक्सलियों से गाली गुल्लू तिवारी खाए और साले पार्टनर बराबर के हिस्सेदार बनेंगे! लात मारनी चाहिए ऐसी आमदनी पर और ऐसे पार्टनर पर! अब साला ये बबना उसके सिर पर मूतेगा...बहनचोद!

गुल्लू तिवारी ने ख़ुद को सँभाला।

"आपने गाली किसे दिया, भैया! भैया, सीएम सर यहीं हैं। सँभालिए।"

"अरे कुछ नहीं, स्टील सिटी एप्रोच रोड के बारे में साला सेक्रेटरी अंग्रेज़ी बतिया रहा था।" गुल्लू तिवारी ने ख़ुद को नियंत्रित किया। ऐसा कुछ ख़ास तो उसने लिया भी नहीं था। बोतल अभी भी आधी भरी हुई थी। डेढ़-दो गिलास की क्या गिनती है! इतने में तो उसे झुरझुरी भी नहीं आती है, "अच्छा, तू ठीक-ठीक बता कि उस लड़की का तूने क्या किया?"

"भैया, आप क्या एक बात को पकड़कर बैठे हुए हैं!"

"तुम्हारी स्कार्पियो ने उस दिन बंगाल बॉर्डर क्रॉस किया है।" गुल्लू तिवारी को नशा धीरे-धीरे अपनी गिरफ़्त में ले रहा था।

बबन दुबे का नशा फट चुका था। गुल्लू तिवारी की आँखों ने उसे जकड़ लिया था। वह ख़ुद को कातर महसूस कर रहा था, "भागवत भैया को जाने दीजिए। मैं सब कुछ आपको खोलकर बता दूँगा।"

"ठीक है।"

आशंकित बबन दुबे को इत्मीनान हुआ। वह दो से अधिक ले चुका था लेकिन अब पूरे होशो-हवास में था। उसने चखने के प्लेट से अपना हाथ हटा लिया था। यह गुल्लू तिवारी का क़िला था। उसने तय किया कि गुल्लू तिवारी को भी कार्यकर्ता सम्मेलन से जोड़ा जाए, "भैया, एक बात कहें? सीएम सर के सामने इन बातों पर चर्चा ठीक नहीं है।"

क्रोध का एक लाल भभका जैसे गुल्लू तिवारी की छाती से उठा, "क्या बोला रे, मादरचोद, हमसे नेतागीरी चोद रहे हो?"

"देखिए भैया, आप नशे में हैं। आराम कीजिए। गाली-गलौज मत कीजिए। सीएम सर आ जाएँगे तो क्या कहेंगे!"

"हरामी, तुम मरवाओ सीएम से! साले हम सोच रहे थे कि तुम ज़मीन के धन्धे में कुछ लगाओगे, तू साला कुर्सी की ओर भाग रहा है! कल मेरे कपार पर चढ़कर मूतोगे। बोलो, मूतेगा कि नहीं मादर..." गुल्लू तिवारी उठा और बबन दुबे की ओर लपका।

"देखो, गुल्लू तिवारी, बहुत लिहाज कर रहा हूँ तुम्हारा। अब एक भी लफ़्ज़ बाहर निकाला तो साले यहीं तुमको पटक-पटककर मारेंगे।" बबन दुबे ने उँगली उठाकर चेतावनी दी।

गुल्लू तिवारी झपटकर लपका, "क्या बोला बे, मादर...पटक-पटककर मारेगा?"

गुल्लू तिवारी की पकड़ मज़बूत थी। वह बबन दुबे को काँख में दबाकर झिंझोड़ रहा था और गालियों की बौछार कर रहा था। उसकी पकड़ से छूटने के लिए बबन दुबे ने पूरी ताक़त लगा दी। वह पैरों के ज़ोर पर गुल्लू तिवारी को छत की ओर खुलने वाले दरवाज़े के पास ले गया और फिर अपना माथा बचाते हुए उसे चौखट पर दे मारा। गुल्लू तिवारी थोड़ा तिलमिलाया और उसे समझ नहीं आया कि क्या किया जाए। उसका ग़ुस्सा कमज़ोर पड़ रहा था लेकिन लड़ना अब उसकी मजबूरी थी। वह बबन दुबे को कुर्सी की ओर ले जाने की कोशिश कर रहा था और देह की ताक़त पर उसने बबन को उस ओर धकेलने की कोशिश की, लेकिन बबन दुबे ने एक और ज़ोरदार झटका दिया।

इस झटके से गुल्लू तिवारी को लगा कि उसका सिर चक्कर मार रहा है और उसकी पीठ फट चुकी है। उसकी पकड़ ढीली हो गई। वह ज़ोर से चिल्लाया और उसने गालियाँ तेज़ कर दीं। वह अब बबन को दबोचना नहीं चाह रहा था। गुल्लू तिवारी याद करने की कोशिश कर रहा था कि झगड़ा किस बात पर शुरू हुआ था। उसे याद नहीं आ रहा था। बबन दुबे की गालियों का जवाब देने में दिमाग़ का ज़ोर लग रहा था। बबन दुबे की गालियों के जवाब में उसे भी नई गालियों की ज़रूरत पड़ती थी। एक ही गाली को बार-बार दुहराना हार क़बूलना है। बबन उसकी कमज़ोरी समझ गया था। अब बबन ख़ुद गुल्लू तिवारी पर झपटने वाला था कि तब तक भागवत राय वहाँ पहुँच गए। सेक्यूरिटी गाड्र्स भी वहाँ पहुँच गए।

भागवत राय ने ज़ोर से डाँटा, "क्या तमाशा कर रहे हो तुम लोग! शर्म नहीं आती है? बबन, क्या इसलिए तुम पर हम भरोसा कर रहे हैं?"

सेक्यूरिटी गार्ड ने दोनों को अलग-अलग किया। मुख्यमंत्री ने गाड्र्स को वहाँ से भेजा। वे ग़ुस्से से काँप रहे थे।

"माफ़ कीजिए, भैया। गुल्लू भैया ने ही शुरू किया। मुझे माँ-बहन की कच्ची-कच्ची गालियाँ दीं। मुझे झपटकर काँख में दबाने की कोशिश कर रहे थे।"

गुल्लू तिवारी ज़ोर-ज़ोर से रोने लगा। गुल्लू तिवारी पश्चात्ताप कर रहा था। ऐसा बहुत कम ही होता है कि उसने अपना आपा खोया हो। गुल्लू तिवारी को अपने ऊपर दया आ रही थी। वह बबन दुबे से लड़ना नहीं चाहता था। बस, अपनी खीज उतारना ही उसका मकसद था। बबन दुबे चाहता तो यह झगड़ा टल सकता था।

"चुप करो, गुल्लू! इस तरह रोना तुम्हें शोभा नहीं देता है। इसके पहले मैंने कभी तुम्हें रोते नहीं देखा है। एक से एक मुसीबत और बड़ी से बड़ी लड़ाई का तुमने बहादुरी से सामना किया है। याद है, मैदान को लेकर हुई पहली लड़ाई? तुमने कितनी मार खाई थी, लेकिन तुम रोए नहीं थे।" बाहर कहीं कुत्तों की तेज़ आवाज़ आ रही थी। भागवत राय ने उन दोनों को पुचकारा, "दो शेर एक साथ हों तो भिड़ंत होती ही है।"

गुल्लू तिवारी का रोना बन्द हो गया। उसने उठकर बबन दुबे के कन्धे पर हाथ रखा। बबन दुबे ने हाथ जोड़ लिये "माफ़ कीजिए, भैया, हमसे भारी भूल हो गई। आप बड़े हैं। आप हमें चार जूते मार भी सकते हैं। यह आपका अधिकार है।"

टूटे गिलासों को हटा दिया गया। उन दोनों का नशा उतर चुका था। भागवत राय टैरेस पर टहलने लगे। सभी चुप थे। कुछ देर टहलने के बाद वे कुर्सी पर बैठ गए। उनके सामने शराब की आधी बोतल रखी थी। उन्होंने दोनों को इशारा कर इसे ख़त्म करने को कहा।

वे दोनों उनकी बग़ल में बैठ गए। भागवत राय ने बात शुरू की, "तुम लोगों से अभी-अभी मैंने बात की है। कई तरह के दबाव मेरे ऊपर हैं। अविश्वास प्रस्ताव की बात छोड़ो। पार्टी में सख़्ती की ज़रूरत है। कार्यकर्ता सम्मान-समारोह की ज़िम्मेवारी कुछ सोच-समझकर तुम लोगों को सौंप रहा हूँ। दूसरा बड़ा दबाव अर्था हेडक्वार्टर के लिए ज़मीन का है। प्रधान जी का बहुत...अच्छा, तुम क्या कह रहे थे? किस ज़मीन के बारे में? इसमें ऐसी-वैसी ज़मीन..."

"ज़मीन आपकी नज़रों के सामने है, भैया! ऐसी-वैसी ज़मीन नहीं है। अर्था कम्पनी वाले ज़मीन देखकर हर क़ीमत पर इसे..."

"तुम यहाँ की ज़मीन के बारे में कह रहे हो? तुम्हारा दिमाग़ अभी भी ठिकाने पर नहीं है।"

"अरे, नहीं। शालडुंगरी मैदान, लड़कियों के हॉस्टल वाला! गर्ल्स हॉस्टल परिसर और हॉस्टल की बाउंडरी से सटी सरना ज़मीन सब आपके सामने है। बस, एक कलम मारने की ज़रूरत है।"

उन्होंने उलट-पुलट कर देखा। सचमुच इससे बढ़िया जगह राज्य में नहीं मिल सकती थी। भागवत राय चुप रहे। इसमें अधिग्रहण की जटिलता समझने के लिए वे प्रशान्त राय को लगाएँगे। सच कहा जाए तो यह छलाँग साबित होगी। एक बड़ी छलाँग! वे विधानसभा के इस सत्र को अपने स्थायित्व का घोषणा-मंच बना देंगे।

बबन दुबे गुल्लू तिवारी को ख़ुश करना चाहता था, "भैया की अनुमति हो तो सम्मान समारोह में गुल्लू भैया को भी मंच पर बतौर अतिथि बुला लें?"

"अरे, इस पचड़े में मुझे मत डालो। राजनीति-वाजनीति हमसे नहीं होगी।" गुल्लू तिवारी ने संशय से भागवत राय की ओर देखा। फिर उसने सोचा कि आख़िर काम ही क्या है राजनीति में! ज़्यादा ना-नुकर करना ठीक नहीं होगा। इसी बहाने भागवत राय कहीं बबन दुबे के प्रस्ताव को ख़ारिज न कर दे, "अच्छा, चलो। अब राजनीति में भी मैं तुम लोगों का साथ दूँगा। मारापीटी, गालीगुफ्ता और पुल-पुलिया-सड़क के चक्कर में उमर बीत गई।"

"ठीक है। मुझे एतराज़ नहीं है। गुल्लू ठीक से सोच ले। बुला लो, लेकिन तुम दोनों मिलकर सम्मान समारोह को सफल करो।" भागवत राय के दिमाग़ में बृजनन्दन शर्मा की बातें टीवी कैप्शन की तरह तैर रही थीं—'लड़ाई-झगड़ा हो तों गुल्लू को आगे करो।'

राज्य की राजनीति के लिहाज से कार्यकर्ता सम्मान समारोह महत्त्वपूर्ण हो गया था। विधानसभा सत्र के क़रीब आते-आते विपक्ष आक्रामक हो उठा था। मुंडा के बयानों में शातिराना हमले बढ़ गए थे। विधानसभा अध्यक्ष भी अन्दर-अन्दर सरकार के ख़िलाफ़ जोड़-तोड़ का खेल खेल रहे थे। गंगा जी असन्तुष्टों से निपटने के बजाय उनके सन्देशवाहक बन गए थे। कड़ी चेतावनी देने का समय आ गया था।

गंगा बाबू समारोह के आयोजन पर आना-कानी कर रहे थे। राष्ट्रीय महामंत्री ने उन्हें शामिल होने का कड़ा निर्देश दिया। गंगा बाबू की तसवीर पोस्टरों में नहीं थी। प्रधान जी, राष्ट्रीय अध्यक्ष की बड़ी तसवीरों के बाद नमस्कार की मुद्रा में बड़ी तसवीर भागवत राय और बबन दुबे की थी। गुल्लुवा और बबना ने पार्टी के नीति-नियम को मूत कर बहा दिया था। दोनों ने छूट कर रुपये उगाहे। सजावट से लेकर भीड़ जुटाने के इन्तज़ाम तक गंगा बाबू से कोई राय-मशविरा तक नहीं किया गया।

पुलिस अधिकारियों की अनौपचारिक बैठक की गई। सुरक्षा की योजना के साथ-साथ असन्तुष्टों से भी निपटने की योजना बनाई गई। डीएसपी ने अन्दर की सुरक्षा की ज़िम्मेवारी ख़ुद ली थी और लोकल थानेदार को नाश्ते के पैकेट की देखरेख में लगाया गया।

गंगा बाबू ने भी थोड़ी-बहुत तैयारी की थी। उनके लोग भी आयोजन में हिस्सा ले रहे थे। वे अनुभवी थे। उन्हें मालूम था कि कहाँ राज्य अध्यक्ष ज़िन्दाबाद करना है और कहाँ बबन दुबे मुर्दाबाद करना है। आयोजनों में उठापटक, सिर-फुटौवल, कुर्सी तोड़ना आदि सफलता के स्थापित मानदंड हैं। जानकार एक नज़र में ताड़ जाते हैं कि किसका पलड़ा भारी रहेगा। इससे बाहर से आए पर्यवेक्षकों को निर्णय लेने में सुविधा होती है।

शुरू में ही कह दिया गया था कि कार्यकर्ताओं ने बहुत अपमान सहा है। अब पानी नाक से ऊपर बह रहा है। मुख्यमंत्री श्री भागवत राय की वजह से कार्यकर्ताओं ने अब तक संयम बनाए रखा है।

महामंत्री को माहौल भाँपने में देर नहीं लगी। राज्य अध्यक्ष जी कमज़ोर पड़ रहे थे। मुख्यमंत्री भागवत राय के ख़िलाफ़ बगावत का कोई भविष्य नहीं है। राष्ट्रीय अध्यक्ष को स्थिति साफ़-साफ़ बताने की ज़रूरत है।

गुल्लू तिवारी के सक्रिय राजनीति में शामिल होने की घोषणा महामंत्री ख़ुद करनेवाले थे। महामंत्री उत्सुक भी थे और आशंकित भी। उन्होंने मुख्यमंत्री से बात कर ली थी। चीज़ों को हद से आगे नहीं बढ़ने देना चाहिए। कहीं थोड़ा-बहुत धक्कामुक्की हो भी जाए तो उसे वहीं तक सीमित रखना होगा।

हद पार कर जाने से आयोजन बर्बाद हो जाता है। मुख्यमंत्री ने हाथ जोड़कर कहा कि यह बात राज्य अध्यक्ष से कर लेनी चाहिए। उनके हुड़दंगी सामने बैठ गए हैं। राज्य-अध्यक्ष जी ने उन्हें समझाया कि ये पुराने कार्यकर्ता हैं। उन्होंने विश्वास व्यक्त किया कि पार्टी की अन्दरूनी एकता के लिए यह आयोजन एक मिसाल बनेगा।

मुख्य द्वार पर भागवत राय और बबन दुबे के हाथ जोड़े अभिवादन की मुद्रा में दो बड़े-बड़े कटआउट लगे थे। ऊपर में हाथ उठाकर मुस्कराते हुए अभिवादन करते प्रधान जी और राष्ट्रीय अध्यक्ष की तसवीरें थीं। दरवाज़े पर खड़े गार्डों को कह दिया गया था कि लोगों के आने-जाने में ज़्यादा टोक-टाक न करें। कोई बिलकुल सन्दिग्ध लगे तभी उन्हें बाहर रोकें।

आयोजन शुरू हो चुका था। बाहर गेट पर बबन दुबे और भागवत राय जी के कटआउट पर किसी ने कालिख पोत दी है। यह चर्चा बड़ी तेज़ी से फैल रही थी। मंच पर सभी शालीनता से बैठे थे। भागवत राय महामंत्री जी से कानाफूसी कर रहे थे। चर्चा वहाँ तक नहीं पहुँची थी, लेकिन चर्चा जहाँ तक पहुँची थी, वहाँ लोग बात की तसदीक़ करने उठ-उठकर गेट की ओर चल पड़े। यह सम्मान समारोह की गरिमा को भंग कर रहा था।

गेट पर लोगों को जमा होते देखकर वहाँ तैनात सिपाहियों का माथा ठनका। वे वहाँ से भीड़ हटाने लगे। वे समझ नहीं पा रहे थे कि यह कब हुआ और किसने किया। उस समय तक गेट पर कालिख लगी तसवीरों की चर्चा चारों ओर फैल चुकी थी।

मंच पर बैठे नेताओं को पता चला। वे विचार-विमर्श करने लगे। पहला शक राज्य अध्यक्ष गंगा बाबू के समर्थकों पर हुआ। मुख्यमंत्री ने उनसे साफ़-साफ़ पूछा। राज्य अध्यक्ष रोने लगे कि उन पर भागवत जी का इतना अविश्वास ठीक नहीं है। बबन की बात अलग है लेकिन मुख्यमंत्री की तसवीर पर उनके आदमी कालिख कैसे पोतेंगे! इस हद तक उनके समर्थक पतित नहीं हैं। बबन दुबे ने अपने लोगों को रोक लिया और तुरन्त एक आदमी को भेजा कि दूसरा कटआउट पाँच मिनट में वहाँ लगवाए।

पुलिस ने भी इस घटना की तहक़ीक़ात शुरू कर दी। डीएसपी ने वहाँ तैनात चारों सिपाहियों को दम भर माँ-बहन की गालियाँ दीं। उन्हें तफ़सील से बताने को कहा। सिटी दारोगा भी वहाँ आ पहुँचा। डीएसपी ने चिल्लाकर उसे वापस मंच के पीछे की व्यवस्था में लगे रहने को कहा। दारोगा मिनमिनाता हुआ वहाँ से वापस चला गया। सिपाहियों को डीएसपी द्वारा गालियाँ देते देख भीड़ फिर जमा हो गई। डीएसपी ने सिपाहियों को भीड़ की ओर इशारा करते हुए कहा, "भगाओ सालों को! दो सालों को चूतड़ में!"

भीड़ को रगेद दिया गया। दो-तीन लोगों पर लाठियाँ बरसाने में सिपाही सफल रहे। कार्यकर्ताओं ने पुलिस के ख़िलाफ़ नारे लगाने शुरू कर दिये। डीएसपी ने सिपाहियों को फिर वापस आने के लिए गालियाँ दीं।

डीएसपी ने पूछताछ शुरू की, "तुम लोगों ने आख़िरी बार कटआउट को बिना कालिख के कब देखा था?"

"याद आया। गुमटी से सफ़ेदी लेकर हम घूमे और हमने गेट की ओर देखा। धूप की वजह से बहुत साफ़ नहीं देख पाए। लेकिन उस समय कारी पोता हुआ नहीं था। दस-पन्द्रह ठो स्कूल-कॉलेज की लइकिन थीं। हम लोग फिर अपनी बात में लग गए।"

"बकवास बन्द कर!" डीएसपी ने ख़ुद को संयत किया, "किसी ऐसे आदमी को तुम लोगों ने देखा जिसके हाथ में रंग का डिब्बा-बाल्टी या कुछ और जिससे वह ऐसा कर सकता है?"

"हाँ, एक आदमी था।" एक सिपाही ने याद किया, "ऐसा एक आदमी साइकिल से पार हुआ लेकिन उसकी साइकिल पर दूध के केन लटके हुए थे।"

डीएसपी ने कटआउट की ओर देखा। कालिख इस तरह से पोती गई थी कि चेहरे कई जगह से ग़ायब दिखते थे। मसलन बबन दुबे की आँख ग़ायब थी। मुख्यमंत्री की नाक के नीचे पूरा हिस्सा ही टेढ़ा-मेढ़ा लगता था। किसी बड़े शातिर और पेशेवर आदमी का काम था, हर जाँच-पड़ताल से डीएसपी को यही लग रहा था। डीएसपी को अपने नतीजों पर भरोसा नहीं हुआ। कालिख पोतने वाले किसी पेशेवर के बारे में उसने कभी सुना नहीं था, "दो-तीन लोगों को बुलाकर अभी चेहरे पर झालर लगा दो, और गेट छोड़कर कहीं जाना नहीं है।"

गुल्लू तिवारी का परिचय महामंत्री ने मुख्यमंत्री के परम सखा और सफल उद्यमी के रूप में कराया। उनके राजनीति में प्रवेश का कारण मुख्यमंत्री के हाथों को मज़बूत करना बताया गया। गुल्लू तिवारी से विनती की गई कि वे मंच पर आएँ और अपनी बहुमूल्य बातों से कार्यकर्ताओं को कृतार्थ करें। गुल्लू तिवारी ने एक संक्षिप्त वक्तव्य तैयार किया था, "राज्य के यशस्वी मुख्यमंत्री, राज्य में विकास की गंगा बहानेवाले..."

गुल्लू तिवारी ने श्रोताओं की ओर देखा। उसकी नज़रें पीछे से आ रही लड़कियों के दल की ओर गईं। वे क़तारों के बीच से आ रही थीं। सबसे आगे चल रही महिला की चाल तेज़ थी। लड़कियाँ भी उसी तेज़ी से चल रही थीं। महिलाओं के लिए आगे बाईं ओर जगह थी। उन सबका चेहरा साफ़ नहीं दिख रहा था।

"महिलाओं का मान-सम्मान बढ़ानेवाले, समाज के आख़िरी पायदान पर खड़े व्यक्ति तक..."

लड़कियों का दल लगभग तीस क़तारों को पार कर चुका था। अब कुछ साफ़ नज़र आ रहा था। गुल्लू तिवारी को हल्का-सा आभास हुआ कि आगे चलने वाली महिला को उसने कहीं देखा है। यह कुछ परिचित-सी लग रही थी।

"उम्मीद की किरण पहुँचाने वाले लोकप्रिय मुख्यमंत्री माननीय भागवत राय जी, युवा दिलों की धड़कन, मेरे छोटे भाई और राज्य के बब्बर शेर माननीय बबन दुबे जी, दिल्ली से आए हमारे मार्गदर्शक और अभिभावक जेमा...मेरा मतलब महामंत्री जी..."

कटआउट पर कालिख पोता जाना कार्यक्रम के लिए अच्छा संकेत नहीं था। उसके दिमाग़ में लगातार यह सवाल खटक रहा था। तो यह वही कोच है जिससे बबन दुबे लड़ रहा है?

लड़कियों की चाल और तेज़ हो गई। मंच की पहली पंक्ति में हलचल हुई। किसी ने किनारे खड़े अधिकारियों को लड़कियों को रोकने का इशारा किया।

गुल्लू तिवारी पटरी से उतर चुका था। जेमा का नाम सुनकर भागवत राय ने आ रही लड़कियों के दल की ओर देखा। भागवत राय दबे पाँव उठे और तेज़ क़दमों से मंच के पीछे चले गए। गुल्लू के विचार उलट-पुलट होने लगे। गुल्लू ने साहस जुटाया, "मैच देखने पहुँचे नेतागण..."

अधिकारियों को लड़कियों ने झटक दिया। वे श्रोताओं की पहली पंक्ति पार कर मंच की ओर बढ़ीं। गुल्लू तिवारी की हिम्मत जवाब दे रही थी। वह पलटा और मंच के पीछे दौड़ा। उस दल को रोकने के लिए मौजूद पुलिस जवान और बबन दुबे के लोग दौड़े। उन्होंने भाँप लिया था कि कोई बड़ी गड़बड़ी है।

जेमा कुई को सिपाहियों ने पकड़ लिया। कुछ लड़कियों को कार्यकर्ताओं ने दबोच लिया। फिर भी तीन लड़कियाँ दनदनाती मंच पर पहुँच गईं। जसवा ने बबन दुबे के कुर्ते का कॉलर पकड़ लिया। नीचे की ओर खींचा। दो और लड़कियों ने उसके कुर्ते को पकड़ लिया। बबन दुबे लड़खड़ाने लगा और लड़कियाँ उसे नीचे घसीटने लगीं।

बबन के कार्यकर्ता लड़कियों पर झपटे। थाने के सिपाहियों ने बबन दुबे को लड़कियों से छुड़ाया। जेमा कुई और टीम की लड़कियों को पुलिस ने बाहर खड़ी दो गाड़ियों में बिठाया। महिला पुलिस की निगरानी में उन्हें सिटी थाना रवाना कर दिया। मंच से लगातार उद्घोषणा की जाने लगी : 'कार्यक्रम को अधूरा छोड़कर न जाएँ। उपद्रवियों को गिरफ़्तार कर लिया गया है।' धीरे-धीरे मंच पर नेतागण बैठने लगे। कार्यकर्ता सम्मान में पहुँचे श्रोता कुर्सियों को भरने लगे। भागवत राय के चेहरे पर ग़ुस्सा नाच रहा था। यह कार्यक्रम बहुत हद तक चौपट हो चुका था। बात को तूल पकड़ने से बचाना ज़रूरी था।

आयोजन स्थल पर एक घंटे के अन्दर डीआईजी पहुँच चुके थे। उन्होंने मौक़े का मुआयना किया। बात सामने आई कि थानेदार और छोटा बाबू, दोनों ही कार्यक्रम के मुख्य स्थल से ग़ायब थे। वे दोनों जेमा कुई को पहचानते थे। यदि वे कार्यक्रम स्थल के इर्द-गिर्द रहते तो घटना टल सकती थी। डीआईजी ने एसपी और डीएसपी से पूछा कि उन लोगों ने इतनी बड़ी लापरवाही कैसे की?

डीएसपी ने दारोगा से पूछा, "क्यों जी, तुमने मंच को ख़ाली छोड़ दिया था? मैंने तुम्हें..."

"हुज़ूर, इस साले को हटाइए। बहुत-से हरामी अफ़सरों को हमने देखा है, मगर इसके जैसा नहीं। जहाँ यह पहुँचता है, वहाँ लाठीचार्ज के बिना कोई काम ही नहीं होता है। यह हम लोगों की वर्दी उतरवा के रहेगा।"

"सर के सामने..." डीएसपी ने टोकना चाहा।

"चुप रहो साले तुम!" सिपाहियों ने भी दारोगा का साथ दिया। दारोगा ने डीएसपी की ओर उँगली उठाई, "हुज़ूर, इसको क्या पता है कि यहाँ कौन क्या है। इसने हमें मंच के पीछे नाश्ते के पैकेट में भिड़ाकर रखा था। अक्षय कुमार की झाँट बनकर मंच के आगे-पीछे कर रहा था।"

मंच पर भागवत राय का गर्जन चल रहा था, "कार्यकर्ताओं के साथ विश्वासघात भागवत राय कभी सहन नहीं कर सकता है। आज यह भागवत सरकार सफल है तो इसका श्रेय मुझसे भी ज़्यादा इन कार्यकर्ताओं को जाता है। आप विरोध करना चाहते हैं, तो मुझे जूते मारिए..."

अभी किसी भी तरह की चूक की क़ीमत भारी होगी। जेमा और उसकी लड़कियों की गिरफ़्तारी से कई सवाल खड़े होंगे। अख़बारों को इस पूरी घटना में मिर्च-मसाला लगाकर परोसने की चीज़ मिल जाएगी। विधानसभा सत्र तक उन्हें इन पर किसी भी तरह की कार्रवाई से पुलिस को रोकना होगा। भागवत राय ने पत्रकारों को चलते-चलते कहा, "इस घटना के पीछे विपक्ष का हाथ है। हम उन्हें सदन में जवाब देंगे।"

"इन लड़कियों के ख़िलाफ़ एक पुलिस अधिकारी ने कातिलाना हमले का आरोप लगाया है। हमले का कारण..."

"इन बच्चियों को हम छोड़ दे रहे हैं। मैं उनकी कोच से भी विनती करूँगा कि वे बच्चियों को ग़लत रास्ते पर न ले जाएँ।"

वास्तु-दोष

मुंडा ने अपनी नाराज़गी सार्वजनिक कर दी थी। उन्होंने बयान दिया था कि राज्य के हितों की अनदेखी ठीक नहीं। उद्योग मंत्री प्रद्युम्न सिंह ने मीडिया को साफ़-साफ़ कहा कि सरकार को अपने कामकाज की समीक्षा करनी चाहिए और शैली में सुधार करना चाहिए।

अनौपचारिक बातचीत में प्रद्युम्न सिंह ने पत्रकारों को यह भी कह दिया कि विपक्ष का अविश्वास प्रस्ताव फालतू है। विपक्ष से कुछ कबड़ने वाला नहीं है। हम

पक्षवालों का दबाव ही काफ़ी है। अविश्वास प्रस्ताव से पहले ही हाईकमान उसे हटा देगा। यदि नहीं तो वह गधे के पेशाब से मूँछ मुड़ा लेंगे।

विपक्ष ने तिरपन विधायकों के हस्ताक्षर के साथ अविश्वास प्रस्ताव विधानसभा सचिव के हाथों में सौंप दिया। कहा जा रहा था कि एक रणनीति के तहत तीन विधायकों से हस्ताक्षर नहीं लिये गए थे।

मुंडा के साथ खड़े असन्तुष्ट विधायकों के अपने अलग-अलग स्वार्थ थे। वे विकास में अपना हिस्सा माँग रहे थे। प्रद्युम्न सिंह चाहते थे कि कम-से-कम एक ज़िले का सारा काम उनकी देखरेख में हो। मुंडा ही भागवत के ख़िलाफ़ सबसे मज़बूत केन्द्र हो सकते हैं—मुंडा भी जानते हैं, प्रद्युम्न सिंह भी जानते हैं, दूसरे असन्तुष्ट भी जान रहे हैं। कार्तिक प्रसाद भी जानते हैं। कार्तिक प्रसाद चाहते थे कि भागवत राय हटें और कोई भी दूसरा आए जिसकी चमड़ी भागवत की चमड़ी से कम मोटी हो।

विपक्ष और असन्तुष्टों की गोलबन्दी ने भागवत राय की नींद छीन ली। उन्होंने दो-तीन बार राष्ट्रीय अध्यक्ष से बात करनी चाही लेकिन बस एक बार राष्ट्रीय अध्यक्ष के निजी सचिव ने जवाब दिया कि राष्ट्रीय अध्यक्ष अभी व्यस्त हैं। उन्हें सलाह दी गई कि वे महामंत्री या राज्य प्रभारी से बात कर लें। इसके पहले कभी ऐसा नहीं हुआ था कि राष्ट्रीय अध्यक्ष ने उन्हें स्वयं जवाब नहीं दिया हो। उनकी चिन्ता और बढ़ गई। महामंत्री जी को उन्होंने फ़ोन किया।

महामंत्री ने फ़ोन पर भी बहुत दबे-दबे बात की। उन्होंने आश्वस्त किया कि उनके लिए वे लगे हुए हैं, "देखिए, दूसरी ओर से भी दबाव बहुत है। अभी ऐसा कोई काम नहीं कीजिए जिससे मामला बिगड़ जाए। आप अपना एक रिपोर्ट-कार्ड ढंग से तैयार करवाकर जारी कीजिए।"

भागवत राय ने ढाढ़स बाँधा, "देखिए महामंत्री जी, बस राष्ट्रीय अध्यक्ष और प्रधान जी असन्तुष्टों को कड़ा सन्देश भेज दें, सब ठीक हो जाएगा।...मैं कह रहा हूँ कि सब ठीक हो जाएगा। मुंडा के साथ कितने आदमी हैं? एक आदमी नहीं है। करमा भगत मुडियल है। उसे मैं ट्रैक पर ले आऊँगा। गंगा बाबू से भी बातचीत करनी होगी। उनका मकसद केवल अस्थिरता पैदा करना है।"

"प्रधान जी भूमि-अधिग्रहण की रफ़्तार से सन्तुष्ट नहीं हैं। आप समझ रहे हैं न? उनके करीबी मित्र का मामला है।"

"मैं जानता हूँ, महामंत्री जी! मैंने पूरी ताक़त लगा दी है। हर जगह अधिग्रहण का काम क़रीब-क़रीब पूरा हो गया है। अर्था हेडक्वार्टर के लिए भी एक नम्बर

की ज़मीन मिल गई है। आप मेरी तरफ़ से कहिए कि इस महीने में झटके से सब निपटा दिया जाएगा।"

"वैसे अन्दर की एक बात मैं बता देता हूँ। कहीं अभी खोलिएगा नहीं। इसी सप्ताह मैं और राज्य प्रभारी विधायक दल की बैठक में पहुँचेंगे। आप अपनी तैयारी रखिए। क़रीब-क़रीब तय ही है। प्रधान जी इसकी घोषणा करेंगे। कहीं खोलिएगा नहीं।"

अभी छोटी-छोटी बातें भी भागवत राय को बड़ी लगने लगी थीं। हर रोज़ रात में देर तक जगे रहने से उनकी तबीयत ढीली होती जा रही थी। कल रात दो बार उल्टी हो गई। डॉक्टरों ने शुगर, बीपी, हार्ट से जुड़ी सारी जाँच की और इस नतीजे पर पहुँचे कि इन्हें आराम की ज़रूरत है। एक जूनियर डॉक्टर ने साफ़-साफ़ कह दिया कि किसी भी रूप में निकोटिन का सेवन न करें। दूसरे डॉक्टरों ने उसे दबाया। भागवत राय समझ रहे थे कि निकोटिन से उस डॉक्टर का क्या मतलब है।

एक डॉक्टर ने नींद की गोली दी। दूसरे ने कहा कि ले सकते हैं लेकिन सख़्त ज़रूरत के समय ही। गोलियाँ आत्महत्या की प्रवृत्ति को बढ़ाती हैं। भागवत राय ने डॉक्टरों के जाने के बाद नींद की गोलियाँ हटवा दीं।

दो दिन पहले कुछ लड़के विधानसभा चौराहे पर नुक्कड़ नाटक कर रहे थे। चौराहे पर भीड़ हो गई थी। वे सेक्रेटेरियट से लौट रहे थे। चौराहे पर भीड़ देखकर बिफर पड़े और डीजीपी से पूछा कि चौराहे पर भीड़ क्यों है? कुछ देर बाद डीजीपी ने कहा कि लड़के चौराहे पर नाटक कर रहे हैं।

"भूमि-अधिग्रहण के ख़िलाफ़? आपने पता किया कि उनके पीछे कौन-सा संगठन है? नुक्कड़ नाटक में इतनी भीड़ होती है? सक्सेना जी, विधि-व्यवस्था टाइट कीजिए। विधानसभा सत्र शुरू हो रहा है।"

अख़बार में एक तसवीर छपी थी : 'सावधान, यह क्षेत्र पाँचवीं अनुसूची के अन्तर्गत है।' खड़ी चट्टान की पाट पर यह चेतावनी खोदी गई थी। बग़ावत का साफ़ संकेत था। अर्था वाले इससे और भड़क जाएँगे। उन्होंने मुख्य सचिव, गृह सचिव और पुलिस महानिदेशक के साथ बैठक की और उन्हें निर्देश दिया, "यह नक्सली कार्रवाइयों से भी ज़्यादा ख़तरनाक है। ख़बर पढ़िए, क्या लिखा है। फ़ौरन सबको गिरफ़्तार कीजिए।"

ऊपर के पुलिस-प्रशासनिक अधिकारी नीचे गाँव पहुँचे। एक-एक कर पूछताछ शुरू की।

"यह क्षेत्र पाँचवीं अनुसूची के अन्तर्गत है, इसमें यही तो लिखा है। इसमें ग़लत क्या है?" एक पढ़ी-लिखी लड़की ने एतराज़ किया।

"इसे लिखने की ज़रूरत क्या है?" अधिकारी ने पूछा।

"ग्राम-सभा को अधिकार है कि किस तरह चलना-चलाना है।" उस लड़की की आवाज़ में दृढ़ता थी।

"लेकिन इस पत्थर को गाँव के मुहाने पर गाड़ने की क्या ज़रूरत है?"

"ज़रूरत क्या है, यह आपको जानना चाहिए।"

गाँव वाले जुट गए। दूसरे गाँवों के लोग भी जुट गए और सबने अधिकारियों से पूछा कि गाँव में पत्थरगड़ी से सरकार को क्या दिक़्क़त है? अधिकारियों की समझ में नहीं आ रहा था कि दिक़्क़त क्या है। समझ में नहीं आ रहा था इसलिए उन्हें लगा कि कोई गम्भीर मामला है और देशद्रोह का मुक़दमा ठीक रहेगा।

अधिकारियों ने आसपास के गाँवों की मतदाता सूचियों को इकट्ठा किया। चौकीदारों को बुलाया और थोक के भाव में मुक़दमा कर दिया। तीन-चार दिन के अथक परिश्रम के बाद तेरह हज़ार से ज़्यादा लोगों पर मुक़दमा कर दिया गया। उनमें से कुछ लोगों को बाज़ार से गिरफ़्तार भी कर लिया गया।

गिरफ़्तारियों से एक बार फिर बधाइयों का सिलसिला शुरू हो गया। एक दिन बौद्धिक मंडल के एक प्रतिनिधिमंडल ने मुख्यमंत्री को समय रहते उचित क़दम उठाने पर बधाई दी, "सर, लगता है, जैसे राज्य में कोई मालिक-मुखिया है। यह आप ही कर सकते थे।"

भागवत राय ने सफलता की मुस्कान के साथ कहा, "आप लोगों का समर्थन चाहिए। आदिवासियों को बग़ावत के रास्ते पर ले जानेवालों को बख़्शा नहीं जाएगा।"

प्रतिनिधिमंडल के एक सदस्य ने विनम्रता से अपनी बात रखी, "सर, केवल गाँव के बदमाशों को जेल में डालकर क्या होगा? उन्हें बहकाने वाले लोग यहाँ राजधानी में बैठे हैं। वे आपकी उदारता का बेजा इस्तेमाल कर रहे हैं।"

दोपहर को यूपी मिश्रा वास्तु-दोष देखने के लिए मुख्यमंत्री भवन पहुँचे। वे चारों ओर घूमे। लैट्रिन की टंकी का मुआयना किया। पानी की टंकी का मुआयना किया। बेडरूम और खिड़कियों को देखा। वे छत पर हाँफते हुए चढ़े और हाँफते हुए उतरे। उन्होंने बातचीत की शुरुआत एकबारगी वास्तु-दोष से नहीं की। उन्होंने पहले माहौल को राजनीतिक बनाया, "ये आदिवासियों की गिरफ़्तारी को लेकर सुना है, अपोज़िशन वाले राजभवन मार्च कर रहे हैं? इन्हें मार्च करने दो। आदिवासी तो कठपुतली भर हैं, उन्हें नचानेवाले मिशन में बैठे हैं।"

"होम सेक्रेटरी, डीजीपी और एसएसपी को बुलाया है। बिल्डिंग में कोई दोष तो नहीं है?"

"नहीं। वास्तु बहुत बढ़िया है। बस, जरा-सी भूल है। सब गड़बड़ियों की जड़ में लगता है, यही भूल है : देखु विभीषण दच्छिन आसा..." यूपी मिश्रा का अन्दाज़ रहस्य उद्घाटन वाला था। उन्होंने मुख्यमंत्री पर नज़रें टिका दीं, "संकट का स्रोत दक्षिण है और इसके लिए यहाँ जगह छोड़ दी गई है।"

"इसलिए मैंने शशि से आपको ही ले आने के लिए कहा था। करना क्या होगा?"

"आइए, मेरे साथ बाहर।"

सीएम हाउस के दरवाज़े के दाएँ जाकर वे खड़े हो गए। यूपी मिश्रा ने हाथ को उस दिशा में चारों ओर घुमाया। "देखिए, ये जगह ख़ाली है। यह रावण की जगह है। राक्षसों की!"

वे दोनों वापस बरामदे में बैठ गए। भागवत राय को देखते हुए यूपी मिश्र जल्दी-जल्दी पलकें झपका रहे थे, "आपका संकट दक्षिण से जुड़ा हुआ है। यह आपको न घर में चैन से रहने दे रहा है और न ही बाहर में। आपके ख़िलाफ़ जो भी उत्पात हो रहे हैं, याद कीजिए, सभी दक्षिण से जुड़े हैं।"

यह बात भागवत राय को सोलहो आने सही लगी। ज़मीन-अधिग्रहण के ख़िलाफ़ आन्दोलन का इलाक़ा दक्षिण था। मुंडा का बंगलो भी दक्षिण में था। भागवत राय के दिमाग़ में बिजली की तरह जेमा कुई की बच्ची आई और चली गई लेकिन वह बुढ़िया, हॉकी मैदान और आधा टूटा हुआ पीपल का पेड़ सब दक्षिण में थे। भागवत राय ने माथे पर हाथ रखा। उन्होंने ललाट की रेखा को महसूस किया। तभी उन्हें अहसास हुआ कि चोट के निशान भी ललाट के दक्षिणी हिस्से पर है। भागवत राय को अब दक्षिण के अलावा कुछ सूझ ही नहीं रहा था, "मिश्रा जी, मैंने इस पर कभी ध्यान नहीं दिया था..."

"ये देखिए!" यूपी मिश्रा ने बरामदे की दक्षिण दीवार पर बने आदिवासी भित्तिचित्र की ओर इशारा किया। जंगल का दृश्य है। पेड़ की डाल से साँप लटक रहा है। एक हाथी सूँड़ उठाए खड़ा है। दो जंगली जानवर बैठे हैं। डाल पर पक्षी बैठे हैं और झाड़ी से बाघ का झाँकता सिर दिख रहा है, "यह शुभ नहीं है। बाघ घात लगाए बैठा है।"

भागवत राय इसे रोज़ देखते थे लेकिन उन्होंने इतनी सूक्ष्मता से कभी नहीं देखा था। उन्होंने क्या, किसी ने नहीं देखा था। शशि ने भी कभी नहीं कहा कि यह अशुभ है।

पार्टी विधायकों और नेताओं की नये सिरे से गोलबन्दी की चिन्ता, शालडुंगरी मैदान और हॉस्टल की ज़मीन के काग़ज़ को क्लियर कराने का तनाव और सचिवों

के अन्तर्विरोधों में उलझती योजनाओं की बेबसी और भ्रष्टाचार सम्बन्धी ख़बरों की लम्बी होती कड़ियाँ भागवत राय को रोज़ मथती रहतीं। दक्षिण की गुत्थी पकड़ में आने से भागवत राय को राहत मिली, "मैंने बैठक बुलाई है और उत्पाती आदिवासियों को शह देनेवाले तथाकथित 'इंटेलेक्चुअलों' की लिस्ट पर बात करूँगा।"

"फ़िलहाल दक्षिण में एक टेन्ट लगा दीजिए। कुछ लोगों को वहाँ रखिए। ख़ाली नहीं रहना चाहिए और पीले फूल वाले कुछ पेड़ या पौधे वहाँ लगाइए।"

प्रशान्त राय ने सुझाव दिया कि डीआईजी को भी बुला लिया जाए। सूझ-बूझ वाला आदमी है। ख़ुफ़िया विभाग की रिपोर्टें चिन्ताजनक हैं। तीन निर्दलीय विधायक अब भी विपक्ष के खेमे में हैं। उनसे बात करने की ज़रूरत है। अगर हम किसी एक को भी तोड़ लें तो मामले को ठीक-ठाक किया जा सकता है। इसमें सबसे कमज़ोर कड़ी प्रदेश विकास मोर्चा वाले हैं। लेकिन अभी उन्हें छोड़ दीजिए। उनका ताव जाने दीजिए। मधुसूदन भी टूट जाएगा।

अर्था प्रभावित लोगों की बड़ी गोलबन्दियों के लिए तैयारियाँ चल रही थीं। ख़ुफ़िया विभाग का अनुमान है कि यह पचास हज़ार भी पार कर सकता है। ये लोग आजकल कहीं भी पहुँच जाते हैं! चौबीस घंटे में जमा हो जाते हैं। यदि ये जमा हो गए तो सत्र में एक नई समस्या पैदा हो जाएगी। ज़मीन के मसले को आदिवासियों ने सामुदायिक मुद्दा बना दिया है।

हाल की गिरफ़्तारियों का भी बहुत ग़लत असर पड़ा है। विपक्ष का ज़ोर बढ़ गया है। गृहसचिव ने एक बात और जोड़ी कि मुंडा जी और करमा जी के बयान का असर भी अच्छा नहीं है। मुंडा जी को प्रद्युम्न सिंह अपने साथ घुमा रहे हैं। वे कई लोगों से मिल रहे हैं। अभी हाल में चोरपट्टी में उन दोनों ने क्रिकेट मैच का उद्घाटन किया है।

प्रशान्त राय कभी ज़्यादा बोलते नहीं थे लेकिन उनकी बात के पीछे एक पूरी कथा ताक में रहती थी, "सर, मधुसूदन जी तो डीआईजी साहब के क्षेत्र में आते हैं। इन्हें ही सँभालने दिया जाए।"

"हाँ, उनके कई बेल टूटे हुए हैं। एक में फ़रारी भी घोषित हैं। वैसे देखते हैं बातचीत करके। मान-सम्मान से ही बात बन जाए तो ठीक है।" डीआईजी घाघ थे। ऐसे मामले में लेन-देन से ज़्यादा पक्का उपाय कुछ नहीं है। और, कौन-सा उन्हें अपने बाप के यहाँ से सूटकेस पहुँचाना था!

"नहीं, नहीं, अभी विधायकों के साथ छेड़छाड़ ठीक नहीं है। दबाव से शुरू नहीं किया जाए। कहिएगा तो गुल्लू को साथ भेज दूँगा।"

"नहीं सर, इस मामले से आप दूर ही रहिए। मुझे हैंडिल करने दीजिए। ज़रूरत पड़ी तो कांटेक्ट कर लूँगा।"

"सर, इस फ़ाइल को देख लिया जाए। जी, दूसरे पेज पर। बयालीस वैसे लोगों के नाम हैं...हाँ, ये सभी राजधानी के ही हैं। ये सभी किसी न किसी रूप से सरकार के ख़िलाफ़ आग फूँकते रहते हैं।" गृह-सचिव ने फ़ाइल का एक पन्ना पलटा।

इस सूची में पत्थलगड़ी के समर्थक थे। छात्र नेता थे। कुछ आरटीआई और मनरेगा एक्टिविस्ट थे। कुछ राइट फॉर फूड के कार्यकर्ता थे। कुछ मानवाधिकार कार्यकर्ता थे। तीन पादरी थे। मदरसे के चार टीचर थे। एक वकील था। कुछ लाल झंडे वाले थे। एक न्यूरो डॉक्टर था। दो पत्रकार भी थे।

प्रशान्त राय ने लिस्ट ऊँची करते हुए कहा, "इन सबसे हमें निपटना होगा। यह लिस्ट इंटेलिजेंस के फीडबैक से तैयार की गई है।"

"क्या इन सब पर एफ़आईआर करना चाहते हैं?" डीजीपी सक्सेना ने पूछा।

"हैं तो ये लोग ख़तरनाक, लेकिन मुद्दा उछलेगा।"

"सबके यहाँ आज रात ही छापेमारी हो। एक साथ। इस तरह ही हम राज्य में क़ानून-व्यवस्था का सन्देश दे सकते हैं।" प्रशान्त राय का लहजा ठंडा था, "अलकारानी को हम अभी इस लिस्ट में नहीं ला सकते हैं। लेकिन उन पर नज़र रखनी होगी। वह भी कोई मुसीबत पैदा कर सकती हैं।"

थोड़ी देर चुप्पी छा गई। अलकारानी और प्रशान्त राय के कामकाज में यह एक बड़ा फ़र्क़ था। वह विरोधियों को अनसुनी कर टालती रहती थीं जब तक उनकी बातें अप्रासंगिक न हो जाएँ। प्रशान्त राय विरोधियों पर झपट्टा मारते हैं। उन्हें सँभलने का मौक़ा ही नहीं देते। भागवत राय को प्रशान्त का आइडिया पसन्द आया। कुछ हो-हल्ला होगा। अपनी ओर से भी दूसरे मुद्दों पर हंगामा कर दिया जाए। 'जय सिरी' की नारेबाज़ी ठीक रहेगी। इसे सुनते ही विरोधी लोग ग़ुस्से में उछलने लगते हैं। जवाब पुलिस की कार्रवाई और एफ़आईआर से भी दिया जाएगा, "ठीक है। ध्यान रखिए। कल हर जगह तैनाती बढ़ा दीजिए। साफ़ निर्देश ज़ारी कर दीजिए कि किसी भी तरह के सड़क-जाम, बन्दी या प्रदर्शन से सख़्ती से निपटा जाए।"

डीजीपी ने अगर-मगर किया, "एक रास्ता प्रशान्त बाबू ने बताया है। एक और रास्ता हो सकता है कि हम सत्र तक इन्हें छोड़ दें। सत्र के बाद इनके ख़िलाफ़... सरकार पर बहुत दबाव नहीं रहेगा।"

"सक्सेना सर!" प्रशान्त राय ने हस्तक्षेप किया, "अभी ये जो दबाव पैदा करेंगे, उसका क्या होगा? सोचा है आपने?"

सचमुच उन्होंने इसके बारे में सोचा नहीं था, "बस, सीएम सर तय करें!"

"ये बाहर रहेंगे तो अराजकता पैदा करेंगे। इन सबको गिरफ़्तार कीजिए।" भागवत राय दृढ़ थे, "राज्य के हितों से समझौता नहीं किया जा सकता है। आप लोगों को उचित कार्रवाई की पूरी आज़ादी है।"

विपक्ष

विपक्षी विधायकों का राजभवन मार्च पृथ्वी थियेटर से शुरू हुआ। तय हुआ था कि मार्च मुतलक़ तौर पर विधायकों का ही हो। बहुत हील-हुज्जत के बाद सीमित संख्या में पार्टी नेताओं-कार्यकर्ताओं के शामिल किये जाने पर सहमति बनी। पृथ्वी थियेटर किसी भवन या ख़ास जगह का नाम नहीं है। एक चाय की गुमटी है। यहाँ बेठौर कलाकारों, लेखकों और पत्रकारों की अड्डेबाज़ी चलती है। धीरे-धीरे यह जगह पृथ्वी थियेटर के नाम से मशहूर हो गई। पृथ्वी थियेटर के आसपास पुलिस और रैपिड एक्शन के जवान बड़ी संख्या में मौजूद थे।

विधानसभा सत्र के पहले अपनी ताक़त दिखाने के लिए विपक्ष ने इस मार्च का आयोजन किया था। सत्ता पक्ष में ज़बरदस्त खींचतान जारी थी। सरकार द्वारा विस्थापन विरोधी आन्दोलनकारियों की अन्धाधुंध गिरफ़्तारियाँ चल रही थीं। राजधानी में सामाजिक एक्टिविस्टों के यहाँ देर रात हुई छापेमारियों से राज्य सकते में था। इन वजहों से विपक्ष का मार्च अहम हो गया था। तय यह हुआ कि काली पट्टियाँ बाँधकर मार्च किया जाए।

राजभवन की ओर आधी दूरी तय करने के बाद हिसाब-किताब कर किसी ने कहा कि तीन विधायक ग़ायब हैं। मधुसूदन जी का मोबाइल स्विच ऑफ़ था। प्रदेश विकास मोर्चा के सुप्रीमो ने आश्वस्त किया कि वे पाँच मिनट में पहुँचने वाले हैं। ट्रैफ़िक जाम में फँसे हैं।

पत्रकारों ने बताया कि वे ट्रैफ़िक जाम में नहीं, सत्ता पक्ष के किसी आयोजन में फँसे हुए हैं। राजधानी से चार सौ किलोमीटर दूर। पत्रकारों ने उस आयोजन की तसवीरें भी दिखाईं। सुप्रीमो राष्ट्रीय अध्यक्ष के पैर छूने के लिए झुके हुए थे। एक और निर्दलीय विधायक पूर्णशंकर पारिवारिक कार्य में व्यस्त थे लेकिन उन्होंने हौसला दिया कि वे उनके साथ हैं। उन पर किसी तरह का शक न करें।

विपक्षी विधायकों ने आपस में राय-मशवरा किया। तय हुआ कि अनुपस्थित विधायकों के बारे में बहुत चर्चा न हो। अभी चीज़ों को ढक-तोप कर ही आगे बढ़ा जाए। बात खुलने से सत्ता पक्ष के अन्दर मच रही टूट कमज़ोर हो जाएगी। तर्क के लिहाज से सबने यह बात मान ली।

"बात बाहर से ही आ रही है।" कार्तिक प्रसाद ने टोका, "मुझे लगता है कि इसके लिए आज से ही सरकार को घेरना शुरू कर दें।"

मुख्य विपक्षी दल के एक उभरते हुए विधायक बहस में कूद पड़े, "घेरने के लिए ही तो अविश्वास प्रस्ताव लाया जा रहा है। अभी यदि हम यह ज़ाहिर कर दें कि अनुपस्थित विधायक हमारे साथ नहीं हैं तो जो थोड़ी सम्भावना बची है..."

"रास्ता एक ही बचा है कि सरकार द्वारा ख़रीद-फ़रोख़्त का भंडाफोड़ किया जाए..." कार्तिक प्रसाद ने उस विधायक का खंडन किया, "हमें सरकार को पीछे धकेलने पर ज़ोर देना चाहिए।"

नेता विपक्ष ने कार्तिक प्रसाद की बात ठुकरा दी। अनुपस्थित विधायकों को विपक्ष की सूची में रखा जाए, "राज्यपाल से मुलाक़ात के समय हम यह बात नहीं कर सकते हैं। कार्तिक प्रसाद जी, आज रात हम लोग अपनी रणनीति तय करने के लिए एक जगह मिलें। आइए, मेरे आवास पर ही आइए।"

विधायकों ने 'हाँ-हाँ' कहना शुरू ही किया था कि एक पागल मार्च में घुस गया। मौन जुलूस में ठहाके लगने लगे और ठहाकों को रोकने के लिए डाँट-फटकार शुरू हो गई। उस आदमी ने लकड़ी के एक टेढ़े-मेढ़े डंडे पर जूतों को टाँग रखा था और इसे झंडे की तरह हाथ में उठाए चल रहा था। मार्च ने उसके अन्दर आवेग पैदा कर दिया था और वह उछल-कूद करते हुए आगे बढ़ रहा था।

पुलिस यातायात को व्यवस्थित करने में लग गई, ताकि मार्च के लिए सड़क ख़ाली मिल जाए। मार्च से कुछ दूरी बनाकर सिटी एसपी, डीएसपी, कई इंस्पेक्टर और दारोगा अपने-अपने वाहनों में आगे-आगे चल रहे थे। पीछे भी, मार्च की सुरक्षा में पुलिस और रैपिड एक्शन के जवान चल रहे थे। विक्षिप्त के अचानक घुस जाने से एक नई समस्या आ खड़ी हुई।

इस तरह का ख़लल ठीक नहीं था। इसका कार्यक्रम के तेवर पर बुरा असर पड़ता है। ऐसे मामलों में दो-चार धक्का-मुक्की या पाँच-दस रुपये ले-देकर बाधाओं से निपट लिया जाता है। मार्च में घुसे विक्षिप्त को निकालने के लिए एक पुलिस जवान उसकी ओर दौड़ा। विक्षिप्त दौड़कर नेता विपक्ष को रगड़ते हुए बीच में घुस गया। उसके शरीर पर मल की कई तहें थीं। चेहरा लम्बे गंदे बालों से ढका

था और उनसे दो लाल-लाल आँखें झाँक रही थीं। अजीब-सी दुर्गंध फैल रही थी। कई लोगों ने नाक रूमाल से ढक लिया था।

बाहरवालों के लिए भले ही यह तमाशा हो, मार्च में शामिल विधायकों के लिए यह एक बड़ी मुसीबत थी। एक साथ कई कार्यकर्ता विक्षिप्त की ओर दौड़े। लोग चिल्लाए, "पकड़कर बाहर करो, इसे!"

"रुको, रुको। धक्का-मुक्की मत करो!"

कुछ देर के लिए पूरे विपक्ष की चिन्ता से राजनीतिक सरगर्मी ग़ायब हो गई। मार्च भी धीमा हो गया और राज्यपाल के साथ मुलाक़ात का समय निकलने लगा। कार्तिक प्रसाद नेता विपक्ष के कान तक अपना मुँह ले गए, "अब लीजिए! मेरी बात सुनकर हँसिएगा नहीं। वही इस आदमी का इलाज है। एक-दो अपने चटिया लोगों को इसके साथ नाचने को कहिए और नाचते-नाचते वे इसको मार्च से बाहर कर दें।"

"आपको मज़ाक़ सूझ रहा है! मार्च के मूड को यह पगला बर्बाद कर रहा है..." नेता विपक्ष हँस पड़े। उन्होंने अपने दो कार्यकर्ताओं को पीछे से बुलाया और उन्हें तरकीब बताई, "जाओ, तुरन्त वैसा ही करो।"

यह तरक़ीब काम कर गई। दोनों कार्यकर्ताओं ने उसके सामने नाचना शुरू किया। वह भी उनके साथ नाचने लगा। फिर वे नाचते हुए मार्च से उसे बाहर ले गए। मार्च ने फिर गति पकड़ ली। इस बीच एक ख़ुशख़बरी आई कि निर्दलीय विधायक पूर्णशंकर राज्यपाल भवन के गेट के पास पहुँच चुके हैं और मार्च का इन्तज़ार कर रहे हैं। इसने मार्च के मनोबल को बढ़ा दिया। अब मामला दो विधायकों पर आकर ठहर गया था—मधुसूदन और प्रदेश विकास मोर्चा के सुप्रीमो पर।

राज्यपाल से मिलने विधायक मुलाक़ाती कक्ष में गए। राज्यपाल ने ज्ञापन लिया। सभी के अभिवादन का जवाब दिया। सरकार पर लगाए गए आरोपों को लेकर उन्होंने आश्वस्त किया कि वे सरकार से इन मामलों पर रिपोर्ट माँगेंगे और ज़रूरत पड़ी तो केन्द्र को भी सूचित करेंगे। उन्होंने हल्के मिज़ाज में पूछा, "विधानसभा में आप लोगों ने अविश्वास प्रस्ताव की नोटिस दी है। फिर मुझे क्यों बीच में घसीट रहे हैं? वैसे प्रदेश विकास वाले..."

"महोदय, वे ट्रैफ़िक में फँसे हुए हैं।"

"ट्रैफ़िक में?" राज्यपाल मुस्कराए, "मैं बस इतना चाहता हूँ कि राज्य में राजनीतिक स्थायित्व रहे। इस राज्य को सबसे ज़्यादा अस्थिरता से ही भुगतना पड़ा है।"

"महोदय, लोकतंत्र और संविधान के ऊपर स्थायित्व को रखना उचित नहीं लगता। हम लोगों ने अविश्वास प्रस्ताव दिया है लेकिन हम लोग बस ये कहना चाह रहे हैं कि आप संवैधानिक प्रमुख हैं और राज्य में संवैधानिक अधिकारों के साथ खिलवाड़ किया जा रहा है।"

कार्तिक प्रसाद आगे आ,, "राज्यपाल महोदय, कल रात की गिरफ़्तारियों के बारे में आप जान ही रहे होंगे।" नेता विपक्ष ने टोकने के लिए उसकी क़मीज़ खींची, "अब जो लोग आदिवासियों के अधिकारों को लेकर आवाज़ उठा रहे हैं, उन्हें गिरफ़्तार किया जा रहा है। ये देखिए, पाँचवीं अनुसूची में स्पष्ट कहा गया है कि ज़मीन के विनियमन के लिए..."

"इस विषय पर मुख्यमंत्री से मैं मिल रहा हूँ। मैं आप सबको आश्वासन देता हूँ कि जो नियमसंगत होगा, इसके लिए राज्य सरकार को निर्देशित करूँगा।" राज्यपाल ने हाथ जोड़ लिये।

राज्यपाल से इससे अधिक की उम्मीद भी नहीं थी। एक औपचारिक खानापूर्ति होगी और इसमें भी सत्ता पक्ष अपनी कोई न कोई बात निकाल ही लेगा। ऐसा भी नहीं था कि यह कोई फ़िज़ूल की कसरत थी। यह राजनीतिक कोर्स का एक हिस्सा था। विपक्ष के पास जो सीमित विकल्प थे, उसमें राज्यपाल से मिलना भी एक ठिकाने का विकल्प था।

मीडिया ने विपक्ष के मार्च की उपेक्षा नहीं की। सत्ता पक्ष या विपक्ष के विधायकों की गतिविधियाँ दूसरे आम दिनों की तरह ही चल रही थीं। कहीं कोई फ़ार्म हाउस या होटल में बन्द नहीं था। ये सब भागवत सरकार के सुरक्षित होने के सबूत थे। कार्तिक प्रसाद के आरोपों को छोड़ दीजिए तो ख़रीद-फ़रोख़्त की अटकलबाज़ियाँ भी नहीं के बराबर थीं। इसके साथ-साथ कई क़िस्से भी मीडिया में तैर रहे थे।

एक क़िस्सा यह था कि नेता विपक्ष भी ज़मीन विवाद में फँसे हुए हैं। भागवत राय ने कई बार बयान दिया था। हर बार नेता विपक्ष ने इसका खंडन किया और मुख्यमंत्री को जाँच कराने की चुनौती दी। कभी मामला जाँच की ओर नहीं गया। दोनों नहीं चाहते थे कि मामला आरोप-प्रत्यारोप से आगे बढ़े।

दूसरा क़िस्सा यह था कि सरकार को गिराने में कोई पैसा फँसाना नहीं चाह रहा था। कुर्सी अधिक से अधिक खिसककर मुंडा के पास आ सकती है और इसके लिए भी सत्ता पक्ष के अन्दर के समीकरण ही निर्णायक होंगे। रही बात निर्दलियों की, तो भागवत राय से ज़्यादा रेट अभी कौन दे सकता है? कई निर्दलियों के पैर कीचड़ में धँसे हुए थे और उनके लिए भागवत राय की पैंतरेबाजी ही काफ़ी थी।

इसलिए विपक्ष अविश्वास प्रस्ताव को राजनीतिक दायित्व तक सीमित रखना चाहता था। हाँ, यदि इस खेल में कुर्सी मुंडा तक पहुँच जाए तो यह ख़राब नहीं है!

विश्लेषकों का मानना था कि यदि सत्ता पक्ष में भागवत राय को हटानेवाली लॉबी ज़्यादा मज़बूत हुई तो विपक्ष के अविश्वास प्रस्ताव को यह लॉबी एक मौक़े के रूप में इस्तेमाल कर सकती है। उस हालत में भी अविश्वास प्रस्ताव के पहले या उसके कुछ दिनों बाद ही कुर्सी इधर से उधर होगी। स्पष्ट था कि अविश्वास प्रस्ताव को हर हाल में गिरना था। लेकिन इससे अविश्वास प्रस्ताव का सस्पेंस कम नहीं हो जाता है।

सबकी नज़र सत्ता पक्ष के विधायकों की बैठक पर और पार्टी आला कमान के रुख़ पर थी। सत्ता पक्ष में लगभग बराबरी का विभाजन था। भागवत राय के विरोधियों ने ऐलान कर दिया था कि यदि ऊपर से भागवत राय के पक्ष में कोई फ़ैसला आता है तो इस बार वे खुली बग़ावत करेंगे।

मुंडा तने हुए थे और वे ज़मीन और आदिवासियों की परम्परा के बारे में भागवत राय की समझ पर सवाल खड़े कर रहे थे। प्रद्युम्न सिंह का कहना था कि माननीय भागवत राय जी हमारे बड़े भाई के समान हैं। राज्य के मुखिया हैं। उनसे राज्य को बड़ी 'उम्मीदें' थीं। उन्हें सबको साथ लेकर चलना चाहिए। करमा भगत ने आरोप लगाया कि प्रशान्त राय ने खेल सामग्रियों की फ़र्ज़ी कम्पनी बनाकर बड़ा घोटाला किया है। भागवत राय ने इस घोटालेबाज़ को मुख्य सचिव बना दिया है।

'दैनिक ऑब्ज़र्वर' ने विपक्ष के मार्च की तारीफ़ की। विपक्ष की भूमिका को उन्होंने सकारात्मक कहते हुए उम्मीद जताई कि मुख्यमंत्री विपक्ष की आवाज़ को नज़रअन्दाज़ नहीं करेंगे। टिप्पणी में कहा गया कि लोकहित सर्वोपरि होता है और अस्थिरता लोकहित में नहीं है! यह परम्परा रही है कि विपक्ष अपने विरोध और आलोचनाओं के ज़रिये सरकार को उसकी कमज़ोरियों के प्रति आगाह करता रहे और सरकार उन कमज़ोरियों को दूर करे। कभी-कभी वक़्त ऐसा भी आता है जब सख़्त क़दम उठाने पड़ते हैं और सरकार को इसमें हिचकना नहीं चाहिए। क्या ज़मीन और खनिजों के उचित दोहन के बग़ैर हम राज्य के विकास की कल्पना कर सकते हैं? विकास निःस्वार्थ भाव से त्याग की माँग करता है और इसमें राज्य के आदिवासी और मूल निवासी कभी पीछे नहीं हटे।

लिहाजा, विपक्ष को अपना कर्तव्य निर्वहन अविचल जारी रखना चाहिए और सरकार को राज्य हितों से किसी तरह का समझौता किये बग़ैर आगे बढ़ते रहना चाहिए। टिप्पणी में भागवत राय के विकास-कार्यों पर सन्तोष व्यक्त किया

गया और अर्था हेडक्वार्टर के लिए ज़मीन की समस्या हल कर लेना बड़ा क़दम बताया गया।

विपक्ष के मार्च के समानान्तर एक ख़बर थी। इस ख़बर में सत्ताधारी पार्टी के केन्द्रीय पर्यवेक्षक, राष्ट्रीय महामंत्री और पार्टी प्रभारी के अगले दिन आने की सूचना दी गई थी। उनके कार्यक्रमों का ब्योरा दिया गया था और यह सम्भावना जताई गई थी कि वे निर्दलीय विधायकों से भी मिलेंगे।

मुलाक़ात

फ़्लैट से निकलने के पहले जेमा और शाजी में यूँ ही झड़प हो गई। शाजी की सलाह थी कि वह प्रबन्ध निदेशक या खेल विभाग के अधिकारियों से मिलने न जाए। शाजी को लगता था कि कार्यकर्ता सम्मान समारोह के बाद उनसे किसी तरह की अपेक्षा करना बेकार है। कुछ दिन इन्तज़ार किया जाए। जेमा की ज़िद थी कि कोच के पद पर पुनः उसकी बहाली के लिए वह दबाव बनाएगी। शाजी मैनेजमेंट को जानता था।

शाजी की चेतावनी के बावजूद जेमा प्रबन्धन कार्यालय गई। सीएमडी ने मिलने से इनकार कर दिया। नीलेश झा ने दो टूक कहा कि प्रबन्धन के पास उसकी सभी गतिविधियों की रिपोर्ट है। वह जो कर रही है, वह खेल नहीं, राजनीति है। वह खेल विभाग से कोई उम्मीद न करे। अभी भी उसके पास मौक़ा है कि वह सेक्टर तीन मैदान में हुए हंगामे के लिए माफ़ी माँग ले। जेमा नीलेश झा के चैंबर से निकल गई।

एडीएम गेट पर भीड़ जमा थी और लोग गेट के बाहर देख रहे थे। फिर सभी तल्लों पर लोग बरामदे या बालकनी में आकर खड़े हो गए। दूर से पुलिस वैन के सायरन की आवाज़ सुनाई पड़ रही थी। पुलिस वाहनों का एक कारवाँ तेज़ी से डंप साइट की ओर दौड़ रहा था। जेमा दरवाज़े के गेट के पास खड़ी हो गई।

"भाय, थोड़ा चुप रहो। कुछ सुनने तो दो।" जेमा के पास खड़ा एक आदमी भीड़ पर चिल्लाया।

दूर कहीं से फ़ायरिंग की आवाज़ें आ रही थीं। कभी लगातार, कभी रुक-रुककर। कभी ज़ोरदार, कभी धीमी। उस आदमी ने ऊँची आवाज़ में कहा, "सत्तर राउंड गोलियाँ चल गई होंगी। पचास तो मैंने ख़ुद गिनी हैं।"

"तीन स्पॉट पर ही मर गया है। मेरे भगिना ने मुझे वहाँ से बताया है। वहाँ सभी मज़दूरों के साथ वह गोदाम में छुपा हुआ है।"

"क्या बात करते हो! तीन आदमी! एक दर्जन से कम नहीं मरा होगा। कोई गुल्ली-डंडा का खेल है क्या?" चिल्लाने वाले आदमी ने भीड़ को अपने विश्वास में लिया। कुछ समय के लिए भीड़ का वही अगुआ बना रहा।

"गुल्लू और बबन के एक साथ हो जाने से चौधरी कमज़ोर हो गया है।"

"यहाँ पार्टी-पॉलिटिक्स मत करो, मेरे भाय। जानते हो न, तुम्हारी बात कहाँ से कहाँ पहुँच सकती है?"

लोगों ने एक-दूसरे का चेहरा देखा। सबके चेहरे पर भय था। दख़ल देने वाले आदमी ने अपनी बातें वापस लीं, "मुझे क्या मतलब है?"

धमाकों की आवाज़ थम गई। सुरक्षाकर्मी गेट पर जुटी भीड़ हटाने की कोशिश करने लगे। सड़क पर गाड़ियों की आवाज़ सुनाई पड़ी। स्क्रेप डंप की ओर से दस-बारह गाड़ियाँ आ रही थीं। जेमा को केएन सिंह की आवाज़ सुनाई पड़ी, "मैडम, कोच मैडम, आप यहाँ क्या कर रही हैं?"

जेमा ने देखा कि झंडे के गोल चबूतरे से बढ़ते हुए केएन सिंह उसकी ओर आ रहे हैं। जेमा भीड़ से निकलकर उनकी ओर बढ़ी, "हाँ, मैं काम से आई थी।"

"माहौल बड़ा ख़राब है, मैडम। चौधरी और दुबे में भिड़ंत हो गई है। चौधरी को नीलामी मिली लेकिन दुबे उसे माल उठाने नहीं दे रहा है। वही बबना है। चौधरी लोकल है और अभी इस खेल में कच्चा है। उधर दुबे-तिवारी के सिर पर भागवत राय का हाथ है।"

"पुलिस गई है।"

"पुलिस क्या करेगी! देखिए, चौधरी के लोग आ रहे हैं। पिट गए हैं, चुप हैं।"

"पहले स्क्रेप को लेकर फ़ौजदार सिंह और अमरिका दुबे के बीच रगड़ा चलता था। फ़ौजदार सिंह ख़त्म हुआ तो चौधरी आ गया। फ़ौजदार सिंह को यहीं एडीएम गेट के पास दुबे के लोगों ने भून दिया था। बदले में फ़ौजदार सिंह के लोगों ने दुबे के चाचा को प्रोजेक्ट कॉलोनी के पास उड़ा दिया।"

गाड़ियाँ गुज़रती रहीं। कोई गेट पर फुसफुसाया, "चौधरी का सात विकेट गिर गया है।"

सात आदमी के मारे जाने की ख़बर फैल गई। गाड़ियों के गुज़र जाने के बाद कुछ देर तक सड़कों पर सन्नाटा छा गया। यहाँ-वहाँ चल रही गुमटियाँ बन्द हो गईं। फिर पुलिस की सायरन बजी। पुलिस की गाड़ियाँ लौटने लगीं। केएन सिंह ने

भाषण के अन्दाज़ में अपनी आवाज़ ऊँची की, "बताओ साला, पुलिस ख़ाली हाथ लौट रही है! इसके हाथ न लाश लगी है और न ही गुंडे चढ़े!"

"साले की गाँड़ में दम नहीं है तो ऑक्शन काहे को उठाने जाता है? चौधरिया रह गया ख़लासी का ख़लासी।"

"ख़लासी किसको कहा बे?"

"भोंसड़ी वाले, साले तू गंगा पार से आकर यहाँ हम लोग को गाली देगा?"

"अरे भाई, गाली कहाँ दिया?"

"गाली नहीं तो क्या है?"

कलह शुरू हो गया। दो दल बन गए। मुक्केबाज़ी शुरू हो गई। सेक्यूरिटी वाले दौड़े और मज़दूरों को एक-दूसरे से अलग किया। केएन सिंह बीच में खड़े हो गए, "तू ही लोग चौधरी और दुबे हो गए हो क्या? चुप कर झउवा, तू हर जगह माहौल बिगाड़ते चलता है।"

पुलिस के जाने के कुछ ही मिनटों बाद दुबे और तिवारी के लोगों की गाड़ियाँ सड़कों से गुज़रने लगीं। खुलेआम आसमान में फ़ायरिंग की जा रही थी। 'बबन-गुल्लू, ज़िन्दाबाद' के नारे लग रहे थे। उन गाड़ियों के गुज़रने के बाद गेट खुला। सड़कों पर गाड़ियाँ आने-जाने लगीं। गेट के अन्दर फँसे मज़दूरों का रेला बाहर निकला। जेमा ने अपनी बाइक निकाली। केएन सिंह उसके पीछे आए, "मैडम, मैं भी सेक्टर तीन तक चलूँगा।"

"बबना का बाप भी भारी लँगटा आदमी था। उसके नाम से शहर थर-थर मूतता था। बबना उससे भी ज़्यादा हरामी है।" केएन सिंह बाइक की पिछली सीट पर बैठकर ज़ोर-ज़ोर से बातें कर रहे थे, "आपने उसके ख़िलाफ़ आवाज़ उठाई है, सावधान रहिएगा।"

"क्या! क्यों? मैंने तिवारी का प्लांट देखा है। मुझे उससे कुछ जानना है। मैं उससे मिलूँगी।"

"मैडम, मेरी बात मानिए। उन पर कोई अंकुश नहीं है। बहुत छोटे-मोटे मामले में प्रबन्धन और पुलिस का मज़दूर पर ताव देखिए। लेकिन ये किसी को मारकर दिन-दहाड़े फेंक भी दें तो इन्हें पुलिस घर पर छोड़ आती है।"

गोलीबारी के चलते डंप साइट में लोडिंग-अनलोडिंग का काम कुछ देर के लिए रुक गया था। ज़्यादातर मज़दूर हँड़िया दुकान के इर्द-गिर्द खड़े थे और अपने-अपने ग्रुप के काम का हिसाब कर रहे थे। अब ठेकेदार उन्हें कार्यस्थल की ओर हाँक रहे थे।

"डंप साइट के मज़दूरों को आप जानते हैं? उन्होंने इरफ़ान के एक्सीडेंट को देखा होगा? ट्रक को वे पहचानते होंगे?"

"इससे कोई फ़ायदा नहीं होगा और सच कहिए तो वहाँ के एक भी मज़दूर को मैं नहीं जानता और न वे मुझे पहचानते होंगे। ठेका मज़दूरों के लिए हम अजनबी हैं, वे हमारे लिए अजनबी हैं। उन पर तो पुलिस हर सप्ताह लाठियाँ भाँजती है। हम उनके लिए कुछ नहीं कर पाते।" केएन सिंह कुछ देर चुप रहे, "मैडम, कॉलोनी और प्लांट के बाहर की लड़ाई आप नहीं जानती हैं।"

"मैं जानती हूँ। आपने कॉलोनी में मेरी मदद की। दुबे के ख़िलाफ़ आपने आवाज़ उठाई। लेकिन बस यहीं तक!" सीएमडी और नीलेश झा आज़ाद से अधिक शाजी और केएन सिंह के नकारात्मक रुख़ से वह हताश थी, "नेताजी, आप आज तक विद्या के गाँव तक भी नहीं गए। मैं जानती हूँ, इस कॉलोनी के बाहर आपके लिए सब कुछ अलग है। शाजी भी चाहता है कि मैं और आगे नहीं बढ़ूँ। आगे न शाजी जाना चाहेगा और न..."

कम्यूनिटी बिल्डिंग के एक टूटे नल के पास कबाड़ चुननेवाले बच्चे इकट्ठे थे और एक-दूसरे पर पानी उछालकर खेल रहे थे। मोड़ की गुमटी पर लोगों की भीड़ थी। केएन सिंह ने जेमा की पीठ पर थपकी दी, "मैडम, एक मिनट के लिए रुकिएगा।"

केएन सिंह गुमटी के पास पहुँचे। लोगों ने अभिवादन किया। एक आदमी चिल्लाया, "नेताजी, आज चौधरिया खदेड़ा गया न! साले, लोकल लोगों का बहुत मन बढ़ गया था।"

"हाँ, अब आपका राज आ गया है। बाहरी-भीतरी करना है क्या?"

"लोकल लोगों का मन सही में बढ़ गया था।"

"चौधरी गुंडा है और दुबे-तिवारी साधु!" केएन सिंह ने व्यंग्य किया, "ज़्यादा उछलिए नहीं। यही कहने मैं यहाँ उतरा हूँ। उछलिएगा तो आग कहाँ से कहाँ तक जाएगी, आपको कुछो पता है? माहौल ख़राब मत करिए, कल आप पर भी बीतेगी। तिवारी-दुबे कोई बचाने नहीं आएगा।"

लड़कियों का झुंड स्टेडियम की ओर जा रहा था। वे गप्पें हाँकती चली जा रही थीं। मैदान पहुँचने की कितनी बेताबी है! हँसी-मज़ाक़ और गप्पबाज़ी का कोई अन्त नहीं है। जेमा ने याद करने की कोशिश की, वह अपनी सहेलियों के साथ क्या-क्या बातें करती थीं? आख़िर, उनके बीच क्या बातें होती थीं?

वह खेल में लगी चोटों को लेकर हँसती। एक समय आया जब लड़कियाँ

तुराम को लेकर उसका मज़ाक़ उड़ाने लगी थीं। सरिता भगत ने भागवत राय को जिस तरह से हॉस्टल के बाहर लंगड़ी मारकर पटकनिया दी थी, उस पर कुछ दिनों बातें चलती रहती थीं। राउरकेला टूर्नामेंट में जीत के बाद महीने भर उसकी चर्चा चलती रही। ये लड़कियाँ क्या बात कर रही होंगी?

जेमा ने लड़कियों के आगे बाइक रोक दी। केएन सिंह बाइक से उतर गए, "मैडम, मैं इधर से पैदल निकल जाता हूँ। कुछ लोगों से मिल लेता हूँ।"

"मैडम!" चार-पाँच लड़कियाँ एक साथ चहकीं और फिर वे एक साथ शुरू हो गईं, "मैडम, खूँटी से एक टीम आई हुई है। हमारे साथ प्रैक्टिस कर रही है।"

"ये हमें मैच के लिए बुला रही हैं।"

"खूँटी हाईस्कूल की होंगी। ये गुमला टूर्नामेंट में जा रही हैं।"

"कल मैच बराबरी का हो गया। उस टीम की एक लड़की ने जसवा से गेंद छीन लिया था।"

"अरे, कल छीन लिया था। मैं ठीक से खेल नहीं रही थी। आज छीनकर दिखाए!" जसवा ने मुँह बिचकाकर कहा, "हम लोगों को प्लांट ने टूर्नामेंट के लिए भेजा ही नहीं। भेजता तो हम लोग भी दिखा देते!"

टूर्नामेंट के छूट जाने की हूक जेमा महसूस कर सकती थी। मैदान में लड़कियों की एक टीम पहले से मौजूद थी। गैलरी में कुछ लोग बैठे थे। जेमा ने उचटती नज़रों से देखा। नये लोग थे। चश्मा लगाए एक बुढ़िया भी उनके बीच बैठी थी। कुछ देर के लिए जेमा की नज़र उस पर ठहरी, फिर वह लड़कियों के साथ मैदान में आ गई। परिचय हुआ। खूँटी टीम की तीन लड़कियों को छोड़कर सभी आदिवासी थीं—मुंडा, हो और उराँव। जेमा ने उनसे पूछा, "तुम्हारे कोच कौन हैं?"

"दसरथ महतो।" एक लड़की ने गैलरी में बैठे एक आदमी की ओर उँगली से इशारा किया, "स्कूल में हमारी कोच सरिता भगत हैं।"

जेमा की नज़रें फिर उस बुज़ुर्ग महिला की ओर गईं जो गरदन ताने मैदान में चल रही हलचल का जायज़ा ले रही थी। जेमा ने देखा कि एक आदमी गैलरी से उतरकर मैदान की ओर बढ़ रहा है। वह आकर जेमा के सामने खड़ा हो गया। अधपके बाल और थकी हुई आँखें!

उसने हाथ बढ़ाया, "दसरथ महतो, इस टीम का कोच। मैं आपको देखकर ही जान गया, जेमा मैडम। राउरकेला टूर्नामेंट में आपकी टीम सेमी फ़ाइनल को तोड़कर फ़ाइनल में आ गई थी।"

"आप थे?"

"मैं नहीं था। सरिता भगत थीं। आप उन्हें जानती हैं।"

जेमा ने सिर हिलाया, "खेल शुरू करवाइए।"

"कल मैं इनके साथ प्रैक्टिस में था। आज आपकी बारी है।"

खेल शुरू हुआ। जसवा मिड फ़ील्ड में गेंद पर क़ाबिज़ हुई और आगे बढ़ी। वह अपने सामने की खिलाड़ी को चकमा दे रही थी। जब कभी गेंद उसके क़ब्ज़े से निकलती, वह गेंद पर झपटती और कई बार चालाकी से अपनी स्टिक अड़ाने का दिखावा करती। इसमें वह अक्सर सफल भी हो जाती। इसमें फाउल देना भी आसान नहीं था। जब भी जसवा ऐसा करती, जेमा परेशान हो जाती।

उस लड़की का नाम एल. पुष्पा था। वह तमाम चालाकियों के बावजूद जसवा से गेंद ले उड़ती। वह स्टिक को क्रॉस नहीं करती जिसकी उम्मीद जसवा को रहती। वह समानान्तर स्टिक को रखती। जसवा देखती रह जाती। वह तेज़ थी। जसवा ने एल. पुष्पा के बाएँ पैर के साथ क्रॉस बनाया। अब एल. पुष्पा गेंद लेकर आगे बढ़ती तो गिर पड़ती। जसवा ने गेंद को फिर अपने काबू में लिया। फ्री हिट की सीटी बजी और इसका फ़ायदा खूँटी की टीम को मिला। प्लांट की टीम परेशान थी। जसवा ने इसका एक तोड़ निकाला। उसने तीन खिलाड़ी का चलता-फिरता गोला बनाया और जसवा को घेरने की एल. पुष्पा की नीति अब काम नहीं कर रही थी। इसके बावजूद खूँटी की टीम ने एक गोल दाग दिया था।

जसवा नाराज़ थी। ब्रेक हुआ तो उसने जेमा से बात नहीं की। जेमा को लग रहा था कि जसवा मिडफ़ील्ड के बजाय सेंटर-फ़ॉरवर्ड में आए और कुंती मिड फ़ील्ड में उसे मदद करे। दोनों टीमें आपस में सेकंड हाफ़ की अपनी-अपनी नीतियों में मशगूल थीं।

ब्रेक के बाद खेल बदल गया था। ज़्यादा गम्भीर, ज़्यादा प्रतिद्वंद्वी। टीमों को बॉल पर पकड़ के लिए रस्साकसी करनी पड़ रही थी। धीरे-धीरे प्लांट की टीम हावी होने लगी। यह टीम एक गोल से पीछे थी। यह केवल गोल की बराबरी की लड़ाई नहीं थी।

खूँटी टीम ने पाँच-दो-दो की बैटरी बनाई थी, जबकि प्लांट की टीम ने तीन-तीन-तीन की बैटरी बनाई थी। प्लांट की टीम ने एक बड़ा ख़तरा मोल ले लिया था। यदि खूँटी टीम का आक्रमण प्लांट की आख़िरी तीन के बचाव को छेद देता तो वह और भी अधिक गोलों की बढ़त ले सकती थी। तेज़-तर्रार टीम थी।

एल. पुष्पा ने जसवा से गेंद छीन ली। प्रतिद्वंद्वी टीम के रक्षण गोले से एल. पुष्पा आगे नहीं जा सकी और गेंद फिर जसवा की पकड़ में चला आया।

जसवा से गेंद को झपटने जैसे ही खूँटी का बचाव गोला दाहिनी ओर लपका, जसवा ने गेंद अपने बाएँ आक्रमण दल को दे दिया।

बूढ़ी महिला दसरथ महतो के बग़ल में खड़ी थी और हाथ उठा रही थी। जेमा की नज़रें अभी गेंद पर जमी हुई थीं। जसवा ने गेंद को अपनी पकड़ में लिया। उसे दायाँ नचाया और गेंद के ऊपर आई और उसे सरका दिया। खूँटी की गोलकीपर गेंद रोकने के लिए झुकी लेकिन गेंद गोल लाइन को पार कर चुका था। जेमा ने व्हिसिल बजा दी और स्टेडियम की ओर देखा। उस बूढ़ी महिला को देखा और देखती रही।

उसने आवाज़ सुनी—नोमिता मैडम! यह उसकी अपनी ही आवाज़ थी।

वह दुबली-पतली हो गई थीं। चेहरे का रोब भी पिघला-पिघला था। आँखों में हमेशा मौजूद रहनेवाली शिकायत ग़ायब थी। वह खड़ी हुईं। उनकी नज़रें जेमा पर ठहर गई थीं, "मुझे पहचान ली?"

जेमा खड़ी रही। जेमा ने भले ही नोमिता मैडम को कभी अलग से याद न किया हो, लेकिन ऐसी कोई याद भी नहीं थी जिसमें नोमिता मैडम नहीं थीं। मैच के वक़्त गुंडों का हमला हो, या मैदान पर क़ब्ज़ा करनेवालों को खदेड़ने की बात हो, या हॉस्टल में गुल्लू तिवारी की गुंडई हो या पुलिस द्वारा लड़कियों पर दबाव बनाकर बयान लेना हो—कोई भी घटना हो, नोमिता मैडम एक बड़े पेड़ की तरह खड़ी रहती थीं। नोमिता मैडम की अनुपस्थिति भी लड़कियों की हाज़िरी लेती थी।

नोमिता मैडम ने जेमा का हाथ पकड़ा। उन्होंने औपचारिक चुम्बन लिया और जेमा उनसे लिपट गईं।

नोमिता मैडम खूँटी में रह रही हैं। फूस के एक घर में बच्चों का स्कूल चला रही हैं। पहले यह स्कूल उनकी जान-पहचान की एक नन चला रही थी। नन ने स्कूल के लिए चर्च छोड़ दिया था। दस साल पहले कुछ लोग आए रात में, नन को पकड़कर जंगल ले गए और उसकी लाश गाँव की नदी के पार मिली। हत्यारों का आज तक पता नहीं चला। उसकी हत्या के बाद स्कूल बन्द हो गया था।

नोमिता मैडम बड़ा दिन खूँटी में मनाया करती थीं। वहीं उन्होंने नन की कहानी सुनी और स्कूल फिर से शुरू करने में भिड़ गईं। बच्चों के माँ-बाप डरे हुए थे। वे नन की हत्या के बारे कुछ नहीं कहना चाहते थे। नोमिता मैडम ने बच्चों से पूछा। बच्चों ने कहा कि सिस्टर अच्छी थी। नोमिता मैडम स्कूल की 'नवा सिस्टर' बन गईं।

टीम की लड़कियाँ जेमा और नोमिता मैडम को घेरकर बैठ गईं। लड़कियाँ भी उन दोनों की बातों में डूबी हुई थीं। जेमा ख़ुद को नोमिता मैडम की सर्वशक्तिशाली

छाँव में महसूस कर रही थी। बातें चल रही थीं। अतीत की धुँधली तसवीरें यहाँ से सरककर वहाँ बैठ रही थीं। नोमिता मैडम अतीत में नहीं थीं। वह आज की बात कर रही थीं।

"...लेकिन स्कूल चलाना आसान नहीं था। मैंने जिस लड़के को स्कूल में मदद के लिए बुलाया था, उसकी हाट में लोगों ने पिटाई कर दी। वह लड़का जिद्दी था। उसने स्कूल नहीं छोड़ा। एक दिन थानेदार के साथ आठ-दस लोग आए। उन्होंने कहा कि मैं लोगों का धर्म बदल रही हूँ। मुझे नहीं मालूम था कि यह झूठ क्यों फैलाया गया था। फिर दसरथ से मेरी भेंट हुई। अच्छा लड़का है। वह कभी-कभार मुझे अपनी टीम का खेल दिखाने ले जाता है। मैं भी सोच रही हूँ कि गाँव में लड़कियों को जुटाकर टीम बनाऊँगी। तुम उसकी कोच रहोगी?"

"मैडम!" जसवा ने नेमा का हाथ पकड़ लिया।

"आज हम लोगों के साथ रुक जाओ।"

"हम लोग भी रुकेंगे।" जसवा की दिलचस्पी उस टीम में थी। उसने खूँटी टीम से प्रतिद्वंद्वी को घेरने की एक नई तकनीक सीखी थी।

खूँटी टीम के साथ नोमिता मैडम कॉलोनी क्षेत्र की सीमा पर एक छोटे-से निजी स्कूल भवन में ठहरी थीं। स्कूल को ईसाइयों का एक छोटा समुदाय चलाता था। इसमें ज़्यादातर छात्र स्थानीय ठेका मज़दूरों के बच्चे थे। स्कूल का अहाता भी छोटा था। तीन कमरे थे। स्कूल में चहल-पहल थी। कुछ लड़कियाँ हॉकी स्टिक लेकर ग्रिप और शॉट समझने की कोशिश कर रही थीं। दसरथ महतो कभी-कभार उनके बीच कूद पड़ते। एल. पुष्पा से जसवा गेंद छीनने की उसकी तरकीब समझने की कोशिश कर रही थी। जेमा और नोमिता मैडम बरामदे में टाँग झुलाकर बैठी थीं।

शहर में पटाखे फूट रहे थे और आसमानी फ़ायरिंग चल रही थी। स्कूल के स्टाफ़ ने बताया कि बबन दुबे ने चौधरी से ठेका छीन लिया है, इस ख़ुशी में पटाखे छूट रहे हैं। बबन दुबे और गुल्लू तिवारी एक खुली जीप में मेन रोड पर हाथ जोड़े घूम रहे हैं। पुलिस की भारी बन्दोबस्ती है।

नोमिता मैडम ने जेमा का हाथ पकड़ लिया, "कुछ दिन पहले मेरे पास एक लड़की आई थी। पत्रकार थी। वह तुम्हारे बारे में पूछ रही थी। पता नहीं, उसने कैसे मेरे बारे में पता कर लिया था! शालडुंगरी मैदान के क़ब्ज़े के बारे में पूछ रही थी। उसे मैच में हुए झगड़े का पता था। उसने मुझसे पूछा था कि जेमा की बेटी का अपहरण कैसे हुआ था, हम लोगों ने छउवा को खोजने के लिए क्या-क्या किया था, उसने बताया कि तुम यहाँ एक सरकारी नेता के ख़िलाफ़ लड़ रही हो।"

जेमा चुप रही।

"तुम अपनी टीम की एक लड़की के लिए लड़ रही हो।" नोमिता मैडम के शब्द अटक रहे थे, "वहाँ भी तुम अपनी बेटी के लिए अकेली लड़ रही थी।"

"यहाँ मैं अकेली नहीं हूँ। ये सब हैं।" जेमा ने लड़कियों की ओर इशारा किया, "वहाँ भी मैं अकेली नहीं थी। आप सब मेरे साथ थीं।"

"नहीं, हमने पूरी ताक़त नहीं लगाई थी। पुलिस और कुछ नामी-गिरामी लोग मामले को दबाने की साज़िश कर रहे थे। एसडीओ समझ नहीं पा रही थी। हम लोगों ने अपनी आधी ताक़त भी नहीं लगाई थी।"

नोमिता मैडम मानी के अपहरण के बाद कई अधिकारियों से मिली थीं। उन पर ज़ोर डाला था कि वे उन्हें पकड़ें जिन पर जेमा को सन्देह है। अधिकारियों ने कभी गुल्लू और भागवत राय को गिरफ़्तार नहीं किया। उन्हें बुलाया भी नहीं। वे नदी, नालों और लाइन तालाब में लाश खोजते रहे। लड़कियों ने एक दिन थाने को घेरा था। कुछ नहीं हुआ। लड़कियों को हिरासत में लिया गया और इस चेतावनी के साथ छोड़ दिया गया कि आइंदा वे क़ानून को हाथ में न लें।

"मैडम, गुल्लू अब एक सड़क-छाप गुंडा नहीं रहा। अपराध और क़ानून, दोनों की लगाम उसके हाथों में है और उसका दोस्त अब मुख्यमंत्री है। हमारी टीम की लड़की को कोई उठा ले जाए, हमें चुप रहना होगा। हमारी लड़ाई का क्या मतलब है, मैडम? मेरे साथ जो थे, वे क़ह रहे हैं कि अब बस। इसके आगे नहीं!"

"दो-तीन महीने पहले की बात है। तीन-चार गुंडे मेरे स्कूल में घुस आए थे। पता नहीं, अचानक यह कैसे हुआ! मैं सीधा उस गुंडे के सामने जाकर खड़ी हो गई। मैंने उसे ज़ोर का चाँटा लगाया। फिर एक बच्चे ने ईंट का एक टुकड़ा उन पर फेंका। फिर सारे बच्चे उनसे भिड़ गए। एक गुंडे ने गोली चलाई लेकिन वह छत पर जा लगी। जिस लड़की को उसने दबोच रखा था, उसने उसे लात मारकर नीचे गिरा दिया। वे भाग गए।" नोमिता मैडम पहले मुस्कराईं फिर हँसने लगीं और हँसी की आवाज़ बाहर आने लगी, "जानती हो, जिस दिन तुम लोगों ने हॉस्टल में गुल्लू तिवारी और उसके गुंडों को खदेड़कर पीटा था, मैं बहुत ख़ुश थी और अपने कमरे में डांस कर रही थी।"

जेमा भी हँसने लगी। उसे यह कल्पना कर हँसी आ रही थी कि नोमिता मैडम डांस करती कैसी लग रही होंगी। नोमिता मैडम को उसने कभी हँसते नहीं देखा था। नोमिता मैडम किसी लड़की को हँसती देखतीं तो पूछतीं कि क्या बात है? एक दिन लड़कियाँ ठहाके लगा रही थीं। कोई बात होगी! सबने केवल उस

दिन ही नोमिता मैडम को खुलकर हँसते देखा था। कहीं ख़ून लगा कपड़ा देखतीं तो सभी लड़कियों को बुलातीं और डाँटतीं कि इन्हें यहाँ-वहाँ मत फेंको। जूठी थाली छोड़नेवाली लड़की को अपने कमरे में बुलातीं और आधे घंटे तक सफ़ाई के बारे में बतातीं। वह खेल के वक़्त हॉस्टल का एक-एक कमरा छानतीं कि कोई लड़की खेल से भाग तो नहीं रही है? उनका प्यार कहीं गहरे में दबा रहता और सूखी नदी से निकलनेवाले पानी की तरह वहाँ से भी खोदकर लड़कियाँ इसे निकाल ही लेतीं।

जेमा ने एक नज़र प्लांट और खूँटी टीम की लड़कियों पर डाली। उन्हें अब अलग-अलग करना आसान नहीं था। वे कभी राज़ की बातें करतीं, कभी उठकर एक्सरसाइज़ का पैटर्न सिखातीं। कभी आँखें दबाकर जेमा का स्वाँग करतीं और सभी हँस पड़तीं। उनमें से दो लड़कियाँ नोमिता मैडम के बग़ल में आकर बैठ गईं।

"शालडुंगरी अब नहीं रही। वहाँ कोई बस्ती बस गई है। उसका अपना नया नाम है। मैंने नहीं देखा है।" नोमिता मैडम के बयान के पीछे कई-कई यादें मूर्च्छित पड़ी होंगी! नोमिता मैडम ने पूछा, "तुम्हें पता है, हॉस्टल को तोड़ दिया गया है? मैदान से लेकर हॉस्टल की ज़मीन अब समतल है। सरिता भगत ने मुझे कहा था और वह पत्रकार भी कह रही थी। वहाँ की ज़मीन एक ग्लोबल कम्पनी को दी जा रही है। वहाँ कम्पनी का हेडक्वार्टर बनेगा। लोग इसका विरोध कर रहे हैं।"

"और, वह पेड़?"

"मुझे पता नहीं!" नोमिता मैडम सँभलकर खड़ी हो गईं।

"एक डॉ. लिली तिर्की हैं। वह दिल्ली म रहती हैं।"

"लोगों के अन्दर बहुत ग़ुस्सा है। एक लड़का टाटा से लौटा है।"

"वह खो गए या बेच दिये गए बच्चों के लिए काम करती हैं।"

"लड़का कह रहा था कि भागवत राय शालडुंगरी मैदान में अर्था हेडक्वार्टर के लिए भूमि पूजन करेगा।"

"डॉक्टर लिली ने तुराम को देखा था। तुराम ही होगा और कौन होगा?"

"तुराम! जो तुम्हारे साथ था? कब?"

"बहुत पहले। शायद जब वह वहाँ से निकला था।"

"जानती हो, क्या तैयारी चल रही है? उस लड़के ने कहा कि भूमि-पूजन के दिन सभी वहाँ जमा होंगे। सभी छात्र रहेंगे। वहाँ रहनेवाली सभी लड़कियाँ रहेंगी। लेकिन मैं सुन रही हूँ कि गाँवों से भी लोग आ रहे हैं।"

"मैंने डॉक्टर लिली को उसके बारे में पता करने को कहा है।"

"हम सभी पुराने स्टाफ़ भी उस दिन चलेंगे। हम उन्हें शालडुंगरी मैदान छीनने नहीं देंगे।"

"क्या पता, शायद उसे मानी मिल गई हो!"

"तुम चलोगी? हम सब उस दिन वहाँ रहें।"

जेमा रोने लगी। नोमिता मैडम उसके कंधों पर थपकियाँ लगाकर उसे सान्त्वना देने लगीं।

सुबह खूँटी की टीम वापसी के लिए तैयार हुई। जेमा एक बार फिर सभी लड़कियों से मिली और दसरथ महतो से उम्मीद जताई, "शायद जल्द ही ये दोनों टीमें सचमुच के मैचों में उतरें।"

सभी लोग बस में बैठने लगे।

"तुम उधर कितने दिनों से नहीं गई हो?"

"कुछ महीने पहले मैं शाजी के साथ वहाँ घूमने जा रही थी। बबन और गुल्लू तिवारी के लोगों ने हम पर गोलियाँ चलाईं। शाजी घायल हो गया।" जेमा चुप हो गई। उसने अपने दोनों हाथों के बीच नोमिता मैडम का हाथ लिया और उन्हें ग़ौर से देखा। यह एक नई औरत थी, "मैडम, मैं आऊँगी।"

सदन

गुल्लू तिवारी अपने गेस्टहाउस सत्कार की सीढ़ियों पर मृत पाया गया।

सत्र सिर पर था। इसका तनाव अलग था। पहले तो भागवत राय इस ख़बर से चिड़चिड़ा उठे। उन्हें लगा कि गुल्लू ने कोई अनावश्यक ख़लल डाला है।

पन्द्रह घंटे का कसा हुआ कार्यक्रम भागवत राय के सामने था। विधानसभा अध्यक्ष जी को मनाना था। कार्तिक ने उन्हें काफ़ी चढ़ा-बढ़ा दिया था। करमा भगत से मिलना था। प्रशान्त राय से सुलह के लिए उन्हें राज़ी करना था। मुंडा जी के साथ चाय पीनी थी। चोरपट्टी में साड़ियाँ बाँटनी थीं। विधानसभा सत्र के दौरान राज्य और राजधानी में क़ानून-व्यवस्था को बनाए रखने के लिए पुलिस और प्रशासनिक अधिकारियों के साथ बैठक करनी थी। प्रतिनिधिमंडलों से मुलाक़ात, स्वच्छता अभियान का उद्घाटन जैसे और कई काम उन्हें निपटाने थे

और रात में पार्टी के केन्द्रीय पर्यवेक्षकों के साथ विधायक दल की बैठक भी सफल करनी थी।

दम मारने की भी फ़ुर्सत नहीं थी। गुल्लू तिवारी के मरने की ख़बर से झुँझलाहट स्वाभाविक थी। फिर वे आशंकित हुए और अन्त में उन्हें शोक हुआ।

सुबह नाइट गार्ड ने गुल्लू तिवारी को पीठ के बल सीढ़ियों पर लेटा हुआ पाया। ज़्यादा पी लेने के बाद भी गुल्लू तिवारी गिरता बहुत कम था। वह पूरे होश में रहता था। सीढ़ियाँ ठीक से चढ़ लेता था। उसकी गालियों के क्रम में भी कभी गड़बड़ी नहीं होती थी। काम की बातें उसे याद रहती थीं।

भोर की हवा में उसे, हो सकता है, झपकी आ गई हो। इस अटकल में नाइट गार्ड अपनी जगह पर जाकर बैठ गया। गुल्लू तिवारी पर उसने अपनी नज़रें जमाए रखीं। गुल्लू तिवारी की अगली हरकत का इन्तज़ार करता रहा। लगभग बीस मिनट बाद गार्ड ने ग़ौर किया कि गुल्लू की तोंद ऊपर-नीचे होने के बजाय शान्त पड़ी हुई है। डरते-डरते वह नज़दीक गया। नाक के पास हथेली से साँसों को महसूस करने की कोशिश की। उस विशालकाय पिंजरे से पंछी उड़ चुका था।

पुलिस ने अब तक एफ़आईआर दर्ज नहीं की थी। मामला ऊपर का था। गुल्लू तिवारी की मृत्यु हुई है या हत्या हुई है, यह तय होना बाक़ी था। गुल्लू तिवारी और भागवत राय की दोस्ती किसी से छिपी नहीं थी। पुलिस कोशिश कर रही थी कि बात अभी फैले नहीं लेकिन बात फैल रही थी।

"सर, सारे प्रोग्राम रद्द कर दूँ?" शशि शर्मा डायरी लिये खड़ा था।

"सर, आप निकल रहे हैं क्या? प्रेस वालों को ख़बर कर देता हूँ।" अजय दौड़ता हुआ पहुँचा।

"सुबह करमा भगत और विधानसभा अध्यक्ष के साथ मीटिंग ज़रूरी है, सर। कुछ टाइम इधर-उधर करना होगा।" शशि शर्मा ने ज़ोर दिया।

"सर के नहीं जाने से तरह-तरह की चर्चा शुरू हो जाएगी। सर का वहाँ जाना ज़रूरी है।"

"जाने से भी कौन-सी चर्चा रुक जाएगी! गुल्लू तिवारी जी को लेकर प्रेस में सर के बारे में क्या-क्या नहीं छपा है।"

"कोई यह एंगेल भी लगा सकता है कि पिंड छुड़ाने के लिए सर ने ही..."

"चुप करो!" ज़ोर से चिल्लाए भागवत राय, "मैं जाऊँगा। नहीं जाने का सवाल ही नहीं उठता है। अभी जाओ तुम लोग।"

कई तरह के विचार आ रहे थे। गुल्लू तिवारी का मरना एक बड़ा दग़ा लग

रहा था। बहुत देर तक यही विचार चलता रहा। एक बड़ी राशि गुल्लू तिवारी के पास फँसी हुई थी। उसने कहा था कि इसे उसने स्टील प्लांट के स्क्रेप टेंडर में लगाया है। बहुत देर तक सोचने-विचारने के बाद उन्होंने डीजीपी को फ़ोन किया, "वहाँ अन्दर अभी किसी को नहीं जाने दीजिए। किसी को भी नहीं। समझ रहे हैं न?"

"सर, नाइट गार्ड नई बात ला रहा है। देर रात बबन बाबू वहाँ थे। वहाँ के कर्मचारियों का कहना है कि खाना-पीना चला था। लगभग तीन बजे रात वे बबन बाबू को छोड़ने नीचे भी आए।...नहीं-नहीं, उन्हें विदा कर फिर लौटे भी। नाइट गार्ड का कहना था कि वे लड़खड़ा नहीं रहे थे। बस, पाँव थोड़ा ऊँचा उठाकर चल रहे थे।"

मुख्यमंत्री डीजीपी की बात नहीं समझे, 'पाँव ऊँचा कर चल रहे थे' का मतलब?"

"ऐसा होता है, सर। लड़खड़ाहट को छिपाने के लिए बहुत-से नशेड़ी इस तरह कभी-कभार चलते हैं। सर, बॉडी पर कहीं किसी चोट का निशान नहीं है। कहीं ख़ून नहीं है। एसपी ने डॉक्टर से बात की है। डॉक्टर का कहना है कि कार्डियाक अरेस्ट या ब्रेन स्ट्रोक हो सकता है। उसने कहा है कि पोस्टमॉर्टम से ही कन्फर्म किया जा सकता है।"

"बबना कहाँ है?" मुख्यमंत्री के मुँह से यह अचानक निकल गया, "क्या वे गेस्ट हाउस में ही है?"

"नहीं, सर। सर, आप जैसा कहिए। आपके आदेश का इन्तज़ार है। पुलिस बबन बाबू पर भी नज़र रखे हुए है।"

"ठीक, मैं एक घंटे में पहुँच रहा हूँ। आप भी पहुँचिए।"

शोक की भावना घनीभूत होती गई। गुल्लू तिवारी के साथ उनकी 'जय-वीरू' वाली दोस्ती थी। शर्मा जी की उपस्थिति में नगर अध्यक्ष के चुनाव में यदि गुल्लू उनके विरोधियों को नहीं धुनता तो भागवत राय जी की सीढ़ी उस पायदान पर ही टूटी पड़ी होती।

भागवत राय उस पर भरोसा करते थे। भागवत राय के नाम पर हर भेंट गुल्लू के यहाँ हाज़िर-नाज़िर की जाती। एक चवन्नी की कभी शिकायत नहीं मिली। गुल्लू तिवारी हरफ़नमौला था। ज़मीन, ठेका और अपराध उसने एक साथ साधा था। भागवत राय को आत्मानुभूति हुई कि गुल्लू तिवारी से मिले व्यापक अनुभवों ने उन्हें एक डरपोक लड़के से तेज़-तर्रार राजनेता में बदल दिया।

भागवत राय गुज़रे समय को याद करते हैं। वे यदि न्यू श्यामनगर के वास्को-डी-गामा हैं तो गुल्लू न्यू श्यामनगर का पेड्रो अल्वारेस कैब्रल[1] था। यदि भागवत राय न्यू श्यामनगर के कोलम्बस हैं तो गुल्लू इसका डिएगो डी अराना[2] था। बृजनन्दन शर्मा की शिक्षाओं का प्रयोग आसान नहीं था। उसमें भी जोखिम था। मार गुल्लू तिवारी खाता था, सबक भागवत राय लेते थे। केस गुल्लू के नाम पर होता था, विजय भागवत राय को मिलती थी।

किडनैपिंग के मामले में डर रहे भागवत राय को उसने सान्त्वना दिया था। सब कुछ उसके नाम था। उसने कहा था कि उसे जान देना होगा तो देगा, लेकिन भागवत राय पर आँच नहीं आने देगा। हो सकता है, उसकी मृत्यु इस ऐतिहासिक ज़िम्मेवारी को पूरी करने के लिए ही हो! भागवत राय और अपने तमाम गुनाहों को सीने में दबाकर गुल्लू ने हमेशा के लिए चिरनिद्रा का वरण कर लिया।

केवल दानपत्र से ज़मीन पर मालिकाना हक़ नहीं मिल जाता है, गुल्लू जानता था। उसने कमिश्नरी से लेकर अंचल तक रजिस्टर टू के पन्नों को रिकॉर्ड से हटवाया। जब अर्था से करार टूटने को था, शालडुंगरी प्लॉट के अधिग्रहण का विचार उसके दिमाग़ की ही उपज थी।

शालडुंगरी मैदान के प्रस्ताव को अर्था ने लपककर ले लिया। भागवत राय के आलोचक भी बात करने लगे कि चाहे लाख ऐब हो लेकिन राज्य का विकास भागवत ही कर सकता है। पार्टी के आलोचकों का भी मुँह बन्द हो गया। लोग सवाल करने लगे कि यदि भागवत राय से कोई उन्नीस भी होगा तो पार्टी उसको कुर्सी दे देगी? बोलो तो सही, कौन है? इन सबके पीछे कौन था? गुल्लू! काश, गुल्लू अर्था के भूमि-पूजन तक ज़िन्दा रह जाता!

भागवत राय ने अधिकारियों और गेस्ट हाउस के कर्मचारियों से बातचीत की। गुल्लू का लड़का दुबई से चल चुका था। कल तक वह पहुँच सकता था। गुल्लू की पत्नी और बेटियाँ पहुँचने वाली थीं। गुल्लू तिवारी के लड़के को भागवत राय ने सान्त्वना के साथ-साथ कहा कि वे तीन-चार दिनों के बाद उससे भेंट करेंगे। अर्था हेडक्वार्टर के भूमि-पूजन को टाला नहीं जा सकता था। इसके बाद अविश्वास प्रस्ताव था। इनसे निपटकर भागवत राय गुल्लू के लड़के से हिसाब-किताब करेंगे।

---

1. वास्को-डी-गामा के बाद कालीकट समुद्री जहाज़ों के बेड़े का कमांडर, जिसने 1500 ई. में अरब व्यापारियों का जनसंहार किया था।
2. कोलम्बस के सेंटा मेरिया जहाज़ का कमांडर

एसपी को यह मामला निन्यानबे फ़ीसदी ख़ुद गिर पड़ने का लगता है। मस्तिष्क की चोटों से मृत्यु हो सकती है। वन परसेंट चांस है कि किसी ने वहाँ जानबूझकर इस तरह की चोट पहुँचाई हो। यह भी हो सकता है कि पीने की वजह से स्ट्रोक हो गया हो!

बाहर गाड़ियों के रुकने का शोरगुल सुनाई पड़ा। कुछ ही मिनटों में बबन रोते-धोते भागवत राय के पैर के नीचे बैठ गया। वह ज़ोर-ज़ोर से रोने लगा। रोने के साथ-साथ वह यह बताने की कोशिश कर रहा था कि उसका अपना बड़ा भाई चला गया। उसका अभिभावक अब नहीं रहा। उसके पीछे कई लोग फूल की मालाएँ लिये खड़े थे।

पुलिस अधिकारियों ने उन लोगों को वहाँ से हटाया। अभी तफ़तीश चल रही है। बबन दुबे ने भागवत राय से पूछा कि कब और कैसे अन्तिम संस्कार होगा और उसे क्या-क्या इंतज़ाम करना होगा। भागवत राय चुप रहे। बहुत रूखे तरीक़े से उन्होंने बबन को कहा, "ज़्यादा रोइए नहीं। डीजीपी की जाँच चल रही है। लड़के से मेरी बात हो गई है। मैं कोशिश करूँगा कि अन्तिम संस्कार में मौजूद रहूँ। बॉडी के लिए ज़रूरी इंतज़ाम करवा लीजिएगा।"

शोक सन्देशों की बाढ़-सी आ गई थी। फ़ोन व्यस्त हो गया लेकिन मुख्यमंत्री महज़ ज़रूरी फ़ोन ही उठा रहे थे। बाहर से आए पार्टी ऑब्ज़र्वर, मंत्री, विधायक और विधि-व्यवस्था से जुड़े अधिकारी ही इस सूची में थे।

विधानसभा अध्यक्ष जी ने ख़बर भिजवाई कि वे ख़ुद उनके आवास आ रहे हैं। इससे अनावश्यक तिल का ताड़ होने से बचेगा। विधानसभा अध्यक्ष जी को गुल्लू की मृत्यु का सचमुच दुख था, "गुल्लू बाबू बड़े ही मृदुभाषी और विनम्र थे। विधायक-आवास की मरम्मती का ठेका हर साल उन्हें ही मिलता था।"

"स्पीकर साहब, आपने मेरे यहाँ आकर बड़ी कृपा की है। गुल्लू मेरा दोस्त था और मेरे काम को सँभालता था। उसने कभी कोई पद नहीं माँगा।" भागवत राय हाथ जोड़े खड़े थे, "अब उसके जाने के बाद मुझे लग रहा है कि मैं अपाहिज़ हो गया हूँ।"

"वैसे, वे बीमार तो नहीं थे?"

"अभी कुछ कहना मुश्किल है। वहाँ की पुलिस का कहना है कि वह तड़के सीढ़ी से गिर पड़ा था।" बबन के साथ गुल्लू की रात की पार्टी के बारे में कहना भागवत राय ने उचित नहीं समझा, "मुझे लगता है कि विधानसभा की कार्यसूची में थोड़ा-बहुत रद्दोबदल करना पड़ेगा।"

"सर्कुलेट हो गया है।"

"आप मैनेज कर सकते हैं।" भागवत राय ने विधानसभा अध्यक्ष को ग़ौर से देखा। एक शाश्वत लाचारी उनके चेहरे पर चस्पाँ थी। भागवत राय को मालूम था कि विधानसभा अध्यक्ष ने सीएम की कुर्सी के लिए काफ़ी कोशिश की थी।

सचमुच कुछ मामलों में वे भोले थे। असन्तुष्ट मंत्रियों ने भी उनकी बातों को गम्भीरता से नहीं लिया था। पक्ष-विपक्ष, दोनों के लिए विधानसभा अध्यक्ष जी मज़ाक़ का विषय बन चुके थे। भागवत राय ने उन्हें सान्त्वना दी, "दिल्ली में आपके काम-काज से सभी प्रभावित हैं। मैंने प्रधान जी से कहा है कि अपनी पार्टी की छोड़िए, विपक्ष भी स्पीकर साहब का कायल है। आप इन्तज़ार कीजिए, मौक़ा आएगा तो मैं स्वयं आपके नाम का प्रस्ताव रखूँगा।"

"अरे, भागवत बाबू, आप ये क्या कह रहे हैं! अभी आपको बहुत आगे जाना है। राज्य की इतनी बड़ी ज़िम्मेवारी आपके अलावा और कौन उठा सकता है?"

"पहले मैंने सोचा था कि सत्र के बाद अर्था हेडक्वार्टर का भूमि-पूजन करूँगा। गुल्लू के रहते मुझे कोई दिक़्क़त नहीं होती। अभी भी कोई दिक़्क़त नहीं है लेकिन यह मामला ऐसा है कि कोई कसर रखना ठीक नहीं है। बड़े कॉरपोरेटरों की भी निगाहें इस तरफ़ होंगी। इसलिए अच्छा होता कि अविश्वास प्रस्ताव एक दिन आगे कर देते।"

"ठीक है, हो जाएगा। लेकिन इसके पहले आप सदन में नहीं रहेंगे? आपके बिना सदन हल्का हो जाता है।"

"नहीं-नहीं। विधायक दल की बैठक हो जाए। मैं रहूँगा।" भागवत राय ने चवन्नी मुस्कान के साथ विधानसभा अध्यक्ष की ओर देखा।

विधानसभा अध्यक्ष ने ज़ोर लगाकर किसी तरह से एक संक्षिप्त ठहाका लगाया, "डेट को लेकर बात कर लेता हूँ।"

"नहीं, अनावश्यक औपचारिकताओं में जाने की ज़रूरत नहीं। वैसे भी आपने छठे दिन इसे रखा था। अब आख़िरी दिन कर दीजिए।"

"मैंने सोचा था कि अविश्वास प्रस्ताव छठे दिन पेश करके सत्र की समाप्ति की घोषणा कर दूँ।"

"इससे बहुत फ़र्क़ नहीं पड़ता है। वैसे भी ये लोग हम पर आरोप लगाते हैं कि सत्र का आकार हम छोटा कर रहे हैं। चले सातों दिन। दो दिन सदन में हंगामा-वंगामा के ज़रिये मैनेज किया जा सकता है।

"इसको समझिए। विकास के लिहाज से भूमि-पूजन का दिन ऐतिहासिक होगा।"

"ऐतिहासिक!"

"हाँ, बिलकुल! विकास की मुहर राज्य पर लग जाएगी। विपक्ष ख़ुद कठघरे में खड़ा होगा। आप जानते ही हैं कि इसके बाद अविश्वास प्रस्ताव की क्या दुर्गति होगी।"

विधानसभा अध्यक्ष का मन भागवत राय से मिलकर थोड़ा हल्का हो गया था। उन्हें अपनी ग़लती का अहसास हुआ। कार्तिक के चक्कर में उन्हें पड़ना नहीं चाहिए था। उनके चक्कर में सीएम बनने की बात तो दूर, स्पीकर की कुर्सी भी नहीं बचती। विधानसभा अध्यक्ष जी के हाव-भाव से कृतज्ञता टपक रही थी, "दो-तीन सवाल आए हैं। सरकार के लिए परेशानी पैदा कर सकते हैं।"

"भुखमरी से हुई मौतों के बारे में?"

"नहीं, नहीं, इस पर ज़िला अधिकारी की रिपोर्ट बढ़िया है। सब मलेरिया के पुराने पेशेंट थे। इसके बारे में मैं नहीं कह रहा हूँ।"

"पारा-शिक्षकों पर लाठीचार्ज को लेकर?"

"नहीं। लोकोमोटिव और अल्युमिनियम कम्पनियों की बिजली बिलिंग में करोड़ों की अनियमितता है। यह एक बड़ा मामला है। सीएजी की रिपोर्ट में भी है। स्वीकार करना सरकार की सेहत के लिए ठीक नहीं होगा और इनकार करने की जगह नहीं है।"

"इसे मैनेज करना होगा।"

"बांग्लादेशी घुसपैठिया का सवाल प्रद्युम्न सिंह या चौधरी से उठवा दिया जाए। नारेबाज़ी में समय निकल जाएगा।"

भागवत राय ने स्पीकर साहब को खुली मुस्कराहट के साथ विदा किया, "कार्तिक पर नज़र रखिएगा!"

भागवत ख़ुद करमा के आवास के लिए निकल पड़े। करमा भगत ने गुल्लू तिवारी को लेकर कोई दुख नहीं जताया। औपचारिकताओं की अनभिज्ञता और क्या! भागवत राय ने करमा भगत को माफ़ कर दिया, "एक ख़ुशख़बरी है। मैंने सोचा कि करमा बाबू दूसरे से क्यों सुनें, मैं ही सुना आऊँ।"

"साहब के लिए चाय ले आओ!" करमा भगत ने भागवत राय की ओर देखा। करमा भगत की आँखों में सन्देह था, "सर, मुझे देर हो गई। सुना कि आप कहीं के लिए निकल चुके हैं।"

"अरे नहीं, करमा बाबू! इस बहाने आपके यहाँ चाय पीने का मौक़ा तो मिला। आपके विधानसभा क्षेत्र में बड़े स्टेडियम का निर्माण पास हो गया है। प्रशान्त को

कह दिया है कि यह करमा बाबू की देखरेख में बनना चाहिए।" प्रतिक्रिया भाँपने के लिए भागवत राय कुछ क्षण करमा भगत के चेहरे को देखते रहे, "मैंने प्रशान्त को साफ़-साफ़ कह दिया है कि इस मामले में सूई से लेकर जेसीबी तक का फ़ैसला करमा बाबू करेंगे। अभी जो भी प्राक्कलित राशि है, इसे लेकर आप चिन्ता मत करिए। जब ज़रूरत होगी, राशि उपलब्ध करा दी जाएगी।"

"मैंने सुना है कि शालडुंगरी हॉकी फ़ील्ड आप अर्था को बेच रहे हैं?"

"लोग बस इतना भर ही हल्ला कर रहे हैं। आप मेरे मंत्रिमंडल के वरिष्ठ सदस्य हैं। आपका जानना ज़रूरी है।" भागवत राय ने एक मिनट का अनुलोम-विलोम किया। चाय के पहले एक गिलास टंडा पानी पिया और वे फिर स्वाभाविक भंगिमा से लौट आए, "बात इतनी भर नहीं है। मैंने अर्था से राज्य में स्पोर्ट्स के लिए इंफ्रास्ट्रक्चर तैयार करने पर बात की है। एमओयू में इसका ज़िक्र है। इसकी देखभाल भी आपको करनी है। इंटरनेशनल स्टैंडर्ड का इंफ्रास्ट्रक्चर! इसकी बात कोई नहीं करता।"

"अर्था के लिए दूसरी ज़मीन भी हो सकती थी। इसमें आदिवासियों की सामुदायिक ज़मीन जा रही है।"

"आप विरोधियों के झाँसे में मत आइए, करमा बाबू!" कुछ देर मन के अन्दर भागवत राय नाप-तौल करते रहे, "राज्य हित के साथ कोई समझौता मुझे ठीक नहीं लगता।"

कुछ देर की चुप्पी रही। करमा भगत के चेहरे पर असन्तोष पढ़ा जा सकता था।

भागवत राय कुछ देर गिलास नचाते रहे। उन्होंने राज़ की बात बताई, "सच कहें, करमा बाबू, हालाँकि आदिवासी वहाँ अब हैं नहीं, फिर भी मेरे मन में है कि आदिवासियों की ज़मीन होने से नौकरी और मुआवज़ा भी आदिवासियों को ठीक-ठाक मिलेगा। एक काम करिए, आप एक प्रस्ताव ले आइए। इसमें आदिवासियों के लिए नौकरी में प्राथमिकता की बात हो। इसे हम लोग पारित भी करवा लेंगे। मैं पहले मुंडा जी के ज़रिये यह प्रस्ताव रखवाना चाहता था लेकिन इसके लिए आप सबसे फिट आदमी हैं। आइए, रात में विधायक दल की बैठक वाली औपचारिकता पूरी कर ली जाए।"

भागवत राय को विदा करने करमा भगत बाहर आए। उनके चेहरे पर नरमी थी, "सर, जैसे आप अपने लोगों की उम्मीदों को पूरी करने की कोशिश करते हो, हमें भी करनी पड़ती है।"

भागवत राय ने ठहाका लगाया, "आइए, शाम को मिलते हैं।"

पहले से ही तय था। सत्ता पक्ष पूरी मज़बूती के साथ अविश्वास प्रस्ताव के ख़िलाफ़ खड़ा होगा और विपक्ष की स्थिति हास्यास्पद कर देगा। इसकी घोषणा विधायक दल की बैठक में की जानी है। तमाम विधायकों को निजी तौर पर इस होनेवाले फ़ैसले की सूचना दे दी गई थी। योजना के तहत असन्तुष्टों को यह बात नहीं बताई गई थी। बैठक में तनाव बना हुआ था। असन्तुष्टों के हाथों में 'दैनिक शिखा' था।

'दैनिक शिखा' में स्पष्ट तरीक़े से गुल्लू तिवारी पर जेमा कुई की बच्ची के अपहरण का आरोप था और भागवत राय को घेरा गया था। गोपनीय कोषांग का पत्राचार था। नीता दास के साथ अलकारानी का छोटा इंटरव्यू था और उन्होंने इस घटना की पुष्टि की थी। अब भागवत राय के पास कोई रास्ता नहीं बचा है। इतने गम्भीर अपराध के आरोपी को मुख्यमंत्री के रूप में शीर्ष नेतृत्व हरगिज़ नहीं क़बूल करेगा। असन्तुष्टों को लगा कि उनका संघर्ष फ़तह तक पहुँच चुका है।

भागवत राय के खेमे के ही एक विधायक ने 'दैनिक शिखा' लहराते हुए बैठक की शुरुआत में ज़ोर-ज़ोर से बोलना शुरू कर दिया, "हमारे मुख्यमंत्री की लोकप्रियता कुछ लोगों को पच नहीं रही है। वे अब कुत्सित प्रचार पर उतर आए हैं। वे अख़बारों का सहारा लेकर मुख्यमंत्री पर कीचड़ उछालने में लगे हैं। महामंत्री जी, केन्द्रीय पर्यवेक्षक और राज्य प्रभारी जी, आप ख़ुद इसे देख लें। हमारे मुख्यमंत्री जी की उदारता का कुछ लोग नाजायज़ फ़ायदा उठा रहे हैं। इनके दिवंगत मित्र पर किडनैपिंग का आरोप मढ़ा गया है और उसमें माननीय मुख्यमंत्री जी को भी साना जा रहा है। हम इसका जवाब देंगे। हमें साफ़-साफ़ निर्देश दिया जाए।"

एक दूसरा विधायक उठा, "बहुत हो गया। माननीय भागवत जी के कारण हम लोगों के मुँह में दही जमा है। लेकिन भागवत राय जी की ही जब कोई इज़्ज़त नहीं रहेगी तो हम चुप नहीं बैठेंगे। हम चूड़ी पहनकर नहीं निकले हैं। मरद हैं हम लोग, कोई मोगा..."

प्रद्युम्न सिंह ने भाँप लिया कि मामला पलट चुका है। भागवत राय ने कोई चाल चल दी है।

राज्य प्रभारी अख़बार लेकर तमतमाए हुए उठे, "भागवत राय आज मुख्यमंत्री हैं लेकिन कार्यकर्ता तो ये हमारे बहुत पुराने हैं। इनके सदाचार और संस्कार पर उँगली उठानेवाले लोगों को बर्दाश्त करना ठीक नहीं है। मैं सोच भी नहीं सकता हूँ

कि पार्टी की तो बात छोड़िए, राज्य का कोई बच्चा भी माननीय भागवत राय की ओर अँगुली उठाएगा! कोई प्रमाणित कर दे तो भागवत राय जी ख़ुद ही कुर्सी को ठोकर मारकर राजनीति से संन्यास ले लेंगे।"

राज्य प्रभारी के वक्तव्य के बाद तालियों की गड़गड़ाहट से कक्ष गूँज उठा। किसी विधायक ने चुहलबाज़ी की—गदहे का मूत जुगाड़ कर लो। दूसरे ने कहा कि प्रद्युम्न जी अभी अपने वाले से ही काम चला लें।

महामंत्री जी उठकर, दोनों हाथ उठाकर 'शान्ति-शान्ति' करने लगे, "सब यहाँ अपने हैं। धीरज रखिए। आप लोग राज्य को दिसा देनेवाले हैं। अपने में उठापटक करते रहिएगा तो प्रधान जी क्या कहेंगे? आप लोग भागवत जी के पीछे क्यों पड़े हुए हैं? उनकी कोई ग़लती हो तो बताइए। हम लोग बात को प्रधान जी तक ले जाएँगे।"

राज्य प्रभारी का तेवर नरम हो चुका था, "इसके पहले भी मुख्यमंत्री कई हुए हैं, जो काम भागवत कर रहे हैं, उसकी शुरुआत उन्होंने ही की थी। अर्था से बातचीत आज शुरू नहीं हुई है। भागवत जी के कुर्सी पर आने से पहले शुरू हुई थी। भागवत जी चीज़ों को लटकाकर नहीं रखते। प्रधान जी ने इन्हें इसलिए पसन्द किया। जब समय आएगा, मुंडा को भी यही करना होगा। विपक्ष बाहरी-भीतरी कर रहा है। आप भी करेंगे क्या? हमारी पार्टी एक राष्ट्र, एक संस्कृति और एक धर्म की पार्टी है। इस नीति से जवाब दीजिए।"

राज्य प्रभारी की बात भी ख़त्म नहीं हुई थी कि हॉल नारों से गूँज उठा : 'वन्दे मातरम्...भारतमाता की...!'

मुंडा जी के समर्थकों के हाथों में अख़बार था। जिस ख़बर को वे भागवत राय के ख़िलाफ़ तोप की तरह इस्तेमाल करना चाहते थे, उससे फुसफुसी भी नहीं निकली। प्रद्युम्न सिंह ने अख़बार को गोल करके मोड़ लिया था और मोड़कर इसे छड़ी की तरह लम्बा कर दिया। मुंडा के चेहरे पर तनाव था।

केन्द्रीय पर्यवेक्षक खड़े हुए। उन्होंने कुर्ता झाड़ा। केन्द्रीय नेतृत्व के सन्देश को दुहराया, "यदि कोई विधायक नेतृत्व में किसी तरह का बदलाव चाहते हैं, वे यहाँ रख सकते हैं। यह उनका अधिकार है। आज के विधायक दल की बैठक का मूल एजेंडा यही है। हमारी पार्टी अलग तरह की है। इसमें लोकतंत्र है। यह कार्यकर्ताओं की पार्टी है, यह किसी वंश की पार्टी नहीं है। अगर आपमें से किन्हीं का कोई प्रस्ताव हो तो रखें।"

केन्द्रीय पर्यवेक्षक बैठ गए। प्रस्ताव का इन्तज़ार करने लगे।

प्रद्युम्न सिंह उठे, "पर्यवेक्षक महोदय, यहाँ किसी के पास कोई नया प्रस्ताव नहीं है। माननीय भागवत राय और मुंडा जी राम-हनुमान की तरह हैं। एक के बिना दूसरे का काम नहीं चल सकता। यह नेतृत्व-परिवर्तन की बात विरोधियों के द्वारा उड़ाई गई अफ़वाह है। एक घर में कहाँ आपस में बर्तन नहीं टकराते हैं!"

मुंडा जी छत की ओर देखने लगे। प्रद्युम्न सिंह अख़बार से बनी छड़ी को रखने के लिए उचित जगह तलाश रहे थे। उन्होंने सामने बैठे चिन्तित विधायक के कुर्ते के ऊपरी जेब में इस छड़ी को खड़ी कर दिया। विधायक चिहुँककर उछला और अख़बार को नीचे फेंक दिया। अन्य मुंडा समर्थक विधायकों ने अख़बार को अपनी-अपनी सीट के नीचे डाल दिया। कक्ष नारों से गूँजने लगा। तय हुआ कि मुख्यमंत्री भागवत राय जी बाहर इन्तज़ार कर रहे कार्यकर्ताओं को सम्बोधित करें। कल सदन में भागवत जी और मुंडा जी एक साथ नज़र आएँ।

विपक्ष का मनोबल गिरा हुआ था। बात-बात में भागवत राय ताना मारते—'अध्यक्ष महोदय, नेता विपक्ष भी इससे सहमत होंगे।' इस ताने के बाद सदन सत्ता पक्ष के ठहाकों से गूँज उठता। सदन में मुख्यमंत्री ने घोषणा की कि शालडुंगरी मैदान में अर्था के भूमि-पूजन के दिन को राज्य में विकास दिवस के रूप में मनाया जाए। उनकी घोषणा के साथ ही प्रदेश विकास मोर्चा के सुप्रीमो ने उनसे हाथ मिलाया और फिर दोनों आपस में गले लग गए। भागवत राय ने प्रविमो सुप्रीमो को उनकी सीट पर बैठते देखा। अब दक्षिण में भी भागवत राय का अपना आदमी बैठा हुआ था।

अविश्वास प्रस्ताव के प्रति विपक्ष का उत्साह ठंडा हो चुका था। नेता विपक्ष अपने आवास पर बैठक करने से आनाकानी कर रहे थे। एक दिन काफ़ी धर-पकड़ कर उन्हें राज़ी करवाया गया। प्रविमो सुप्रीमो भी बैठक में शामिल हुए। कार्तिक प्रसाद ने प्रविमो सुप्रीमो को छेड़ा कि कुछ दिन मन चातकर इधर ही बैठिए। ज़्यादा उछल-कूद कीजिएगा, तो जो लोग आपको ढो रहे हैं, वे आपसे पहले पलटनियाँ मार देंगे। सुप्रीमो ने इस छिछोरी टिप्पणी का कोई जवाब नहीं दिया। वे नेता प्रतिपक्ष की बग़ल में बैठ गए।

इसमें बात क्या करना था! वक्ताओं का नाम और समय तय किया गया। कुछ लोगों का मत था कि कोच की बेटी के मामले को फोकस में रखा जाए। प्रविमो ने इस पर एतराज़ जताया। इस तरह से एक-दूसरे पर कीचड़ उछालने से सदन की गरिमा गिरती है।

किसी ने सुझाव दिया कि शालडुंगरी मैदान को ही मुद्दा बना दिया जाए। इस मामले पर राज्य की खासी आबादी आक्रोश में है। प्रविमो सुप्रीमो ने इस पर भी

अपना मतभेद ज़ाहिर किया। विकास के मुद्दे को राजनीति में नहीं घसीटा जाए। फिर गरमागरम बहस शुरू हो गई। इस बहस में कुछ शब्द यदा-कदा सुनाई पड़ते थे। नेता विपक्ष ने फ़ैसला दिया कि अपनी-अपनी बात लोग रखें। जिसकी जो प्राथमिकता है, वह रखे। इस बैठक से बस इसकी गारंटी हो कि विपक्ष भी एकजुट होकर सदन में ताक़त दिखाए।

दूसरे दिन नेता विपक्ष दोपहर बाद से कुलबुलाने लगे। उन्होंने विपक्ष के सभी विधायकों को सूचना भिजवाई। शाम को सदन समाप्त होने के बाद सभी सदस्य उनके आवास पर मिलें। उन्होंने सन्देशवाहकों और सूचित विधायकों को ख़बरदार किया कि प्रविमो सुप्रीमो को इस बैठक से दूर रखा जाए। उनसे वे बाद में माफ़ी माँग लेंगे। नेता विपक्ष का साँवला चेहरा दोपहर बाद उत्तेजना से लाल हो गया था। वे उठकर कई बार सभा भवन से बाहर निकले। आम तौर पर वे बैठते तो एक ही बार लंच टाइम में बाहर निकलते।

भागवत राय ने खनिज की तस्करी सम्बन्धित एक सवाल का जवाब देते हुए विधानसभा अध्यक्ष को सम्बोधित किया, "महोदय, हमने इस सवाल को गम्भीरता से लिया है। हमने सड़क-परिवहन विभाग के ज़रिये इसकी छानबीन करवाई है। बॉर्डर के तमाम सीसीटीवी के रिकॉर्डिंग्स खँगाले गए हैं। रिपोर्ट से साफ़ है कि पहले की तुलना में खनिजों की तस्करी में काफ़ी गिरावट है। महोदय, नेता प्रतिपक्ष अपने तीरों को यूँ ही हवा में चला रहे हैं। अविश्वास प्रस्ताव के दिन इन्हें ख़ाली तरकश लिये ही कहीं उतरना न पड़ जाए।"

विधानसभा अध्यक्ष मनोरंजित हुए। सदन ने ठहाकों के ज़रिये मुख्यमंत्री के सेंस ऑफ़ ह्यूमर पर मुहर लगाई।

अपने स्वभाव के विपरीत नेता प्रतिपक्ष अपनी जगह पर खड़े हो गए, "सभापति महोदय, मुख्यमंत्री की फँसरी को इनकी ही मछलियों ने काट दिया है। माननीय मुख्यमंत्री ठीक कह रहे हैं। विपक्ष को अविश्वास प्रस्ताव पेश करने की ज़रूरत ही नहीं पड़ेगी। आपकी सरकार इस सत्र में नहीं गिरती है तो मैं राजनीति छोड़ दूँगा।"

नेता प्रतिपक्ष के आत्मविश्वास से सदन दंग रह गया। भागवत राय ने मुंडा जी को देखा। वे उनकी बग़ल में बैठे हुए थे। अपने विधायकों की ओर देखा। उनके चेहरे प्रतिबद्धता से ओत-प्रोत थे। उन्होंने प्रविमो के सुप्रीमो को देखा। हमेशा की तरह उनकी आँखों में आश्वस्त करनेवाला कुटिल हावभाव मौजूद था। कहीं कुछ हो तो नहीं गया?

विपक्ष भी समझ गया कि कोई बड़ा तीतर उनके नेता के हाथ लग गया है। प्रविमो के सुप्रीमो ने जानने की बहुत कोशिश की। उन्होंने नेता प्रतिपक्ष से उनके शाम के कार्यक्रम के बारे में पूछा। नेता प्रतिपक्ष ने हाथ जोड़ लिये, "आज माफ़ कीजिएगा। आज कार्यकर्ताओं के साथ मीटिंग है।"

शाम में नेता प्रतिपक्ष के आवास पर विपक्ष के सारे विधायक हाज़िर थे। एक भी अनुपस्थित नहीं था। सबकी जिज्ञासा 'जल्दी शुरू किया जाए' के रूप में फूट रही थी। लेकिन नेता प्रतिपक्ष मजे में थे। विधायकों की बेचैनी का लुत्फ़ ले रहे थे। एक कर्मचारी दीवार में लगी टीवी स्क्रीन से लैपटॉप को जोड़ रहा था।

एक वरिष्ठ विधायक से रहा नहीं गया, "मैंने सोचा कि अविश्वास को लेकर कोई ज़रूरी मंत्रणा के लिए बुलाया गया है। आप टीवी में लग गए हैं। कोई फ़िल्म-विल्म तो नहीं दिखा रहे हैं?"

नेता प्रतिपक्ष की गम्भीरता में रत्ती भर कमी नहीं आई। उन्होंने कर्मचारी को टीवी ऑन कर जाने का इशारा किया।

एक ब्लैक एंड व्हाइट वीडियो शुरू हुआ। गाड़ियों की क़तार खड़ी है। शान्त। ज़्यादातर कोयले से भरी गाड़ियाँ। स्टील से लदे बड़े-बड़े ट्रेलर। ऊपर टोल की ट्रैफ़िक लाइट जली हुई है। वेंडर गाड़ियों के इर्द-गिर्द मँडरा रहे हैं। सब कुछ बहुत धीमा-धीमा चल रहा है।

बड़े-बड़े वाहनों के पीछे कुछ कार और एसयूवी गाड़ियाँ भी खड़ी हैं। एक एसयूवी से चार लोग निकलते हैं। वे आगे पूछताछ करते हुए ओझल हो जाते हैं। फिर तीन-चार मिनट के लिए सब कुछ सामान्य रहा। गाड़ियाँ खड़ी हैं। कहीं आगे ज़रूर जाम होगा। उस एसयूवी के पीछे का दरवाज़ा थोड़ा-सा खुलता है। एक लड़की सिर निकालकर चारों ओर देख रही है। उसके सिर पर एक ओर चोटी बँधी हुई है, दूसरी ओर चोटी खुली हुई है। दरवाज़ा और थोड़ा खुलता है। लड़की के एक पाँव में रस्सी झूल रही है। उसके हाथ बँधे हुए हैं। वह सतर्कता से उतरती है। आहिस्ते से दरवाज़ा बन्द करती है और पीछे उलटी दिशा में गाड़ियों के बीच चलने लगती है। दो-तीन गाड़ियों के बाद वह ग़ायब हो जाती है। पाँच मिनट बाद चारों लोग फिर गाड़ी के पास वापस लौटते हैं। फिर वे गाड़ी के सारे दरवाज़े खोलते हैं और इधर-उधर गाड़ियों की क़तारों के बीच दौड़ना शुरू कर देते हैं।

कक्ष पूरा शान्त था। कर्मचारी को फिर बुलाया गया। इसे फिर से चलाया गया। चार लोग एसयूवी से निकलते हैं। कार्तिक प्रसाद ने यहाँ वीडियो को स्थिर करने को कहा। फिर इसे फैलाया गया। गाड़ी का नम्बर साफ़ दिख रहा था। दो-तीन

विधायक एक साथ बोले कि यह तो बबन दुबे की गाड़ी है! कार्तिक प्रसाद ने एक आदमी की ओर इशारा किया कि यह शंकर एजेंट है। यह जेमा कुई पर हमले में शामिल था। वीडियो को आगे बढ़ाया गया, लड़की निकलती है। चार लोग वापस लौटते हैं। इसमें बबन दुबे का चेहरा साफ़ दिख रहा था।

"वीडियो फेक तो नहीं है?"

"नहीं। अलकारानी ने दिया है। खनिज तस्करी की जाँच के क्रम पर बॉर्डर टोल टैक्स के सीसीटीवी में मिला।"

"नितिन मिंज?"

"नितिन मिंज।"

"आज हम इसे बाहर न ले जाएँ। कल सदन में ही इसको सार्वजनिक किया जाए। भागवत राय को सँभलने का मौक़ा नहीं दिया जाए। बबन दुबे मुख्यमंत्री का ओढ़ना-बिछौना बना हुआ है। चलिए, गुल्लू ने मरकर भागवत राय के पिछले सब पाप धो दिये, लेकिन अब ये बचकर कहाँ जाएँगे?"

दूसरे दिन प्रश्नकाल के बाद जैसे विस्फोट हो गया हो! वीडियो सोशल मीडिया में वायरल हो चुका था। 'मुख्यमंत्री जवाब दो, मुख्यमंत्री इस्तीफ़ा दो' के नारों से सभा भवन गूँजने लगा। सत्ता पक्ष के असन्तुष्टों में भी थोड़ी उम्मीद जग गई। विपक्ष के नारों के आगे सत्ता पक्ष का 'वन्दे मातरम्' कमज़ोर पड़ने लगा। एक-दो बार 'पाकिस्तान मुर्दाबाद' के नारे भी लगे। लेकिन सत्ता पक्ष कहीं अटक रहा था। दो बार सदन स्थगित हुआ।

बात ऊपर जाते-जाते प्रधान जी तक चली गई। उनका कॉल आया। उन्होंने स्थिति को चिन्ताजनक कहा। उन्होंने पूछा कि सरकार आप चला रहे हो कि विपक्ष? अर्था हेडक्वार्टर का मामला बिगड़ना नहीं चाहिए। आज प्रधान जी बाहर निकल रहे थे, वरना वे ख़ुद भूमि-पूजन में शामिल होते!

संकेत साफ़ था। भागवत राय विधानसभा अध्यक्ष से मिले, "तीन बजे मैं इस सवाल पर सदन में वक्तव्य दूँगा। बुला लीजिए सबको।"

सदन में तमाम विधायक मौजूद थे। भागवत राय उठे, "आप इस्तीफ़े की बात कर रहे हैं। आप बबन दुबे पर कार्रवाई की बात कर रहे हैं। मैंने वीडियो देखा है। इससे क्या साबित होता है? अपहरण के केस में बबन दुबे के केस को माननीय कोर्ट ने ख़ारिज कर दिया है। क्या कोर्ट के फ़ैसले की कोई अहमियत नहीं है? आप ठीक कह रहे हो कि कार्रवाई होनी चाहिए। यह एक गम्भीर मामला है। विभाग का गोपनीय वीडियो लीक कैसे हुआ, यह सबसे बड़ा सवाल है। सम्बन्धित

अधिकारी नितिन मिंज के ख़िलाफ़ त्वरित कार्रवाई के लिए केन्द्र के पास राज्य सरकार अनुशंसा करेगी।"

नेता विपक्ष ने खड़े होकर आपत्ति की। लेकिन भागवत राय ने उनकी बात अनसुनी कर दी, "अध्यक्ष महोदय, विपक्ष बार-बार सरकार से इस्तीफ़े की माँग कर रहा है, गोया हमने इनकी मेहरबानी से सरकार का गठन किया हो!"

कार्तिक प्रसाद उठ खड़े हुए, "लेकिन संविधान और क़ानून का लिहाज आप करते हो कि नहीं?"

"आप बैठो, कार्तिक बाबू। आपने विपक्ष की तरह हमें भेड़ समझ रखा है क्या? हम इस्तीफ़ा नहीं देने जा रहे हैं। आपको जितना बॉयकाट करना हो, करो। जितना चिल्लाना हो, चिल्लाओ। विपक्ष साफ़-साफ़..."

कार्तिक प्रसाद के उठने पर विधानसभा अध्यक्ष ने हाथ हिलाना शुरू किया, "आप बैठिए, कार्तिक बाबू।...नहीं, आप बैठिए!"

कार्तिक प्रसाद ने कहना जारी रखा, "महोदय, हम तमाम प्रतिनिधि तभी तक माननीय हैं जब तक संविधान और क़ानून है। जनता के हितों के लिए लड़ने का हमारा अधिकार सुरक्षित है। अधिकार का मतलब यह नहीं कि हम चिल्लाते रहें और सरकार बेशर्मी से..."

"बैठिए-बैठिए, कार्तिक बाबू! बहुत हो गया...।"

"महोदय, इस सरकार ने क़ानून, सदन, संविधान—सबको ठेंगा दिखा दिया है। खान-खदान की बात छोड़िए। लड़कियों के खेल के मैदान को, अखड़ा को, सरना को, नदी को, नाले को...जो भी राज्य में दिख रहा है, मुख्यमंत्री जी अर्था को देने के लिए दौड़ पड़ते हैं।...

"इसे रिकॉर्ड से हटाया जाए। मैं कह रहा हूँ, बैठिए...!"

"माननीयो, जिनको यहाँ रहना हो, वे रहें। शालडुंगरी मैदान में कल लोग इकट्ठे हो रहे हैं। हम उनके साथ खड़े होंगे। सड़कों पर लड़ रहे लोग ही इस सरकार के गर्दन की मैल छुड़ा सकते हैं!"

एक-एक कर विपक्ष के एक-चौथाई विधायक सदन से बाहर हो गए। फिर पूरे विपक्ष ने बहिष्कार की घोषणा कर दी। तीन विधायकों को उनके आवास से पुलिस उठाकर जेल ले गई। इन विधायकों को विधानसभा अध्यक्ष ने तीन दिनों के लिए निलम्बित कर दिया। कार्तिक प्रसाद शालडुंगरी को लेकर प्रेस-कॉन्फ्रेंस कर रहे थे। कार्तिक प्रसाद को प्रेस-कॉन्फ्रेंस में ही गिरफ़्तार कर लिया गया।

शालडुंगरी मैदान

जेमा कुई ट्रेन से उतरी। उसके साथ पूरी टीम थी। प्लेटफ़ॉर्म खचाखच भरा था। प्लेटफ़ॉर्म से निकासी के दाहिने गोलचक्कर की ओर नोमिता मैडम का सहायता केन्द्र था।

यह भीड़ नहीं, गोलबन्दी थी। ज़्यादातर आदिवासी थे। हर उम्र के। महिला और पुरुष। प्लेटफ़ॉर्म के बाहर भी भीड़ थी। कहीं लोगों का झुंड चुप बैठा हुआ था, तो कहीं कुछ लोग किसी पेड़ के नीचे झाड़ू लगाकर बैठने की जगह बनाने में व्यस्त थे। जेमा ने उचककर बाहर की ओर देखा। शायद नोमिता मैडम का सहायता केन्द्र दिख जाए। लेकिन केवल लोग-ही-लोग दिखाई दे रहे थे।

टीम की एक लड़की ने उसे फ़ोन की ओर इशारा किया। डॉक्टर लिली तिर्की का कॉल था, "जोहार, डॉक्टर लिली!"

शोरगुल था। कुछ साफ़ सुनना मुश्किल था। फ़ोन पर डॉक्टर लिली की आवाज़ शोरगुल के साथ गड्डमड्ड होती गई। बहुत कोशिश के बाद केवल इतनी ही बात हो पाई कि बाद में कोशिश करेंगे।

सहायता केन्द्र छोटा था। उसके एक हिस्से को मेडिकल केन्द्र में बदल दिया गया था। इसमें दवाइयाँ, दो डॉक्टर और एक ट्रेंड नर्स और कुछ वालंटियर थे। एक छोटा-सा बेड था। मरहम-पट्टी, कपास और घाव धोनेवाली दवाइयाँ सामने के टेबल पर पसरी हुई थीं। एक बूढ़े आदमी के सिर के घाव को साफ़ किया जा रहा था। वह प्लेटफ़ॉर्म पर गिर पड़ा था। उसका सिर छिल गया था। घाव को साफ़ कर कपास को टेप के ज़रिये चिपकाया जा रहा था। नोमिता मैडम वहाँ नहीं थीं।

जेमा ने आसपास देखा। उसकी नज़रें काउंटर के बाहर खड़ी बाहामनि बुढ़िया से टकराईं। उसके साथ सोबरन थी। वह उसको ही देख रही थी, "अरे, इंगा, आप लोग आई हैं?

"उस दिन तुम्हीं थीं न? सोसोपिड़ि में?"

वह मुस्करा दी।

"तुम्हारा सांगा नहीं आया? वह ठीक है न?" सोबरन की आँखें चमक रही थीं।

"हाँ, वह ठीक है। उसके कंधों पर गोली लगी थी। कभी-कभी दर्द होता है। वैसे ठीक है। वह यहाँ नहीं आया है।" लड़की सीधे जेमा की आँखों में देख रही थी। जेमा ने उसके सिर पर थपकियाँ दीं।

"नहीं आया तो नहीं आया!" बुढ़िया उसके और क़रीब आ गई, "शुकु हड़ाम मर गया। उस दिन सोसोपिड़ि में वह भी था। कँपकँपी बुख़ार शुरू हुआ। उसका ठंड जाता ही नहीं था। मैं जान गई कि वह नहीं बचेगा। उसके दिमाग़ में बैठ गया था कि कम्पनी वाले उसे गाँव में नहीं रहने देंगे। हम लोग यहाँ बहुत लोग आए हैं।"

इंगा ने जेमा को दिखाया कि वह और हड़ाम कहाँ काम करते थे।

"यहाँ सब बदल गया है। यहाँ से देशाउलि के घने पेड़ दिखते थे। अब उतने पेड़ नहीं हैं। उस रास्ते से ही हम लोग शालडुंगरी की औरत के पास जाते थे।" बाहामनि ने रास्ता दिखाया। यह रास्ता हॉस्टल की ओर जाता था।

"आप लोग इतनी दूर से चली आई हैं?"

"दूर? दारुहातु से हड़ाम के साथ मैं पैदल आई थी। शाम में चली थी। रात में अपनी बहन के घर रही। भाटु उस दिन मुर्गा जीतकर आया था। रात में हम लोग खाए-पिए और भोर अँधेरिया में चल दिये थे। सूरज के सिर पर चढ़ जाने के बाद पहुँच गए। अब क्या है! गाड़ी में बैठो, फुर्रर...तीन घंटे में यहाँ पहुँच जाओ।" बाहामनि ने फुर्र किया तो सोबरन हँसने लगी।

नोमिता मैडम ने जेमा को देखकर हाथ हिलाया और कैंप में घुस गईं। उनके पीछे पाँच-छह लड़के थे। सभी कम उम्र के थे। चौदह से सोलह साल के। उनके सिर, हाथ, चेहरे आदि पर कटने के निशान थे। नोमिता मैडम ने उन्हें अन्दर घुसने का इशारा किया। नर्स ने तुरन्त सबको बिठाया। वालंटियर घाव साफ़ करने लगे।

नर्स ने एक लड़के का सिर देखा, "जल्दी करो, इसे स्टीच देना पड़ेगा। ज़्यादा बड़ा कट है।"

डॉक्टर ने बाल हटाकर घाव देखा, "मितली जैसी लग रही है क्या? इसके बालों को साफ़ करो। पहले स्लाइन वाटर से धो लेना।"

नर्स बहुत जानी-पहचानी लग रही थी। उसका नाम जेमा की ज़बान पर कहीं भटक रहा था : मेरी नहीं, बुधनी नहीं, सँजोती नहीं, जुरियन? वह भी नहीं। अच्छा तो मारथा ज़रूर होगी। इस नाम को भी उसने वापस ले लिया। उसे देखने से जेमा को लग रहा था कि यह वही है या उसकी बेटी है। नहीं, वही है। गुज़रे वक़्त ने उसकी पूरी हिफ़ाज़त की थी। जेमा उसे देखती रही। नर्स ने भी मुस्कराकर उसकी ओर एक बार देखा और अपने काम में लग गई।

बाहामनि बुढ़िया ने जेमा के कंधे पर हाथ रखा, "उधर, दक्षिण में उस लम्बे गाछ के नीचे हम लोग हैं। सोसोपिड़ि के लोग भी वहीं हैं। रात में आना बहुत दुराङ होगा।"

"बूढ़ी इंगा को ठीक से ले जाओ।"

मानी यहाँ रहती तो वह भी अपनी बूढ़ी इंगा के साथ ऐसी ही चलती-फिरती। नहीं, वह सोबरन से बड़ी होती। जेमा दोनों दादी-पोती को जाती हुई देखती रही। स्टेशन के चारों ओर वह नज़रें दौड़ा रही थी। कई बार उसने तुराम के साथ स्टेशन के चक्कर लगाए थे। फिर उसने अपने को फुसलाया। वह कुछ और सोचने की कोशिश करने लगी—किसी मैच के बारे में, स्टील प्लांट के अधिकारियों के बारे में, शाजी के बारे में।

नोमिता मैडम जेमा की बग़ल में खड़ी हो गईं, "इसे पहचानती हो, चरकी?"

"मैंने देखते ही पहचान लिया। मैं देख रही थी कि यह मुझे पहचान पाती है या नहीं!" नर्स ने रुई को एथनोल में भिगोया और लड़के के सिर पर रखकर टेप से चिपका दिया।

"अरे, तू तो बिलकुल नहीं बदली!" जेमा को ताज्जुब हुआ। वह चरकी का नाम कैसे भूल सकती है? "तू तो मैडम की जासूस थी!"

"हाँ, लेकिन तेरे और तुराम के बारे में मैडम को मैंने कभी नहीं बताया।" वह हँसी और चुप हो गई। "मैदान को कम्पनी के हाथ में देने की ख़बर जैसे ही मिली, मैंने सबसे पहले नोमिता मैडम को बताया।"

"अपने बैग वग़ैरह यहीं कैंप में रख दो।" नोमिता मैडम ने जेमा के साथ आई लड़कियों को कैंप के कोने की ओर इशारा किया, "तुम लोग इधर-उधर भटक रहे बच्चों पर नज़र रखो।"

"मैडम, मैं लड़कियों के साथ अभी शालडुंगरी मैदान देखना चाहती हूँ। लौटकर आती हूँ।"

"अभी वहाँ जाना ठीक नहीं होगा। गोलचक्कर के पास किसी ने ठेला उलट दिया है। पुलिस ने उस जगह को पूरी तरह से सील कर दिया है। ये लड़के वहाँ टहल रहे थे। पुलिस ने दौड़ाकर इनको लाठियों से पीटा है। मैं कोऑपरेटिव मार्केट गई थी। वहाँ भी पुलिस चारों ओर है। हल्ला है कि कल आदिवासी हुड़दंग करेंगे। चारों ओर फोर्स तैनात है।"

"तुम्हें बुख़ार है। पहले से है क्या? लगता है, मलेरिया है।" एक वालंटियर ने थर्मामीटर देखते हुए लड़के से पूछा और नोमिता मैडम की बातचीत में दख़ल दिया, "पुलिस ने गाँवों की सड़कों को भी बन्द कर दिया है।"

"घर कहाँ है?" डॉक्टर ने लड़के की आँख और जीभ की जाँच की।

"राखा माइंस के पीछे।"

"सिरदर्द है?" डॉक्टर ने लड़के से पूछा, "उधर सेरेब्रेल मलेरिया के केस बढ़ रहे हैं। ब्लड सैंपल लेना होगा। कन्फ़र्म नहीं है, लेकिन रेडियो एक्टिव पॉल्यूशन की भी आशंका उधर है। मलेरिया की दवाइयाँ और मँगा लो।"

"सुबह उन्होंने इस जगह को भी ख़ाली कराने की कोशिश की। हम देशाउलि की ओर बढ़ने लगे। पुलिस ने फिर हमें यहीं छोड़ दिया। देशाउलि बढ़िया होता लेकिन वहाँ भी ये लोग किसी को घुसने नहीं दे रहे हैं।"

स्टेशन से निकलने वाले तमाम रास्तों पर बैरिकेड थे। बैरिकेड के पीछे कुछ पुलिस जवान खड़े थे। बच्चे स्टेशन परिसर में उड़ रहे बीओपीपी के चमचमाते पैकेटों के पीछे दौड़ रहे थे और उन्हें चुन रहे थे। उनकी छीनाझपटी खेल में बदल गई थी। महिलाएँ पेड़ों की सूखी टहनियाँ और पत्ते इकट्ठा कर रही थीं। कुछ बूढ़े थिरक रहे थे और हुर्रर करते हुए लोगों को आमंत्रित कर रहे थे। नौजवान हँसी-मज़ाक़ में लगे हुए थे।

तीन लड़के हँसते हुए गुज़र रहे थे। वे तीनों एक साथ बोल रहे थे। कोई किसी की सुन नहीं रहा था। वे एक-दूसरे को सुना रहे थे कि कैसे उन्होंने बस से उतरकर पुलिस को चकमा दिया। उनके पीछे गोदी में बच्चा लिये एक महिला के साथ एक पुरुष लँगड़ाकर चल रहा था और रह-रहकर भड़क रहा था। महिला उसे कुछ देर बैठने के लिए कह रही थी। पैर का दर्द कम हो जाएगा। पुरुष कह रहा था कि उसे कुछ हुआ ही नहीं है। वह क्यों उसके पीछे पड़ी हुई है? अपने इलाक़े वालों को ढूँढ़कर वे आराम से बैठेंगे।

किसी को मालूम नहीं था कि आयोजक कौन है। कॉलेजों में पढ़ रहे आदिवासी छात्रों ने अपने स्तर पर प्रतिवाद करने की सोची थी। इससे शहर और आसपास रहनेवाले आदिवासी जुड़ गए। फिर अर्था से विस्थापित होने वाले तमाम इलाक़े इससे जुड़ते गए और यह इतनी तेज़ी से होता चला गया कि योजना एवं प्रचार सब पीछे छूट गए। इसे सँभालना आसान नहीं है।

नोमिता मैडम ने उन सबको बुलाया जिन्हें वह जानती थीं। कॉलेज के पुराने छात्रों को बुलाया। शहर के लोगों को बुलाया। "यह अब किसी के हाथ में नहीं है। मुझे लगता है कि ज़्यादातर लोगों को मालूम भी नहीं होगा कि हम जिस मैदान के लिए लड़ रहे हैं, वह कहाँ है और हम क्यों इसके लिए लड़ रहे हैं।"

एक वालंटियर ने टोका, "नहीं। ज़्यादातर लोग जानते हैं। मैंने कई लोगों से पूछा है। वे कह रहे हैं कि कम्पनी लड़कियों के मैदान को हड़प रही है।"

"हमें कुछ तरीक़ा निकालना होगा जिससे सब तक हम अपनी बातें पहुँचा सकें, हम एक ही रास्ते पर चल सकें।"

"यह कैसे होगा? लोग कई जगहों में बिखरे हुए हैं।"

"इसकी ज़रूरत ही नहीं पड़ेगी। हमारी संख्या देखकर पुलिस, कम्पनी, मुख्यमंत्री सब-के-सब भाग जाएँगे।"

"उन्होंने भागने के लिए इतने बैरिकेड नहीं लगा रखे हैं। भाग जाएँ, अच्छी बात है लेकिन हमें एक-दूसरे से जुड़े रहना होगा। इसे करना ही होगा।"

"क्यों न हम एक लिस्ट बना लें जिसमें किस जगह से कितने लोग हैं, ये पता चल जाए?"

जेमा को उस लँगड़ाते मर्द और उसकी औरत की बातचीत से एक विचार सूझा। वह झिझकी, "और हर इलाक़े के एक या दो लोगों को सम्पर्क में रखा जाए।"

अलग-अलग टीमें बन गईं। दूसरी जगहों में भी जमा लोगों से सम्पर्क कर ऐसी ही व्यवस्था करने का फ़ैसला हुआ।

जेमा कुई लिस्ट बनाते हुए एक झुंड में पहुँची तो वहाँ कई लोग उसे पहचान गए। बाहामनि बुढ़िया और उसकी पोती सोबरनमति एक साथ बैठी थीं। वहाँ दारुहातु और सोसोपिड़ि, दोनों गाँवों के लोग थे। उन दोनों गाँव में हमेशा अनबन बनी रहती लेकिन जब दोनों गाँव एक साथ आ जाते तो पूरा इलाक़ा एकजुट हो जाता।

बाहामनि बुढ़िया लोगों से बात कर रही थी। जेमा ने उन लोगों से पूछताछ शुरू की तो बाहामनि ने झिड़की दी, "बैठो, अभी।"

"हम लोग लिस्ट तैयार कर रहे हैं कि कौन कहाँ से आया है और कितने लोग साथ में हैं।

"हम लोगों से पूछ रहे हैं कि हम कहाँ से आए हैं! दारुहातु गाँव के लोगों को कौन नहीं जानता!"

"केवल दारुहातु का नाम मत लिखो, हम लोग सोसोपिड़ि के हैं।"

"मिआद गे जगर होबा जना—एक ही बात हुई, दारुहातु और सोसोपिड़ि कोई अलग-अलग है?"

"मिआद गे ज़गर चिलकते?—एक ही बात कैसे? कम्पनी को तुम लोगों ने ढोल-नगाड़ा लेकर बुलाया था। बुलाया था कि नहीं? हम लोगों ने कम्पनी के ख़िलाफ़ सबसे पहले लड़ना शुरू किया था।"

"सुनो, सुनो, कल रात मैंने सपने में क्या देखा!" बाहामनि ने चल रही कहासुनी के बीच दख़ल दिया।

"होह, अब इसको मौक़ा मिल गया। पहले हड़ाम का सपना सुनाती थी, अब हड़ाम इसके सपने में आकर कहता है। होह!" सोसोपिड़ि के एक बूढ़े ने मुँह बिचकाया और बाहामनि की बात सुनने के लिए उसकी ओर सिर घुमा लिया।

जेमा भी उत्सुकता से वहाँ बैठ गई। उसका काम क़रीब-क़रीब ख़त्म हो गया था। लोग खाना खाकर यूँ ही गप्प-शप्प कर रहे थे। बच्चों की उछलकूद बन्द हो रही थी। कहीं-कहीं से उनके कुनमुनाने की आवाज़ें आ रही थीं।

एक महिला ज़ोर से बोली, "बुढ़िया क्या बोल रही है, कुछ सुनाई नहीं पड़ता है।"

"यह कितना ज़ोर से बोलेगी, दिन भर बोलती रहती है!"

"मैंने देखा कि दारुहातु से सोसोपिड़ि तक सब जगह सुनसान है। कहीं आदमी नहीं है। हड़ाम ने मुझे दिखाया—देखो, तुम्हारा बेटा यहाँ पर है। फिर मैंने देखा कि गाँव के सारे लड़के और लड़कियाँ मेरे बेटे की तरह मरे पड़े हैं। यहाँ से लेकर सोसोपिड़ि तक। कहीं कोई आवाज़ नहीं। मैंने हड़ाम को कहा कि गाँव में ऐसा क्यों हो रहा है? लड़कों को दौड़ने के लिए बोलो। इन्हें नाच-गान के लिए उठाओ! सोसोपिड़ि के..."

"तुम इस सपने में सोसोपिड़ि को क्यों घसीट रही हो?" सोसोपिड़ि के बूढ़े ने फिर टोका।

"चुप कर! बात सुना नहीं कि बोलना शुरू कर दिया! सोसोपिड़ि जितना तुम्हारा है, उतना ही मेरा भी है। दारुहातु जितना मेरा है, उतना ही तुम्हारा भी है।" बाहामनि ने बिगड़कर कहा।

सोसोपिड़ि की एक बुढ़िया बोली, "इसका सपना पूरा सुन लो। आधा सपना देखना और सुनना, दोनों ठीक नहीं है। बोल बड़की, लेकिन भला-भला बोलना।"

सबसे परेशानी की बात इन बूढ़ों और बच्चों को लेकर थी। इन्हें मना करने से भी ये नहीं मानेंगे। इन्हें किसी तरह बीच में रखना होगा। ये नाराज़ होंगे, लेकिन यही ठीक रहेगा। जवान लोग आगे रहेंगे। जेमा ने हिसाब किया, बूढ़े ज़्यादा नहीं थे लेकिन मीनमेख निकालने में वे भारी पड़ते। बाहामनि बुढ़िया सोबरनमति का कंधा पकड़कर खड़ी हुई। उनके खड़े होने, उनके बैठने और उनके चलने की समरूपता जेमा को मुग्ध कर देती थी।

"फिर, हड़ाम ने मुझे गिरे हुए पेड़ों को दिखाया, सारे के सारे पेड़ गिरे हुए थे, जैसे जंगल में मारे गए सूअर हों! केवल एक पेड़ खड़ा था। ऊँचा। उसकी फुनगी आकाश छू रही थी। एक पत्ता भी नहीं हिल रहा था, कहीं किसी चिड़िया की आवाज़ नहीं थी।" बुढ़िया की आवाज़ तेज़ हो गई थी, "मैंने हड़ाम को डाँटा कि तुम मुझे डरा रहे हो?"

"बुढ़िया बड़ी चालाक है। बात घुमा-घुमाकर बोलती है।"

"सच में। मुझे याद है। मैंने कहा—चलो, ठीक है। दारुहातु के पेड़ गिरे हैं लेकिन सोसोपिड़ि में इतने पेड़ कहाँ से आ गए? वहाँ तो टाँड़ के अलावा कुछ है ही नहीं?"

डरावनी बात थी। जहाँ पेड़ नहीं थे, वहाँ भी पेड़ गिरे हुए थे। कोई ठीक! हो सकता है कि बुढ़िया सच कह रही हो। सबके सपने में कुछ न कुछ इस तरह की बातें आ जाती हैं। वहाँ डर का एक माहौल बन गया था और एक बच्चा रोने लगा था।

उसकी माँ ने नाराज़गी जताई, "बच्चे हैं, इसका भी लिहाज इस बुढ़िया को नहीं है।"

बाहामनि बुढ़िया जंगल के फूलों को गूँथकर बहुत सुन्दर माला बनाती थी। गाँव की कई लड़कियों ने उससे माला बनाना सीखा था। वह अपने घर की दीवार पर भी तरह-तरह के जानवर और चिड़िया बनाती थी। लोगों को अचरज होता। जब भी वह जंगल से लौटकर आती तो जंगल की छोटी-सी बात को भी क़िस्से में बदल देती।

"जानते हो, सोसोपिड़ि के गिरे हुए पेड़ भी मुझे साफ़-साफ़ दिख रहे थे।" बुढ़िया ने हाथ ऊपर कर अपने बालों को पीछे किया। जेमा ने देखा कि वह बला की ख़ूबसूरत है, "हड़ाम ने कहा कि ये पेड़ उगने वाले थे। सोबरनमति के बच्चे और सोसोपिड़ि के दूसरे बच्चों के बच्चे इन पर चढ़कर ऊधम मचाते और सोसोपिड़ि से वे दारुहातु और दारुहातु से सोसोपिड़ि तक गुहार लगाते।"

"बात को ख़त्म कर बुढ़िया। सोने का समय हो गया है। तुम्हारी बात सुनकर तो हमें भी डर लगने लगा है।"

"फिर हड़ाम वहाँ से चला गया। पता नहीं, कहाँ चला गया!"

"चला गया! इसका क्या मतलब है? आधी बात कहकर ऐसे कैसे चला जाएगा?"

"और मेरी नज़र उस पेड़ की फुनगी पर गई। मुझे ताज्जुब हुआ कि वह कैसे खड़ा है। फिर मैंने देखा कि लाल पाड़ की साड़ी पहने एक औरत पेड़ से उतर रही है। उसकी पाड़ ज़मीन को छू रही थी। उसके कोएंछा में बड़े-बड़े पत्थर थे। पुराने काले पत्थर! सेरेंगबुरु की चट्टानों की तरह काले। उसके कोएंछा में सफ़ेद पत्थर थे। पुंडिटिकरी के पत्थरों की तरह..."

"लेकिन उन लड़कों का क्या हुआ?"

"मैंने देखा कि वह जवान औरत जिधर जा रही थी, उधर पेड़ खड़े हो जा रहे थे। लड़के खड़े हो जा रहे थे।"

"चलो, इस बुढ़िया का सपना यहाँ-वहाँ ख़त्म नहीं हुआ। इस बार इसने एक भला सपना देखा है।"

हँसी-मज़ाक़ शुरू हुआ लेकिन बुढ़िया के सपने चारों ओर पसरे हुए थे।... सोसोपिड़ि से दारुहातु तक सभी जवान मरे पड़े हैं। पेड़ गिरे हुए हैं। सन्नाटा है। और, एकमात्र खड़े ऊँचे पेड़ से एक जवान औरत उतर रही है।...लोगों को लग रहा था, जैसे वह अभी उनकी आँखों के सामने उतर रही हो!

बाहामनि की बात से जेमा को मैदान के किनारे खड़े पेड़ की याद आई। क्या वह भी मरा पड़ा है? जेमा सहायता केन्द्र की ओर बढ़ रही थी। आहिस्ते बोझिल क़दमों से। वह जानना चाहती थी कि कल क्या होगा, इतने सारे लोग क्या करेंगे। उसे सन्देह था कि इससे मैदान का अधिग्रहण रुक जाएगा। नफ़रत और डर हवा में मँडरा रहे थे। बैरिकेडों से होकर लोगों तक पहुँच रहे थे।

कुछ ज़रूरी चीज़ जेमा भूल रही थी। उसने याद करने की बहुत कोशिश की। क्या चरकी से बात करना भूल गई थी? हो सकता है या कुछ इससे भी ज़्यादा ज़रूरी बात थी? लोग सो रहे थे। ख़ुद को ही उन्होंने ओढ़ना-बिछौना बना लिया था और सो गए थे।

बाहामनि की बातें उसके मन में रह-रहकर नाच उठतीं। उसकी टीम की लड़कियाँ एक-दूसरे से गड्डमड्ड होकर लेटी हुई थीं। उसके पैरों की आहट से चरकी की नींद उचट गई। जसवा उठकर खड़ी हो गई। फिर उसने सामने चारों ओर सोए हुए लोगों को देखा। अचानक उसे अहसास हुआ—कोई सोया हुआ नहीं है।

सुबह धीरे-धीरे आई। एक बच्चा अपनी मुट्ठी खोल रहा था। दूर क्षितिज से सूरज ताज़ादम झाँक रहा था। एक आदिवासी महिला ने अपने लम्बे बालों को पीछे बाँधकर खोपा बना लिया। एक युवती ने एक युवा की ओर अपनी राज़ भरी मुस्कान फेंकी। एक जवान माँ अपने बच्चे को बेतरा में लेकर तैयार थी। एक नौजवान कमान की डोरी के लचीलेपन को ठीक कर रहा था। एक वयस्क आदमी गुँचे में पत्थर रखकर तौल रहा था और उसे आसमान की ओर साधने की कोशिश कर रहा था।

जेमा अपनी टीम को तैयार कर रही थी, "हमें मैदान की ओर बढ़ना है। कोई भटक जाए तो लोगों के साथ रहना। हम खोज लेंगे।"

सहायता केन्द्र के पास एक दल चलने को तैयार था, "हमें बीच में अगर पुलिस रोक ले तो बाक़ी बचे हुए लोग मैदान की ओर बढ़ते रहो। हमें वहाँ पहुँचना है। एक रास्ता बन्द हो तो दूसरा रास्ता खोजना है।"

स्टेशन परिसर से एक सैलाब-सा निकला। उनके चलने से कोलतार वाली सड़क से कोई अटपटा ताल निकल रहा था। भीड़ की आवाज़ थी कि शहर में कोई जंगल का बवंडर बौखला गया हो। आगे कुछ लोग नारे लगा रहे थे। नारे नहीं थे। बड़ा ही सीधा-सपाट ऐलान था : 'जल-जंगल-ज़मीन हमारा है, इसे लूटने नहीं देंगे। जान देंगे, ज़मीन नहीं देंगे।'

नारे लहरों की तरह उठ-गिर रहे थे। नारों के बहाव में लोग अपने तीर-धनुष, दउली या साधारण-सी कुल्हाड़ी ऊपर उठा लेते। वे इसे मारकाट के लिए नहीं लाए थे। ये उनके होने के गवाह थे। ये उनके प्रतिवाद व्यक्त करने के साधन थे। ये इनके औज़ार थे। ये इनके हाथ थे। उन्हें यह उम्मीद नहीं थी कि उन्हें रोकने के लिए पूरी सरकार उतर आएगी। यह साफ़ बात थी कि यदि वे अपनी ज़मीन देने के लिए राज़ी नहीं हैं, तो राज़ी नहीं हैं।

गुआ उनकी चेतना है। तपकरा उनकी चेतना है। अब्राहम मुंडा की शहादत उनकी चेतना है। और यह चेतना उलगुलान, हूल से गुज़रती हुई वहाँ तक पहुँच गई थी जहाँ सभ्यता से उसकी पहली झड़प हुई थी। अपने तरीक़े से वे जानते थे कि विकास का मतलब उनके लिए उजाड़ है।

सबसे पहले उन्हें गोल चक्कर के पास रोका गया।

पुलिस अधिकारी और मजिस्ट्रेट सामने आए। पुलिस ने हाथ के इशारे से उन्हें रोका। उनके पीछे राइफल लिये चितकबरे जवानों की बड़ी पलटन खड़ी थी। राइफल और इलेक्ट्रिक शॉक वाले डंडे उनके हाथों में लहरा रहे थे। मजिस्ट्रेट ने पूछा, "आप लोगों का नेता कौन है? आप लोग आगे नहीं जा सकते।"

जवाब में क़रीब एक दर्जन लोग सामने आ गए। जेमा और नोमिता मैडम भी उनमें शामिल थीं। एक पढ़े-लिखे नौजवान ने पूछा, "हम क्यों नहीं जा सकते उधर? हमें शालडुंगरी मैदान जाना है।"

"जी, आप नहीं जा सकते। शहर में एक सौ चौवालीस लगा है। कल रात से इसकी घोषणा हो रही है।" अधिकारी के लहजे में नरमी थी, "रात से ही एनाउंस किया जा रहा है। पाँच या पाँच से अधिक लोग एक जगह जमा नहीं हो सकते हैं। कोई अपने साथ हरवा-हथियार लेकर नहीं चल सकता है।"

"...शालडुंगरी मैदान में कम्पनी का कार्यक्रम तो चल रहा है?"

"हमें कोई बहस नहीं करनी है। ऊपर से हमें ऑर्डर नहीं है। आप लोग यहाँ से आगे नहीं जा सकते हैं।" एक पुलिस अधिकारी आगे आया।

इस बीच किनारे से कुछ लड़कों ने बैरिकेड को तिरछा कर दिया और आगे

बढ़ने लगे। फिर दूसरे बैरिकेड भी तिरछे हो गए। एक बैरिकेड उलट गया। हेलमेट और जैकेट पहने पुलिस तैयार थी। वह लोगों को रोकने के लिए आगे दौड़ी। अधिकारी चिल्लाया, "उन्हें रोको! आप लोग समझ नहीं रहे हो। उनको रोकिए। हमें मजबूर मत करिए। आप लोग नहीं जा सकते!"

बैरिकेड पार करते ही मिनटों में रैली ने एक किलोमीटर का फ़ासला तय कर लिया। जेमा और उसकी टीम रैली के मध्य में थी और वह दौड़ रही थी। वह पीछे रहना नहीं चाहती थी। पीछे खड़ी पुलिस के जवान गाड़ियों में बैठकर शुकरू हाट की ओर बढ़ गए। यह रास्ता आगे मेडिकल मोड़ से जा मिलता है। तेज़ी से सैलाब आगे बढ़ा और उन्हें फिर मेडिकल मोड़ के पास रोक दिया गया।

यहाँ पुलिस का जत्था और भी बड़ा था। बहुत ही भयावह। बड़ी-बड़ी गाड़ियाँ थीं। स्टिक और राइफल वालों की बड़ी टुकड़ियाँ थीं। रैली वाले ठिठक गए। वे रुक गए और देखने लगे कि आगे कौन आता है। नोमिता मैडम आगे आ गईं। कॉलेज के कुछ लड़के आगे आ गए। जनसैलाब ठहर गया। दूसरे अधिकारी बात करने आए। पहले वाले अधिकारी और पुलिस बल भी शुकरू हाट वाले रास्ते से पहुँच गए थे। यह नया अधिकारी आत्मविश्वास से भरा हुआ था, "देखिए, हम लोग किसी भी कार्रवाई से परहेज कर रहे हैं। हम वहाँ भी आपको रोक सकते थे। आप बैरिकेड तोड़कर यहाँ पहुँच गए। हम यदि ताक़त का इस्तेमाल करते तो कुछ भी हो सकता था।"

"कुछ भी क्या?"

"कुछ भी। हमें मजबूर मत कीजिए। हमें साफ़ ऑर्डर है। हम चाह रहे हैं कि शान्तिपूर्ण तरीक़े से सब कुछ हो। आप हमें लिखकर दीजिए। आपकी बात ऊपर तक पहुँच जाएगी।"

हॉस्टल में हुई लड़ाई के बाद चीज़ें बदल गई थीं। पुलिस आई और पुलिस ने चेतावनी दी थी कि लड़कियाँ मामले को आगे नहीं बढ़ाएँ। पुलिस-प्रशासन की घुसपैठ बढ़ती गई। मैदान की लड़ाई भी काग़ज़ की लड़ाई में बदल गई थी। वे मैदान के किनारे-किनारे क़ब्ज़ा करते हुए बढ़ रहे थे। कॉलोनियाँ बनने लगी थीं। बीच में पुलिस और प्रशासन आ गया था। हमेशा यह भरोसा दिया गया कि सच्चाई जानने के बाद प्रशासन क़ब्ज़ा करनेवालों के ख़िलाफ़ कार्रवाई करेगा। एक बुड्ढी आशंका उन्हें चेताती रहती थी।

मानी के ग़ायब होने के बाद जेमा और तुराम सरकारी दफ़्तरों में चक्कर काटते रहे। हर बार उनका भरोसा टूटता, हर बार अधिकारियों की बातों से उठ खड़ा होता। उनके मन में गुल्लू तिवारी को लेकर हमेशा सन्देह बना रहा लेकिन अब सीधे उनसे लड़ने का रास्ता बन्द हो चुका था। पहले बच्ची को बचाना था। अधिकारियों से निराश होकर मानी को खोजने तुराम नामालूम जगहों के लिए निकल पड़ा था।

अधिकारियों और कॉलेज के छात्रों के बीच बहस होने लगी। अधिकारी कह रहे थे कि यदि आपको लग रहा है कि ग़लत हुआ है, आप लोग कोर्ट क्यों नहीं जाते? लड़कों ने कहा कि हम कोर्ट क्यों जाएँ? जगह हमारी है। अधिकारियों के साथ बातचीत में नोमिता मैडम भी शामिल हो गईं। लड़कों ने उन्हें पीछे करने की कोशिश की। नोमिता मैडम का तेवर देखकर वे पीछे हट गए। नोमिता मैडम ग़ुस्से में नहीं थीं, "आपका मतलब है कि आप जब चाहें, हमारा रास्ता रोक सकते हैं और हमें कोर्ट जाने की सलाह दे सकते हैं?"

"आप बुज़ुर्ग महिला हैं। आपसे हम उलझना नहीं चाहते हैं। आप यहीं बैठकर अपनी मीटिंग कर लीजिए, हमें कोई दिक़्क़त नहीं होगी।"

"हमें हर काम आपकी मर्ज़ी से करना होगा? जब और जैसे आप कहें, हम करें? सरकार ज़बरदस्ती पर उतर आई है और हमें इसका जवाब देना होगा। आप हमें जाने दीजिए।"

मामला साफ़ था। कुछ महिलाएँ सामने आ गई थीं। वे अपनी तरह की हिन्दी में अफ़सरों को समझा रही थीं, "पहले मैदान से कम्पनी को हटाओ। तुम नहीं हटाओगे तो हम हटाएँगे और हटाकर हम कोर्ट में जाएँगे।"

दूर शालडुंगरी मैदान में शुरू हुए भूमि-पूजन का मंत्रोच्चार शहर में गूँज रहा था। वहाँ उपस्थित लोगों की बेचैनी बढ़ गई। जेमा जान गई कि अब किसी के पास समय नहीं है। जेमा ने लड़कों से कहा, "जैसे भी हो, हमें वहाँ पहुँचना है।"

लड़के जेमा को नहीं पहचानते थे। उन्होंने सिर हिलाया और सबसे पहले जेमा बैरिकेड के इस्पाती ढाँचे पर चढ़ गई। वह कुछ बोलने की कोशिश कर रही थी लेकिन चारों ओर लोगों ने बैरिकेड को सूखी झाड़ी की तरह नोच फेंका। अधिकारियों की आवाज़ आई—'मारो इन्हें।' फिर लाठियाँ बरसाती पुलिस पीछे हटी और आँसू गैस के गोले दागने लगी।

पहले किसी को यह पता नहीं चला कि उनके चेहरे पर काँटे क्यों चुभ रहे हैं और उनकी आँखें क्यों जल रही हैं। अश्रुगैस के धुआँते गोलों को उन्होंने हाथों में लिया और पुलिस दल की ओर फेंकना शुरू कर दिया। महाराणा प्रताप स्क्वायर के पास पुलिस फिर जमा हो गई। उसकी संख्या बढ़ गई। पुलिस ने घायल रैली पर हमला बोल दिया।

लाठियों की मार से बहुत लोग गिर रहे थे। कुछ बिखर गए। कुछ भागने लगे। कुछ लाठियों के बीच से जगह बनाते हुए आगे की ओर दौड़ते रहे। महिलाओं की कुलकुली से पुलिस बौखला रही थी और भयभीत भी थी। लेकिन उसकी लाठियाँ कयामत बरपा रही थी। उसके लिए दिक़्क़त यह थी कि वे आगे बढ़ते हुए लोगों को रोके या पीछे भागते हुए लोगों का पीछा करे? बिखरी रैली ने पुलिस बलों के अन्दर भी बिखराव पैदा कर दिया था। अश्रुगैस के वाहन पीछे छूट गए थे।

भूमि-पूजन कार्यक्रम शुरू हो चुका था। 'भारतमाता की जय' और 'वन्दे मातरम्' के नारों से शहर गूँज रहा था। चोटिल रैली मैदान से मात्र आधा किलोमीटर दूर थी। मंच पर आदिवासी सांस्कृतिक कार्यक्रम भी शुरू हो चुका था। नगाड़े और माँदर की युगलबन्दी चल रही थी। रैली के आधे से अधिक लोग भगदड़ में बिखर गए थे।

बच्चे को बेतराए एक महिला दौड़ रही थी। उसके साथ एक पुरुष भी दौड़ रहा था। जेमा ने महिला के खोपे से सफ़ेद फूल को झूलते देखा। एक पुलिस जवान ने महिला के पैर पर लाठी चलाई। महिला लड़खड़ाई और उसके खोपे से फूल ज़मीन पर गिर पड़ा। उसके साथ दौड़ रहा पुरुष वापस मुड़ा। लाठियाँ उस पर बरसती रहीं। पुरुष झुका, उसने फूल को उठाया और दौड़कर उस महिला के पास पहुँचा। महिला को उसने फूल दिखाया। वह हँसने लगी। पुरुष ने फूल को दौड़ते-दौड़ते उसके खोपे में फँसा दिया।

मैदान की ओर बढ़नेवाला समूह अब विशाल नहीं रह गया था। इसे यहाँ से वहाँ तक देखा जा सकता था। पुलिस पीछे दौड़ रही थी। उसने एक बार फिर समूह को घेरने की कोशिश की। मैदान अब बिलकुल क़रीब था।

तुराम के गैरेज के क़रीब से जेमा गुज़र रही थी लेकिन उसके गैरेज का नामोनिशान नहीं था। वहाँ एक ट्रैफ़िक बूथ था और इसमें तीन-चार ट्रैफ़िक-पुलिस के जवान चहलक़दमी कर रहे थे। ऊपर में विकास-पर्व का बड़ा विज्ञापन था। इसमें हाथ जोड़े भागवत राय मुस्करा रहे थे। प्रधान जी भी मुस्कराते हुए उन्हें देख रहे थे।

एक बूढ़ी औरत अपनी कमर पर झुकी हुई थी और तेरह-चौदह साल के लड़के का हाथ पकड़कर आगे बढ़ रही थी। वे जैसे हवा को काटकर आगे बढ़ रहे थे।

लड़के के कन्धे पर तीर-धनुष थे। धनुष की चमक कह रही थी कि यह पुराना नहीं था। लड़के को इसका अहसास था। अचानक दो-तीन पुलिस जवान ने उन्हें रोकने के लिए राइफल के कुंदे से मारा। बुढ़िया नीचे गिर गई। पुलिस के एक जवान ने फिर राइफल के कुंदे से उस बुढ़िया को मारा। बच्चा भयभीत था। उसने जवानों को डराने के लिए अपना धनुष खींच लिया और जवान की ओर ताना। ठीक इसी वक़्त एक गोली बच्चे के सीने को चीरते हुए निकल गई।

एक झुंड उस बच्चे के इर्द-गिर्द रुक गया। नोमिता मैडम ने बच्चे को गोद में ले लिया। उसकी नब्ज़ टटोलने लगी। बुढ़िया वहीं पालथी मारकर बैठी रही। वह रो नहीं रही थी। पुलिस ने बच्चे को नोमिता मैडम की गोद से छीनने की कोशिश की। वहाँ खड़े लोगों ने विरोध किया। पुलिस ने उन्हें डराने के लिए आसमानी फ़ायरिंग की। झुंड से बाहर निकलकर एक आदमी ने बच्चे को अपने सीने से चिपटा लिया और वह उठकर किनारे चला गया। बुढ़िया वहीं बैठी रही। नोमिता मैडम ने उसे उठाने की कोशिश की। पुलिस जवानों का एक दूसरा दल वहाँ पहुँचा और नोमिता मैडम पर लाठियाँ बरसाने लगा। वे काफ़ी गुस्से में थे और जो भी सामने आता था, उसे बेरहमी से मारते।

जेमा की नज़र नोमिता मैडम पर पड़ी। वह चिल्लाती हुई नोमिता मैडम के पास पहुँची। मैडम का हाथ पकड़ा। नोमिता मैडम ने हाथ झटक दिया। उन्होंने आगे दौड़ रहे लोगों की ओर इशारा किया, "मैं यहाँ ठीक हूँ। तुम दौड़कर आगे जाओ।"

जेमा वहाँ से उठी। लाठियों की चोट से एक बार लड़खड़ाई। सीधी हुई और पुलिस के जवान उसे पकड़ते, इसके पहले वह दौड़ पड़ी। उसके साथ पचासों लोग दौड़ चले। उसने चिल्लाकर कहा, "आगे लोहे के बैरिकेड हैं। कूदना होगा। जो कूद नहीं सकते हो तो दाएँ चक्कर काटकर आओ!"

लोग उसके पीछे दौड़े। उन्हें पकड़ने के लिए पुलिस के जवान तेज़ी से दौड़े। वह बैरिकेड तक पहुँची। उसने एक पैर बैरिकेड पर रखा और उसे फाँद गई। उसके साथ कई लोग बैरिकेड को फाँद गए। जो लोग फाँद नहीं सके, वे अचानक दाईं ओर मुड़े और एक गली में घुस गए। चार-पाँच जवान बैरिकेड से टकराकर गिरे, कुछ दाईं गली में घुस रहे लोगों के पीछे दौड़े। चार जवान बैरिकेड फलाँग गए लेकिन आधे जवान पीछे ही रह गए।

बैरिकेड से मैदान का रास्ता साफ़ था। बैरिकेड के मुख्य द्वार पर इंडस्ट्रियल फोर्स के जवान कुछ सोच पाते, इसके पहले सामने से जेमा का जत्था मैदान में घुस चुका था। उसकी टीम की ज़्यादातर लड़कियाँ उसके साथ हो गईं। जेमा ने देखा कि देशाउलि वाली दिशा से भी नौजवानों का एक जत्था घुस चुका था।

मंच तक अभी बात नहीं पहुँची थी। सब कुछ व्यवस्थित चल रहा था। उस मैदान में एकमात्र जाना-पहचाना वह पुराना पेड़ ही था जो आधा गिर चुका था। उस पर उग रही हरी पत्तियाँ साफ़ दिख रही थीं। पेड़ की दो शाखाओं ने पेड़ को गिरने से रोक रखा था। लग रहा था, मानो पेड़ धीरे-धीरे खड़ा हो रहा हो! पेड़ के पीछे के खेत ग़ायब हो चुके थे। आदिवासियों की झोंपड़ियाँ गायब हो चुकी थीं। हॉस्टल की दीवारों को ढाह दिया गया था। छतों को तोड़ दिया गया था।

कार्यक्रम का विशाल मंच सामने था। मंच के सामने भूमि-पूजन का हवन-कुंड था। हवन-कुंड के बाद नीचे बड़ी संख्या में कुर्सियाँ बिछी हुई थीं और एक भी कुर्सी ख़ाली नहीं थी। वक्ता की आवाज़ बड़ी साफ़ आ रही थी। पीतल की घंटी की तरह टनटन आवाज़! पुलिस मैदान के चारों ओर थी। कुर्सी पर बैठे लोग उचक-उचककर आगे-पीछे देखने लगे। मंच को सुरक्षित करने के लिए रैपिड एक्शन के जवानों ने इसे चारों ओर से घेर लिया। कुर्सी पर बैठे लोग दहशत से खड़े होने लगे।

मंच से आवाज़ आई, "मुट्ठी भर असामाजिक तत्त्व इस ऐतिहासिक अवसर पर उपद्रव फैलाने की कोशिश कर रहे हैं। पुलिस और प्रशासन उनसे निपटने में सक्षम हैं। आप अपनी जगह पर बैठे रहें। अब मैं माननीय मुख्यमंत्री जी को मंच पर मुख्य अतिथि के बतौर आमंत्रित करता हूँ।"

मंच के लोग उठ खड़े हुए और तालियाँ बजाने लगे। भागवत राय सधे हुए क़दमों से डायस तक पहुँचे। उन्होंने मैदान के मुख्य द्वार की ओर उँगलियों से इशारे करते हुए अपने वक्तव्य की शुरुआत की। उनकी आवाज़ में तल्ख़ी थी, "ये असामाजिक तत्त्व नहीं हैं। ये गुंडे हैं। विपक्ष चाहता है कि भागवत राय को रोका जाए। राज्य में हो रहे द्रुत विकास से उनकी दुकानदारी बन्द हो रही है। कल सदन में विपक्ष का अविश्वास प्रस्ताव है। मैंने सोचा कि पहले मैं आपसे आशीर्वाद ले लूँ। शालडुंगरी मैदान से विकास की एक नई गाथा शुरू हो रही है..."

मैदान के चारों ओर से कुलकुली उठी—ले-ले-ले-ले-एएए...

पुलिस जवानों के लिए दिक़्क़त यह थी कि वे कुर्सियों पर बैठे व्यापारियों, सम्भ्रान्त नागरिकों, पार्टी कार्यकर्ताओं पर लाठियाँ नहीं चला सकते थे। वहाँ घुस चुके आन्दोलनकारियों को पकड़ना उनके लिए आसान नहीं था। सबसे ज़्यादा दिक़्क़त उन्हें जेमा की टीम से हो रही थी। वह कुर्सियों के बीच दौड़ रही थी। स्टेज के सामने भी धक्कामुक्की शुरू हो चुकी थी। जेमा ठीक मंच के सामने थी। वह घिर चुकी थी। वह मंच पर जाने की कोशिश कर रही थी।

"मैं एक-एक गुंडे को पहचान रहा हूँ। सबको मैं नये जेल में डाल दूँगा। तुम

लोग हुड़दंग से मुझे डराना चाहते हो? पकड़ो इन..." भागवत राय ने स्टेज की सीढ़ी पर चढ़ते लोगों की ओर इशारा किया, "मैं इस मंच से घोषणा करता हूँ कि..."

लाठियों और गोलियों की भी एक सीमा होती है। आप लोगों को घायल कर सकते हैं। मार सकते हैं। उन्हें दबाकर रख सकते। लेकिन जो इसके लिए ही तैयार होकर आएँ, उन्हें रोकना मुश्किल है। स्टेज पर चढ़े आन्दोलनकारियों को पुलिस बल के जवान घसीटते हुए नीचे ले आए।

मुख्यमंत्री भागवत राय को अंगरक्षकों ने सुरक्षा घेरे में ले लिया। माइक अभी भी चालू था और स्टेज पर जारी आपाधापी, चीख़-चिल्लाहट और आन्दोलनकारियों की कुलकुली ने शहर को जनी-शिकार के इलाक़े में बदल दिया था। कुर्सी पर बैठे लोग भाग चुके थे। स्टेज के नीचे जेमा घायल होकर गिरी हुई थी। दो जवान उसे घसीटते हुए पुलिस वैन की ओर ले जा रहे थे। नीमबेहोशी में ही जेमा को याद आया कि कल डॉ. लिली का फ़ोन था। उसे बात करनी थी। फिर उसे बीच रास्ते में छोड़कर जवान दूसरी ओर दौड़े।

जेमा ने सिर उठाया। एक दाढ़ी वाला आदमी ज़मीन पर गिरा था। उसकी पीठ पर पिट्ठू बँधा था। उसकी बग़ल में एक लड़की गुमसुम बैठी थी। वह भी घायल थी। फिर जेमा की नज़र दूर से आते हुए भागवत राय पर पड़ी। अपने अंगरक्षकों के बीच वह खड़ी गाड़ियों की ओर तेज़ी से जा रहा था और ज़ोर से चीख़ रहा था। गाड़ियाँ पेड़ के पास खड़ी थीं। उसे तुराम की याद आई। वह नीमबेहोशी और दर्द के बीच झूल रही थी। साफ़ था कि जेमा मैदान की लड़ाई हार चुकी है।

उसकी नज़र एक बार फिर गिरे हुए आदमी के पास बैठी लड़की की ओर गई। उसने देखा कि लड़की आहिस्ते-आहिस्ते खड़ी हो रही है। लड़की के हाथ में एक हॉकी स्टिक है। वह लड़की चलने लगी। फिर दौड़ने लगी।

जेमा उस लड़की को देखती रही। लड़की शॉर्ट ग्रिप में हॉकी स्टिक पकड़े हुए थी। आज तक जेमा ने कभी विद्या को शॉर्ट ग्रिप में हॉकी स्टिक पकड़े नहीं देखा था। वह हमेशा डबल वी का इस्तेमाल करती।

लड़की का चेहरा वह ठीक-ठीक नहीं देख पा रही थी। वह उसकी चाल को देखने लगी। लड़की की दौड़ सीधी और सर्राटेदार थी। विद्या इस तरह नहीं दौड़ती थी। विद्या गेंद के साथ मानो बँधी हुई हो। गेंद दाएँ मुड़ती, विद्या दाएँ मुड़ती। गेंद बाएँ मुड़ती, विद्या बाएँ मुड़ती। गेंद उछलती, विद्या उछलती। गेंद...विद्या...। लड़की से कुछ ही दूर आगे भागवत राय तेज़ क़दमों से भाग रहे थे। जेमा कुई का दिल धक्-धक् करने लगा!

भागवत राय के अंगरक्षक लड़की को पकड़ने के लिए दौड़े। चारों ओर से पुलिस के जवान दौड़े। उसने अपनी टीम की लड़कियों को उठकर दौड़ते हुए देखा। एक लड़की भागवत राय के सामने खड़ी थी। वह भी दूसरी लड़कियों की तरह ही लहूलुहान थी। फिर देखते ही देखते उस लड़की ने स्टिक घुमाया—जैसे कोई रिवर्स शॉट लगा रही हो! भागवत राय ने हाथ से अपने सिर को ढक लिया था। सब कुछ साफ़ दिख रहा था। पुलिस के जवानों ने उस लड़की को घेर लिया।

जेमा को पेड़ की फुनगी दिखाई दी। वहाँ कोई नहीं है। यह इंगा का समय नहीं है। यह बोंगा का समय नहीं है। यह उसका समय है।

जेमा उठी और दौड़ी, जैसा वह कभी नहीं दौड़ी थी और उसने लड़की को अँकवार लिया और उसका कवच बन गई। वह उस लड़की के चारों ओर बड़े पेड़ की तरह छा गई। वह लड़की की साँसों को अपने सीने में महसूस कर रही थी। उसे एक बार फिर डॉक्टर तिर्की के कॉल की याद आई। उसने अपना फ़ोन तलाशने की कोशिश की। फिर उसके हाथ पर एक ज़ोरदार लाठी पड़ी। जेमा लड़खड़ाई। लेकिन वह गिरी नहीं।

जेमा की पीठ पर लाठियाँ बरसती रहीं। वह खड़ी रही, जब तक चारों ओर अँधेरा नहीं हो गया।

खेल पृष्ठ

जेमा कुई सरकारी हॉस्पिटल के वार्ड में पड़ी थी। दो महिला कांस्टेबल उसके बेड के पास बैठी हुई थीं। जेमा कुई राजद्रोह समेत कई आपराधिक आरोपों के तहत गिरफ़्तार थी। किसी ने उसे एक अख़बार का स्थानीय संस्करण लाकर दिया। शालडुंगरी मैदान में मुख्यमंत्री पर हमले की निंदा थी। मुख्यमंत्री के आमने-सामने वह खड़ी थी। एक लड़की उसके सीने से चिपकी हुई थी। लड़की का चेहरा ढका हुआ था। लड़की ने शॉर्ट ग्रिप में हॉकी स्टिक पकड़ रखी थी। पुलिस जवानों के दो डंडे जेमा कुई की पीठ पर थे। कई डंडे हवा में ऊपर उठे हुए थे। बग़ल में एयरपोर्ट पर अर्था के जयंत पटेल का बयान था कि स्थिति के सामान्य होने तक अर्था हेडक्वार्टर की ज़मीन के लिए इन्तज़ार करेगा। कार्तिक प्रसाद की गिरफ़्तारी की ख़बर थी। राज्य बन्द का आह्वान था।

उसे थकान और पीड़ा का अहसास हुआ। चक्कर आ रहा था। उसके बेड के क़रीब लड़कियों का एक दल पुलिस की निगरानी में आया। कुछ देर बाद अलकारानी और नीता दास के साथ शाजी भी वहाँ पहुँच गए।

अलकारानी ने अख़बार का पृष्ठ पलटा और पलटती रहीं। वह आख़िरी पृष्ठ पर पहुँचीं और उन्होंने जेमा को दिखाया। विद्या की तसवीर लगी थी। रंगीन तसवीर। कसकर बँधी हुई दो लाल-लाल खड़ी चोटियाँ!

अलकारानी ने जेमा का हाथ पकड़ लिया, "बबन दुबे को चकमा देकर विद्या भाग निकली थी। हम उसे तलाश रहे हैं।"

जेमा बिस्तर से उठ बैठी और फिर से अख़बार देखने लगी। नीचे लिखा था : 'विद्या—यह लड़की आपके आसपास यदि कहीं हो तो यहाँ सूचित करें।' जेमा कुई और नीता दास का सम्पर्क नम्बर लिखा हुआ था।

"और, वह लड़की जो भागवत राय के सामने थी, उसे ज़्यादा चोट तो नहीं आई थी?"

"उस पर तीन सौ सात लगा दिया गया है। चोट लगी है। वह भी गिरफ़्तार है। कल सुबह उसे देखने डॉ. तिर्की आ रही हैं।"

जेमा कुई की आँखें बन्द हो रही थीं। धीरे-धीरे कोई उसे बिस्तर पर लिटा रहा था। और, फिर वह बहुत हल्की महसूस करने लगी। उसकी टीम में एक नई लड़की आई है। विद्या मिड फ़ील्ड में अपनी जगह पर है। मना करने के बावजूद जसवा गेंद लेकर अकेली दौड़ रही है। खूँटी की टीम भी उसकी टीम में शामिल हो गई है। दोनों टीमें मिलकर एक टीम हो गई हैं। देखते-देखते कई टीमें उसकी टीम में शामिल हो गई हैं। नोमिता मैडम भी खेल रही हैं। गोल पोस्ट दूर—बहुत दूर है लेकिन बहुत साफ़ दिख रहा है।

वह टीम के साथ दौड़ रही है और फिर उड़ने लगी है। बाहामनि बुढ़िया ज़ोर-ज़ोर से व्हिसिल बजाकर उसे नीचे उतरने को कह रही है। लेकिन नीचे ज़मीन पर धनुष पकड़े हुए एक बच्चा पड़ा हुआ है। जेमा को अब नीचे उतरना ही पड़ेगा।

जेमा एक ऊँचे पेड़ से नीचे उतर रही है। उसने लाल पाड़ की साड़ी पहन रखी है। साड़ी की पाड़ ज़मीन और पेड़ के बीच सड़क की तरह बिछ गई है। वह उतर रही है।